太岁志

刘向阳 著

郑州大学出版社

图书在版编目（CIP）数据

太岁志 / 刘向阳著. — 郑州：郑州大学出版社， 2023.11
（2024.6重印）
ISBN 978-7-5645-9855-6

Ⅰ. ①太… Ⅱ. ①刘… Ⅲ. ①长篇小说 – 中国 – 当代
Ⅳ. ①I247.5

中国国家版本馆 CIP 数据核字（2023）第150719号

太岁志
TAISUI ZHI

策划编辑	李勇军	封面设计	孙文恒
责任编辑	孙精精	版式设计	孙文恒
责任校对	刘晓晓	责任监制	李瑞卿

出版发行	郑州大学出版社（http://www.zzup.cn）
地　　址	郑州市大学路40号（450052）
出 版 人	孙保营
发行电话	0371-66966070
经　　销	全国新华书店
印　　刷	廊坊市印艺阁数字科技有限公司
开　　本	890 mm × 1 240 mm　1 / 32
印　　张	12.25
字　　数	279千字
版　　次	2023年11月第1版
印　　次	2024年6月第2次印刷

书　　号	ISBN 978-7-5645-9855-6	定　价	68.00元

目录

第一章　清　明

这下好了，后悔和厌倦一起发力，辛丑像夹板中的断肢，不只疼痛，更有恐惧。

辛丑皱着眉站在水缸前，瞅着那物件，试图拼凑出昨天上午重要的细节。九点出的门。十字街牌楼下，照例正襟危坐的"省长"照例低头瞅着手中的两三页稿纸。"省长"许百川套一件灰西装，内穿对襟小棉袄，每个扣袢都系着。三三两两上坟的，忽高忽低的哭声，间或响一阵鞭炮。坟茔北面小学校的大门紧锁，小门虚掩。围墙拐角处尾巴爷的小屋，木板门像执意立正的醉汉似的歪着。

纸钱散在几座坟前，燃着，辛丑寻一根树枝扒拉着，一边躲火苗一边念叨：爷爷奶奶爹娘拾钱吧，拣大的花。或是这当口，脚下一软。直到现在他都纳闷，为何立时蹲下身去察看究竟？用手揾揾，拨去浮土，两边一抠，那篮球大小的物件就在手上了。

回来时经过十字街，"省长"还在。辛丑把那物件浸在南墙下的水缸里，它晃悠悠地浮出水面。

只一天工夫，就长满了水缸。戳一戳，几分似母猪肉。嗅一嗅，不腥不膻。这不是办法。找个编织袋，湿漉漉地捞起，三下两下塞进编织袋，驮在电动车后座，辛丑推车出了门。

骡子媳妇在自家门口立着，双手在小腹前自然交叉，瞭望着一条街。辛丑过来时，骡子媳妇下坡，过桥。辛丑扎住车，招呼道："不忙了？"骡子媳妇并不看他，盯着编织袋。辛丑将编织袋抱起，抠住底往前一送，那物件扑通通滚下了沟。

骡子媳妇就是骡子的媳妇。

骡子也姓辛，和辛丑论起来正好五服。骡子家三代单传，他爹那一茬光景还行。骡子二十岁不到时，爹娘相继下世，骡子没承受啥产业，落下头牲口。种麦时牲口出力，收完麦把牲口卖了，收成好不用贴钱，年景不好贴些钱，从人贩子手里买个媳妇。来年该种麦了，再把媳妇卖了换头牲口回来。一来二去，骡子的诨名坐实了。

那年伏天，一个在北京留学的外国女学生来中原做社会调查，仗着会说几句普通话，孤身一人在郑州火车站下了车。一下车就被人贩子盯上了，人贩子认定这说话磕磕巴巴的皮肤黝黑的闺女定是云贵川大山里大字不识的柴火妞儿。三言两语哄上车，一人摁着头，一人反剪双手，车一路狂奔拉到了黄河以北。骡子卖完粮食正寻思媳妇，人贩子熟门熟路，找上门来。人贩子要价不高，骡子又是老主顾，双方一拍即合，骡子当晚就跟"柴火妞儿"圆了房。

两个月后的一个下半夜，房门被一脚踹开，雪亮的手电晃得人睁不开眼。骡子一辈子也没见过这么亮的手电，还有一辈子没见过的手枪，冰凉的枪口顶在眉心。只听有个女的跟他媳妇叽里呱啦，然后被子一卷，新媳妇像一条被报纸裹着的鱼，被人挟走了。

骡子双手抱膝，靠着墙，斜望着窗棂外冰冷的月亮，想起早死的爹娘，还有那床被子。

那是他唯一的一床被子。

辛丑从蔬菜大棚回来，刚进十字街就瞥见桥头上围着一堆人。他还没骑到跟前，见"省长"在自家屋顶上一脚深一脚浅地趔摸着，挥舞着两三页稿纸嚷嚷："先治水，后治沙，水都没有了，还治个屎啊？我这儿有蓝图，有蓝图啊！"

满打满算才三天，那物件从寨河里顺着坡爬上院墙，像一张肉饼，严严实实地盖住了"省长"家西边的堂屋。

恣肆汪洋。辛丑脑中迸出这个词。

"还长不？能长多大呀？"

"这是啥？啥时候的事啊？"

"咋忽地就冒出来了？"

…………

"×，这活儿。"村支书高大象打断众人的议论，隔着几层人盯着辛丑说，"辛丑弟，你做的这活儿吧？"

"是。"辛丑略带歉意。

"这东西是太岁吧？"

"应该是。"

"应该是？就是。"

"清明那天搁坟上捡的，扔这儿了。"

高大象拿右手拇指堵住左边的鼻子眼儿，朝地上擤一下；再拿左手拇指堵住右边的鼻子眼儿，朝地上擤一下，两手互相搓着，把披着的上衣往上一抖，说："散了吧，观察观察再说，散吧。"

"大象，你帮叔问问，""省长"在屋顶上喊道，"看看叔的平原省省长的任命下来没？组织上还是信任叔的。"高大象并不搭腔，众人也没一个去看"省长"。

众人往街里去，骡子媳妇过桥朝外走。骡子家在寨河外，正对着桥。

骡子媳妇是黑闺女被卷走之后骡子买的最后一个媳妇。

辛丑打从第一次见她到现在，总觉着她就像一只落在床底的袜子。妇女们扎堆闲聊，哄一声笑起时，只有骡子媳妇表情木然。众人止住笑了，骡子媳妇反倒哈哈笑起来，惹得众人又一阵笑。骡子媳妇本名叫啥，没人知道。刚来时十五六岁模样，人贩子说是北京地界的。骡子嘀咕，怕过不上几天又被警察救走。人贩子说这次不会，上回你吃亏了兄弟，这回给你便宜点。闺女还小，你养两年再用。骡子答应了，用麻绳捆住北京闺女的手脚，捆了足足一年才圆房。北京闺女十八岁那年生下一个哑巴闺女，满月里抱出去，谁见谁夸："多好看，骡子有福啊。晚晚再要个小子，儿女双全。"

"就叫小小吧，下一胎准是个小子。"

"小小好，比招娣、盼娣啥的洋气。"

小小长到五岁，她娘在芒种那天下半晌跑了。跑就跑吧，骡子懒得去寻。隔了几个月，自己回来了，一句话没有，抱住哑巴就哭。娘儿俩哭到天昏地暗，手麻脚软，才打住。

转过年来，骡子去集上挑牲口。骡马市临着水渠，炸油条的卖烧饼的挤在牲口中间。骡子转来转去，听见一群人抬杠。一个说怪了，这大牲口为啥没膝盖啊？一个说咋没有，牲口膝盖都长在腿窝里，跟人反着呢。骡子不知咋就犯了浑，转到牲口屁股后头，还没顾上细打量，牲口尥了一蹶子，正巧踢在裆里，骡子当场毙命。

丧事办完，骡子媳妇显出病来，见人就说，快了。

小小到了上学年纪，有好心人张罗，说哑巴归哑巴，人并不傻，该上学认字。就上了村东头的小学，跟一帮小同学每天按时按点上下课。一个学期下来，老师就夸，这闺女一点儿不笨。

恐惧像墨水在纸上洇开。街坊们远比辛丑淡然，他们在街上蹲着，站着，谈论着，猜测着，注视着，侧视着，无视着那物件。

太岁，有条不紊地吞噬着村庄，"省长"家东邻的三四处宅院已被它覆盖。

"上午镇上来人割走一块，说拿去化验，看到底是个啥。"

"咱村别叫牡丹村了，改叫太岁村吧。"

"那好，谁敢在太岁头上动土啊？"

"镇上说搞一个太岁文化生态园区，这回使着了，塌屋子的能分到新宅基地。"

"咱整个村搬镇上才好嘞，盖个小区，叫太岁花园。"

"不公平！""省长"喊道，街坊们正帮他从院中往外搬家具，"为啥老是我先倒霉啊？"

"咱村数你官大嘞，"有人接话，"别人扛不住呗。"

辛丑没理会众人的打趣，扭头朝太岁望去。

这不动声色的物件，哪里是它的边界呢？

第二章　尾巴爷

高大象在喇叭里说，太岁文化园区定了，上面领导很重视，要求咱们做出特色，配合二杨庄的汉代村落遗址和二帝陵，做成全省乃至全国唯一的太岁主题文化生态园区。眼下措施有两条，一是街南边的房子，压塌的没压塌的，村里都划给新宅基地，可着太岁长，能长多大长多大。二是村东头的坟地，推平，在坟地上修个园区大门，再修一条柏油路，直通203省道，方便以后观光旅游。平坟是政治任务，要理解要配合。不理解不配合，也得平。限期三天把坟迁走，不迁的后果自负。

辛丑想找高大象提个醒，又一想，提啥醒？提醒他太岁会无边无际地疯长，直到吞没整个村子，甚至吞没乡镇？

你这个前民办教师比领导还高瞻远瞩？高大象定会这样反问他。

三天已过，推土机开进了茔地。这片两亩见方的茔地埋着辛丑家四辈人，曾祖父辈、祖父辈、父辈，还有辛丑的媳妇。

暑气蒸腾，细尘浮漾。辛氏家族二十来口人，或蹲或站在斑驳的树影里。

"先平了吧，"高大象安慰众人，"晚点再堆起来。"

"那不中。"辛丑本家炸油条的二哥抢先开口。

"你说咋弄，二哥？三天前都广播了，大门盖不成，领导怪罪下来，你说咋弄？"

"大门盖西头不中啊？西边也是好路。"

"讲究紫气东来啊，领导拍过板了，咋说不中？！"高大象的口气硬了。

"就不中！"人群后传来一声喊，众人扭头去看。

尾巴爷来了。

尾巴爷上穿洗得发白的绿军装，双肩各扛一枚像章，左右胸各别着两枚，六枚拳头大小的像章在午后的阳光里精神抖擞。

尾巴爷走到推土机跟前。"就不中！"他冲高大象喊道。他本意是喊出这三个字，听上去却像短促的咳嗽。

"我的爷，多大岁数了还添乱？回吧。"

"你把坟平了，我死了埋哪儿啊？"

"×，这活儿。把老人家搀走。"高大象吩咐身后戴黄头盔的几个工人。

"别动他，他都九十了，动出好歹来，算谁的？"众人纷纷嚷道。几个黄头盔有些犹豫，拿眼看高大象。高大象压低声调，说："我的爷啊，让开吧，碾着你了。""敢。"尾巴爷手撑地慢慢平躺下，双手放在身体两侧，双眼紧闭。黄头盔见状纷纷蹲下。高大象上前两步，弯腰对尾巴爷道："我的爷呀，别添乱了。"尾巴爷闭着眼，不吭声。高大象直起腰对众人喊道："我可是当差的，别难为我。领导怪罪下来，是我扛着，不是旁人。"命令司机："推！"

司机从驾驶室探出头来："中不中啊？"

"我说中就中，推！"

推土机启动，猛蹿一下，停住，把一人高的轮子瞄准尾巴爷，一寸一寸地碾过来。

"起来吧，我的爷，车来了！"高大象冲尾巴爷喊道。尾巴爷一动不动。高大象一挥手，车轮从尾巴爷双脚处，一点儿，一点儿，碾了过去。

蹲着的人都站了起来。

前轮碾过去，后轮压过去，熄火，停稳，司机跳下驾驶室，哆哆嗦嗦地摸出烟盒，伸头去看。

辛丑隔着十几步远，清清楚楚地看见尾巴爷那一身灰白衣服熨过似的铺在地上，六枚像章泛着耀眼的红光，一双黄塑料凉鞋摆在裤腿处。只是尾巴爷，没了踪影。

辛丑兀自诧异，忽然一只蒲扇大的蝴蝶，从尾巴爷的领口处翩翩而起，忽上忽下忽左忽右，仿佛半秒前甩出的水袖，越过众人头顶，直奔自己而来。那蓝、白、黄三色相间的翅膀，纹路清晰，纤毫毕现，抖落的粉尘在空中精灵般飞舞。

辛丑举目细看，不料被夕阳一晃，双眼发黑，两腿发软，大叫一声"尾巴爷"，一头栽倒在尘埃。

辛丑跟着一帮小伙伴，顺着引水渠上了卫河大堤。

尾巴爷立在河坡上，面朝卫河，左手提着裤腰。辛丑他们偷笑着藏在草棵里，枝头的蝉也噤了声。白色的液体一股一股地射出去，溅在清凌凌的水面上。辛丑日后读到"落霞与孤鹜齐飞，秋水共长天一色"的句子，总忆起这一幕。

虽说弟兄九个，穷人家养活孩子不易，最后只有老大、老七和尾巴爷成人了。尾巴爷行九，就叫辛九。尾巴爷十九岁那年，看上了二杨庄陈家的闺女。尾巴爷俩肩膀扛着头，硬去了陈家两趟。

陈家爹堵在院门："想啥嘞？你个穷种！"

尾巴爷指着自家鼻子："眼下是不中，算命先生说了，咱是大富大贵的命，三十七八，说发就发。"

陈家爹往前一步："滚！"

尾巴爷后退一步："爹，咱有胆有力气，闺女跟上咱，享福啊。"

陈家爹跺脚道："再叫爹放狗咬你个龟孙！有胆？有胆抵吃抵喝？有胆敢杀日本？"

这一激不要紧，后半夜尾巴爷掂着镰刀摸到了镇上。日军躲在县城，镇上驻扎的是伪军。三更天，一颗人头骨碌碌地被扔进陈家的院子。尾巴爷在街上打雷样喊："咱有胆，看看，日本人咱都敢剁！"喊了半天，阖村没一个人开门出来。天将明时，又冷又饿，尾巴爷一个激灵清醒过来，拔腿就走，直奔卫河上游道口镇去了。

天近正午，日军、伪军、汽车、洋车、狼狗，烟尘滚滚，杀到了二杨庄。戴钢盔的日军指挥着戴白边儿帽子的伪军把陈家老少八口人绑在两棵槐树上。陈家爹哭着交代来龙去脉，日军根本不理会，刺刀在每人额头划开一个十字刀口，顺着刀口浇水银，水银过处脸皮像干裂的墙皮般噼里啪啦地脱落。八口人惨叫着拼命甩头，血和肉片在舞动的尘埃里四溅开来。日军并不罢手，兜头浇上煤油，一把火点着。几分钟工夫，八口人成了炭。

这是1942年的农历五月。进入七月，"水旱蝗汤"愈加厉害，老百姓不是外出逃荒，就是卖儿卖女。

辛丑的爷爷奶奶就在这个时节，把辛丑的姑和辛丑的爹卖到了山西。

1950年，冬至，逃亡八年的尾巴爷从道口镇回来了。

尾巴爷前脚迈进没有大门的院子，干部后脚就领着高豁子和辛庄找上门来。

"辛九，咱村的情况你掌握不？"站在遍地的枯草中，干部问尾巴爷。

"啥？"

"赵恒广一家四口被镇压了，咱不光分赵恒广的家产，还得把董孝武、许广泰这几个地主老财的家产都分喽。现在是共产党的天下，穷人要翻身做主人。"

"该。"

"滑县土改结束了，咱落后了。今儿个把恁老弟兄喊一起，合计一下咋开展工作。"

"升天。"尾巴爷兴奋地说，"滑县就是把地主老财捆起来，屁眼子剜掉，吊树上，一蹾，肠子满地。蹾两下，死尿。"

"辛庄，你给许广泰家扛长工，你说说。"干部启发道。

"工钱给了，也管饭，年底还有肉菜。"辛庄迟疑着。

"这是剥削。你想想，你起早贪黑，他坐吃等喝，这是剥削。"

"田是人家的，该啊。"辛庄想蹲着，低头看看，蹲不下去。

"不该，这是剥削。四二年大饥荒，恁家卖儿卖女你忘了？辛夷是干部，辛庄你可不能拖怹儿的后腿，辛夷年轻，还要进步嘞。"干部提醒道。辛庄不再吭声。

"小高你咋想嘞？"干部问高豁子。

"踆他个龟孙！"高豁子握着拳头。

"踆！他好几个媳妇，咱连个媳妇毛都摸不着。"尾巴爷道。

"我要牛。"高豁子说。

"还有我嘞。"尾巴爷举手，"我要赵恒广的大宅子。这屋子没法住。"

"小高你是民兵队长，辛九你好好表现，咱看贡献。"干部道。

"中！"高豁子和尾巴爷齐声答应。

尾巴爷带回来一个枣木匣子，内有五根银针。在道口镇待了八年，尾巴爷练就了一手绝活儿。至于师承何人，尾巴爷支支吾吾，一说道口镇南关济世堂王老先生收他做了关门弟子，将一身绝学托付于他。一说偶遇一位高人，见他忠厚仁义，亲授针法。不管咋说，尾巴爷的手段，乡亲们半信半疑。

宝嫂生三闺女难产，折腾了一天一夜，血流了足足两碗，只出来一只脚丫。接生婆束手无策，眼看一尸两命，有人想到了尾巴爷。谁知尾巴爷不请自来，早候在门外，见宝哥招呼，直入里屋，从怀中掏出一拃长的枣木匣子，抽出三根银针，一针扎在鱼际，一针扎在尺泽，一针扎在阴白。三针扎上，说："中了。"接生婆见血止住，胆子大了，三下五除二将个白胖闺女薅了出来，原来是脐带绕颈。打这起，尾巴爷三针的名头打响了。

尾巴爷也给牲口扎针。给人扎三针，给牲口扎是一把锥子，只是锥子上多了一道血槽。入秋，枣红骡子蔫蔫的，不爱吃料。临睡前，尾巴爷把马灯拧亮，把辔头拴结实，将锥子袖在右手，左手捋着骡子的鬃毛，一边捋一边念叨："你说你，见天好吃好喝，也不出力，愁啥，愁媳妇啊？要愁也轮不到你呀，嗯？"说着说着，捋着捋着，尾巴爷移步到骡子左后胯，右手忽然扬起，照关节直插下去。骡子仿佛被虻叮了一下，尾巴一扫。尾巴爷随手起出锥子，一股血洇下来。尾巴爷说："中了。"

腊月里，尾巴爷常揣一管油膏，见谁家孩子手冻了就说："过来，抹抹。"麦收后打场，尾巴爷趁大伙儿歇息，挨个儿发仁丹。有时攥着盒清凉涕，给这个太阳穴抹一下，给那个人中擦一点。年轻妇女都躲他，笑着说："俺自己抹。"尾巴爷正色道："咦，前儿个还挤眉弄眼哩，今儿个不叫摸了。"人家急道："谁给你挤眉弄眼了？"尾巴爷道："看看，还不承认。"众人便哄笑。

一年四季，尾巴爷的土坯房散发着牲口的体臭和烟草的味道混合的臭气。当阳光从木格窗的破洞挤进来时，光柱里的七彩灰尘浮游翻滚。年关，尾巴爷照例到集上买年画来糊烟熏火燎了一年的四壁。旁人不是挑三联的福禄寿三星图，就是选四联的梅兰竹菊。尾巴爷照例只挑才子佳人，旁人照例笑话他，他照例请"省长"来讲解年画上的故事。

"省长"来后巡视一番，指着床上的破棉被问："叔，夜里冷不冷啊？"尾巴爷道："一片儿冷，一片儿不冷。""省长"问："啥叫一片儿冷，一片儿不冷啊？"尾巴爷用袖子擦一把鼻涕，说："有棉花那一片儿不冷，没棉花那一片儿就冷。""省长"撇撇嘴，指着墙上的年画说："这是《西厢记》，元人王实甫所著，书生叫张生张君瑞，小姐叫崔莺莺，跪着的是丫鬟红娘，坐着的是老夫人。这满墙的大美人儿早早晚晚陪着你老人家，美得很哪。"尾巴爷道："屎，我这是纸糊的。"

道口镇是卫河上的大码头，号称小天津。尾巴爷在道口镇八年，自然见多识广。

"天津卫咋吃饺子，知道不？"尾巴爷向众人炫耀，"水开了，饺子下锅，顺手把蛤蟆扔到锅里。饺子熟了，蛤蟆也熟了，一个蛤蟆搂着一个饺子。咬一口，咦，满嘴流油。"

也有尾巴爷没见识过的。知青来了，尾巴爷才知道世上还有衬衣和诗。

知青一共三个，两男一女，小张、小王是男学生，小李是女学生，北京来的。三个知青下在卫河以西三十里地的卫河农场。说是农场，其实算是林场，上千亩沙地栽满了槐树，开花时节，把人香得透不过来气。

那天午后，村支书宝哥喊尾巴爷去一趟农场，说是小张伐树时腰被撞了，疼得像孕妇一样扛着肚子，晚上睡觉得趴着。

宝哥顶看不上这三个知青，说："啥也不会，光说不打粮食的话，也不攒个粪。"

尾巴爷一见到三个知青，就喜欢上了这三个半大孩子。尾巴爷三针扎下去，小张的腰直了，也能弯了。他们的友谊也开始了。

尾巴爷不光见识了衬衣，也平生第一次听到了诗。之前，尾巴爷只知道"瞎胡捋"，像什么"一二三四五，蛤蟆背着鼓。蝎子来吊孝，蜇住驴屁股"。

当三个青年眺望北方，流着泪齐声朗诵时，尾巴爷说不出的喜欢和心疼。

我双眼吃惊地望着窗外，

不知发生了什么事情，

我的心骤然一阵疼痛，

一定是妈妈缀扣子的针线，

穿透了心胸。

仿佛借宿的候鸟，三个青年在某个黎明消失了。消失得无影无踪，没落下一片羽毛。

尾巴爷偶尔去农场，必到三人的宿舍溜达一圈儿，不敢走太近，怕他们会笑着叫着冲出来。总也没有。他像一只丢了狗崽的老狗，四处嗅嗅，刨几下地面，却记不起什么。

对了，诗，诗是他们来过的铁证。

尾巴爷有时会停下活计，望向北方。

尾巴爷最怀念的时光就是那十年。

村里五十多口壮劳力、民兵和先进分子聚在戏台旁的大队部开会，煤油灯下，村支书宝哥领着大家面朝墙上的画像，学习和背诵语录。尾巴爷背得最多最熟，打这时起，尾巴爷开始佩戴像章。

尾巴爷虽说已过不惑之年，可还是光棍一条。爹和两个哥哥在他逃走的当天望风而逃，再没回过村子，二杨庄陈家老少八口人又因他而死，乡亲们私下认定尾巴爷是煞星。常有撮合的，对方不是拖油瓶的寡妇就是身有残疾的老闺女，入不了尾巴爷的眼。旁人劝他："挑啥？好歹成个家，生儿育女，防老啊。"尾巴爷笑着说："中央说了，不管工人农民，六十岁就退休，国家给养着。"

1976年9月，领袖去世，尾巴爷在戏台前和全村老少肃立，顶着细雨痛哭流涕。

1982年土地承包到户，尾巴爷分到两亩地。农闲时，他在洗得发白的军绿色褂子左右胸前各挂两枚像章，左右肩膀各扛一枚，仿佛披挂一身勋章的老兵。穿戴整齐，去哪儿挥斥方遒呢？心情好天气也好，骑上吱吱呀呀的永久牌大二八自行车直奔镇上，在镇政府大院门口对进进出出的干部们高声道："只有落后的领导，没有落后的群众。"不想跑远了，就站在校门口对玩耍的孩子们喊："你们是八九点钟的太阳，世界是我们的，也是你们的，但是归根结底是你们的。"农忙时，他站在垄上，对乡亲们喊："忙时吃干，闲时吃稀，不忙不闲时半干半稀，杂以番薯青菜。"

这一年，高红中的儿子高大象退伍了。

让尾巴爷受不了的是高大象竟然穿了件衬衣，领子雪白，晃得尾巴爷眼睛发红。直到某天高大象的衬衣领子晾在绳子上，尾巴爷才知道那不是衬衣，就是个领子。尾巴爷非但没有高兴，反而更加气愤，逢人就说："就是个领子！"

高大象不光有衬衣领子，更让大家羡慕的是他混成了"万元户"。

高大象在县城搞抽奖。说是抽奖，就是无本万利。两块钱给张奖券，最小的奖是块香皂，最大的奖是摩托车。当然，摩托车只有一台，香皂人手一块。

抽奖结束，高大象骑着崭新的"幸福125"红色摩托车，驮着17寸的彩色电视机回村了。

晚饭后，高大象把电视机抱在方桌上，乡亲们蜂拥而至，坐的、站的挤满了院子。

高大象往外撵人，说："人多费电，今天没看的明天再看。"

高大象丝毫不顾及旁人的口水，他搞建筑搞货运，两三年下来开回一台大卡车，光后边车斗的轮子就有八个。乡亲们送他个绰号：后八轮。

村民们猜测着高大象的财富，高大象也猜测着自己的财富。大晌午日头正毒，别人往家赶，高大象往田里跑。他四处张望，确保四下无人，以标准的军姿迅速卧倒，一肘高的麦子刚好遮住他。他把皱巴巴的十元面额纸钞掏出来堆在面前，数够一百张，叠整齐塞进口袋，再数剩下的。每次数不完，媳妇就寻来喊他吃饭。他起身，掸着衣服上的土说："管他多少，反正这辈子花不完。"

村支书宝哥被圆木砸死的那一年，高大象当上了村支书。

腊月的一天召开村民大会，高大象坐在桌子后头，叼着烟卷哼哼哈哈打着官腔，戏台下的乡亲们像寒风里的羊。等高大象把烟头往地上一扔，尾巴爷脱下右脚的鞋，右手高高举着，分开人群蹑手蹑脚摸到台前。全村老少都盯着他，高大象也盯着他。尾巴爷轻手轻脚爬上台子，匍匐行进到烟头跟前，猛地往前一扑，扣住烟头，喊道："蚂蚱！"哄一声，全村老少笑得东倒西歪。高大象脸上挂不住，问："腊月里哪来的蚂蚱啊？嗯？"尾巴爷抬头问："腊月里咋没蚂蚱啊？"高大象道："冷！"尾巴爷道："冷？冷你叫乡亲们搁风地里站着？"高大象一时答不上话来。尾巴爷手伸进鞋里，慢慢地将烟头夹出来："哟，烟头啊？还是好烟哩。"叼在嘴上猛抽两口，乡亲们哄一声又笑成一团。

下午，尾巴爷找到高大象，左手提着裤腰，右手一伸："给一百块钱。"

"啥？"

"给一百块钱，买腰带。"

"谁给谁一百块钱？"

"你给我。"尾巴爷腰一挺。

"凭啥？"

"凭啥？你有！"

"我有是我的，凭啥给你啊？"

"呀，你发家了，就得给我。敢不给，吊树上把屎给你蹾出来！"

"恁娘！……"高大象话没说完，他媳妇从旁拦住，"给、给，恁老人家先回吧，吃饭头里给恁送家。"尾巴爷扭头就走，高大象恨恨地说："蹾我？等着吧，先弄死你个龟孙！"

依然日出，依然日落。

尾巴爷睡了一觉，错过了所有的站牌。车到终点，没有返程。

农活儿干不动了，两亩地早早以每年六百元的价格租给了瞎子的岳父。针也扎不动了，也没人求他扎针，乡亲们习惯了去诊所。几年前并校，空荡荡的校园没了孩子们的喧闹，只有麻雀在石板砌成的乒乓球台子上跳来跳去。

好似一只垂死的啮齿类穴居动物，尾巴爷佝偻着身子在小黑屋里徘徊，深藏着自己和宝哥杀人的秘密。直到那个猝不及防的午后，遭遇轮胎花纹比巴掌还宽的推土机，一切戛然而止。

辛丑念书时常去尾巴爷的小黑屋，灶和床，墙上一层层古装年画，窗台上一个堆满像章的铁皮盒子压着一本红塑料皮的书页卷角的语录，朽坏的椽子不时咔的一响。辛丑记不清尾巴爷是否送了自己一枚像章，他确定记得自己被某样锐器划破了手指，血像蚯蚓般洇出。尾巴爷弯腰在灶底抹了一指黑灰，摁住了伤口。

　　四十年过去，尾巴爷羽化成蝶，飞走了。那一线浅浅的锅底灰，还隐现在辛丑的食指上。

　　　　　　　　　太岁志

第三章 《新桃花源》

"哥，哥。"

辛丑睁开眼，李约翰蹲在面前。

"哥，能动不？"

辛丑四下一看，发觉自己背靠一块墓碑，想必在坟地睡了一宿。

"乡亲们抬着尾巴爷的尸首去镇上讨说法了。"

辛丑想起那只蒲扇大小的蝴蝶。

"谁领头？"

"瞎子。"李约翰答道。

李约翰本名李冠军，开封人，前年伏天到镇上，原在中心堂服务。中心堂坐落在一片小树林里，李约翰去过一次，再不去了。

"吃牛肉的教会。"李约翰对辛丑说。

这间教堂煮牛肉偷偷卖给信众，说吃牛肉治病。逢礼拜天，一干病友在讲台上又哭又笑地现身说法，吹嘘牛肉功效如何了得。讲台下一人手持一端绑着布袋子的竹竿，伸到如癫如狂的信众面前，索要奉献。

教堂负责人是个信主多年的中年寡妇，也热心也可靠。就卖牛肉一事李约翰劝过她一次，寡妇面红耳赤的没有顶嘴，旁边一个五十多岁的秃头帮腔说："《圣经》上没说吃牛肉不治病啊，是不？"

李约翰问："你谁呀？"

秃头梗着脖子答："跟你一样，信耶稣的。"

李约翰道："我信耶稣，你信财神。"临走撂下一句话，"再卖牛肉，管你们的就不是宗教局了，是卫生局。你们非法行医！"

李约翰常骑电动车下乡，车筐里放着本三指厚的《圣经（灵修版）》。"信耶稣吧，信耶稣得平安。"是他的口头语。村子里青壮年多外出打工，李约翰传福音的对象自然以中老年妇女为主。妇女们爱听他讲《圣经》上的故事，讲到个别段落，常有人失声痛哭。李约翰往往等那姊妹止住悲声，对她说："不要怕，只要信。"

姊妹们爱跟李约翰打趣，说："冠军，你也三十了，祷告祷告叫上帝给你寻个媳妇吧。"李约翰正色道："耶和华以勒。啥是耶和华以勒？就是上帝必有预备。"姊妹们便笑起来。

李约翰教姊妹们唱诗，年轻的喜欢节奏明快、歌词洋气的，中老年的喜欢曲调简单的黄梅调，即便忘词也能哼哼着蒙混过去。

傍晚，李约翰登上房顶，眺望着廓然无累的平原，吹响口琴。冷冷的琴声穿过暖暖的黄昏，缓缓散入院落、街道和田垄，听见的人放轻了脚步。

"我办过一件傻事。"李约翰对辛丑说，"我们班里三十名学生，女同学二十八人，都是农村的。我发现她们饮食极其简单，中午两个包子，晚上稀饭咸菜。一次在餐厅，我对她们喊道，看看你们，舍不得吃舍不得喝，像一群柴鸡，将来哪有气力做神的工？同学们一下子愣住，片刻，一个女生噙着泪说，谁不想顿顿排骨？你给钱啊？说完把包子朝我一扔，哭着跑了。哥，你说，信仰是财富的敌人吗？"

辛丑没吭声。

"哥，你猜猜后来啥结果？"

"啥？"

"每年入秋，女同学们人手两根签子一团毛线，织完围脖织毛衣，织完毛衣织毛裤，都是给男朋友织的。在校两年我没混上一件手工织品。"李约翰笑一下，"惨不？"

"会有的。"辛丑想起李静。

"哥，别看你今天不信，"李约翰话锋一转，"早晚你哭着喊着信。"

"为啥？"

"他从人群中拣选了你，你身不由己。"

"那没选上的呢？"

"神任凭他们的心刚硬。"李约翰盯着辛丑，一字一顿道。

辛丑一觉睡到日头偏西，到厨房下了碗鸡蛋挂面。黄狗卧在院门口，听见动静，走到厨房门口卧下。

辛丑坐在枣树下三口两口吃完，起了一身毛毛汗，发觉脖子和膀子又酸又痛。

叶子正绿，枣才黄豆大小。一只喜鹊落在南墙上，风轻轻撩起腿上的绒毛。

辛丑正自出神，门口人影一闪，定睛一看，是狗子。

"咋了，狗子？"辛丑问道。黄狗见人来，卧着摇摇尾巴。

"狗子、狗子，我的哥啊，咱都四十了，咱有大号中不？咱叫郑东红中不？"

"中、中，咋了，狗子？"辛丑笑道。

"哥，你没去镇上闹吧？"辛丑刚想说他们把他落在坟地一宿，狗子接着说，"没去就对了，镇上抓人呢，瞎子被抓了。"

"为啥？"

"妨碍交通。"狗子转身出去了。

1971年，"永远健康"的"林副统帅"折戟沉沙。来年春天，村里组织"批林批孔"。

这时节老支书高红中被李红英捏死有七八年了，宝哥董宝成任村支书。宝哥跑到镇上找干部告了郑守泰一状，只因这郑守泰平日不喊他支书，总喊他老董。天擦黑，郑守泰被抓走了。干部们连夜突审，先审郑守泰是不是"林副统帅"的党羽，再问同伙几个日常如何联系。面对一个根本不知道谜底的谜面，郑守泰发现干部们比他还要焦躁和慌乱，他从心底里感觉对不住帮自己破解谜语的干部们。天快亮时，趁人不注意，郑守泰一头撞向山墙，血流如注，昏死过去。干部们不吃这一套，继续审问。天亮前郑守泰咽了气，咋办？开会，召开社员大会，把郑守泰描成因为暴露而畏罪自杀的敌人。会后尸首发还郑家，郑家不敢吭声，草草埋了。

郑守泰有个闺女叫郑云景。郑云景人长得漂亮，读书也用功，考上了县一中。这一来自然审查不过关，郑云景的书自然读不成。寡妇娘也没啥办法，娘儿俩整日以泪洗面。挨到秋收，郑云景癔症了。也不吵闹也不胡审，郑云景就坐在十字街牌楼下听人说话。她眼神飘忽，神情好似全然不知，又好似全然不屑，像一只在毒蛇窝里破壳而出的鸡雏。见的人都叹气，背后喊她"傻景"。两年下来，傻景出落得浑身女人味儿。众人扎堆闲聊时，有人挑唆"省长"："'省长'，敢摸傻景的奶子不？""省长"就瞪眼，骂道："混账！"

说笑归说笑，谁也没在意，傻景的肚子竟一天天大了起来。

转过年五黄六月，傻景在十字街牌楼下产下一个男婴。这边孩子呱呱坠地，那边傻景的寡妇娘上了吊。

乡亲们猜测孩子的父亲身份多于对傻景的关心。一个无所谓的午后，无所谓的傻景像一只无所谓的麻雀滑过天空，消失了。

乡亲们有长人心的，把孩子抱走，几家轮着养，有面汤喝面汤，有干饭喂干饭。孩子一天天大了，众人说，该有个记号啊。有人说叫狗子吧，好养活。狗子七岁上，热心人给村支书宝哥说，狗子该上学了。宝哥说，那是。就让狗子上了村东头的小学。老师图省事，随傻景的姓，给狗子起个学名叫郑东红。念完小学到镇上念初中，初中混到毕业自然考不上高中，宝哥在镇政府给找了个通信员的差事，狗子算是能养活自己了。

前两年镇上派出所招协警，狗子请请客，混上了一套制服。穿上制服的狗子见人也不先笑了，人就说："中啊，狗子。"狗子答："郑东红，记住没有？"人就笑，说："熊孩子。"

"哥，"李约翰闯进门来，嚷道，"他们把瞎子关在家里，你猜咋着，他们搁院子里立了满地酒瓶，防备瞎子逃跑。"

辛丑将碗随手放在地上，摸出香烟来，递给李约翰一支。

"老母亲生病不让看大夫，孩子不让上幼儿园。哥，你说他们咋霸道成这样？"李约翰涨红了脸，"当个上门女婿本就不容易，众人之事还都是瞎子出头。"

辛丑抽了口烟。

"哥，你知道不？我心里可矛盾。"李约翰道，"我恨。"

辛丑找不到合适的话安慰李约翰。

"我应该爱啊。"

"爱"这个字击中了辛丑，他想起生命中最爱的那个女人。

十年了，整整十年。

鳖爱在河滩上晒太阳。这家伙看上去笨手笨脚，人一走近，却逃得飞快，噼里啪啦就滚进了水里。河泥细腻而柔软，闷热而有吸力，光脚走在河滩上常会被一枚朝代模糊的铜钱硌到。

二十年前，"引黄济卫"的工程队疏浚二杨庄村北的卫河河道，当啷一声，铁锨铲到了一块房瓦。一个月后，一处面积将近三十亩的汉代村落重见天光。

宅院俱为坐北朝南的独门独院，布局方正，堂屋、厢房和厨房俱全。房是瓦屋顶，瓦当上多刻着"益寿万岁"。院内前有水井，后有厕所，石磨石臼散落院中。人家相邻，远不超一华里，近不过五十米。田垄纵横，池塘错落，道路蜿蜒伸向远方，宽窄不一的车辙和深深浅浅的牛蹄印清晰可辨。

泥沙掩埋的不止几处村落，更有帝王陵墓。

日头滑下树梢时，爷爷背个荆条筐，提个耙子去二杨庄东面的沙岗子耙树叶。辛丑坐在荆条筐里，盯着爷爷的后脑勺儿，闻着时浓时淡的脑油味儿，一颠一颠入了梦。

沙岗子下面就是颛顼帝喾陵，俗称二帝陵。二帝陵虽尘封百年，香火却从未中断。农历三月十八为颛顼帝诞辰，每逢此日总是车水马龙，熙熙攘攘。

太岁文化生态园区、汉代村落遗址和二帝陵，构成三角形的文化景观区。因为尾巴爷被碾死，太岁文化生态园区大门改建在村西头，骡子家的南面。

太岁文化生态园区如期举行挂牌典礼。

傍晚时分雨住了，太阳没入地平线半个，晚霞像七彩的幛子铺满半边天。

钢结构戳在太岁里搭出一个平台，平台上铺木板，木板上铺红毯。背景墙坐东朝西，上写三个大字"桃花源"。阶梯形观众席坐西朝东，一共四层。前面一排蒙了红布的桌子上摆着县、市两级领导和嘉宾的姓名牌。

吃过晚饭，辛丑来到舞台北面，庆典节目《新桃花源》开演一阵了。

祭司打扮的中年男子将几根一般长短的木棍放下，游客模样的青年男子站在舞台中央，面向观众。

祭　司：在下还要预备祭神所用之物，先生若渴了饿了，喏，前行百余步便有人家。

游　客：你当真？我真的失足掉在什么传说中的桃花源了？

祭　司：此地乃桃花源。

游客四处走动，屡屡回头注视祭司。祭司并不理会，下。童子手持祥云道具上。

游　客：【俯身】小朋友，这里真是桃花源吗？

童　子：【望一眼祭司的方向】北面的村子才是桃花源，这里乃是新桃花源。

游　客：新桃花源景区？

童　子：不，新桃花源。先人世居燕山脚下京畿之地，崇祯年间，李匪自成攻陷京城，搅动天下，人心惶惶，族人商议南迁。未几，山海关破，吴贼三桂挟百万虎狼之师，劫掠百姓，族人老弱妇孺计四百余口始迤逦南来。

游　客：【面向观众】景区介绍背得挺溜啊。

童　子：不意行至汉中莽莽群山，野兽出没，瘴疠遍地，粮尽水绝，坐以待毙。会有三面神鸟一只，盘桓不去。族人遂强振精神随神鸟而行，经绝径入此地。此后繁衍生息，历三百余载。

游　客：此地是哪里啊？

童　子：此地就是北面的桃花源，先生与我所站之地乃是新桃花源。

游　客：什么旧桃花源新桃花源，哎，天色已到这般时候，我食宿咋办？

童　子：先生随我至村中，随便人家均可食宿。

祭司手持旗幡上。

游　客：【冲着祭司】我确认一下，此地真是新桃花源吗？我还出得去吗？

祭　司：此地乃桃花源，南面村落方为新桃花源。自在下记事起，桃花源中每年都有几位阁下这般的失足者。

游　客：【面向观众】他俩口径不统一啊？不管咋说，这就是个景区，根本不是什么新不新旧不旧的桃花源。

祭司转身下。

童　子：当初引先人入桃花源的乃是三面神鸟，纵目铜喙，口吐人言。

游　客：【手指童子】导游，小小年纪满口导游的腔调，还想哄我？

童　子：神鸟逼迫先人供奉，先人迫不得已，乃年年挑选一名满十二周岁的童子，斋戒三日，香汤沐浴，于七月十五日送至山顶洞中供其享用。

游　客：停。你就明说你们这新桃花源咋收费就行了，说吧，多少钱放我出去？

童　子：起初先人并不答应，奈何三面神鸟尖爪利喙并施，立时毙三四人。先人惧它淫威，只得隐忍。此后习以为常，沿之成规，族人年年于七月十五日供奉童子与神鸟享用。

游　客：请继续。

童　子：我躲得过十二岁，可我姐姐就没这么幸运了。

游　客：你姐姐怎么了？

童　子：前年七月十五日供奉给神鸟了。

游　客：小小年纪，故事编得惊心动魄啊。

祭司拎一个满满的袋子上场。

游　客：跟您打听个事儿。

祭　司：先生请讲。

游　客：就是三面神鸟的传说。

祭　司：哦，神鸟在南面新桃花源中，桃花源里没有的。

游　客：别管在哪儿吧，您说说我听听。

祭　司：【沉吟】据说这三面神鸟乃是纵目铜喙，口吐人言。当初先民迁居于此，不意行至汉中莽莽群山，野兽出没，瘴疬遍地，粮尽水绝，坐以待毙。会有三面神鸟一只，盘桓不去。先人遂强振精神望神鸟而行，经绝径而入桃花源中，此后繁衍生息，历春秋三百余载。

游　客：这么说神鸟在新桃花源，咱们这桃花源中是没有的。

祭　司：然也。【放下袋子，下】

游　客：【冲着童子】小小年纪撒谎骗人，不好。

童　子：这神鸟一头三面，它要人祭祀时便以谎言相诱，从则便罢，如若不从，便露出杀戮的面孔来。待到吃了人，就用遗忘的面孔来迷惑众人，众人便忘得一干二净。我父亲便是这样，全然忘记了。

游　客：你父亲？

童　子：【下巴指着旗幡、香木等物】就是那祭司。

游　客：【惊诧】按说你小小年纪编不出如此荒唐的瞎话。

童　子：待会儿你问他，你女儿嫁人了吗？他必定想不起我那可怜的姐姐来。

祭司手持烛台上。

游　客：您刚才说三面神鸟在南面的新桃花源，那您明日祭奠哪位大神啊？

祭　司：明日七月十五乃是鬼节，祭奠先人。

游　　客：【瞥一眼童子】您一个人忙不过来呀，也不找个帮手。哎，老兄家里几口人呀？

祭　　司：【将旗幡立起】只在下和拙荆二人。

游　　客：您的千金呢？

祭　　司：何来千金？

游　　客：【后退一步，手指童子】这位小童呢？

祭　　司：哦，我的助手。

游　　客：你们——

…………

　　辛丑挤在人堆里，听台上的三人你一言我一语地说些没头没尾的话，正自出神，忽然胳膊被人一把拽住，那人凑到他耳边，呼呼地喘着粗气说："哥，瞎子跑了！"

第四章　李约翰

"我中华物产丰富，万样俱足，并不缺少什么。"李夫雅直截了当地说道。

"是吗？据在下所知，前朝康熙帝作诗赞美耶稣。诗曰：而今基督恩光照，我也清清泪满襟。况且自1909年始，中华使用庚子赔款每年选拔百多名优秀学子赴美留学，所学多为农林、机械、矿产和铁路等科目，民国以来留学青年更多。"艾礼士一口河南方言裹着江浙官话，慢悠悠地答道。

李夫雅一时语塞："你们这洋教讲什么？"

艾礼士恭恭敬敬地回答："爱人如己。"

"儒家也讲爱人，仁者爱人。"

"仁者爱人原是不错的，那智者呢？况且，仁者爱人是高高在上，并非平等无分别的博爱。阁下以为呢？"

李夫雅不知如何作答，再问："神和佛有啥分别呢？"

"佛是觉悟者，佛对生命和宇宙的认识达到了至高境界。神是创造者，神创造了生命和宇宙。"

"信佛和信神有啥不同呢？"

"信佛是成为好人，信神是成为义人，可得永生。"

"那不信的人呢？"

艾礼士顿一下道："按《圣经》上说，自然要下地狱。"

李夫雅略一思忖："孔夫子这样的圣人会怎样呢？"

艾礼士斟酌一下："孔夫子说过不语怪力乱神敬而远之的话，我想，他可能没认识到神和道是合于一的吧。"

这是1935年7月里一个寻常的夏日午后。热风漫无目的地游荡，开封城的街道上行人稀少，狗在阴凉里吐着舌头，诊所门头上"慈济医院"四个大字被暴晒得比患者更显疲惫。屏风后一位年轻的洋护士轻声问询着病人，艾礼士应付着李夫雅，一面提笔开方。李夫雅冲艾礼士礼貌地点一下头，经过通道走进诊所后面的教堂。

李夫雅急于摆脱诊所里那股子烂红薯般的消毒水气味，自然料不到这场谈话将是李家三代人磨难的开始。

李夫雅生于1912年，字惟大，名和字都取自《汉书》里"夫惟大雅，卓尔不群"一语。李夫雅自幼喜欢画画，十几岁时，山水、花鸟、人物便无一不能，尤其擅长仕女画。李家在乡下有百多亩良田，开封城里经营着绸缎庄，鼓楼西街有二进院的大宅子，养着马夫，出入乘胶皮轮大马车，女眷外出乘两人抬的小轿。

那天下午，艾礼士送别李夫雅时，拜托他画一幅以基督教人物为主题的画像。此前教堂的宣传画是耶稣被钉十字架的画面，景象凄惨，以此送人，群众往往推辞。

"你知道，"艾礼士笑道，"善良的人不喜欢悲剧。"

李夫雅潜心构思，一周后将一幅一肘见方的以松柏和牡丹为背景的《圣母圣子图》交到了艾礼士手上。

"还有比阁下更恰当的人选吗？"艾礼士端详着神态安详宛如送子观音的圣母和圣母怀中白白胖胖的围着红肚兜的圣子，赞扬道，"'十架恩典满全球'这句话，好。"

教堂随后大量印制，以此画送人，百姓满面欢喜地双手去接。

艾礼士邀请李夫雅再创作一些类似题材的画，李夫雅即以鸽子、十字架和天使等符号，结合中国人的喜好画了几幅。其中有一幅尤为有趣，画中是耶稣及其十二门徒。耶稣慈眉善目，神情从容，活似升坛讲法的圣人；门徒神色坦然，师徒好似正在筹划着一场远足。

逢礼拜日，李夫雅常来听道，并向艾礼士索要了一本《圣经》。李夫雅对基督教由陌生到熟悉，由隔阂到好感，1936年，李夫雅受洗。

李夫雅虽说归入了耶稣名下，但他的宗教生活仅限于礼拜天。开封是省会，比教堂有趣的去处不胜枚举。李夫雅在日记中写道："礼拜日赴教堂听艾礼士布道。午后，二三好友来访，同赴勾栏。老鸨言新来沪上名花，果然大可人意。"上午崇拜上帝，下午狎玩名妓，李夫雅的灵魂与肉体相安无事。

1937年，李夫雅的长女因病夭折。同年，李夫雅的夫人因悲伤过度，也不幸离世。

1938年6月，国民政府"以水代兵"扒开了花园口黄河大堤，被大水毁掉家园的难民像失掉羊圈的羊群般拥进开封城。

艾礼士一面将教堂空余房间腾出来安顿体弱多病的难民，一面成立了女青年会，对避难的女青年给予缝纫、刺绣、织袜和制鞋等分工，以资收容兼传授技术。李夫雅捐出钱款，购买剔过肉的羊骨,合着小米,每晚熬粥救济灾民。

开封沦陷后,日军常在教堂门前调笑侮辱妇女,艾礼士总是挺身而出,不温不火地与日军交涉。这时节美日尚未宣战,日军打量着诊所门头上悬挂的美国国旗,悻悻而去。

1941年12月,美国对日本宣战。艾礼士将一千多册基督教英文典籍托付李夫雅保管,准备回国。

"我不知道,上帝为什么唯独钟情中国?"艾礼士站在带篷的马车前,双手揉搓着,"我在中国度过了最美好的三十年,可这三十年间中国人所经历的一切并不美好,上帝却仍不断地加增砝码,他将怎样释放你们呢?"

街道上没了人影,云后的月亮满怀心事。李夫雅没有回答。

"再见吧,朋友,"艾礼士同李夫雅握一下手,望着门头上的十字架,"它会引领我们再见的。"艾礼士一行六人将按计划先抵达山东登州,会合其他传教士,再转赴青岛。

李夫雅虽然名列教会管理委员会的委员,却不负责具体事务。现在,他不得不独自同日本人周旋。日本人监控所有事,甚至派了两个探子来听道。不久,日本人组织了一个"华北基督教团",要求信众全部加入,每个人都得填一张表格,包括爱好、朋友和日常习惯等。

从这时起到1945年的四年间,是李夫雅一生中最为煎熬的时光。李夫雅对上帝的认识从宁信其有到必信其有,也不再把艾礼士看作外国传教士,而是当成了榜样。他在日记中写道:"我以苦为乐,在困苦的生命中做着登天的事业。屡屡失望,屡屡绝望,恐怕还要死而复生几回,方可攀上山顶,与圣徒并立。"

1945年,日军投降,李夫雅试图联络浸礼会,后因内战爆发，一切作罢。

1949年，新政权建立，李家的田产被分了，绸缎庄被公私合营，大宅子搬进来几户革命群众。

开封"三自"教会成立后，沐恩堂被充公。李夫雅无力抗争，他只是隐匿了那批英文书籍。

儿子李子宜中学毕业后，立志侍奉上帝，主动加入了"三自"教会。李夫雅虽然内心不情愿，却找不到阻拦儿子的借口。

李夫雅对李子宜说："儿啊，咱是信神的，共产党人是无神论者，你硬要上前，考虑过下场没有？"

过了一会儿，李夫雅沉吟道："咱爷儿俩都不懂政治，我想着咱的田产和房子都被收走了，接下来会不会……"

李子宜昂头道："房子和田产事小。"

李夫雅叹一口气，没再说话。

1957年秋天，"三自"教会在开封第一楼大饭店召开扩大会议，会议的主题是"反右"学习。会议开始前，沐恩堂的周鸣岐牧师向与会人员散发了一份材料，揭发李子宜家藏匿美帝国主义反动传教士遗留的反动书籍。绰号"俩馒头"的周鸣岐比李子宜大十多岁，个头中等，颧骨又高又大，像粘在脸上的俩馒头。主持人宣布开会后，周鸣岐第一个发言。

周鸣岐道："李牧师，一千多本反动书籍的事情你交代一下。"

李子宜道："周牧师，咱们都是信神的，你知道，不合适的话可以不说，但绝不能瞎说。你看过这些书，你说说咋反动了？"

周鸣岐道："美帝国主义传教士的遗毒，当然反动。"

李子宜道："这一千多本书与政治无关，这样，你说哪一本哪一句反动吧。"

周鸣岐道："每一本每一句都反动。这是立场问题，你到底站在哪一边？"

李子宜道："我是信神的，当然站在神这一边。"

周鸣岐道："这句话就反动！"

李子宜道："你曾同家父共事，我对你执弟子礼，你为啥要陷我于罪？我明确答复你，书籍属于私人物品，受人之托，不便上缴。但是可以开列书目，也可来人现场检查，证明不是什么反动书籍，中不？"

周鸣岐站起来："态度，请大会主席及各位委员注意此人的态度。"

李子宜也站起来："你到底啥目的？"

周鸣岐道："鉴于此种态度，建议将李子宜开除出教会！"

李子宜道："依我看，该开除的恰恰是你这种构陷同工的小人！"

主持人和与会人员直直地瞪着李子宜。记录人员唰唰地书写着，在李子宜每句发言后的括弧里写上"态度恶劣"四个字。

这当口，缠绵病榻的李夫雅走到了人生终点。

李子宜斜靠床头，将瘦如蝉蜕的父亲搂在胸前，轻声安慰："爸，万事放心。"李夫雅喉咙里呼噜噜响了一阵，抬手指着那一堆占了半面墙的英文书籍，说了一个字："信。"李子宜含泪点了点头。

夜色像倾泻下的油漆。庆祝俄国十月革命胜利四十周年的游行群众提着灯笼从院门前经过，阵阵口号声伴着焰火腾空而起。

满耳的笑语喧哗，满眼的绚丽焰火。李子宜坐在堂屋外廊的台阶上，想到了自杀。

四十年后，李子宜对儿子李约翰描述那个夜晚："当我起了自尽的念头时，耳边忽然响起主耶稣问门徒彼得的那句话——你爱我比这些更多吗？我登时泪如雨下。我问自己，上帝会跟我开这么阴险的玩笑吗？不，不会，上帝自有美意。我才二十岁，我要活下去，我不能把自己的名字从上帝的册子上抹去。"

丧事完毕，李子宜与各行各业的"右派分子"共十七人，下放到中牟县雁鸣湖畔的枣棵村，由群众监督劳动改造。劳动的第一项，就是搭自己的窝。工棚建在村南一里地的高地上，西面是撒了霜似的几百亩盐碱地，向东穿过一片杂树林就到了湖边。工棚坐北朝南，门后一个双眼的灶台，灶台上方是唯一的窗户，靠南墙一溜大土炕，分成十七个铺。新居落成后的第一个访客是一只拳头大小的刺猬，一身白刺，惊慌地在十七双鞋之间嗖嗖地窜来窜去，甚至躲进一只鞋里不肯出来。第二年入冬前，他们在北墙外加垒了一堵防风墙，将土炕改成火炕。

第二项劳动，是拆平湖南边的两百多座无主坟头。坟墓大多被盗挖，棺椁内尸骨凌乱，散落的墓碑仿佛岁月残缺的牙齿。李子宜留心察看，发现最早一块墓碑是明朝天启年间的。有的碑只题名讳和年月，有的背面刻有长篇的墓志铭。平第一座坟头时，众人就是否应该祭奠一下死者起了纷争。吵嚷声惊动了监督劳动的民兵队队长王栓柱，王栓柱一手按着崭新的牛皮腰带，一只胳膊舞动着保持平衡，踩着乱石间的平整地小跑过来，直眉愣眼地问："吵吵啥嘞？"一人答道："虽是无主之墓，也当敬畏逝者，理应祭奠一下。"王栓柱呵斥道："埋的是恁爹呀还是恁娘呀？！挖！"尸骨就地火化，石碑拉走筑桥铺路，棺木拆散做木料，墓砖用来修建大炼钢铁的土高炉。若挖到金银珠宝或文物则如数上交，当然，也挖不出什么值钱东西。

每天十二小时的体力劳动，粮食定量却越来越少。窝窝头从杂面变成了红薯叶子面，捧在手里还舍不得马上吃掉。牙龈发肿，牙齿咬合不住，咀嚼时发出两块砖头摩擦似的噪声。李子宜感觉自己像一块躺在车床上的钢坯，等待着锋利的车刀般的饥饿，将自己一刀切成废料。

王栓柱禁止李子宜他们私自捕鱼和挖掘植物的块茎。"要是叫我发现，"他指着工棚内唯一的一口铁锅，"连锅端。"

李子宜想不透，一群人怎么可以凭空惩罚另一群人？谁给了他们这个权力？

平完坟头，李子宜他们为炼钢工地送煤和木材。十七人分为两班，七个人装车，十个人拉车。车是平板车，车斗前后围着荆笆，每天四趟将燃料送到二十里外的工地。李子宜他们想出一个巧法子，将后车的车辕压在前车的车斗下，十辆车像车厢般一节节连起来。火车启动，头车的人骗腿坐在车辕上，单脚划地控制方向和制动。

那天下午，在675号里程碑处，一台拖拉机在车队右前方忽然减速下道，头车的人单脚摩擦地面，却无法消抵巨大的惯性。头车直直地撞上去，瞬间碎成几段。后车接连撞上去，伴随着咔嚓咔嚓的断裂声，车厢和车轮分离，像是摆脱了重力，各自冲向抛物线的最高点。李子宜腾空飞起，车轮擦着手臂飞过，辐条发出呜呜的响声；同伴们惊慌而茫然，身子扭曲着在空中翻转；夕阳中的煤块像镀金的流星般四散开来。有那么一刻，李子宜仿佛悬停空中。他和一个同伴的目光交错，本想打招呼，那人却惊叫着摔了下去。李子宜甚至瞥见拖拉机的司机走下驾驶座，摘下手套，张着嘴，惊恐地望着漫天飞舞的人、煤块和杂物。在重重地摔向田垄的一刹那，李子宜注意到了那块里程碑。675公里。谁距离谁675公里？开封距离北京？还是我距离神？李子宜翻身坐起，抹去脸上的泥土，打量着四分五裂的车子和东倒西歪的同伴，哈哈大笑。笑过几声，没有响应，他起身走到渠边。一个同伴斜躺在水中，眼镜耷拉在鼻子下面，因高度近视而凸出的苍白的眼球茫然地望着某处，鲜血裹着气泡从嘴里咕噜噜冒出来。李子宜蹚水过去，想把他拉起来，可怎么也拉不动，才发觉一根车辕扎透了他的小腹，鲜血像惊慌的蛇群从腹中蜂拥逃出。

　　李子宜抱住车辕拼命往外拽，喊叫着："起来，起来！"拖拉机司机站在岸上，用脏兮兮的手套擦着额头的汗。同伴们围拢过来，抓住李子宜的胳膊说："不中了。"李子宜停下，呆立片刻，跌跌撞撞地爬上岸，举起双臂，向东跑两步再向西跑两步，扑通跪倒在田垄上，哈哈大笑两声又嗷嗷号哭两嗓子，仰头喊道："我们是你的苦胆吗？"

　　不到一周，李子宜就在积年的落叶上踩出了一条至湖边的小路。沙地新草般柔软，两三只黑冠红爪的水鸟贴着水面掠过。仿佛被重物坠着，月亮缓缓升起。李子宜双臂抱膝面湖独坐，像一尊失声的陶埙。

谁剥夺了我们的一切？谁驱赶我们伏在刀下？为什么？凭什么？

躲，无处躲。逃，无处逃。仿佛置身寒冰地狱，动弹不得，慢慢冷却。

活着是为了苟活吗？我死给他们看。那又怎样？他们只会指着发胀的尸体嘲笑。不，我不要轰轰烈烈地死，我要扎扎实实地活着。我不能倒下，不能任蛆虫吞噬。

李子宜将脸俯在膝上，抽泣道："爸，我错了。"

王栓柱比李子宜年长五六岁，敦敦实实的，像一颗刚刨出的土豆。王栓柱顶看不上被他监督改造的这帮人，平日虽不刁难，却也不通融。一天下午，王栓柱趁人少时偷偷塞给李子宜两个红薯面窝窝，李子宜一愣，掖了起来。隔天，王栓柱瞅机会趔摸到装车的李子宜身边，若无其事地说："俺信共产党。"

李子宜不知这话从何说起，敷衍道："好。"

王栓柱接着说："俺娘跟恁一样，信耶稣。"

李子宜多少明白两个窝窝头的来历了。

王栓柱扫视四周，说："俺信俺娘。俺娘说，信耶稣的没坏人。"

李子宜本想说你这逻辑不对啊，话到嘴边改口道："咱娘说得对。"

王栓柱随口问："那你为啥反对共产党？"

李子宜苦笑道："我的罪名是'右派'，不是反党。"

王栓柱道："俺看一样。"转身离开了。

以后的日子，王栓柱隔三岔五塞给李子宜几个窝窝头或一把炒黄豆，或一把红薯干。李子宜终于憋不住，趁没人时问王栓柱："咱娘啥时间信的耶稣啊？"

王栓柱答："早了，三十年前，那会儿还没俺哩。"

李子宜又问："咋就信了？"

王栓柱答："开封城里大鼻子蓝眼睛的洋人来俺村传教，给俺娘看病，还不要钱，俺娘就信了。"

李子宜随口道："感谢主。"

王栓柱道："俺娘也爱说这三个字。"他似乎来了兴致，"那一回俺娘去挑水，不小心桶掉井里了。正巧邻居大伯路过，帮俺娘捞了上来。俺娘说，感谢主。大伯一听，二话不说，把桶又扔井里了。俺娘又说，感谢主。"

李子宜大笑道："感谢主！"

王栓柱转身走了。

夏天的工棚是蚊虫的滋生地，李子宜他们前半夜点燃各种可以产生烟雾的茎叶来抵抗，后半夜只好任蚊虫挑拣可口的血型大快朵颐。冬天，单薄的墙体根本无法阻止尖锐的北风，缩在被窝里和躺在风地里温差不大。

夜晚像某种扎了根的疾病，让人痛苦得清醒。越是清醒越想读书，可哪里有书？对了，读字典，读《新华字典》。随意翻至一页，随意按住一个字，就是它，拼音声调笔画本意含义组词示例，恰如一豆灯火的汉字就像亲人。随便一个字都盘踞在历史的隘口，随便一个字都曾目睹善与恶的博弈。一个字就是一条幽径，通向词汇的群山思想的深渊。一个字就是一本史册，浸透肉体的挣扎和思想的求索。每个字都像熊熊篝火中的鹅卵石，不动声色地炙热。每个字都是比银杏古老的活化石，生机盎然地沉默着。坚硬却富有弹性，孤独却包容万千。李子宜在险峻而体贴的汉字群峰间攀缘而上，乐此不疲。一横，一折，一撇，一捺，一弯，一提，讲究方，讲究正，唯独不讲究圆。真想变成一个字，一个最生僻的字，一个磨损最少的字，隐藏在厚厚的史册里，永不为人注目，多好。

春天如果迟到，雁鸣湖便赌气地拢严各色小动物，不准它们露头。菖蒲及早醒来，虽说水意淋漓，单薄的身板却孤零零地瑟瑟发抖。灰雁盘旋几匝，头雁调好角度，朝水面滑翔，红红的蹼激起一道长长的水花。刚一收住翅膀便呼朋引伴，急匆匆地吞吃青草和小石子，欢快的应和声驱散了菖蒲身上最后一丝寒意。昆虫的喜悦从它们飞行的姿态里表露无遗，小动物也从雁鸣湖的怀中挣脱出来，活蹦乱跳。风从湖面掠过，水色明亮，人也变得亮堂。4月的烟雨漫不经心地在湖面浅斟慢酌，烟气升腾，天地间全是水汽，一切都湿漉漉的，光阴也湿漉漉的。天晴时，一队小学生踏春而来，唱着歌嘈嘈切切地走过。女教师衣着朴素，体态轻盈，像芦苇梢上的翠鸟。入夜，4月的天空是狮子座的领地。狮王高昂着硕大的头颅，款款地巡游天中。耐心等到11月中旬，就在14、15两日秘而不宣的夜晚，盛装的流星欢唱着颂歌掠过轩辕十一，狮王瀑布般的鬃毛被辉耀得金光闪闪。每当此时，李子宜就会想起面如金纸的父亲。

芦苇，雁鸣湖最具号召力的植物。然而计时对于雁鸣湖稍显多余，一切顺着芦苇的节奏就好。5月里的芦苇高不过人，笛膜的选取常在此时，最好是小满前四五天，拣避光处粗细适中的苇子截取上中段，湿布裹了带回去。芦苇的宿根浅浅地织成一张细密的网，人或牲口踩来踩去也不碍事，只是惊动了拇指长的小鱼忽而聚拢忽而散开。人们没忘记菖蒲的功劳，端午时把它和艾叶扎成一束，高悬门楣，算是奖赏。水鸭嘎嘎叫着从芦苇丛中撺出来，黄鼠狼——雁鸣湖最老于世故的哺乳动物——叼着鸟蛋不慌不忙地闪展腾挪，甚至得意扬扬地瞥了李子宜一眼，似乎在说，瞧，热乎乎的晚餐。

漫天星斗恍若流苏，浆果偷偷地成熟。夏夜宛如一阕悠长的夜曲，虫声像是锯齿，将夜一寸一寸锯短。若想安稳地度过夏天，就得跟雁鸣湖混在一处。湖水满满的，像要跃出湖岸。戏水最好选岸边齐腰深处，若是靠近芦苇丛，怕要惊动换羽的灰雁。俯视水面，倒影圆润而亲切。靠近水面，影子却往下逃。越靠近，影子逃得越快。鱼就没有这么调皮，总是雍容娴静，即便把手伸向它们，它们也只是不动声色地摆一下尾鳍，怅然而去。

湖底石头寥寥，证明雁鸣湖不是冰川运动或地壳沉降的遗迹。沙质的湖底是一个缓斜坡，湖深几许，无人知道。乌云带着凉爽的诱惑和湖面上的云影上下夹击席卷而来时，雁鸣湖被压扁了。鲤鱼频频露出脊背，像是窥探消息。雷声说响就轰隆隆地响，闪电更与众不同，炸响的一刹那，枝状的分叉触摸到湖面，像一张亮银色的网撒向水族。暴雨过后，天地澄澈，李子宜总是恍惚听见钟鼓楼的钟声。他清楚这是幻觉，可还是屏息凝神，期待听见第二响。

10月的雁鸣湖像一个汉子壮实的脊梁。李子宜喜欢傍晚时分沿湖岸向南或向北漫无目的地散步。每次散步，裤腿总会粘上几颗苍耳。那天他走得太远，甚至发现了一株叫不上名字的纤细的旋花植物。不管动物还是植物，它们和他都是一剂药方里的不同药材，相互配合，相互效力，相互欣赏。认识它们，多么幸福。心头浮起一阵莫名的欣喜，禁不住开口歌唱。哪里有曲调？哪里有歌词？只是喊叫。果树好像没有，除了一株海棠，再无其他果树。为什么没有果树呢？登高而望，湖的形状接近椭圆。询问过路的村民，村民对"椭圆"一词不太适应。再问，这湖啥时有的？村民侧着头想想，答，秦始皇那会儿就有了。李子宜笑起来。村民反而正色道，真的。无所谓。因为往东南过黄河，往西到太行，往北到聊城，方圆三百公里之内再没有比雁鸣湖更富足更诱人的水体了。

芨芨草挂霜时，村民们开始霍霍地磨苇镰，用拇指肚小心地试着锋刃。枣棵村的水面大约二百亩，村民和李子宜他们一同开进芦苇荡。号子此起彼伏，芦苇一片片倒下，满地狼藉，这场战争将持续到春节前。切断、压捆、装车，整道工序要四个人协作才能完成。记不清哪一年，记不清什么缘故，浩浩荡荡的芦苇只剩下一根苇子孤零零地在风中摇晃，像远人的手语。妇女们将头和手臂裹得严严实实，她们干活儿的进度一点不比男人慢。打一捆也就挣四毛钱，每个人每天挣四元多，这是村民们的收入，李子宜他们没有一分钱的报酬，只是改善伙食。午餐时，众人在芦苇丛中散坐，说着隐晦的笑话，时而爆笑，姑娘们涨红着脸转过头去。日落时村民们招呼着回村，李子宜的腰却直不起来。到了晚间，更疼得无法入睡，恨不得掰断重新接上。

少了摇曳生姿的芦苇，雁鸣湖像褪去盛装的新娘。生性孤僻的西伯利亚寒流是多疑的歹徒，它策马南下，一马平川，所到之处收获一片萧瑟和厌恶。雁鸣湖极不情愿地封冻，冰像无力飞动的云层铺满湖面。第一天的冰面像一个拙劣的阴谋，才踩上一只脚，就咔嚓咔嚓响个不停。候鸟无踪，留鸟收敛，鱼在冰面下笨拙地游动。大雪说来就来，一层一层落下，雪花之大让人想起燕山。雁鸣湖像一个闹够了的婴儿，沉沉睡去。

雁鸣湖私下里似乎喜欢这独处的三个月，可是斑鸠却不解风情，执意陪伴它。颈部一片扇状碎花，像围了一小块披肩的斑鸠好似患了雪盲症，李子宜踏着积雪嘎吱嘎吱走向它时，它两只小眼睛瞪得溜溜圆，咕咕叫着一动不动。李子宜纵身扑过去，两手笼住它，它还是不动声色地咕咕着。肉色的爪子冰凉，飞禽特有的气味温暖而干净。固执的小精灵。李子宜和它四目相对，莫大的孤独瞬间笼罩了他俩。上帝所造的一切生命是如此完整，增加一分便是卖弄，减少一毫就是屠杀。上帝始终在场，从未缺席。他是编剧，他是导演。他开启大幕，他亲手落幕。我是这舞台上的什么角色呢？我一定要耐心，要平静，直到剧终。心存敬畏，是何等的幸福。是的，这小小的斑鸠也是这样想的。李子宜双手往前一送，斑鸠扑棱棱飞两下落在草丛间，不慌不忙地咕咕着。

整个冬天像浆洗的内衣，干爽却不熨帖。最有力量的仍数太阳，阳光是雁鸣湖季节变换最有力的证词。时而无限悭吝，时而无限慷慨，封冻在它，融化也在它。雨水之后，惊蛰之前，冰融化了。芦苇悄悄发芽，比去年更销魂。

新的轮回登场了。

刘三别子推开工棚的门时，李子宜刚刚翻开字典，把手摁在"丑"字上。

刘三别子伸进头来笑着问："哪位是李老师啊？"

有人应道："哪个李老师啊？"

"就是给人家讲道理的李老师。"

众人笑起来，指着李子宜："他就是给人家讲道理的李老师。"

李子宜见来人并不认识，直起身子问："你谁啊？"

刘三别子把门掩上，右脚踮着一点一点地走到李子宜跟前，斜坐在炕沿上，拽着裤脚把右腿搬上炕，说："俺是咱村的木匠，姓刘，都喊俺刘三别子。"

众人又笑。

李子宜还未说话，刘三别子笑着说："俺好听故事，栓柱说李老师讲故事最在行，俺专门来听李老师讲故事嘞。"

众人又笑起来，一个说："那你来对了，李老师肚子里都是好故事。"

李子宜还未开口，刘三别子从兜里摸出一个烟盒大小的铁皮盒："莫合烟，好东西，俺兄弟从新疆给俺寄回来的。"展开裁成两寸大小的黄草纸，捏上一撮黄澄澄的烟丝，两手拇指和食指捏住两端一捻，舌头顺着一舔，卷成一根烟，递给李子宜："来一袋，可得劲儿。"

旁边有人道："莫合烟好着嘞。"

李子宜有些硌硬，但也不好不接，勉强夹在指间。刘三别子刺啦划着火柴，李子宜一口烟下去，感觉谁朝自己的眉心开了一枪，晕晕乎乎往后便倒，斜靠墙上，俩眼球被什么推着一样拼命往鼻准处挤，恍惚听见众人哈哈大笑。约莫一分钟，李子宜睁开眼，一股烟从嗓子冒出来，他一边咳嗽一边擦眼泪。刘三别子笑道："头一回都这样，往后就离不了了。"

李子宜注意到刘三别子的牙齿和嗓音一样都是深色的，他咳着问："你刚才说啥？"

旁边人插话："王队长派他来听故事嘞。"

李子宜仔细打量刘三别子，只见他一张脸花生壳般坑坑洼洼，俩鼻子眼儿一大一小，灰白而凌乱的发间藏着几片木屑，一件灰溜溜的蓝上衣，岁数比自己大了近一轮。

李子宜问："你干啥的？"

刘三别子道："咱村的木匠，咱村小学校的课桌板凳都是俺打的。"

李子宜道："哦，你想听啥故事啊？"

刘三别子指指李子宜手边的字典，说："恁那经上的故事。"

有人插话道："哟，那可不敢乱讲。"

刘三别子冲那人笑道："咱的嘴严实。"

李子宜的难受劲儿还没下去，于是道："中，有这么个故事，你听听喜欢不喜欢。"

刘三别子身子往前探探："喜欢、喜欢。"

李子宜道："说从前有弟兄俩不和睦，后来因为分家打架，当弟弟的一身蛮力，把哥哥打伤了，心里害怕，就离家往外地谋生。"

众人都不作声，刘三别子卷一根烟插在油亮亮的一寸长的竹烟嘴里，叼上，盯着李子宜。李子宜道："一晃好多年，弟弟在外娶妻生子成家立业，心里割舍不下，光想回老家。终于打定主意，收拾细软，把老婆孩子带上，就往家赶。

一路上风餐露宿，这一天来到了河边，过了河就到家了。天色已晚，渡口没船，就在岸边安营扎寨，想着歇一晚再过河不迟。从北边过来一个人，浑身绫罗绸缎，气宇轩昂，指着弟弟说，你想过河吗？弟弟说是，想过河。那人说，我是河神，你来跟我摔跤，赢了我，我背你过去。赢不了，你从哪儿来回哪儿去。弟弟一听，说，摔就摔。俩人比画起来，半天没分出高低。河神说，中啊你。弟弟说，那你得背我过河。说话间，河神照弟弟的大腿窝儿摸了一把，弟弟的腿当时就瘸了。河神一把搡倒弟弟，说，滚吧，哪儿来回哪儿去。"

李子宜停下，众人默不作声。

刘三别子咂咂嘴，说："俺搁家排行老三，俺弟兄仁和和睦睦，分家没打架。再一个俺这腿是娘胎里带的，不是人家摸瘸的。"

"就是个故事，"李子宜有些不好意思，"不是说你嘞。"

刘三别子笑眯眯地说："俺跟你说，李老师，俺不想听这打架的，俺想听木匠的故事。"

李子宜问："哪个木匠？"

有人插话道："耶稣不是木匠吗？"

李子宜问："是不是啊？"

刘三别子道："对，俺这个木匠就想听听那个木匠到底说了些啥，叫恁这些文化人都信了。"

李子宜道："哦，这样啊，中，那咱讲讲木匠的故事。"

刘三别子摆手。"甭慌，今儿累了，回头俺拿一包烟丝来，不能叫李老师白讲。"站起身，冲众人点点头，"走了，歇吧。"一点一点走到门口，扭头冲李子宜道，"回头再来。"

刘三别子关门出去，众人议论道："实在人。"

李子宜靠着墙捧起字典，心想："刚才我有些过分了。"

第二天，刘三别子没来。

第三天傍黑，刘三别子推开工棚的门，伸进头来笑着说："都在啊？"

众人忙招呼："来吧、来吧，李老师等着你嘞。"

刘三别子一点一点走到李子宜炕边，从怀里掏出一个四四方方的黄草纸包，放在李子宜身旁："慢慢抽，还有嘞。"

旁边人道："咦，这礼可不轻，李老师好好讲啊。"

李子宜放下字典，问："那咱开始吧？"

刘三别子递给李子宜一根卷好的纸烟，划火柴点着："李老师尝尝这个。"

李子宜抽了一口，感觉能降住莫合烟的冲劲儿了，问："有啥讲究吗？"

刘三别子腰一挺。"那讲究可大了，"他转向众人，"卷莫合烟还得用新疆本地报纸，香。要是带相片的报纸，咦，一抽满嘴黑油。"

众人笑起来。

李子宜道："那咱讲吧？"

刘三别子道："讲，讲。"

李子宜抽口烟："说从前有个财主，膝下两个儿子。这一天小儿子说，爹，我要分家单过。他爹说，中。就把小儿子那一份给了他。小儿子把自己那一份变现，带着钱去外地鬼混。没几天，叫人家坑的坑骗的骗，身上一个铜板也没了，饿得受不了，就去给财主家放猪，一天三顿跟猪一块吃，夜里跟猪一块睡，时不时叫主家骂一顿。小儿子醒悟过来，哭着说，俺爹给长工吃的住的都比这好，我却搁这儿受罪，我得回去跟俺爹认错，说我没脸当你的儿子，叫我当长工也中。于是他就启程回家。这一天走到家，他爹正搁门口张望，远远看见就喊，俺儿回来了。小儿子上前抱住他爹的腿说，爹呀，我错了，从今往后我听你的话，再不乱来。他爹说，快来人，拿干净衣裳给俺儿换上，赶紧做饭，杀猪宰羊。刚巧大儿子从田里回来，一看这阵势就对他爹说，爹，我天天搁家干活儿，也没见你杀猪宰羊。俺兄弟把钱都花在窑子里，叫人坑的坑骗的骗，两手空空回来了，你倒张罗大吃大喝。他爹说，儿啊，你天天在家，啥不是你的？你兄弟浪子回头，死而复生，咱不该高兴吗？"

李子宜停下，拿眼去看刘三别子。

刘三别子抽口烟，慢慢道："这故事说的是俺。"

众人都不吭声。

刘三别子道："年轻那会儿不懂事，光惹俺爹生气，俺娘气得直哭。俺爹死那年，俺没搁家，俺爹伸着三个手指头，死活不闭眼。"刘三别子拿手背擦一下眼，对李子宜笑道，"这个木匠一讲就讲到人心里了。"

众人笑起来。

李子宜道："还有更好的。"

刘三别子道："今儿累了，李老师恁歇吧。"将右腿放下炕，"走了，歇吧。"一点一点走到门边，回头冲李子宜道，"回头再来。"

李子宜想下炕，身子还没动，刘三别子便开门出去了。众人道："真是个实在人。"

刘三别子再来时，用平板车拉来一张碗橱。众人将一人高的碗橱抬进工棚，靠在灶台北墙。

"杂木的，"刘三别子指着碗橱说，"颜色难看，傻结实。"打开手中一个布袋，神秘兮兮道："好东西。"

李子宜伸过头去，只见半布袋土褐色的豆子。

"山药豆？"李子宜接过布袋。

"是，山药豆。"刘三别子笑道，"大补啊，李老师你撒在南墙根儿，不用管它，它自己长，秋天能收半麻袋。"

"我一直闹不明白，这山药豆到底是山药的娘啊还是山药的儿啊？"

"谁也不是，它是它自己。"刘三别子道，"这盐碱地种不了山药，山药豆倒是长得可好。"

"哦，"李子宜道，"它是它自己。"

1976年的秋末，工棚里只剩下李子宜，伙伴们陆续返回各自的单位。每一次告别，大家都热情得语无伦次，李子宜尽量装作和大家一样兴奋，笑声爽朗，用力拍着同伴的肩膀，使用一些诸如"你小子"之类亲昵的词汇。然后，在"常来玩啊"的告别声中独自回到工棚。

"都走了？"王栓柱推开工棚的门，"你一个人搁这儿等谁啊？"

"我正寻思呢，"李子宜笑道，"我等谁啊？"

"别寻思了，走，回家。"王栓柱伸手来抓李子宜的铺盖。

"你听我说，真不合适。"李子宜欠身摁住身旁的铺盖。

"咋不合适？自家兄弟啥不合适？"王栓柱在铺上坐下，抽出一支纸烟递给李子宜，"别抽莫合了，换一袋。"

"你想想，你都当爷爷了，"李子宜接过纸烟，"俺还没寻见媳妇哩。"

两人笑起来。

李子宜隔三岔五回家一趟。一千多册书胡乱堆在地上，他随意翻开一本，霉味儿扑鼻而来。除了霉味儿还是霉味儿。仿佛闯进了陌生人家，坐也不是站也不是，总想着回到只有一扇窗户的空落落的工棚，总想着翻开那本卷页的《新华字典》。

只剩下我。

二十年。仿佛一世，仿佛昨夜。

二十年。没有棱角的光阴连个招呼也不打，便过去了。

二十年。神像锉指甲般慢条斯理地打磨我，我何尝不在打磨自己呢？

二十年。从下弦月到上弦月，我是这颗行星上最了解月亮的人吧？每晚它都是新月，只有爱慕它的人才会察觉。不是一个，绝对是三百六十五个，独自拥有这么多的月亮，多么奢侈。

没变成兽，更没变成虫，我依旧是元气滂沛的人。我曾经褊狭、猜忌、动摇，我向您坦白，我曾私藏了黑暗。不过，当光愈来愈弱时，我并没有歌颂暗。

满怀仇恨的僭越者垒起墙，只留了一个门，所有的美好都成了禁忌。他们满怀惧怕，他们惧怕爱。我没走这门，这门后没有自由。我属于墙外的世界，属于您建造和应许的世界。

我庆幸没有阻挡您，您果然自有预备。

我是一个神迹啊。

四十岁，好得很。四十岁，了不得。

只有绚烂，没有凋敝。只有热切，没有懊悔。只有笃信，没有暧昧。

我刚刚从深渊中冒出头来，我还没畅游呢！

忽然，月光骤然亮得刺眼，一束光直射李子宜，强光打在眼睑上像抹了一层浆糊。他侧过脸，本能地抬手遮挡，试着睁开眼。强光消失了，他朝月亮望去，月色依然轻柔。就在他放下手臂时，一只萤火虫落在了右手食指上。他将手掌挪至眼前，不，不是萤火虫，是一朵火焰，一朵从指尖生出的火焰，像一朵无忧花。金黄的火苗，蓝色的火芯，在指尖跳动，全无热感，全无痛感。

哈，这是你吗？

两朵，三朵，十个手指都燃起了无忧花。火焰蔓延开，气定神闲地蔓延开，脸庞，眉毛，头发，身子，全着了，整个人像一束盛放的无忧花。

这是你！这就是你！

李子宜站起身疾跑两步，纵身跃起，扑向雁鸣湖。

波光粼粼的水面，水中摇曳的满月，还有无忧花绚烂的倒影。

无忧花在水中怒放。李子宜舒展四肢，慢慢下沉。

无忧花在水中怒放。两滴眼泪融入栗色的湖水。

1978年，李子宜收到了"摘帽通知书"。延至1981年，所有罪名得以改正，作冤假错案处理。李子宜重返讲坛，并被推举为教会的负责人。

虽说恢复了正常礼拜，却找不着一本完整的赞美诗。李子宜从一千多册英文书籍中拣出几本，凭着记忆一字一句试着翻译，译成后反复吟唱。若有错漏，再请弟兄姊妹修改。

比赞美诗难整理的是人心。二十年间，一些人没能经受住考验，或轻或重地伤害了其他弟兄姊妹。现在，加害者想回归教会。他们是否反省和忏悔了？该不该向受害者道歉呢？何种形式何种程度的道歉呢？受害者会原谅他们吗？接纳这些人会不会导致分裂？

"他们是魔鬼的同伙。"一次聚会上，反对接纳的同工对李子宜道，"你受的啥罪你忘了？"

李子宜举起因超负荷劳动而变得葡萄藤般扭曲的双手，反复端详，仿佛看见了十朵燃烧的无忧花。片刻，他缓缓道："主背负了一个十字架，我想，我们不光要背负自己的十字架，更得背负弟兄姊妹的十字架。"话刚说完，有姊妹失声痛哭。

众人的纷扰解开了，个人的私事浮了上来。李子宜常在夜深人静时祷告："儿子有一件心事，儿已年近半百仍孑然一身，儿没有妻子不就是您没有儿媳吗？儿一无所有，已将自己全部献上，现在更将婚姻的难题一并摆上，求您做主。"

李子宜脱衣上床，辗转反侧，无法入睡。披衣而起再次祷告，再脱衣躺下。忽而想东忽而想西，忽而哑然失笑忽而泪湿枕席。再披衣而起，一人独坐。如是反复几度，方才沉沉睡去。

除夕，李子宜整理文稿直到街道上鞭炮炸响。

该回家过年了。他走出讲坛北侧的小屋，正要关灯，隐约发现西面窗户下坐着一个人。走近两步，看侧影像是常帮自己校对讲稿的杨念慈姊妹。杨念慈因为家庭变故，年近三十尚未成亲。平日里杨念慈帮这个帮那个，寡言少语，像暗处用力的榫卯。李子宜走过去，杨念慈盯着面前的一本书，也不作声也不抬头。李子宜挨着她侧身坐下，一言不发地端详着她，两人都不说话。一片红云慢慢浮上杨念慈的脸颊，染红耳朵，再漫过脖子。待这片红云散去，李子宜轻声道："要是好人都绝了后，谁来传福音哪？"杨念慈仍不作声，脸上再浮一片红云，染红耳朵，再漫过脖子。李子宜再等这片红云散去，轻轻握住杨念慈的手说："走，回家吃饺子，茴香苗馅儿的，可香了。"

出了正月，婚事提上日程。三月里一个晴朗的上午，俩人换了外套，戴上套袖，打算把房子粉刷一下。李家的大宅子原是北房七间，三间正房里李家只剩了两间。院子大门三级台阶，二门半尺高的门槛，进出不方便，后搬进来的两户人家在东耳房南边的墙上凿了便门，对着一条小巷。

刷着刷着，杨念慈停下，说："你回一趟雁鸣湖吧。"

李子宜问道："弄啥？"

杨念慈道："找些苇子，编个床。"

李子宜问："编床弄啥？"

杨念慈拿排刷四下里指了指，说："空落落就一张行军床跟一堆书，咋结婚啊？"

李子宜笑道："哦，这样啊，放心吧，耶和华以勒。"

杨念慈一跺脚："就会说这，叫上帝给你个双人床我看看。"

李子宜还没答话，外面有人喊道："李老师？李老师搁家不？"

李子宜隔着窗户望出去，叫道："三哥！你咋来了？"放下灰桶两步跨到外廊，一面回身招呼杨念慈："这是咱雁鸣湖的刘三哥。"一面对来人说："这是恁弟妹。"

刘三别子搓着手笑道："弟妹搁家嘞？"

杨念慈刚应了句，只见一个比刘三别子高出一头的年轻人跨进二门，憨憨的嗓子冲刘三别子道："爹，车进不来啊。"

刘三别子道："来、来，见恁叔、恁婶子。"

年轻人上前打招呼，李子宜上下打量着夏布般干净的青年："好小子，比恁爹俊多了。"问刘三别子："这是弄啥嘞？"

刘三别子从兜里摸出烟盒，一面卷烟一面笑眯眯道："栓柱听说李老师要结婚，连夜伐了一棵水曲柳，搁家解开了，催着俺爷儿俩拉来。"转脸冲杨念慈道："弟妹，一天三顿饭恁管，最多半个月，俺爷儿俩把全套家具给恁打出来。"

李子宜哈哈大笑，冲杨念慈道："我说啥？耶和华以勒。"

杨念慈嗔道："就你能。"

刘三别子不明就里，笑道："是，以勒、以勒。"

第二年春天，儿子李冠军降生，李冠军就是李约翰。

李约翰学会的第一个词是"谢谢"，谢谢爸爸，谢谢妈妈，谢谢主。那次杨念慈才将炸馍片摆上桌，李约翰伸手去抓，杨念慈忙摆手，向上努努嘴。李约翰抬头望望天花板，迟疑地说："谢谢电灯。"

快乐伴生烦恼，只是烦恼屡屡占据上风。李约翰高中毕业考取了省城的圣经专科学校，李子宜和李约翰就志向谈过一次话。

李子宜道："儿啊，荆棘满布，天路难行啊。"

李约翰扬眉道："我将披荆斩棘。"

李子宜道："将来找媳妇都难哪。"

李约翰道："主是良人，我为新妇，怕什么？"

李子宜叹了口气，没再言语。

那天晚上在人群中一把拽住辛丑的是狗子。

狗子告诉他，瞎子翻墙逃走了。县、市两级领导正在观看节目，不敢惊动他们。村里临时凑不齐人手，要辛丑帮忙在桥头守着。

"哥你在桥上站着就行。"狗子说。

辛丑没有拒绝。

舞台处灯火通明，个把小时的工夫，戏散了，人和车都往北去。又个把小时，人脚定了。辛丑领着黄狗，溜达着回了家。

第二天午觉起来，辛丑在枣树下坐着。一只戴胜落在南墙上，歪头瞄他一眼飞走了。辛丑心里不清净，起身奔村南的舞台。

满地碎纸屑和塑料袋，舞台拆卸一空，钢结构把太岁戳得密密麻麻满是大小不一的窟窿。条条裂缝像是撕开的面包，纤维纵横，用手探探，潮湿却没有液体渗出。

这物件一天天地肆意膨胀，吞噬一切，没什么能阻挡它。

辛丑在太岁上坐下，往北望去。李约翰朝这边走来，像一团积满了闪电的雨云。

李约翰走上太岁，与辛丑并排坐下，辛丑递给他一支烟。

"瞎子去寻找光明了，"李约翰平静地说，辛丑没有答话，"估摸到北京了。"

"往后嘞？"

"尾巴爷被碾死和乡亲们搬迁的补偿款，都是瞎子领头跟镇上交涉的。"李约翰说，"咱得帮帮瞎子的老婆孩子。"

"那是。"

李约翰从脖子上摘下一个枣木的十字架，长约半拃，递给辛丑："哥，留个纪念吧。"

"咋了？"辛丑接过来问道。这时，从北边慢慢驶来一辆轿车。车停下，狗子和一个人下了车。李约翰和辛丑没动。狗子和那人走上太岁，朝二人走来。

　　狗子直接问李约翰："瞎子是你放跑的吧？"

　　李约翰站起来："是咋着？不是咋着？"

　　狗子对那人说："所长你看，承认了，就知道是他干的好事。"

　　李约翰道："你们阴险，你们诡诈，你们怯懦，你们张狂。"

　　狗子指着李约翰："骂人不是？打你啊。"

　　李约翰继续道："凡是妇女生的，我一个也不惧怕。"这句话刺痛了狗子，他口里骂着，上前一步，一脚踹在李约翰肚子上。

　　李约翰踉踉跄跄后退一步道："你们仇恨怜悯，你们嘲笑公平。"

　　狗子上前一步，骂道："恁娘！"又一脚踹在李约翰肚子上。

　　李约翰仍没倒下，再退一步道："你们口里满是谎言，你们心里满是恶念。"

　　狗子和那人一起上前拳打脚踢，李约翰招架不住连连后退。

　　辛丑站起来，喊道："哎，咋回事儿？咋打人哪？"

　　李约翰边躲边说："你们不能肆意妄为，这是我的国，这是我的民。"

　　狗子喊道："叫你背课文，叫你背课文！"一边追打李约翰。

　　李约翰站立不住，一脚踏空，歪倒在裂缝里。

　　二人对着李约翰的头和胸猛踢猛踩。辛丑紧跑几步，喊道："不能打人！"

　　狗子猛一回头，指着辛丑道："滚！"

李约翰挣扎着往外爬，狗子朝李约翰的头顶狠踹几脚，李约翰消失在了太岁里。

辛丑不敢过去也不敢坐下，呆立着，心怦怦跳。

狗子二人停手，蹲下，摸出纸烟点着。

"冠军弟，冠军弟！"辛丑喊道，李约翰没有声音。辛丑对狗子说："狗子你快打电话救人！"

狗子和那人对视一眼，摁灭烟头，站起身来，指着辛丑高声道："你杀人啦！"

辛丑惊道："啥?！"

狗子猛扑过来，一脚踹倒辛丑，趋前一步，膝盖抵住辛丑的胸口，一手掐住辛丑的脖子，一手指着辛丑的眉心，厉声呵道："你杀人啦！"

第五章　父　亲

"啧啧啧，老头儿犟着呢。日本人来了，老头儿对恁爷说，恁几个年轻，跑得动，快跑吧，甭管我。老百姓都往村西头沙窝里跑，刚出村，有人喊，辛庄，恁爹跳井啦！恁爷也不敢回，一边哭，一边跑。"

辛丑的爷爷弟兄三个，全是手艺人，瓦匠、木匠和画匠。辛丑的爷爷辛庄行五，人称"画匠五"。

"开春，旱得呀。啥吃的都冇了，先把恁姑卖了，卖到了安阳，恁姑那年十二吧。恁爷也哭，哭啥？搁家还不是饿死？走吧，早晚是人家的人。得了三升小米、三升高粱，吃了没几天，又饿起来了。卖恁爹吧，恁爹七八岁，卖到山西。临收秋，日军扫荡，老百姓往沙窝里跑。跑到卫河边上，人多得挤不上船，恁爷先上去，我抱着恁叔，恁叔还吃奶呢，搁人堆里推过来搡过去。后头有人说，大嫂俺给恁托着孩儿，恁先上去。还没搭腔，那人把恁叔一把抓走了。回头一看都是人，不知道是哪个，也不见恁叔。俺孩儿哩？光剩哭了。恁爷听见了，喊，咋啦咋啦？光剩哭了。"

奶奶剥豆子一般，把时间像豆荚一样扔掉，只留下那些豆子般饱满的人和事。

"日本人败了，国民党、共产党在沙窝里来回打，今天你来明天我走。共产党有办法，团结住了穷人。"奶奶一拍巴掌，笑道，"快收麦了，恁爹从山西跑回来了，一千多里地呀。"

买主是运城新绛县人。辛夷起初学做豆腐，豆腐做好就推车到集上，啥时卖完啥时回来，回来再喂猪干杂活儿。一年下来，猪膘肥体壮，辛夷身量也见长。主家说，能干掏力的活儿了。

山西的冬天比河南冷，人穿得薄了，骨头都结冰。大雪漫天盖地，辛夷他们每人背三十五斤白布，进山送给抗日部队。晚上八九点钟上路，偷偷爬过鬼子的封锁沟，手伸到没膝深的积雪中抓住草棵，一步一挪。下山时滑行，省力是省力，一不小心掉下悬崖，寻不见尸首。次日中午，赶到接收站，鞋袜和手脚冻成冰疙瘩。同行的长辈嘱咐，去空地上蹦，千万别烤火，也别用热水烫，要不化脓离骨，人就残了。

日子一天天过，辛夷身量一天天长，也越来越想家。辛夷偷跑两次都被抓回去吊在树上毒打，榆木棍子打折好几根，辛夷只好沉下心来等机会。

日军投降后，路面上少了封锁。清明这天，主家去上坟，辛夷找块麻布往身上一披，揣上几个馒头，溜了。一天工夫，往东跑出去百十里地。一路上走走停停，饿了讨饭，讨不着就打零工。一个多月后到了五龙口，四年前正是从这个小渡口过的河。

两岸的麦子黄透了。

过了河，天近正午，遇着一位头顶一圈草帽沿儿的老农。辛夷问路，老农问："打哪儿来呀？"辛夷答："山西。"问："哪村的？"答："牡丹村。"老农拿烟袋杆儿往东一指："十里地，回家吧，今年好收成。"

辛夷摸到家门口时，二大娘在门口立着，只是辛夷离家时还是孩子，眼下长成少年，二大娘认不准。辛夷问："这是辛家不？"说话带了山西口音。二大娘听不清楚，问："谁呀？说的啥呀？"辛夷的娘正在屋里纺花，脱口喊道："俺儿回来了。"趿拉着鞋迎出门来，娘儿俩抱头大哭。二大娘说："别哭了，回屋吧。"辛夷擦把泪问道："娘，俺爹嘞？"娘答道："在南地给许家看瓜哩。"辛夷拔腿就跑，二大娘指着说："你看看，风一样。"

辛庄正坐在庵里抽烟，忽见一个半大孩子从北面急慌慌跑过来，心想谁呀这是？待听见辛夷直着嗓子喊爹，辛庄起身道："老天爷，梦灵验了。"

辛夷跑到跟前，辛庄一把抓住儿子的胳膊，问："饿不饿？爹给你藏了个大面瓜。"转身从草席下摸出瓜来，辛夷抓过来就吃。

辛庄问："甜不甜？"

辛夷答："又甜又面。"

辛夷回到家就上了村东头的完全小学。读了四年，回回考试都是头名，字也漂亮，作文常被当范文在班上传看。

1949年夏天，辛夷报考边区政府在长垣县开办的会计学校。放榜那天，榜单前围满了人。辛夷个子矮挤不进去，站在粪堆上从后往前找自己的名字。里面的同学喊，辛夷你考了头名。众人听见，让出一条缝儿来，辛夷挤进去，见名字赫然列在榜首。

进了学校就是干部。头一回领到饭票和菜票，辛夷真想大哭一场。

"多少啊？"辛夷攥着饭票和菜票问一张一张查数的同学夏樊。

"三十斤，"夏樊头也不抬，"你不数数？"

三十斤。一天一斤，敞开肚皮也吃不完。我这个黄嘴小麻雀的叫花子，再不用要饭了，再不会饿肚子了。

辛夷叫得出所有伙夫的名字。一天三顿饭，他早晚两顿在食堂帮厨，择菜洗菜和面蒸馍，跟伙夫一起吃饭。省下的菜票换成零花钱，省下的粮票换成粮食，趁假期背回家去。

辛夷一门心思扑在书本上，该背诵的句子用红笔涂，能模仿的句子用蓝笔涂，读不懂的用黑笔框起来。一本书读完，胰子比墨水消耗得快。

夏樊说，别人一肚子墨水，你是一肚子墨水加胰子水。夏樊比辛夷年长七八岁，家有老婆孩子。

那天晚上在宿舍，夏樊蹬着煤球炉子，指着屋顶宣布："我想好了，我要著书立说。"

同学们瞅着他，夏樊晃着食指说："曹丕说了，盖文章，经国之大业，不朽之盛事。不朽啊同学们，著书立说，不朽啊。"

辛夷问："那你著啥书立啥说啊？"

夏樊指着鼻子："咱是庄稼人，当然跟农事有关。恁听听白居易写的，'田家少闲月，五月人倍忙。夜来南风起，小麦覆垄黄'。多形象多亲切，流传千年，不朽啊。"夏樊说着，双手舞动，不料脚下一滑，身子前倾，伸手去撑，人扑在炉子上，胡子刺啦一下燎了。

同学们笑起来，说："咦，往后喊你夏燎胡子合适。"

夏樊抹着胡子说："盖文章，经国之大业，不朽之盛事啊。"

燎胡子的第二天，夏樊的媳妇来了，把同学们的枕巾、床单和衣物统统洗了一遍。媳妇前脚走，夏樊后脚就给媳妇写信。他趴在桌前，攥着钢笔轻轻敲一阵门牙，写道："亲爱的糟糠，同窗都赞扬你的勤劳。就寝前别忘了关鸡窝门，切记。"

夏樊那句"盖文章，经国之大业，不朽之盛事"在辛夷心里扎下了根。经历了无数次的石沉大海后，辛夷一篇题目为《劳动》的小文章在《长垣日报》发表了。辛夷写道："回到家就有活儿。一场暴雨过后屋子漏了，屋顶得泥一下。别人家是带屋脊的瓦屋，哪块瓦漏了就换哪块。我家是平顶的泥屋顶，一处漏了就得把屋顶全泥一遍。我赤脚在麦秸泥里踩来踩去，直到泥和得又黏又稠。爹掂着瓦刀站在屋顶，朝霞把爹的半边脸映得红通通的。我仰头望着爹，觉着爹离我很近又很远。我满满地铲一木锨泥，往后荡一下，嘿一声，借力把泥扣上屋顶。一天下来，屋顶泥好了，俩手掌也起满了疱，两臂像断掉一样，腰像桩子般僵硬，足足睡一天才能缓过来。

"这还不算累。收完玉米得铡了玉米秸才能犁地。寅时，爹悄悄喊醒我，我迷迷糊糊穿衣起床。爹扛着铡刀，我背着铡墩，爷儿俩在溶溶的月光下奔南地去。夜雾沉沉地徘徊在旷野，露水打湿了头发和裤腿。到了田里，坐在垄上歇口气，爹从怀里摸出半块月饼塞给我，说：'吃吧，地主家也不常吃哩。'

"日上三竿，玉米秸铡完，我捋一把玉米叶子擦拭铡刀。爹像一棵庄稼般立在垄上，用灰不溜秋的手巾擦一把汗，搭凉棚瞅一眼日头，说：'下一场透雨，沤它两天再犁不迟。'"

夏樊在班上朗读了这篇小文章，一个同学说："辛夷你写的是俺家的事。"

另一个抢话道："啥呀，明明是俺家的事。"

辛夷从邮电局领了一万元稿费，第一个想到的就是夏樊。星期天，他请夏樊吃了驴肉火烧。

辛夷发表的第二篇文章是《参观》："太阳还未起床，我们就出发了。半晌午时到了安阳金钟卷烟厂，这是我第一次参观工厂。一进大门，迎面是一栋三层楼高的生产车间。第一层烟屑弥漫，烟味呛人，同学们不自觉地捂住了鼻子。一人高的切削机隆隆地响着，将烘干的整片烟叶切成碎片，碎片穿过一台机器变成了黄灿灿的烟丝。烟丝被传送带缓缓送进卷烟机，变成了一条一条的烟条。烟条像没有穿戴盔甲的战士，抱着烧成灰烬的决心缓缓开进一个长长的铁卡子，切成等分的一根一根，再分成二十根一小堆。裁好的烟盒纸在前面静静地等待着，像躲不开的归宿。"

星期天，辛夷又请夏樊吃了驴肉火烧，还给夏樊买了二两红薯干烧酒。蹲在酒铺子门前，夏樊抿一口烧酒，哟哟地吸着气，说："你要不朽了，辛夷弟，不朽啊。"

辛夷啃着火烧饶有兴致地盯着夏樊，夏樊的两只耳朵慢慢红起来，红艳艳透着亮。夏樊再抿一口烧酒，哟哟地吸着气，两眼湿湿地说："我还得努力啊，努力。"

1950年，辛夷被分配到银行当了一名信贷员。

下乡放款时，辛夷斜挎一只土褐色的带盖儿布包，纸钞把背包撑得满满当当。他一走进村口，几个光屁股小童便飞奔去报告村长："银行那个小孩儿又背着钱来了！"村长撂下手中的活儿，一边往外迎一边吩咐："把大黑狗拴结实，别咬着他。"村长接着辛夷，领到需要贷款的农户家。要么在院子中枣树下要么在堂屋正当门，辛夷从背包的夹层抽出蓝色硬纸板封面的记账簿，趴在黑黢黢的方桌上，一笔一画填上贷款人的姓名、用途和期限。从夹层里抽出一张演算纸，咬着左手中指的指甲，右手捏着铅笔将贷款的本息计算到小数点后面两位。最后，替不识字的贷款人签上名字，贷款人摁下一个鲜红的指印。鸡在桌腿和人腿之间觅食，灰头土脸的土狗蹲在旁边瞟瞟这个瞄瞄那个。辛夷将记账簿放回背包的夹层，掏出一沓纸钞，一张一张数好了交到贷款人手里。到了饭点儿，村长派饭，辛夷随农户吃饭。吃完给人家打个证明，农户凭证明到乡公所兑粮食。若天色尚早，辛夷便背着包赶回乡里。天晚了，就借宿在村长家。

　　辛夷最喜欢收款这个环节。还款期限到了，贷款的农户中两成是一分钱也还不上的，三成凑不齐款项，得拖一段日子，剩下五成盼着能免除一部分。辛夷将各家农户的情况分成"减、免、缓"的三类申请，报告上去。上头批了，辛夷赶去农户家补办手续。当农户千恩万谢地把辛夷送到村口时，辛夷感觉自己就是观音菩萨莲花座前的散财童子。

　　十五岁的辛夷盼着下乡，就像初次钉上蹄铁的马驹渴望着奔跑。他一天徒步三十里地，四十里地也行，反正是不知疲倦。田野还是以前的田野，庄稼还是以前的庄稼。大地嗞嗞地冒着热气，麦子嗖嗖地灌浆，蜜蜂嗡嗡地传递花粉，牛车吱呀呀走过，狗汪地叫一声。所有的声音，绿的红的，闪闪发亮地扑面而来。卫河还是那么从容地流淌，时不时一条鲤鱼跃出水面。他想不出更好的句子形容这年画般的景色，只好喃喃地背诵那些涂了红墨水的句子。他走着背着，背着走着，一切如此美好，想去哪儿就去哪儿，去哪儿都好，只要不去山西。想起山西，他不由自主打了一个冷战。他走着背着，背着走着，时不时无缘无故地跳一下，肩上的布包一蹦一蹦。

他常打二帝陵前过，常望见那两棵身姿挺拔树冠苍翠的柏树。那天他忍不住走过去，抚摸着龟裂的树皮和裸露的树干，想，你们这两个哭不出声的家伙，都见识了些什么呢？两个前世的冤家，这么老，这么忧伤和安静，今生是来互相还债的吧？只是我的姐姐和弟弟不知道咋样了，遇着啥样的人家？娘和爹绝口不提，好像他俩没来过世上。爹娘欠谁的债呢？姐姐和弟弟欠谁的债呢？我欠谁的债呢？他抬眼朝二帝陵上望去，看见娘坐在岗子上，梳理着乌黑的长发，轻声哼唱着。

隔三岔五，辛夷总有小块文章发表。"大作家又写啥了？"辛夷习惯了同事这样跟他打招呼。1955年，辛夷调进报社当通讯员。通讯员没干两年，辛夷上调到安阳地区行政公署。二十岁的辛夷寸发直立，双目有神，嘴角常抿着，透着一股子劲头。辛夷对每件工作都干劲儿十足，对每件事都想得通，可日子却平平淡淡，根本不匹配他的热情。

他好像在等着什么，等着什么呢？

1963年春天，辛夷以安阳行政公署宣传干事的身份在滑县道口驻村。偶然听村干部说有户姓采的粮食贩子，常年在卫河上贩粮食，"土改"时被群众乱棍打死，留下个寡妇和一个闺女。闺女叫采虹，考上了滑县师范。"三年困难时期"寡妇娘饿死了，采虹起初不知道，回家后得知消息，精神就恍惚起来，只好退学在家休养。辛夷心里一动，当即要村干部带他去看看。村干部领辛夷到了一户人家，门从里面闩着。辛夷隔着门缝儿凝神观看，只见一个扎着麻花辫子的女子站在花椒树下，灰上衣，湖蓝裤子，黑布鞋。女子左手握着铁锹，右手搭凉棚正往树上瞅。花谢了，满树的花椒绿莹莹的，比芝麻大不了多少。村干部叫门，女子开了门，也不说话，也不抬头看人。村干部介绍说："采虹，这是咱地区的辛干事，听说了恁家的情况来看看。"辛夷还没说话，采虹飞快地瞥一眼辛夷，说："咱去公园吧。"村干部接茬道："你看看，辛干事，这闺女跟谁都说这一句。"辛夷伸手接过采虹手里的铁锹，说："中啊，去公园，去哪个公园啊？"一面走到院墙下铲杂草。采虹和村干部跟过来，采虹说："三角湖公园。"辛夷头也不抬说："安阳啊？"采虹说："城墙可高可陡。"辛夷说："中，去三角湖公园。"辛夷把草铲完，归拢到一处，铁锹递给采虹："明天我还来。"

第二天，辛夷跟村干部来到采虹家，二话不说，抄起铁锹就清理墙角的杂物。采虹就跟着，也没话。

第三天，辛夷把厕所清扫了，临走时心想，两天没说"咱去公园吧"这句话了。

第四天，辛夷和了泥，搭上梯子，把院墙上活络的砖挨个儿砌了。拾掇干净，两人在花椒树下坐着说话，采虹的眼神忽而明亮忽而惊恐。

第五天，俩人仍在花椒树下坐着说话，辛夷笑着问："为啥想去三角湖公园啊？"采虹盯着辛夷，那目光穿透辛夷的眼睛，落在远处。"那是我去过的最远最好的地方。城墙上野花蓝蓝的，粉粉的，一蓬一蓬，可美了。"采虹顿一下，"要是我早一天回家，娘就不会饿死。"

"过去的事老搁心里不好。"辛夷站起来，"屋里用打扫不？"说着就往屋里去，采虹起身跟着。辛夷推开堂屋门，见屋里干干净净的，飘着淡淡的香胰子味儿。辛夷不好再进套间，便退出来，对采虹说："有啥烦心事只管说，说出来就好了。"采虹点了点头。

第六天，辛夷忙完，俩人还在花椒树下坐着。辛夷问："夜里一个人害怕不？"采虹眼中掠过一丝荫翳，低声道："狼，一到黑都是狼，剌啦剌啦抓门，一直抓到天亮。我备下两把剪刀，一把对付它们，一把留给自己。"

第七天，辛夷临走时，采虹一把拽住辛夷的胳膊，还未开口，眼泪吧嗒吧嗒掉下来。辛夷握住采虹的手说："你说吧。"采虹哽咽道："走，离开这村，咱去恁家。"辛夷说："别怕，我回去开介绍信，后天来接你。"

后天，辛夷带着介绍信和一大包水果糖去见了村干部。而后，在村民们阴沉沉的注视下，辛夷带着采虹离开了村子。

隔天上午，二人早早到了安阳城南的三角湖公园。堞墙间几株新绿遮掩了去冬的衰草，高过城墙的柳枝在晨风中轻轻摇摆。玫瑰色的朝霞落在采虹干净的衣领上，二十岁的青春泛着晕光。辛夷望着采虹清瘦的侧影，确定自己变成了一块水果糖。采虹眼中的荫翳已然消散，平添了一丝逃脱后的惊喜，她一手挽着辛夷，一手轻折柳枝，说："就是这里。"

来年春天，儿子降生。"是个小子。"护士把褓褓中的儿子递过来，辛夷双手捧住，端详着儿子皱巴巴的小脸，哇一声哭了出来。"咋了？"爹和娘围过来，急慌慌问道。辛夷不说话，哭得更痛。"是不是少点儿啥呀？"娘连忙接过孩子。辛夷止住悲声道："啥也不少，就是高兴。"

1966年盛夏，全国上下学习"焦裕禄精神"。黄县的沙灾碱灾不比兰考轻，辛夷向上级要求下到基层。正巧行政公署把治碱试点定在黄县梁乡镇，于是明确辛夷为第一副书记，专门抓治沙治碱的工作。梁乡镇的吴书记本名吴玉中，他写"玉"字时爱连笔，乍一看像"不"，群众私底下喊他"不中书记"。在辛夷看来，比自己年长近十岁的吴书记却很中，起码吴书记口才比自己强。吴书记讲话从不打稿子，滔滔不绝，记下来就是一篇文章，简直是口吐铅字。

辛夷带了三个同志下到乡里，访农户，转地头，看衣食住行，听群众心声。一次趁着放电影，辛夷对群众说："乡亲们，咱不能悲观，鼓起精神来，打一场硬仗，治好盐碱灾害。乡亲们看到了，我把老婆孩子都带来了，治不好，我不走。"一个中年人接话说："辛书记，你往哪儿走啊？还去山西呀？"大伙儿就笑。提起山西，辛夷动了情，他含着泪说："大家都了解我，了解俺一家几辈人。咱祖辈都是穷人，不能再穷了，大家说是不是？"众人纷纷说，只要辛书记领着，说咋干就咋干。

一场治沙治碱的战役就此打响。白天，男女老少齐出动，深翻土地，施农家肥和追加化肥。夜里，年轻人组成突击队从卫河引水浇灌，水车链子哗啦啦响到天亮。

1944年，完全小学毕业后，十五岁的吴玉中加入了皇协军。一次巡逻，吴玉中等五人被区小队俘虏了。当民兵喊缴枪不杀时，吴玉中第一个扔下枪，对同伴喊道："他们是共产党的队伍，穷人的队伍，咱们缴枪。"区小队的战士把吴玉中的表现对区领导做了汇报，区领导专门找吴玉中谈了一次话。在遍地文盲的情况下，小学毕业就是秀才，区领导随后安排吴玉中做了区上的文书。

虽说参加皇协军不到一个月，可吴玉中忌讳这段历史。吴玉中就任梁乡镇书记前，同样经历了辛夷所经历的运动。他认为所有人都是自己的对手，都可能成为自己升迁的敌人。哪里有什么人不犯我我不犯人？人不犯我我也要犯人，还得先发制人。历次运动告诉自己，"人"可能随时出手要了"我"的性命。辛夷这个叫花子出身的年轻干部，脑子灵有办法，群众基础扎实，是自己上升道路上最大的障碍。总是精力旺盛，总是新点子层出不穷，表面上一副心不在焉的孩子气，谁知道他私下里怎么做的怎么想的？他绝对在算计我。我如果不干掉他，他一定会毁掉我。

1970年夏天，"造反派"把辛夷列为"必须打倒的走资派"。镇政府大院和街道上贴满了炮轰辛夷的大字报，机关食堂里最集中，四面墙贴满，中间拉上一排排的铁丝网，挂上各种字体的大字报。人们在各种颜色的大字报之间边读边抄。辛夷好奇，这些大字报都写了自己哪些事呢？他趁没人时偷偷溜进食堂，一遭看下来反而笑了。真不知道"造反派"从哪儿找的材料，洋洋洒洒的不是牵强附会就是无中生有。

大字报之后在机关食堂开辩论会。民兵丁排长走到台前，念了"革命无罪造反有理"的语录，指着桌子后的辛夷说："你搞试验田，埋头拉车，不抬头看路，成绩越大越给资本主义脸上贴金。你用化肥，请专家，不依靠贫下中农，你说你走的是不是资本主义道路？"

丁排长光脚穿布鞋，裤腿挽至膝盖，小腿上青筋暴起，像盘着一堆蛇。丁排长的文化程度是对"目不识丁"这个成语的讽刺，他不但认识丁，还认识人、大和天，其余的就靠猜了。

辛夷没料到丁排长会从治沙治碱下手，他想了一下答道："用科学方法治沙治碱，叫老百姓有饭吃有衣穿叫资本主义吗？社会主义不叫群众过好日子吗？"

丁排长说："你给辛九拉了一车面粉，拉拢腐蚀群众，必须检讨！"

辛夷站起来道："那不是面粉，那是化肥，尾巴叔没老婆没儿女，帮他干点儿活儿不多。你不用再扣帽子了，我表个态吧，我辛夷要是多吃多拿多占了一分一毫，全家锯手锯腿，咋样？"

全场百十号人鸦雀无声。

过了片刻，丁排长像是问桌子后面的吴玉中又像是自言自语："那大字报贴出来了咋办？"

辛夷应道："咋办？咋贴的咋撕。"转身离开了会场。

虽说从批斗会脱了身，可辛夷心里并不干净。丁排长是受吴书记的指使，吴玉中到底想干什么？我哪些地方做错了？治沙治碱不对吗？吴书记打倒我干啥？担心我这个副书记夺权吗？这些疑问好似穿反的衣服，让他一动就难受。我跟吴书记没啥矛盾啊，无非是观点和方法不同。远无仇近无怨，到底为啥啊？干脆找吴书记开诚布公地谈一次，就我们俩，有啥话说开，不就行了吗？

吃过晚饭，辛夷骑车直奔镇上。不过十里的乡间小路，却比以往更加漫长。

辛夷推开吴玉中办公室的门时，烟气笼罩中的一屋子人全愣住了。辛夷随口问道："开会啊？"吴玉中对丁排长等人道："先这样吧。"一群人往外走，没一个跟辛夷打招呼。

辛夷拣张凳子坐下："吴书记，我跟你汇报下思想，做个自我批评。"

吴玉中不看辛夷，合上本子，抽口烟："我们都要自我批评。"

辛夷往前探探身子："我还年轻，思虑不周，态度和方法欠妥当，吴书记多担当。"

吴玉中道："年轻不是资本。"

辛夷愣了一下："吴书记给指条路吧。"

吴玉中道："密切联系群众。"

辛夷想，你不是官腔就是废话，到底想咋着呀？于是说："我回乡务农总可以吧？"

吴玉中盯了辛夷一眼："何去何从要服从组织安排。"

辛夷腰一挺："你还想把我打成阶级敌人不成？我家八辈子贫农……"

吴玉中打断道："很多人背叛了自己的阶级。"

辛夷直直地问："你到底想干啥？"

吴玉中道："要相信党。"

辛夷起身道："我要找上级领导汇报！"

吴玉中抽口烟："'走资派'到哪儿都走不通。"

辛夷摔门走了。

三天后，镇革委会办公室通知辛夷下午三点钟到机关食堂开会。这天逢集，街道上人来车往。穿过熙熙攘攘的人群，辛夷到了镇政府。等在大门口的丁排长手一挥，呼啦啦上来四个民兵，抢过自行车，架着辛夷进了机关食堂。

黑压压的人群无声地闪开一条小道，众人眼睛里除了漠然就是仇恨。吴玉中开口道："辛夷，这次再不交代问题，死不悔改，组织上绝对严肃对待。"

辛夷挣开民兵，上前一步道："叫我站着还是坐着？"

吴玉中说："坐下说，只要交代错误。"

辛夷明白这帮人急着给自己定性定案，索性不坐了，他面向众人高声道："我坚持抓革命促生产，错在哪儿？你们调查了一年多，折腾来折腾去，啥罪状都不成立，不是最好的证明吗？"

丁排长插话道："辛夷，'文化大革命'这几年，你屁股到底坐在哪一边？"他那响亮的啰音听起来像回光返照的病人。

辛夷反击道："我支持抓革命促生产。"众人一时噎住。

丁排长冲民兵使个眼色，立时冲上来几个人，摁住辛夷就是拳打脚踢。丁排长喝道："绑了！"民兵将辛夷捆了个结结实实，把一块写着"走资派辛夷"的木牌挂在辛夷脖子上，"辛夷"二字打了黑色的叉。

全场响起"打倒走资派"的口号声，丁排长手握剃头推子对民兵道："摁结实！"两个民兵将辛夷的胳膊往后猛一抬，辛夷的头不自觉低了下去。丁排长掐住辛夷的脖子，剃头推子紧贴辛夷的头皮，嚯嚯几下就给辛夷剃了个阴阳头。

又硬又直的寸发一绺一绺飘落时，辛夷想到了采虹。采虹坐在窗前，牙齿咬着彩色的橡皮筋，编着麻花辫子。小圆镜子中，采虹的额头圆润而饱满。

丁排长扔掉推子，对民兵说："别让他动！"从兜里掏出一颗图钉，朝辛夷头上使劲儿摁了下去。辛夷像一头栽进了冰窟窿，啊地叫了一声。丁排长并不收手，第二颗、第三颗……

"把'走资派'赶下台！"愤怒的人群喊叫着。

辛夷被拖下台。他透过血污往两旁张望，竟然发现一张张面孔那么熟悉，愤怒的仇恨的漠然的嘲笑的，一张张面孔那么熟悉。他凝神细看，自己！全是自己！是那个寒风中叫卖豆腐的儿童，是那个立在船头渡过五龙口的少年，是那个城墙上手挽爱人的新郎，是那个盐碱地里挥汗如雨的年轻干部。

辛夷猛地挺起腰，几乎跳离地面，扭头望向台上。那个站在台子正中，满脸狞笑，两手叉腰的不是吴玉中，正是辛夷！

世界沉寂下来。

辛夷仿佛一头栽进了蛊盆，潮湿闷热，四壁黏滑，万虫钻骨，万蛇噬肤。

这是一场梦吗？绝对是梦。何时醒来呢？

辛夷拼尽力气喊道："不！"只喊出这一个字就被死死地掐住脖子摁下头去，愤怒的责骂声和激昂的口号声淹没了一切。

民兵将辛夷拖到一间杂物室，门一打开，采虹和儿子扑到了怀里。见到妻儿，辛夷的梦醒了。

早上，丁排长一脚跺开房门，只见辛夷两口子挂在梁上。辛夷脑袋上的图钉亮闪闪的，血痂和泪痕干在脸上；采虹的辫梢上扎满了五颜六色的橡皮筋；五岁的儿子闷死在被窝里。三人的尸首已经硬了。

留在爷爷奶奶家的辛丑，这时节刚刚断奶。

第六章 疼 痛

入夏，犄角旮旯儿弥漫着畜粪的味道。

尾巴爷天不明就拾粪。尾巴爷喜欢牛粪，一摊一摊的，不像马粪呀驴粪呀净是些蛋蛋。村东小学敲钟之前，前后两条街的畜粪被尾巴爷收拾得一干二净。

戏台上下满是麦子。孩子们赤着脚，光着脊梁跑来跑去。入夜，打场的席地而坐，抽着纸烟说笑。孩子们要么偎在母亲怀里，要么倒在麦子上呼呼睡去。偶有啼哭，迅即被母亲的安慰止住了。蛐蛐儿此起彼伏，唱得更欢。

十有八九，粮食入仓前的某个午后，乌云从西汹涌而来，刹那间电闪雷鸣，雨如箭下。犁沟还未湿透，犁脊尚未润平，雨却住了。

两只燕子在街道上盘旋追逐，偶尔点一下浅坑里的雨水。

蜻蜓嘤嘤飞着或悬在半空，如果蹑手蹑脚，兴许能逮到草叶上那只。

天牛也是孩子们中意的。乌黑油亮的盖子，细长的触须，还有一身蛮力。只是别让它咬到指头，不然后悔一个伏天。

晚归的黄牛身披夕阳，远远看去像是误入凡尘的神兽。

桃、杏、梨次第开花，次第成果。苹果的脸正红，邻家的石榴咧开了嘴。

枣在枝头藏着，知了歇了鸣唱，母鸡护着鸡雏躲在阴凉处。

玉米收割完毕，田野重归空旷。

家家户户院中堆着玉米棒子，烟囱升腾起袅袅青烟，玉米糁子的清香随风四散。

农闲时说书的必来。掌灯时分，人挤在十字街代销点对面的小屋里。"尔等要进不进，要退不退，意欲何为？吾乃燕人张翼德，谁敢与俺大战三百回合？哇呀呀——"说书先生沉醉在古人的故事里，听书的沉浸在自己的想象里，孩子们沉迷在众人的神情里。

燕子聚在电线上时，天就入了深秋。

燕子飞走，黢黑的爆米花机跟着邻村老头儿准时来到牌楼下。砰的一声，孩子们笑着叫着跑开又围拢来，捡拾着散落的玉米花。

冬天也赶到了。

那时冬天比现在冷。风中的电线嗡嗡作响，猪啊鸡啊老人啊都回了家，只有狗和三五个孩子在谁家的门洞里嬉闹。

腊八，奶奶早早地熬好一锅粥，花生脆脆的，红枣糯糯的，红豆沙沙的，每一样都恰到好处。辛丑喜欢用小勺小口小口地喝，那隐隐的柴火味儿和种子的香甜，令人心生敬意。

祭灶，奶奶给灰头土脸的老灶爷上香，摆上芝麻糖，念叨着："灶王爷，一身青，一路赶着上天宫。说好话，道好言，初一回来好过年，吃糖吧老灶爷。"

死亡驾驭着寒冷落在屋脊，它不掷骰子，它挨家挨户搜罗老人。无痛无灾地走了，算是喜丧。坟头上纸人纸马纸房子还没燃尽，主家已在院里在街上摆开十几桌席。披麻戴孝的人们围坐桌边，推杯换盏，脸红扑扑的，高声猜测着下一个是谁。

初雪，田野仿佛世界之初。

那时雪也厚。不见了阡陌，低矮的太阳衬着二帝陵上光秃秃的槐树啊榆树啊冷峻而挺拔，两棵相向而立的汉柏更显寂寞。废弃的电线杆无聊地呆立着。雪上偶有野兔留下的几行爪印。几只不知冷热的麻雀从这棵树飞到那棵树，碎碎的雪花在枝丫间洒落。

年，又近了。

阳历的日子是另一个村子无关痛痒的红白事儿。农历的日子像是连环画，一页一页读下去，越读越入戏。

零星的鞭炮提醒着人们蒸花馍包饺子贴对联，有的人家早早挂上了灯笼。

除夕要守岁，辛丑前半夜在街上疯跑，后半夜熬不过就迷迷糊糊地和衣睡了。天不亮一群人大呼小叫来给爷爷奶奶磕头，呼啦啦跪倒一片。辛丑忙不迭从床上爬起来，撵着这群人走东家串西家，捡拾主家扔的糖果和花生。

过了大年初一，路上多是走亲戚的，骑大宽把自行车的居多。大梁裹着花布，瓦擦得锃亮。也有开三马车的，在坑坑洼洼的路面上一歪一扭。礼物必有一篮子馍，馍里夹着肥肉片，四指宽一指厚的肥肉片，看着就解馋。相熟的邂逅，在路旁停下，递着纸烟互相问候。

娶媳妇的在院里垒起灶，帮厨的里外忙活。入夜时分灯火通明，笑语喧哗，男人们玩麻将、打扑克，看热闹的围个严严实实。主人忙着招呼，随手散几包纸烟。

孩子们最上心闹洞房，扒着窗台或挤在门槛处，各自按辈分叫唤着新媳妇，有叫嫂子的，有叫婶子的，也有叫妗子的。新媳妇从笸箩里抓一把枣啊花生啊糖块啊扔出门去，孩子们互相炫耀谁抢得多。个头儿最小没抢到的跑回来偎着新媳妇哭诉，新媳妇轻笑着安慰，单独塞给他一把，他便破涕为笑了。

正月十五点灯笼，辛丑总找一个白菜疙瘩，芯儿挖空，塞上浸满煤油的棉絮，横穿一根筷子，呼呼的火苗呼呼的黑烟，比灯笼过瘾，就算棉絮不小心掉地上也不会灭。

正月十六一大早，戏班子呼腾一下从十字街冒出来。最前面那个又黑又胖，将三眼铳顶在胯间，叼一支烟，不时放上一炮，震天价响。一个光膀子的精壮汉子，啪啪地甩着鞭子开道。拖拉机车斗里站着许仙和白娘子。黑脸的一准儿是包公，长帽翅，端着腰带。车后边孙悟空、猪八戒踩着高跷，孙悟空又是挠痒痒又是手搭凉棚，猪八戒腆个肚子。两个旦角儿腰上套一个纸糊的小船，左右划桨。媒婆嘴角点个黄豆大的黑痣，挥着旱烟袋，乱跟人打招呼。两三个彪形大汉，每人肩扛个铁架子，上面立一个描眉画眼的五六岁的小娃娃。红男绿女，浓墨重彩，仿佛颜色的洪流，浩浩荡荡地来了，并不停顿，一路吹吹打打往下个村子赶，看热闹的往往撵出去两三个村子。

正月十六过了，年就过了。

年过了，太阳近了，风也软了。返青的柳枝无比熨帖。云像风一样乱了头绪，飘着飘着就不见了。

冬天潮水般退去，燕子是第一批赶潮者。河水被布谷鸟唤醒，河水醒了，一切就对了。

闲不下的荷着农具，这里走走，那里瞧瞧。春天什么也干不了，除了锄锄草，什么也干不了。

年轻的游隼孤独地盘旋，数算着翅膀下所有田鼠的余生。春心萌动的野兔嗅到了游隼影子的气味，鼻子翕动第一下时就赶紧缩回洞里。

最后出蛰的七星瓢虫展开半圆形的鞘翅，在叶梗上寻找一个稳妥的起飞点。哪儿哪儿都又香又甜，油菜花嫩生生的一片，叫人恨不得化身泼墨似的鹅黄。

少年的春衫比手中的风筝单薄，在田里跑东跑西。少女们远远立着，时不时偷偷瞥上一眼。

荡秋千正在此时。十字街搭起牌楼高的架子，麻绳足有手腕粗细。风在耳边呼呼作响，人和物在脚下滑过，让人有御风而去的闪念。

手巧的此时爱做皮哨。柳枝是上选的材料，选条，定长，脱骨，削哨。口巧的能吹出耳熟的曲调。还有更巧的，随手掐一片什么叶子含上，唇间就跑出一跳一跳的俏丽的音符。

香椿正嫩，细心人惦记着榆钱儿。向阳的恰到好处，捋一把忙不迭塞进嘴里，满口异香叫人暗自欢喜。

又偷着下了一场雨，绵绵密密。

辛丑喜欢倚窗读书，伴着雨敲檐瓦一字一句读。细雨不时溅在书页上，洇湿小小的一片。眼涩了，起身到枣树下深吸两口潮湿的空气，无论多深的心，立时就浅了。

枝头的青杏指甲盖儿大小，隐在叶子后面。苹果花期长，依旧满树的白花。

雨中梨花不管不顾地开了，着实最美。桃花自然也美，只是辛丑不敢去看，怕想起李静。

卫河出黄县流经与河北省搭界的豆公乡，豆公乡有个神庙村，就是李静的娘家。老话讲："敢走南北二京，不走神庙豆公。"说的是豆公乡神庙村一带，民风彪悍，强人常将碗口粗的绳子横于河道狭窄处，光天化日之下拦截货船，劫掠财物。

李静比辛丑小两岁。李静考进安阳师院那年，辛丑去进修大专文凭。同乡不多，两人不多时走到了一起。

李静与那些围着绿的黄的方格子头巾的缩手缩脚的农村女生不同，举止像一件得体的衣服，不太紧也不太松。李静的口头语是一种食材。"你若说，我跳起来够得着星星。"李静就笑着说："鸡蛋。""你若说，我吃得下一头大象。"李静就笑着说："鸡蛋。"

雪，刚刚盖住地面。辛丑穿过月亮门，到女生宿舍接着李静。二人从学校侧门溜出来，李静脚蹬红色高帮半高跟儿皮鞋，紧挽辛丑的胳膊，小碎步，往西，去三角湖公园。

车和人都少了，雪花仿佛无数的舞者在路灯的光晕里飞旋。

公园南门的馄饨摊子还在，摊主袖着手立着，好像只为二人的赴约。两人在小方桌旁的马扎坐下，对视着，微笑着，雪花落在他们的头发上、睫毛上。

摊主抓起两把馄饨丢进沸水，笊篱推两下，排开两个碗，撒入香菜叶、榨菜丁、紫菜丝、虾皮儿，点过两次凉水，出锅，盛碗，沥几滴香油，冒着热气端上来。不用筷子，用勺，坑坑洼洼铝制的小勺。汤得先吹一下，馄饨只咬半个。馄饨味道轻，正好彰显榨菜丁和虾皮儿的身份。

一碗馄饨下去，手脚热乎乎的。雪或许大了。两人紧挽着，小碎步回去。摊主收拾离开，了结了这场仪式。

夏日，坐在东方红电影院的台阶上，俩人各捧一罐冰镇酸奶。寒气凝成的小水珠顺着颗粒粗糙的罐壁流向手掌。周围的人和物模糊而迅速地闪过，按各自的轨迹远去。

神情沉郁的克林特·伊斯特伍德总叼着半截雪茄，帽檐遮住前额，肮脏的皮靴，眯缝的双眼，斗篷下的左轮手枪三秒钟内可以撂倒四个歹徒。李静伸出右手的食指，凭空一点一点的，谈论着电影的男主角。

"娘子最大的心愿是啥呀？"辛丑问道。

"不跟你说。"李静咬着吸管吃吃地笑。

"都这么熟了，说呗。"

李静笑着摇头，麻花辫子左右甩动。

"嗯？"

"嗯，最大的心愿就是早一天当奶奶。"

"这事儿一个人办不成。"

俩人大笑起来。

夕阳、雪花和酸奶仿佛凝成了可以摩挲的具象，辛丑反复忆起，每一个细节都如眼前的掌纹。即便在监狱的那些日子，在狱友的鼾声中，他盯着上铺的铺板，依旧分辨得不差毫厘。

东方红电影院往南不过百米就是北大街，夏天的北大街是安阳城最妙的去处。

掌灯时分，盛宴开幕。卤煮下水，时令小炒，猪蹄儿羊蹄儿，血糕灌肠，上汤烩菜，高汤烩面，烩饼炒面，饺子烧麦。油炸的，水煎的，论个的，论斤的，盛碗儿的，装盘儿的。食客的谈笑，商贩的叫卖，人来物去，彻夜灯火。

"还好，你吃东西不吧唧嘴。"

"吧唧嘴、打呼噜，我奶奶说，祖辈没这些毛病。"

"你想他们吗？"

辛丑没有回答。

暑假，李静跟辛丑回了家。奶奶还在，见面第一句话就是："哎呀娘哎，这闺女黑得滋腻。"李静就笑着捶辛丑。辛丑说："你黑你的，打我弄啥？"奶奶也笑，又说："看看，黑妮儿寻了个白小子。"仨人又笑。

李静毕业后分到镇一中教语文，辛丑拿到进修文凭，返校继续代课。来年过了芒种，还没收麦子，奶奶过世了。开学前辛丑去见了李静的爹娘，转过年赶在五一，李静成了辛家的媳妇。

新婚之夜，李静问："你爱我不？"

辛丑答："这还用说？"

李静道："你说。"

辛丑说："发神经。"

李静说："早晚有一天，你会说出来。"

辛丑三十岁，儿子辛亥降生。辛丑永远无法忘记李静注视着怀中的儿子，幽幽地说出的那句话："他会有啥样的命运呢？"

铁壶在灶上坐了一晚，温水正好用来洗漱。李静煮好三个荷包蛋，临出门前回房间看一眼儿子。辛丑醒着，她就低声说，走了。若辛丑睡着，她就不作声，推车出门，院门吱呀呀关上，丁零零的铃声渐渐远去。

李静从不主动下田，只在浇地和收麦时，将饭菜送到地头。辛丑更不爱干农活儿，他就想安安静静读书。我是不是投错胎了？他不止一次这样想。

夏夜，院中燃着艾草，一家三口在凉席上纳凉。飞机闪着红灯，从月亮西边慢慢向北飞去。

秋夜，一家三口在院中品着瓜果。飞虫纠缠着檐下的电灯，壁虎逡巡在暗处。

转眼辛亥上了小学，那个爱用小手握着辛丑的食指蹒跚学步的儿童消失了，取而代之的是一个忽而跑去这里忽而跑去那里的少年。也是这年，李静老吵着头疼。

那天下午，秋雨沙沙地打在杨树叶子上，李静一头栽倒在讲台。拉到镇上，大夫说转院吧。就往县城送，半路上人就没了。

丧事办完，辛丑一滴泪没掉。

辛丑把墙壁上、抽屉里能找到的照片归拢到一本相册里，压在书柜最底下一层。能烧的衣物一把火烧了，只留下一面小圆镜子。

来年夏天，那夜月明星疏，月光浮动恍如秋水，树影斑驳，黄瓜正在院墙上开花。

辛丑燃着艾绳，在树下独坐。本想抽根烟，无端悲从中来，止不住地哽咽。还不敢惊醒儿子，就在嗓子眼儿憋着，憋着憋着，声儿就大了。他双手捂住脸，掏心掏肺地哭着。约有一刻钟，觉着左脸和左手麻，止住悲声，摸索着点着烟，才抽一口，捂住脸又哭，一边哭一边对自己说："中了、中了，不准哭了。"用力收住，擦把泪，抽着烟，就坐着，直到鸡叫。

七天之后，当辛丑坐在省第×监狱第二监区第一监室的铺位上时，他无论如何也回想不起他是怎样走进了派出所的院子。遇见了谁？何时离开的？怎样离开的？所有细节像明矾撒入水中一样寻不见了。他只记得一只麻雀落在窗棂上，侧头瞟了他一眼。

椅子面板正中挖了个洞，两个扶手和两个前腿上固定了扣眼皮带。狗子示意辛丑坐上去，说："把身上的东西交出来。"辛丑将手机、钥匙、纸烟、打火机和几张纸钞交给狗子。狗子要将辛丑扣上，辛丑道："狗子你弄啥？"狗子道："程序。"所长从抽屉里拿出一沓纸，吹一下桌上的灰，头也不抬地问辛丑的姓名、身份证号和电话号码。狗子在对面的桌子后坐下抽烟，扭头望着窗外。

一只麻雀落在窗棂上，侧头瞟他一眼，飞走了。

所长问："你啥时间认识李冠军的？有无经济来往？"

辛丑想了想，一一回答。

所长问："你为啥要杀李冠军？"

辛丑惊道："我没杀人。"

所长问："同伙还有谁？人在哪儿？"

辛丑道："我没杀人，哪儿有同伙？"

所长问："凶器藏哪儿了？"

辛丑喊："我没杀人！"

狗子不耐烦地插话道："淡定吧。"

所长问："尸体藏哪儿了？"

辛丑上头了，喊："我没杀人！"

狗子掐灭烟头，说："别问了，淡定吧。"拉开抽屉，拿出电棍，推上开关，电棍闪着蓝光噼啪乱响。

狗子把电棍放在桌上，走过来，抽出辛丑的腰带，将辛丑的裤子和内裤扯至膝盖处，在辛丑旁边蹲下，伸手到椅子的洞眼下面。辛丑低头问道："狗子你弄啥?"狗子不搭腔，扭头对所长说："淡定吧。"

所长问："尸体藏哪儿了?"

辛丑没了力气，梗着脖子说："我真没杀人哪。"

所长把笔往桌上一撂，靠着椅背，双手交叉抱着后脑勺。

狗子起身抓过桌上的电棍，推上开关，电棍闪着蓝光，噼啪作响。

狗子蹲下，说："哥，淡定啊。"

辛丑只听噼啪一声响，疼痛瞬间把他撕成了万千碎片。

第七章　奶　奶

收了秋，工作组来了。

组长姓邱，浚县人，长得像个爱抵人的牛犊。

工作组走家串户了解情况，也来咱家了，恁爷不会说啥，我没啥说。问村里干部欺负人不？我说中吧，还中。

腊月里一天，广播说早上八点搁戏台开大会。

人站满了，我跟恁爷搁人堆里挤着。干部说："能坐都坐吧，别站着。"人都往下蹲，坐板凳的，坐马扎的，也有坐地上的。

邱组长说："社员们，咱大队四个生产队，两千多口人，说实话，遭罪了，有富农也有贫下中农。这一回，组织上掌握了一些情况。现在，把高红中押上来。"

乡亲们一愣。两个民兵一人摁住高红中一条胳膊，押到戏台中间。

邱组长说："放开他。高红中你认罪不？"高红中背着手，梗着脖子说："我有错，没罪。"邱组长说："好，你说说你有啥错。"高红中说："刮共产风，吃大食堂，把社员家的锅碗瓢勺弄走，后来大搬家，没收社员的财产，搜社员家的粮食，那是县委部署的，公社干部监督着干的，不干不中，眼下栽到我头上，我不服。咱村的情况，我心里也不好受，啥办法啊？粮食都被调走了。那时咱四个生产队，一粒种子都没有，咋种地啊？咋会有粮食给社员吃啊？大伙食堂只好散伙，饿死人都在那会儿。我也向公社反映了，要求发放救济粮，吴书记叫我带人到社员家搜，说一准能搜到粮食。我领着民兵搜了十几家，一粒粮食也没搜到，就不搜了。吴书记还骂我无能。说我多吃多占，身为支书那是不该，可我不多吃多占老婆孩子也饿死了……"

话没说完，邱组长一拍桌子站起来，说："高红中你贪污盗窃还有理了？"走上前去照高红中脸上啪啪扇两巴掌，又照腿上踩一脚。可怜高红中也是七尺高的壮劳力，叫踩倒了，裤腰带耷拉着，露着肚皮。

邱组长往前站站，说："乡亲们诉诉苦，受过高红中迫害的先说，深入一些。"

坠子胡掂着胡琴，哈着腰站起来问："边拉边唱边诉苦，中不？"

邱组长说："你坐下。"

恁宝嫂站起来说："我诉苦。那一年高红中非说我偷玉米，我说没有，他咬着说有，逼得我当着他的面拉了一泡屎，才放我回家。"大家乱笑。邱组长摆摆手，还没说话，后街姓李的女社员，叫李红英，站起来说："你那叫苦？你坐下听我诉。"大家都喊："叫李红英诉苦，她苦大仇深。"邱组长说："李红英你上台来诉苦。"

李红英挤到台前，扒着沿儿上去，站到高红中跟前，说：

"那年二月里，俺家五口人饿死三口，公公、婆婆、俺男人。俺男人饿死到卫河工地上，尸首也没见着。公公、婆婆浮肿，起不来床，三天后死了。我记得可清，那年闰二月，二月二十九上半夜，俺娘俩睡下了，忽听着咚咚砸门，我不敢吭。一直咚咚砸门，我披上棉袄起来，问，谁啊？听见高红中说，开门。我赶紧开门。高红中一身酒气，一步跨进屋。我问他，咋了高书记？高红中说，点灯。我点上灯，高红中踩着炕沿儿，伸着脖子，直勾勾盯着被窝里俺闺女，俺闺女吓得哆嗦成一团了。高红中从怀里掏出两个白馍扔到被子上，说，叫恁闺女陪我睡一觉。我赶紧跪下抱住他的腿，还没说话，外边民兵喊他说，高书记，南边地里抓住几个偷青苗嘞，过去审审吧。高红中抓起两个馍，一脚把我蹬倒，扭头走了。我赶紧爬起来，闩上门，钻进被窝，俺娘儿俩抱头痛哭。"

李红英说到这儿，台下群众哭成一片。

李红英指着高红中："高红中，我没冤枉你吧？要不是民兵喊你，那天你会放过俺，嗯？咱村多少妇女叫你糟蹋了？你自己说。"

高红中在地上躺着，不吭声。李红英上去踢了高红中一脚。

邱组长站起来说："谁还有啥苦，诉诉。"

没等人吭声，李红英忽地蹲下去，手伸到高红中裆里，一把抓住，喊："看你个龟孙多孬！"高红中大叫一声，脸都绿了，身子猛一下弓起来。李红英双手攥住，咬着牙说："你个龟孙！"高红中杀猪样号叫。邱组长说不要打人，快拉开。民兵上前拽李红英，李红英死活不松手，民兵硬把她拉开了。高红中蜷成个虾米一动不动，有人小声说："是不是捏死了？"

有社员带头喊口号："打倒高红中！高红中装死！不准躺，

跪着！"

民兵去拉高红中，没拉动，跟邱组长嘀咕了几句。邱组长说："天不早了，乡亲们先回去吃饭，下半晌继续开会。"又说，安排两个社员，出身好的壮劳力，下半晌高红中要是还装狗熊，扶着他接受群众批评。就点了恁爷跟尾巴，说："恁俩吧，恁俩都是贫下中农。"

尾巴有胆，恁爷胆小，这活儿算是难为他俩了。恁爷跑到代销点买了斤烧酒，俩人边喝酒边合计，一斤酒咕咕咚咚叫他俩灌完了。

天阴了，起了风。

喇叭广播，开会了。

高红中还躺着，一动不动。邱组长说人到齐了，开会吧。叫恁爷跟尾巴上前。恁爷跟尾巴一人架住高红中一条胳膊。高红中大个儿，胖，高出他俩一头。恁爷跟尾巴他俩硬是架不起来高红中。

尾巴摇着头跟邱组长说："肚里没食儿，身上没劲儿。"

邱组长说："肚里没食儿倒是有酒，晌午喝了多少？"

尾巴伸出巴掌："不多，半斤。"

邱组长说："这样，补偿你五斤烧酒，高红中起不来，你举个牌子，充一回高红中。"

尾巴伸出巴掌，一正一反，说："十斤。"

邱组长说："嚯，跟组织讨价还价？"

尾巴说："五斤就五斤。"

有人递过来一个事先准备好的纸牌子，尾巴双手举过头顶，站到台前。

邱组长说："尾巴就是高红中，社员们接着批斗。"

第七章 奶 奶 089

尾巴站不稳当，左右乱晃，群众乱笑。

邱组长上前一步说："大家严肃点，谁上来诉苦？"刚说完，高红中腾一下坐直了。有人喊："诈尸了！"乡亲们炸了锅，哭的叫的，看谁跑得快吧。我也吓哭了，腿也软了，没跑两步，不知道谁从后面推我一把，我扑通趴地上了。

只听邱组长喊："社员们不要乱，不要跑。"谁听啊？有人一把拽起我，拉着就跑，跑出去几步，才看清是恁爷。

风也大了，雨也下了，后半夜下雪，风嗷嗷叫，瘆人。

一大早，广播说，高红中死了，没有诈尸，乡亲们不要害怕。

高红中死那年，他儿子高大象三岁。

奶奶坐在枣树下，梳理着垂到腰间的白发。

奶奶的回忆宛如皇上的起居注般仔细，爷爷从不补充和点评，爷爷只关心他的寿材。黑漆寿材停在东屋，爷爷里外敲着薄薄的板材，眼神里满是喜爱和期盼。某一天爷爷会穿戴整齐崭新的寿衣，平躺在里面，双手叠放在胸前，满脸安逸。

上学第一天，爷爷领着一丝不挂的辛丑走到校门口，挥手说，进吧，念书吧。

满校园都是光屁股的男孩儿女孩儿，密密麻麻的像拱出地面的果子。爷爷挥手说，进吧，念书吧。辛丑走进校门，混入光屁股的孩子中，光屁股走进教室，光屁股坐在长条凳上。

"背书吧。"晚饭后，爷儿俩坐在枣树下，爷爷摇着蒲扇说。

"白日依山尽，黄河入海流。欲穷千里目，更上一层楼。"辛丑大声背着，鼻尖渗出细细的汗珠。爷爷摇着蒲扇，喜悦地盯着辛丑，好像这些诗篇是他亲手写就的。

大岁志

那天辛丑放学进门，黑漆棺材从东屋挪到了堂屋正门，盖子错着。辛丑扒着帮往里看，爷爷戴一顶缀着红球球的黑色瓜皮帽，一身簇新的黑棉袄、黑棉裤，黑棉鞋的鞋底足有二指厚，支棱的白眉毛和蓬松的白胡子，闭着眼，活像懒得理人的老猫。尾巴爷、坠子胡还有五六个年轻的或坐或站，抽着纸烟谈论着什么。

"叫爷吧，再不叫就叫不着了。"尾巴爷叼着纸烟说。

"爷，爷。"辛丑叫道。爷爷一声不吭。

出殡那天，辛丑捧着瓦盆出了家门。坠子胡说，一下摔碎，越碎越好。瓦盆摔碎，杠夫起杠，队伍奔村东的坟地。坟坑已挖好，棺材慢慢落下去。一锹一锹的土落在棺材上，辛丑心里没有一丝一毫的悲痛。从坟地回来就开饭，大锅烩菜，四指宽的肥肉片儿，就着白馍，真香啊。

晚上，辛丑缩在被窝里，听见奶奶锁院门，他探出身来喊道："奶奶，锁上门俺爷就回不来了。"奶奶答："他来了再开。"

爷爷一个人在坟地冷不冷啊？

"恁姥姥家没人，死绝了。恁宝嫂说，这样吧，婶子，叫采虹头一天搁俺家住，娶那天从俺家娶。咱背靠背，方便。就是，恁爹也说好，省事，恁娘也同意。一大早，恁爹推自行车出门，一大帮人呼啦啦跟着，一起来到宝家。宝家不开门，尾巴就喊开门吧给糖。门一开，尾巴满地撒糖，小孩子乱抢。进屋接上恁娘，出门上自行车，往后街，再往西，又往南，从骡子家门口拐回来，到咱家，绕村子转个圈儿，把媳妇娶了。"

辛丑对于奶奶描述的父母结婚的场景，可以自行补充更细微的情节，比如孩子们争抢糖块时是否流着口水，他只是想象不出母亲的模样。母亲跟朱丽老师一样吧，圆圆的脸蛋，大眼睛，麻花辫子，笑的时候有酒窝或者没有，有没有都漂亮。可是奶奶为什么把他俩的照片统统烧了呢？

"好端端绊起嘴来了，我正在厨房蒸馍，赶紧出来，走到东屋，喊恁爹，辛夷！恁娘手里举着半块烤红薯跨出门来说，娘，看恁儿，不吃红薯光吃红薯皮儿。我一听就笑了，还没说话，恁爹从屋里挤出来说，红薯皮儿好吃。恁娘说，谁家不吃红薯吃红薯皮儿啊？我笑着说，采虹你不知道，他从小跟他爹要饭，吃不上红薯，光捡人家扔的红薯皮儿。恁娘说，现在不用要饭了。恁爹说，那红薯皮儿也不能扔。

"大年三十吃罢年夜饭，鞭炮震天价响，恁哥好端端就发烧，烧得呀烫手，吐得恁爹满身都是，肉饺子吃多顶住了？这可咋弄？恁娘急得直哭，恁爹说，去镇上。雪下得正大，一尺深，别说骑车，推都推不动。恁爷说，儿啊你去喊恁尾巴叔。恁爹问，尾巴叔中不中啊？恁爷说，比咱俩中。恁爹转身就走。尾巴来的时候，恁爷说，九弟，你有多大本事使多大本事。尾巴说，放心吧五哥。恁爷提起个灯笼，说，九弟，我去高王庙。尾巴说，中。后半夜，烧退了。恁爷像个雪人样回来了，灯笼也扁了。我搁厨房给他仨拌了盘白菜丝儿，抓了一笸箩炕花生，他仨围着小方桌，你一口我一口吱溜吱溜喝着。尾巴笑眯眯地问，五哥你去高王庙跟高王爷说啥呀？恁爷手一抬，还没说话，泪先下来了。恁爷抹一把泪，说，一路跟头摸到高王庙，一步一滑爬上台阶，灯笼也摔灭了，未尝开口，我先趴地上嗷嗷哭了一阵子。哭罢了，我站起来指着高王爷说，高王爷啊高王爷，俺辛家祖辈穷人，就没过上踏踏实实的好日子，这也罢了，算俺没本事。俺祖辈老实人，没骗过谁没坑过谁，你高王爷为啥老跟俺家过不去？你忘了你这金身还是俺爹领着俺弟兄们一把泥一把灰给你塑起来的？光欺负老实人，你是啥王爷呀，啊？我辛庄今儿个要砸了你的金身，拆了你的破庙，看你个龟孙还孬不孬！我转圈儿找家伙，也没锹也没镐，转到高王爷身后，寻见个砖头。我抄起砖头就砸，三下两下把高王爷的右脚砸掉了，吭哧一下正掉在我的右脚上，疼得我一激灵，人倒醒了。我寻思这高王爷叫我骂了个狗血喷头，说不定发善心显灵了，俺孙子的烧是不是退了？也罢，我先回家看看，烧退了还则罢了，要是没退，再砸它个龟孙不迟。

"尾巴说：'哎，骂它一回显灵了，不骂它它不好受。'

"恁爹说：'爹，高王庙是文物，可不敢破坏。'

"恁爷说：'狗屁！咱跪它它是王爷，咱不跪它它是个狗屁。'"

奶奶摔倒在厨房门口，手里的瓢甩到了西墙下。

"恁爷回来了。"奶奶躺在床上，对辛丑说，"搁院里，他跟着。搁屋里，他还跟着，也不说话，就跟着，嘴里的热气都喷到我脖子上了，就不说话。"

"后来嘞？"

"后来我跟老头儿说，我知道你想我，我也想你，我死了就去陪你。"

宝嫂在床沿儿坐着，五闺女立在一旁。宝嫂掖着奶奶的被子角，对辛丑使个眼色说："不碍事，骨头没断，躺两天吧。尾巴爷来看了，说不要紧。你给五姥娘做点好吃的。"

街坊们依次来探望奶奶，有的坐在床沿儿，有的坐在凳子上或倚着门框，交换着村里的新闻。

随后几天，奶奶的状况急转直下。大口大口唑唑地吸气，大口大口咯咯地呼气。鼻梁塌陷，鼻翼无力地堆积在上唇。两臂在空中乱抓，皮肤又干又凉，头发干枯，脑袋仿佛陷在一堆麦秸里。

"恁姑长得像恁爷，漫长脸，大眼睛。一步一回头，娘，娘，哭着走着，走着哭着。"清醒的时候，奶奶脸上的皱纹展开，眼神明亮，"年年清明，该烧纸烧纸，该薅草薅草。"

房间里开始弥漫腐臭。生命正在奶奶的身体里噼噼啪啪地死去。

听觉是最后消失的，无论怎样呼喊，奶奶没有丝毫反应。

毫无印象的父母永远去了。

爷爷像庄稼一样活着和死去。

世上还有什么比这更有尊严，像庄稼一样活着和死去？

现在轮到奶奶。

谁能胜过死亡呢？

橙黄的钨丝吱吱作响，继而燃烧起来，灯泡忽然闪亮。一刹那夜空亮如白昼，所有的蛾子，活着的死了的，呼啦啦狂舞。一瞬间光明消失，黑暗重新塞满天地，所有的蛾子，活着的死了的，扑簌簌落下。死亡。辛丑忽然明白了死亡的含义。辛丑抓挠着胸口，想把它撕开。不，不要死。一个也不要。我不要死，爷爷不要死，奶奶也不要死。可是，哪个活物不是终将独自面对死亡呢？谁能为我们抵挡死亡呢？钨丝吱吱作响，再一次燃烧起来。灯泡也着了，燃烧的灯泡一圈圈变大，西瓜般大小，磨盘般大小，从房梁上一点一点坠下。一尺了，一寸了，终于挨着鼻尖儿。松香的味道。想开口，舌头却粘在上膛。想躲开，身子却动弹不得。这一摊树脂般的东西慢条斯理地将辛

太岁志

丑浸没，钻进耳朵，溜进鼻腔，漫入口腔，到了肠道，进了血管，将辛丑从里到外严丝合缝地包裹起来。

辛丑是听见花猫的叫声醒来的。

推开东屋的门，死亡的气息扑面而来。

花猫蹲在奶奶的胸口，扭过头瞟了他一眼。

奶奶两条胳膊露在被子外面，眼睛微闭，嘴巴微张。

"奶奶。"没有回应。辛丑抱起猫，去找宝嫂。

"奶奶老了。"

"啊？"宝嫂应着跟出来，五闺女撵在身后。辛丑走到自家院门，两腿发沉，无法挪动分毫。他靠着墙慢慢出溜到地上，猫从怀里跑走了。

"我的五姥娘啊，咋说走就走啦？"片刻，宝嫂和五闺女从院里出来，边哭边逐家逐户地报丧。

没有了。一个也没有，这世上没有一个亲人。

一只喜鹊从天而降。好大一只喜鹊，鹰一般大。它两爪前伸，双翼展开，稳稳地落在门头上。黑黑的头，黄黄的喙，灰灰的身子，折扇般的尾巴。

铺天盖地的喜鹊，搅动着空气一涌一涌。房顶上，枣树上，院墙上，悄无声息，每一只都像另外一只，每一只都像来自另一个世界的使者。

辛丑闭上眼。就这样长眠不醒，多好呀。

奶奶隐瞒了爷爷顶风冒雪去砸高王庙的另一个原因。当然，辛丑也永远不会知道那在襁褓中被人抢走的叔叔是土匪李白爪的骨肉。

第八章　麻花辫子

打雪仗！堆雪人！打雪仗！堆雪人！

男童们拽住朱丽老师的右手，女童们拽着她的左手。朱丽老师笑着，雪花飘洒在红围巾上，麻花辫子露在围巾外面。牙齿好白呀。围巾好红呀。辛丑攥着朱丽老师的手。好暖和呀。突然，无色无味的太岁裹住了他，他仰面倒下去，一直倒下去，离朱丽老师越来越远。他拼命伸出手，朱丽老师也伸出手，喊着"辛丑辛丑"，他却什么也听不见。一直往下陷，一直陷下去。同学们围过来俯视着他，雪花从人群的缝隙间落下。每个人都伸出手来，却无人抓得住他。他什么也抓不着，他什么也听不见。妈妈。太岁吞没他之前，他听见自己清晰地喊道。

那人笑眯眯地盯着自己。

辛丑抬起左手，发觉打着点滴。

那人道："醒了？饿不？"

辛丑迟疑地问："这是哪儿啊？"

"欢迎光临安阳惠民精神卫生中心。"那人说着，一面摇床边一个把手。辛丑慢慢坐直，忽然想起什么，忙掀开被子，见下身光着，问："我裤子呢？鞋呢？"那人轻拍一下他的肩膀："不慌。"说话间门被推开，一个胖护士甩着胳膊走过来，辛丑忙用被子护住裆部。胖护士走到跟前，掀开被子瞥一眼："可以下床了。"撤了点滴，转身要走，回过头说："饭我给你端过来。"

护士推门出去，那人伸出手，道："我为你而来。"

辛丑没伸手，问："你谁呀？"

那人道："诗人和旅行家。"

辛丑问："诗人？"

那人收回手："也是宇宙旅行家。怎么说呢？你的痛苦激发了一个弦，震荡的能量穿过多层时空，被另一个宇宙的我接收到了。"他冲辛丑眨一下右眼，"我提前两天赶到，而你睡了足足三天。"

辛丑想一下，问："你刚才说这是哪儿？"

那人答："安阳。"

辛丑皱眉道："啥意思？我咋在这儿啊？"

那人道："安阳惠民精神卫生中心。这地方住了二十七个病人，只有你、我和她。"那人下巴一指窗外，辛丑望过去，并没看到什么，"只有我们三个是正常人。"

辛丑摸不着头脑，低头想一下，抬头问："到底咋回事儿？"

那人道："你被电了，左边的睾丸肿成这样。"他伸出左拳比画一下，"他们把你放这里消肿，一周之后，你将前往下一站。"

辛丑耳边响起狗子那句话："哥，淡定啊。"

"你是？"

"诗人和旅行家。"

辛丑一时不知如何延续这场谈话，就说："我解个手。"刚想光屁股咋去啊？那人道："不碍事，都是病人。"指指过道的玻璃门，"左手。"

我咋会在这儿？发生了啥？狗子电了我，这一点无疑。他们殴打李冠军，把李冠军打死了，栽到我头上？手机？手机可能在胖护士那里。给家里打电话。打给谁？没有朋友，没有兄弟，没有妻子，打给谁？儿子辛亥没手机。打给孩子的姥爷？不合适。他姥爷能帮啥？我要回家。我要找狗子理论。我没帮冠军。我选择了逃避，他们选择了伤害。冠军死了，死在太岁里。我没制止狗子。

我是个旁观者。我一直跟生活若即若离。我踏踏实实侍弄自己的菜棚，种菜虽说比种粮宽裕不到哪里，甚至比种粮更费功夫，但我可以养活自己。我有八万元存款，足够了。我不愿意也不稀罕介入别人的生活，我也不乐意别人围观我的不幸。一个鳏夫。一个失败者。一个没有事业没有爱人除了儿子什么都没有的年过不惑的失败者。失败就失败，我向任何人哭诉了吗？我甚至没向各路神明张口哀求。失败就失败，我不要同情。我只想跟生活保持距离，可是眼下，偏偏梗阻了。狗子想把我咋样？诬陷我杀人？判刑入狱？儿子会把我看作一个杀人犯吗？

想到儿子，辛丑的心像封在罐头瓶里一样难受。

"你内心满是模糊的恐惧。"那人在辛丑身后说道，"毫无必要。"

"我烦人家盯着我解手。"辛丑一激灵。

"烦躁也是恐惧。"那人说，"不好意思，我担心你走错。"

睡完午觉，胖护士推门进来，扔过来一条大裤衩："手机、鞋，还有鞋垫下的银行卡我给你保管着，走时给你。"辛丑忙说："谢谢。"胖护士抄起饭盒出去了。

辛丑四下打量，发觉这是一幢甜甜圈状的建筑。厚厚的玻璃围了一个环形，玻璃门隔出了几个房间，一棵偌大的海棠塞满了天井。阳光透过玻璃幕墙照进来，闷热的空气让人感觉像泡在热水里。

天井散着几个人，或蹲或坐。

海棠树下坐着一个。

辛丑走到过道。海棠下的人转过脸来，是个年轻女子。这时身后有人说："想起啥了？"辛丑回头，见诗人光脚立在身后，下巴指了指海棠树下的女子。

辛丑回眸再看，女子脸一侧，麻花辫子甩动，像极了某个人。

"你的时间不多了。"诗人道。

"兄弟你贵姓？咋称呼啊？"辛丑问。

"免贵，在这个星球我姑且姓澹台吧，澹台明灭，是否别致，辛丑兄？"

这货咋会知道我的姓名？

"即使满身伤痛，看不见未来，也要前行。"

在这里谈未来真是恰如其分。

"我送你一首诗，估摸你马上会用到。"诗人展开一张对折的稿纸，递给辛丑，下巴指了指海棠树。

辛丑将信将疑地扫了一眼稿纸，没有接。

女子上身穿红底碎花对襟的半截袖衬衣，三颗纽扣泛着幽幽的光。蓝色西装短裤。膝盖圆润而小巧。

这是一个精神病患者吗？

辛丑踅摸过去，轻轻咳了一下。女子回过脸来上下打量他，笑道："病号服配大裤衩，头一次这样搭吧？"

辛丑支吾着。女子与李静确有几分神似，只不过眼睛细长而且是单眼皮。辛丑回头朝室内望去，澹台明灭冲他比了一个大拇哥。

"哦，"辛丑随口道，"我看见你的麻花辫子。"

"好看吗？这是文艺复兴款。"女子右手食指绕着辫梢。

"你咋会在这儿啊？"

"你咋会在这儿啊？"女子摆弄着一枚一元纸钞折成的纸戒指，"我咋会在这儿啊？"

"姑娘咋称呼啊？"

"小女子姓李名杏，家住卫河源头百泉村。"

"李杏？"

"嗯。我从来的第一天就梦见你，整整十一个月了。"

"我？"

"你要来救我，这是命运。"

"你咋在这儿啊？"

"他们欺负人。"李杏轻轻摇着双肩。

"谁？"

"我开个网店，也不卖什么，尽是些自己设计的灵符。"

"啥灵符？"

"小玩意儿。彩纸叠成各种形状。随便吃不长胖符呢，五块钱卖给想减肥的。保生儿子符呢，十块钱卖给想生男孩的。连升三级符呢，一百元卖给官儿迷。就图乐，不当真的。他们说我妖言惑众，就来这儿了。"

"你家里人呢？"

"弟弟妹妹在读书。"

她跟每个人都讲这套台词吗？和诗人是不是一伙的？是不是骗我？骗我啥？

"他们就是要钱。"李杏仰脸盯着辛丑。

"谁要钱？"

"这里呀，"李杏指指脚下，"一个人两万八。得找个顶包的，要不病人数目对不上，有钱也白搭。"身子往前一探，轻声道，"别吃他们发的药，一粒也别吃。"

"啥药？"

"啥药都别吃。"

"没吃药，输液了。"

"那就好。"李杏点点头。

辛丑看一眼澹台明灭，对李杏说："你忙吧。"

"这儿能忙啥？"李杏笑道，"大叔您忙吧。"

"你的心结了冰，"澹台明灭见辛丑走过来，笑着说，"得慢慢化。"

"李冠军现在咋样了？"辛丑试探着问道。

澹台明灭笑一笑："时间一到，自见分晓。"

这货是不知道呢还是不愿意告诉我？

"兄弟，你到底是谁？"

"你相信我来自另一个宇宙吗？"

光脚丫。身量比自己略高。蓬松的黑发遮住了耳朵。眼神神秘，嘴角微微上翘，仿佛在说，敢打赌吗？

"你乘啥交通工具啊？"

"你猜。"澹台明灭眨下眼。

胡茬子刺刺啦啦的。辛丑站在玻璃窗前打量着自己。这里没镜子，精神病人不需要镜子，可不是吗？他们没有"我"，而我清清楚楚地知道"我"的需要。海棠树下空无一人。病人应该两个或三个住一间病房，李杏在哪间？

我要回家。辛丑不敢回想狗子电自己的情景，哪怕想起派出所那间屋子，牙龈就会刺痛。逃走吗？这里是医院不是监狱。没见其他人，只有胖护士。门从外面锁了。大厅一个保安，门房一个门卫，应该能逃走。

"逃不出去。"澹台明灭不知何时站在辛丑身后，"你还有下一站。"他递过来一个电动剃须刀。

"下一站是哪儿？"

"我不知道。"

"以后会咋样？"

"最后，"澹台明灭道，"你是自己最后的敌人。"

打雪仗！堆雪人！打雪仗！堆雪人！

男童们拽住朱丽老师的右手，女童们拽着她的左手。朱丽老师笑着，雪花飘洒在红围巾上，两根麻花辫子露在围巾外面。牙齿好白呀。围巾好红呀。辛丑攥着朱丽老师的手。好暖和呀。突然，无色无味的太岁裹住了他，他仰面倒下去，一直倒下去，离朱丽老师越来越远。他拼命伸出手去，朱丽老师也伸出手来，喊着"辛丑辛丑"，他却什么也听不见。一直往下陷，一直陷下去。同学们围过来俯视着他，雪花从人群的缝隙间落下。每个人都伸出手来，却无人抓得住他。他什么也抓不着他什么也听不见。妈妈。太岁吞没他之前，他听见自己清晰地喊道。

辛丑擦去眼泪，起身下床，下意识地去摸纸烟。

"抽我的吧。"澹台明灭总是悄无声息地出现，"去洗手间。"

冬青修剪得整整齐齐。院子里无人走动。阳光将水泥地面照得晃人眼。电动推拉门紧闭着。门房里的电风扇不紧不慢地摇着头。

"我要回家。"辛丑转过头盯着澹台明灭。

"现在不行。"澹台明灭毫不迟疑地说道。

"为啥？"辛丑拧起眉毛。

"恐惧。"澹台明灭弹了弹烟灰。

"你到底谁呀？"

"诗人和宇宙旅行家。"澹台明灭语气肯定，"你要回来救她，她是你生命里的彩虹。"

不，李静才是彩虹，我生命中的第一道彩虹。

错在我。第一次头疼时就该带她上县里检查，脑瘤也不至于长成葡萄大。为什么都让我赶上了呢？谁诅咒我？救人？李杏吗？为什么？我不想对任何人负责。

辛丑摁灭烟头，扔出窗外，走出洗手间。

"你还没从恐惧中醒来。"澹台明灭在他身后说道。

李杏在海棠树下坐着，低头看手里的一本书。

辛丑走过去，李杏抬起头，说："我想好了，不卖灵符改卖泥人儿，没一分本钱。你平日骑个三轮车出去收酒瓶，戴个草帽，见人就喊'酒干倘卖无'。累了呢，就在车座上坐着抽根烟，脚蹬斜梁，任夏日的微风吹拂您花白的长发。"她嘴角浮上一丝微笑，"我呢在家捏泥人儿，烧制，上色，我们村的河泥胶性特棒。咱把泥人儿分成系列，中国的外国的，古装的时装的，田园的都市的，单个儿的成套的，还有宠物系列。封装在酒瓶里，不会开裂，配上底座安上架子附上证书，纯粹手工。大的做成轿车那么大，小的做成摆件儿，绝对挣钱。"

我就是泥人儿，一滴眼泪足以让自己变回一摊泥。

辛丑在她身边坐下。"轿车大小的瓶子？"辛丑从李杏手里拿过书，书中满是彩色字母和图画。

"看你，含胸驼背老气横秋的，别学蜜蜂把生命毁在伤口上。"李杏拍一下辛丑的后背，"挺直。那叫异形瓶，订制。"

"我想回家。"辛丑合上书本。

"当然回家啊，不然在这里做啊？我们订制一个屋子那么大的瓶子，"李杏双臂展开比画着，"把家安在里面，把瓶子漆成喜欢的颜色，紫的、粉的，蓝的也美。一周一换，一个月换一次也行。"

今天是我们认识的第几天？世上有这样轻浮的精神病人吗？

"你说你梦见我？"

"哦，是的。"李杏仰起下巴，"我在河边洗脚呢，青石板可凉可凉，水可清可清。忽然游过来一条二尺长的红鲤鱼，我还想呢，好大的红鱼。谁知鱼探出水面，开口说，我叫辛丑，等着我，我来救你。我想问你为啥救我呀？你打了个滚儿，溅了我一脸水花，游走了。"李杏侧脸看着辛丑，狡黠地微笑。

"你最大的心愿是啥？"

"遇见你之前吧，"李杏点一点头，"嗯，我想变成一个玻璃人，谁也看不见的。遇见你之后呢，我想跟你一起变成玻璃人。"李杏轻轻咬着嘴唇。

这个女孩儿像落入网罗的猫头鹰，不动声色地等待夜色降临，好抖擞翅膀一去不回。我是谁？一个鳏夫。四十拐弯带着个半大孩子混了半辈子攒了八万块钱的前民办教师。媒人介绍的都是拖儿带女的粗手粗脚门牙发黑的中年妇女。我现在何处？去向何方？竟然跟一个精神病人调情？这不像一个局，那么李杏有什么目的？那个诗人说我将前往下一站，下一站？我哪儿也不去，回家。

"安静，安静地读书，安静地亲热。"李杏念叨着，"哦，对了，我还没见过大海呢。海水一定很满很满，要不把玻璃屋安在海边，好吗？"

我要回家。跟狗子掰扯掰扯。报复？不用吧，只要能回家。我要回到无挂无碍的日子里，日出而作日落而息，侍弄我的菜棚，看着儿子一天天长大，娶妻生子，子孙绕膝。

"你会回来救我吗？"

"会。"

"再说一次。"

"会。"

"我没别的指望。要是不能来，别责备自己。"李杏盯着辛丑的眼睛，"你没有责任，不用向任何人负责。"

精神病人和天才就是一念之差。警察来的时候，辛丑想到这么一句话。有的病人能够巧妙地掩饰症状，甚至骗过医生。

警察里没有狗子。辛丑对警察说的第一句话就是：我要回家。没人理他。

胖护士把手机等杂物交给辛丑时，悄悄指了一下辛丑的鞋。走到大厅，辛丑回头扫了一眼，李杏在玻璃墙后冲自己挥手。没看见澹台明灭。

坐上警车，警察给辛丑戴上手铐。

"我要回家。"辛丑道。

没人理他。

第九章　宝哥宝嫂

宝哥是全村第一个穿胶鞋的。

宝哥是全村第一个穿帆布雨衣的。

宝哥家祖辈穷人。土改后分了地，为了保卫胜利果实，宝哥报名上了朝鲜战场。第二年，宝哥光荣退伍了，左胳膊却永远离开了他。

宝哥不抽烟，却爱划一根火柴，等火苗熄灭后嗅那一缕袅袅的青烟，表情神秘而凝重，仿佛窥见了某种玄机。宝哥带回来几颗子弹，那年除夕，他把子弹撬开，火药摊在纸上，然后，小拇指压着火柴盒，拇指和食指捏着火柴，刺啦划着了。当眉毛头发唰一下着起来时，宝哥一步冲到院里，一头扎进墙角的水缸。没大碍，脸上脱了一层皮。脸是白了，耳朵后面和脖子还是本色，人就叫他"铜勺铁把儿一把手"。

宝哥带回两样稀罕物件，一是雨衣，二是胶鞋。只要下雨，宝哥必穿上雨衣串门，人家必称赞道，这雨衣中啊，啥料子啊？宝哥必回道，帆布。胶鞋就是解放鞋，下雨天宝哥不舍得穿，下地干活儿也不穿，开个会赶个集才穿。

宝嫂自从嫁过来，倒也勤快，一连生了五个闺女。瞧见一窝闺女，宝哥烦，宝嫂也烦。生四闺女时宝嫂拿剪子朝四闺女左耳垂上剪了个豁儿，气哼哼地说，叫你再来。谁知第五胎生下来还是闺女，左耳垂上竟然有个豁儿。

老话讲"盗不过五女之门"，宝哥确实被五个闺女拖累得家徒四壁。算了，命中无子，不跟命争了。宝嫂也累了，还落下月子病，总打又响又长的嗝儿。跟人说话，忽然"呃——"的一声，人家笑也不是，走也不是。

五个闺女一天天长起来，一个个打发了，生儿育女，成家立业。每逢大年初二，女婿来看老丈人，宝哥必定喝高。那一年，一大家子热热闹闹吃饭，宝哥起身来到院里，在石磨上盘腿坐下，指着跟出来的几个闺女说，推。闺女们不敢怠慢，一拥而上，老大推一圈儿老二推一圈儿。几圈儿下来，女婿们看不下去，纷纷说，爹，俺推吧。大女婿推一圈儿，二女婿推一圈儿。漫天雪花，宝哥一圈儿一圈儿转着，一会儿嗷嗷哭两嗓子，一会儿哈哈笑两声。

高红中死后，公社干部找宝哥说："村支书你当吧。"

宝哥说："中不中啊？"

干部说："一把手咋不中？"

宝哥说："那中吧。"

吴玉中的对手们从辛夷摁满图钉的脑袋上窥破了权力斗争的玄机，那就是绝对要比对手更无耻更无情，才能品尝胜利果实。一夜之间，他们组织起名目繁多的造反团体，规模较大的有"八一风暴"，人数较少的有"二七公社"等。大小头目们充分运用传统智慧，本着"团结次要敌人，打击主要敌人"的统一战线原则，合纵连横，将几股力量合并为一个组织，命名为"百万雄师"，公开与吴玉中为首的"造反总司令部"对抗。

双方都说自己是革命的，指责对方是"保守派"。两派常常游行，手持红塑料皮儿的"语录"，扛着大旗，挥着彩旗，汽车和拖拉机开道，架在车头上的高音喇叭震耳欲聋，边游行边撒传单，边撒传单边喊口号。两派队伍遭遇时，先是唇枪舌战，继而恶语相向。然后，双方都赞成"肉体消灭"的手段，于是从口水战、文字战上升为拳脚相加，拳脚换成木棍，木棍变成土枪，土枪升级土炮，土炮换装制式装备。

宝哥是在"百万雄师"攻打公社大院的"造反总司令部"时，被吴玉中紧急抽调来的。

"百万雄师"的人马挥舞着枪械，唱着歌冲了过来：

革命风暴压不熄，卫水河边杀声起。

面对血腥的镇压，我们坚信胜利。

啊，毛泽东的战士，愿将碧血染红旗！

敌人进入射程了，额头暴涨的血管，猩红的眼睛。枪响了，敌人像被无形之网捞出水面的鱼，网线勒断了脖子，勒折了四肢，鲜血吱吱地蹿出来呼呼地冒出来。无边无际的海洋，无拘无束的遨游，被徒劳的挣扎和痛苦的翻滚代替。他们仰面倒地，他们俯伏在地，咕噜噜吐着血泡，眼睛永不闭合。

"他娘的，你死我活呀！"掩体后的宝哥攥着猎枪。

战斗结束，装备差人员少的"百万雄师"，丢下十几具尸体撤退了。

宝哥找到吴玉中，说："吴主任，我请一天假，安顿一下村里，防备后院起火。"

吴玉中拍着宝哥的肩膀："还是老战士素质高，快去快回，敌人随时会反扑。"

宝哥回村后没回家，直接找到尾巴爷。

"叔，国内形势你清楚不？"宝哥问。

"啥？"

"'保守派'真刀真枪跟咱'革命派'干上了！今儿个在公社门前死伤好几位同志，'保守派'也被咱们干掉十六七个。"

"好家伙！咋弄啊？"

"咱们村绝不能让敌人得势。"

"那是。"

"我捋了一下，最担心董宝礼。"

"就是。"

"干掉他。"

"中。"

"先下手为强。"宝哥做了个切的手势。

"你就说咋弄吧。"尾巴爷不耐烦地说。

"等人脚定了，摸他家去，我先动手，你再下手。"

"中！"

二人在尾巴爷的小黑屋里就着花生米灌下去一斤散酒，充分交换了对国际国内形势的看法。估摸差不多了，宝哥起身到屋外看了一眼，只见月悬天心，月光水银般泻到地面。宝哥进屋抄起门后的铁锹，尾巴爷抄起另一把，两人一前一后直奔后街。两人的影子跟跟跄跄地跟着，像是醉酒的偷猎者。

来到董宝礼家门口，宝哥隔着门缝窥见隐约的亮光，他定睛看了一眼尾巴爷。尾巴爷和宝哥目光一对，只见宝哥那张被火药燎过的四方脸愈加苍白，细长的眼睛愈加血红。宝哥拍门道："宝礼兄弟。"灯光灭了，门吱呀一响，一人问道："谁呀？"宝哥咳嗽一声，那人道："宝成哥啊？"脚步声朝院门过来，随着门闩响动，门开了半扇，酒气先扑出来。董宝礼左脚迈出门槛，叫了声哥。宝哥往后一撤，单手攥紧铁锹，铁锹把夹在腋下，抡圆了啪一记正中董宝礼面门。董宝礼没吭声，双手去捂脸，院里有个女人啊的一声尖叫。宝哥抬眼观看，见董宝礼媳妇身子一软，瘫倒在地。尾巴爷端起铁锹照准董宝礼的脖子直直扎了过去，董宝礼喉咙里咕噜一响，顺着门框滑倒在地。宝哥举起铁锹，照着董宝礼的天灵盖又是一记，尾巴爷端起铁锹再次扎进董宝礼的脖子，只听吱一声，又黑又稠的鲜血喷在门板上。董宝礼头一耷拉，不动了。

二人抄起铁锹，抽身便走。两个影子不紧不慢地跟随着，像销赃后的贼。到了十字街，宝哥将铁锹递给尾巴爷，往西，回家。尾巴爷提着两把铁锹，往东，回家。

从头到尾，全村的狗没叫一声。

第二天，董宝礼家没有一丝动静。一直挨到天黑，董宝礼媳妇李招娣哭天喊地，董宝礼唯一的儿子董怀远披麻戴孝四处报丧，说董宝礼头天晚上得急病，死了。

董宝礼出殡时，宝哥去了一趟。他瞄了一眼躺在棺材里的本家兄弟，安慰了李招娣几句。董怀远在棺材边跪着，宝哥狠狠瞪了他一眼。

此后到死，宝哥和尾巴爷绝口不提"董宝礼"三个字，也没再登过董宝礼家的门。

他俩哪里知道，那夜躲在堂屋门后，清清楚楚目睹凶杀案的另有一人。

眨眼"文革"结束，眨眼改革开放。

坠子胡走街串巷叫卖老鼠药的时候，宝嫂怂恿宝哥找些进项。架不住媳妇啰唆，宝哥编了些笆和扫帚。邻村自然去不得，太掉身价，那就去镇上。镇上不逢会不赶集，货下得慢，干脆去县城。月亮还没下去，宝哥驮着几十斤编织品上路。太阳落山前，宝哥一身臭汗，骑车回家。风里来雨里去，几年来披星戴月，并没攒下多少钱。

1983年深秋，一天傍黑，宝哥骑车出了县城往家赶，一时走神，忘了招呼前后来车，直接拐弯变道。一辆拉圆木的大卡车躲避不及，猛踩刹车，一根木头挣断绑索，箭一般射了出来，不偏不倚正中宝哥脑袋。宝哥泥麻袋一般摔了出去，大卡车凭着惯性从前轮到后轮，将宝哥碾成一摊肉酱。

丧事办完，宝嫂精神恍惚，时常自言自语。乡亲们说，又显灵了。

也是这一年，高大象当上了村支书。

"这一辈子吧，跑得慢是叫穷撵上，跑得快是撵上穷。"这是宝嫂在宝哥去世后，回首前尘，对自己这一生所下的结论，"咋着都不中。"

宝嫂自小聪明。一次长辈出题目说："一张桌子和楼一共一百条腿，问几张楼？"小伙伴们叽叽喳喳地猜来猜去，宝嫂脱口而出："三十二张楼。"

宝嫂过门后，农活儿不惜力，家务也是拿得起放得下。"穷不扎根，富不长苗"是她的口头语。手里没空过，不是农具就是炊具，进进出出的，活像叼着木棍忙着搭窝的喜鹊。单说纺花织布，从摘花、拣花、轧花、弹花、纺线、经线、络线、成布到剪裁，除了染色，宝嫂样样在行。长白布之外，宝嫂还会织长条、大小方格等。凡有新花样，宝嫂只需把在手里，数数几根红线几根黑线几根黄线几根绿线，就能依样织就。织花布的诀窍在于经线，生手吃不准，宝嫂不藏着，手把手教人家。逢集，宝嫂必去镇上卖布，按尺按寸论斤论两地卖出去。赶集回来，宝嫂一路上自说自话，边说边笑。旁人一听，说的都是买卖的账目。

那年除夕，宝嫂抱着老母鸡，叫上老大老二出门，宝哥追着问："下大雪抱着个老母鸡去哪儿鬼混啊？"宝嫂头也不回："卖去。"出门往北，再折向西北，娘儿仨奔二帝陵方向，边走边喊："卖了，卖穷鬼卖杂病！"碰见一棵槐树，就让老大抱住母鸡，自己合抱槐树，喊："卖了，穷鬼杂病卖给槐树了。"两个闺女跟着喊："卖了，穷鬼杂病都卖给槐树了。"再走再喊："穷鬼杂病都卖了，五谷丰登六畜兴旺都来了！"

起初乡亲们把这事当笑话，久而久之，宁信其有的多起来，就有村民效仿。除夕或大年初五迎财神的日子，或抱老母鸡或牵一只羊，往村北空旷处去，边走边喊，所喊内容因人而异，不外乎"好的都来孬的都去"的祈福。

宝嫂样样爱在人前，就因为没儿子，底气不足。大悲山上拴娃娃，宝嫂把每棵树都拴了红绳。凡是庙都进了，凡是庵都去了。不论哪路神仙，泥塑的石刻的铜铸的金镀的，头都磕了，香都烧了。和尚给的签也批了，道士送的符也烧了，一套一套的卦辞签注倒背如流，就是不生儿子。

不生儿子也罢，宝嫂除打嗝的毛病外，还落了个头晕症。

宝嫂第一次晕厥没带来任何效益，哪怕一个鸡蛋。伏天的一个下半晌，众人在牌楼下聚堆，宝嫂随人说笑，突然身子一软，瘫在地上，咋叫也不醒。众人忙去喊宝哥，宝哥来时，宝嫂倒醒了。

宝嫂回忆起那天的情形，说自己好好地站着，对面过来一个白胡子老头，指着她说，正找你呢。手执拂尘在她脑门儿上哪地敲了一下，她眼一黑，晕倒了。

宝嫂姑妄言之，众人姑妄听之，因为白胡子老头"正找你呢"这句话并没对上乡亲们的心思。

过了些日子，众人又在牌楼下聚堆，宝嫂忽然身子一软，瘫在地上。众人手忙脚乱地上前扶她坐起，只见宝嫂双目紧闭，吁出一口气，说道：

急急如律令，

玉皇大帝下命令：

家家吃白馍，

人人穿条绒。

干部不准凶，

不能坑群众。

阴阳日月最长生，

天理从来辨分明。

念完后慢慢睁开双眼，问众人："咋了这是？我在哪儿啊？"众人被她一套说辞唬得摸不着头脑，不敢多说什么，七手八脚将她搀回家。待到明月升空，宝嫂鬓角斜插一枝大大方方的凤仙花，脖子围一条花手巾，腰间系半条花床单，手擎三炷香，带着老四老五来到十字街，面南而立，恭恭敬敬地望月而拜，念念有词。而后像带着两只鸭雏的母鸭子一般，一摇一摆回了家。当天夜里，宝嫂的举动成了全村炕头上的谈资。

第二天一大早，宝嫂打开院门，门前赫然搁着一篮子白馍，馍上蒙着块白手巾。

这篮子白馍让宝嫂认定"天命在我"，她打定主意要将沟通神人两界的重任一肩挑起。

宝嫂花费一周编成一个蒲团，厚约一指，直径约一庹，边沿饰以莲花花瓣。她盘腿而坐，双手合十，演练了几次，而后选定吉日，要在自家的柿子树下开坛讲法。宝嫂这边厢开讲，那边厢听众自带坐具闻风而来，以宝嫂为中心一圈儿一圈儿排开，要听宝嫂究竟讲些啥名堂。

宝嫂开口道：

北海北，南山南，观音菩萨造画船。
船底船帮檀香木，玉石玛瑙砌栏杆。
南天门上菩提树，伐下一棵做桅杆。
王母娘娘船头坐，七位仙女把桨扳。
西天古佛掌着舵，太上老君篙来掂。
渡人哪，渡人哪，有上船的没？
从今世到来生，从这岸到那岸。
糊涂人，解脱了。聪明人，不解馋。

听众之中老年妇女居多，听得不甚明白，背后向年轻人打听。于是有读书识字的前来一探端倪，并且为了宝嫂是释家还是道家而各执一词。宝嫂不在乎什么这家那家，凡农闲时的下半晌，不管听众多少，一律开讲。

那日宝嫂见众人肃静，开口道：

五行相生有真义，心不诚来信不灵。

大慈大悲应声到，众生普度在修行。

一画开天，二画辟地。

人立其中，万法自成。

三世因果，一以贯之。

三千世界，万法归宗。

无影无踪，无相无形。

无色无味，无始无终。

无来无去，无灭无生。

无来也来，无去也去。

无大无小，无减无增。

无贵无贱，无富无穷。

心若著小，烦恼即生。

心若著大，烦恼更盛。

人间超大难，世上挽狂流。

凡听我言者，一切自丰盛。

闻者生智慧，信者可托生。

从此无苦难，天下永太平。

众人从话里挑不出毛病，又似懂非懂。不管懂与不懂，众人还想再听。

宝嫂讲法时而言语通俗，时而玄之又玄，以心灵之类大而化之的居多，不时掺杂自我修养，比如"趁水和泥，宜修口德。和悦待人，荫泽后生"之类。

只要乡亲供奉，求问祸福吉凶宜居宜行之事，宝嫂不吝点化，只是用语含混不清，模棱两可。比如牲畜走失，求问方位，宝嫂多答"西北居之，各守其位"。求问远人归期，多答"足行千里，安静无亏"。求问前程，多答"英雄架势，气数天定"。求问考试成绩，多答"文笔生辉，瞻前顾后"。宝嫂另有"三不问"，就是"不问鬼事，不问风水，不问坟地"。这"三不问"反倒增加了宝嫂的神秘性和可信度。

宝嫂整日打坐在蒲团上，腰腿疼的毛病渐渐显出来。这天宝嫂对五闺女说："娘腰疼得厉害，去，喊尾巴爷来给娘扎针。"五闺女噔噔噔跑到尾巴爷的小黑屋，说："爷，俺娘腰疼得厉害，喊你去扎针嘞。"尾巴爷弯腰对五闺女说："妮儿，回去跟恁娘说，腰腿疼归爷管，嫦娥不归爷管。"五闺女噔噔噔跑回来说："娘，俺爷说你是嫦娥，他管不住。"宝嫂笑了，说："这个尾巴，去，给恁爷扛一篮子鸡蛋。"鸡蛋到了，尾巴爷就来了。既然开了头，尾巴爷就常来，赶下半晌，坐在厨房，等宝嫂安置好饭菜，陪着宝哥喝两盅。临走捎一棵白菜或几个馍，晃晃荡荡回自己的小黑屋。

这时节宝哥健在，夺他性命的那根圆木一年后才会射出。宝哥起初只当宝嫂整日里胡说八道乃是有口无心闹着玩的，不承想每日上门听讲的、供奉的、求问的络绎不绝，平日里比过年还要热闹，门槛已然磨下去了一指。

宝哥私下问宝嫂："你啥意思？装神弄鬼的？"宝嫂并不

看男人，闭目答道："法无定法，柳暗花明。"宝哥气哼哼道："我这辈子算是毁在你们六个玩意儿手里了！"气头过去，想想宝嫂也没有作奸犯科，就懒得再问。

宝嫂名气日隆，邻近县市常有开小汽车的各色人等前来，日常所受的供奉也不再限于白馍和鸡蛋，竟有了花花绿绿面值不等尺寸各异的钞票和其他票证。夜间，宝嫂和老四老五把钞票等一张张叠好，娘儿仨动起了脑筋。吃的喝的自家消耗外带送人，好打发，这一堆纸藏在哪里保险呢？思来想去，宝嫂在老灶爷的壁龛下用勺子下挖了四指，将一沓纸放进去，老灶爷一屁股坐上去，稳稳当当，娘儿仨笑了。

宝哥去世后，那日宝嫂正在院中讲法，忽然挤进来一位年轻道士。道士灰布头巾束发，横插一根木簪，一袭青色道袍，斜挎灰布褡裢，一言不发立在人群后听宝嫂说辞。待宝嫂停顿，道士稽首，高声道："原来王禅老祖现身说法，真是震雷彻耳，了知因果。"

宝嫂吓了一跳，抬眼看这人，还没答话，来人又道："云梦山中弟子混元，叩见老祖。"宝嫂忙应道："杂乱无章，大道真常。"道士答道："谢老祖点化，告退。"径直去了。

宝嫂原不知自家来处，平素所讲之法无非几十年来从各样道听途说里攒下的一鳞半爪，现有方外之人点化渊源，身份已明，反添了信心，也惹得一干信众更是笃信不疑。

这天宝嫂升坛，言明前些日子讲法实为南天老祖显灵，自家本是南天老祖座下天下都招讨兵马大元帅，此番受命下界，乃为教化生民且一传万世，永葆太平。为平定四方，特要点兵点将。

如何点兵点将呢？宝嫂发下话去，八月初三灶王爷诞辰这天登坛拜将。

一大早，戏台子前围满了人。已时整，人群骚动，往南张望。只见一队人拥了过来，前面四个年轻人合抬一把靠背椅，白衣白裤的宝嫂端坐其上，双目微闭，怀抱一捆缠了红绳的麦秸。老四老五一身红装，随在椅子两旁，各举一根木棍儿，棍子上各悬一长块红布，分别写着"出将"和"入相"。椅子稳稳当当落在戏台上，抬椅子的四人两边分列，老四老五站在宝嫂左右手。

宝嫂睁开眼睛巡视一遭众人，开口道："举令箭，耍大刀，各家好汉叫俺挑。姓董的，姓辛的，位列仙班不能少。"

众人默不作声。

宝嫂环视众人，叫道："董某某。"

董某某随即从人群中挤到台前，从台阶上去，站在宝嫂跟前，拱手道："末将听命。"

宝嫂将缠红绳的麦秸抽出一根，道："今敕封你为东天门常胜将军。"

董某某上前接过麦秸，拱手道："末将谢恩。"退在一旁。

宝嫂依次封了东西南北四天门将军、四大金刚及四大罗汉共十二人。这十二人都是日常打扮，有的还扛着农具，好像不知道要受封。

敕封完毕，宝嫂道："汝等一十二人前世乃天界星宿，今世降在凡尘，乃为造福众生，只待修满功德，方可重归仙界。"

这十二人并排站在宝嫂面前，手举麦秸，同声道："愿听调遣。"

这十二人受封后，言语做派同以前没啥分别，照旧日出而作日落而息，倒是乡邻看他们异于常人。是命中注定该这十二人受封还是宝嫂另有私心，旁人不得而知。只是宝嫂要把四闺女嫁给镇守南天门的董将军，四闺女却满心不乐意。

"傻闺女！南天门是天庭的正门，南天门将军比那三个门的将军尊贵。再则说，人家祖传的手艺，镇上开着醋坊，一年挣一个摩托。你嫁过去就当家，将来生下一男半女，产业就是你的了。"

"啥将军？醋将军！浑身酸臭，还不认字，不嫁！"

没嫁给醋将军还真对了。一年后，四闺女嫁了个县城的工人，赶上买卖非农户口，婆家出钱，四闺女摇身一变成了吃商品粮的城里人。

起初，黄县公安局摸底排查，认定宝嫂不过是个借算命看相敛财的村妇，没有其他图谋。待到宝嫂自封大元帅，招兵买马封官许愿，有了"组织"的雏形，黄县公安局决定一举捣毁以宝嫂为头目的封建迷信团伙。

这日宝嫂正在柿子树下讲法，忽然门外汽车喇叭响。三个警察挤过人群，为首的指着宝嫂喝道："停！"宝嫂还未答话，警察上前一步问道："你，说实话，你是谁？"

宝嫂双手合十道："南天老祖座下——"

警察从腰间拔出枪来，咔嗒一声子弹上膛，问："你是谁？"

宝嫂忙答："董宝成家的。"

警察对院里院外的众人喊道："听见没有？听清没有？她不是什么这这那那狗屁神仙，就是董宝成家的，就是你们的宝嫂。再搞封建迷信，通通抓起来，拘留十五天，罚款一千块，领头的判刑十年，听见没有？"

不等众人答话，警察抬手瞄准西墙下的黑花老母猪，砰的一枪，老母猪哼都没哼，登时毙命。众人大惊失色，妇女小孩哭声四起。

宝嫂眼一黑，头一晕，瘫在蒲团上。

来年入秋，高大象的儿子高敬轩点着了邻居家的麦秸垛。麦秸垛不值几个钱，村民只当他顽皮，高敬轩的娘上门给人家赔了不是，事情就过了。

宝嫂却从这把火中窥见了商机。

宝嫂对五闺女说："闺女啊，人这一世，赤条条来赤条条去，活着不易，托生为女人，活着更不易。可咱要吃要喝，双手攥空拳，咋弄吃咋弄喝啊？"

五闺女此时还未出嫁，梳一条大辫子，黑黑的刘海遮着前额，脸蛋儿像剥了壳的荔枝。

五闺女问："咋弄啊，娘？"

宝嫂道："咱得抓资源。"

五闺女："啥是资源啊，娘？"

宝嫂道："就是生产资料。"

五闺女问："啥是生产资料啊，娘？"

宝嫂道："就是土。咱是土人，得从土里刨食。"

天黑后，宝嫂伙同五闺女悄悄出门，寻偏僻的麦秸垛偷麦秸。回家后，将麦秸一沤二晒，几个通宵下来，娘儿俩的食指和拇指肿得没法打弯，二十顶簇新的手编草帽堆满了堂屋的枣红色方桌。

宝嫂努嘴指着一堆草帽对五闺女说："这就是资源。"

宝嫂编的不是寻常草帽，而是遮阳帽。只消一个星期天，二十顶样式稚拙的遮阳帽被二帝陵的游客一抢而空，换回了一百元。宝嫂再接再厉，跟五闺女把街坊们的麦秸垛又偷了一遍，几个通宵下来，一堆麦秸变成了二十顶带花边插鸡毛的工艺礼帽，这回娘儿俩的手指没肿，结了厚茧。又一个星期天，二十顶工艺礼帽被二帝陵的游客一抢而空，换回了二百元。

当乡亲们再次挤满院子时，宝嫂毫无保留地手把手教授草编手艺。当麦秸在乡亲们手中上下翻飞时，宝嫂受游客的点拨，用玉米棒子皮儿编织起了汽车坐垫。棒子皮儿要硫黄熏过才能使用，宝嫂就雇了工人。有了工人，自己就有了空闲，宝嫂跟五闺女去了趟黄县东北的清丰县。

原来清丰县创制出了新式麦秆装饰画，"熏、蒸、漂、刮、烫、剪、刻、编、绘"等工序下来，根据构图剪裁、粘贴成可大可小的装饰画。因为新颖又环保，麦秆画卖到了日本。

宝嫂自清丰县回来的第二天，在镇上租了一间小门面。

第二年，宝嫂注册了商标。商标图案是一个姑娘的侧影，一条大辫子搭在丰满的胸脯上，下面三个手写体大字：五闺女。

那夜，宝嫂跟已为人母的五闺女在院中闲坐，一牙新月高悬天中。

五闺女忽然笑着问："这会儿比那会儿咋样啊，娘？"

宝嫂停下蒲扇，双眉微蹙，皱纹拥挤在前额和眼角，沉吟道："万祖下界，千佛临凡。有未来佛，下方传道。天上地下，或生或灭。欲逃此劫，各证果报。"

五闺女听得云里雾里，怀里的孩子咿咿呀呀要到姥姥身边去。宝嫂把外孙抱在膝上，道："我今已脱皮相，只盼南天老祖网开一面，许我得脱劫难，重返仙班。"

言毕，宝嫂抬眼久久地凝望着一钩新月，仿佛那里正有一面"天下都招讨兵马大元帅"的大旗猎猎飘扬。

第十章　坠子胡

坠子胡是一棵树。

十岁时村上来个唱坠子的，坠子胡蹲在跟前听了一天，忘了两顿饭。傍黑，坠子胡跟人家走了。走就走吧，少口人少份口粮，坠子胡他爹懒得去寻。

五年过去，洪宪皇帝袁世凯病死那年的冬至，坠子胡回来了，带了把胡琴。弦子一响，牌楼下围了里三层外三层。一曲唱罢，人都说，啧、啧，唱得真好。有人说，瞅瞅那手。众人看去，那双手活像四十岁人的手。

坠子胡不是自耕农，也不是佃户。农忙时，给地主家打打短工。农闲时，坠子胡就沿周边县市走一遭，走哪儿唱哪儿，天冷时返乡，一遭下来能挣几块大洋。

坠子胡把土炕改成了火炕。河南不兴火炕，坠子胡说长年累月搁风地里一坐个把时辰，腰腿积了寒气，睡火炕舒服些。

坠子胡是村里第一个穿呢子的。别人看着眼气，尾巴爷看着生气。年画上的大人物才穿呢子，公社干部穿吧人家是干部，你胡留栓一辈子游手好闲唱个坠子，凭啥穿呢子？还加个套袖，这套袖一戴，活像铺子里的掌柜。尾巴爷愤愤不平地对人说，早晚给他没收。

坠子胡是十里八村最早卖"三步倒"老鼠药的。坠子胡逢集必到，把摊子支起来，弦子一拉，边唱边卖。卖老鼠药的见多，坠子胡改行收槐米。十月里，他手持一头绑了铁钩子的长竹竿，把田边地头槐树上的槐米摘得一干二净。无主的摘完了，就站在乡亲们的院墙外，摘人家院里的。槐米晒干，攒够一小袋子，坠子胡奔县城的中药铺，换成零花钱。

众人都来摘槐米，坠子胡又改了行当。他把自行车扎在镇中学门口，骗腿坐在后座上，专门给学生的钢笔上雕刻花鸟虫鱼或名言警句。寥寥几笔，石蜡一抹，满显洋气。

坠子胡有过一个叫李三妮的搭档。李三妮家住靳庄，并没演出的经验，只是年轻时爱唱坠子。李三妮托本村支书跟宝哥打招呼，说想跟坠子胡学唱坠子。宝哥说好啊，就跟坠子胡说了。坠子胡想了想，答应下来。李三妮挑个日子来拜师，带了半袋子花生半袋子红枣。说是拜师，弦子一响李三妮开口一唱，坠子胡说不出的高兴。李三妮底子不错，嗓音不涩不腻，吐字干净，节奏流畅，挑不出毛病。二人合计着外出演唱，于是排定戏码，像《玉堂春》《许仙游湖》等观众熟知的文戏自不必说，还练习了《杨家将》《包公案》等章回武戏。秋收后，二人先在镇中学门口唱了三个晚上，谁知一炮打响，三天下来收入竟有近二十元。这可不是小数目，鸡蛋才两分钱一个。二人干脆不回家了，托人给家里捎了口信，一路向东奔了濮阳。

四牌楼是濮阳县城最热闹的地界。两人寻个宽敞所在，弦子一拉板子一打，东关西关南街北街的百姓蜂拥而来，结结实实火了三天。二人不住旅馆，不为省钱，因为没有村里开具的外出证明。常有热心听众邀他们回家住宿，二人从没在一间屋里住过。

回到牡丹村，二人当着坠子胡儿媳妇的面细细算了一下账。李三妮握着坠子胡儿媳妇的手说："好妹妹，姐姐比你虚长几岁，喊你个妹妹你别介意。"儿媳妇应道："咋会呀？我的好姐姐。"李三妮道："俺叔岁数大，出力多，这回挣的五十多块钱，他拿三十，我拿二十，零头给孩儿们买几封点心。"儿媳妇明白人情事理，况且本是长辈的事儿，还挣下钱来，自然不能说啥。

坠子胡请村支书宝哥喝了顿酒，拿到了外出的介绍信。

李三妮回家休息几天，赶在下雪前跟坠子胡下了安阳。从安阳奔汤阴，从汤阴到滑县，从滑县去濮阳。每处不多留，唱个三天起身就走。第二年开春，二人置办了行头，坠子胡添了件对襟单褂，李三妮置办了一身黑衣黑裤。老话讲，"要想俏，一身皂"，李三妮打扮下来不光显得年轻，还透着俏丽。坠子胡年逾花甲，李三妮年近不惑，这时节，坠子胡和李三妮在黄河以北成了河南坠子的代称。

来年收完麦子，男人死活不让李三妮出门。李三妮求村支书说合，支书推辞道："你们的家务事，我咋说？"李三妮断定有人嚼舌头，让男人心里坐了病。本来一身清白，眼下百口莫辩，就托人给坠子胡捎信说，对不住了叔，一双儿女绊住腿，怕是唱不了了。

那天傍晚，坠子胡自拉自唱一曲《荣华富贵》：

说的是荣华富贵，不过多吃些筵席，维护些旧相识。家中添些铺的盖的，箱囊里攒些黄的白的，好教人看做甚的。正胶漆当思勇退，得参商才说归期，只恐范蠡张良笑人痴。抻着头要前去，睁着眼履危机，直到那时谁顾你？

一曲未了，乌云从西而至，黄豆大的雨点直砸下来。坠子胡不进屋，就淋着，一会儿嗷一嗓子哭出声来。才一嗓子，觉着在儿孙面前毕竟不妥，掮着胡琴迎着雨出去。儿子在身后喊了一声爹，不再吭声。过了十字街往南，进了遍地麦秸茬的庄稼地。胡琴响起来，坠子胡边哭边唱。雨越下越大，坠子胡越哭越透，越唱越不在调上。半天止住，坠子胡喘口气道："就想有吃有喝的好好活着，咋就这么难哪？"

每年立秋，坠子胡在牌楼下唱《红拂女》：

话说隋朝末年，帝王昏庸，满朝贪官。
一时间，豪杰四起，要把那锦绣江山占。
这一日桃杏繁，芳草如烟，长安道来了一位好汉。
这好汉，面如白玉，目如朗星，一身的粗布打扮。
你要问好汉是哪一位，姓李名靖，家就住三原。
李靖打小习得文武艺，不肯将雄心壮志空消散。
这一次奔长安，拜见杨丞相，保国安民的锦囊献。
李靖来在衙门前，抬头看，丞相府果然气象威严。
门官通报进去，丞相命令，叫那布衣李靖近前。
只见杨丞相一身彩衣，双腿叉开，斜靠画床边。

李靖道，俺虽为布衣，丞相恁叉着腿也不雅观。

杨丞相听了微微笑，将身子歪在另一边。

好李靖，侃侃而谈，杨丞相听得哈欠连天。

旁边一位俏佳人儿，滴溜溜杏眼把李靖观看。

杨丞相道，把锦囊献上来，待老夫请人查验。

说罢一挥手，两旁的美人儿合力将那画床搬。

眼看丞相转回内室，李靖暗暗叹气，返回客店。

待到明月高悬，李靖把兵书看，忽听窗外赞叹。

李靖凭窗观望，柳树下粉墙边，有一位美婵娟。

正寻思间，耳听得叩门声响，李靖起身开门。

这一开门不要紧，成就了一段好姻缘，好姻缘……

每每唱到这里，坠子胡就收住弦子，摸出纸烟点着。

众人问道："后来哩？成了没？"

坠子胡深深地抽口烟，半天吐出，烟雾才出唇边，又一缕不剩地吸进鼻子，而后望向村东头，无尽地望过去，仿佛目送李靖和红拂女夜奔而去。

要不是日后出了安阳火车站那档子事，坠子胡说不定唱到何年何月。那日坠子胡在广场摆个搪瓷缸子，自拉自唱，眼看毛票将够十元钱，人群里冲出一个围黄格子头巾的中年妇女，抄起茶缸就走。众人一时愣住，坠子胡回过神来，追出去两步，刚哎了一声，那妇女回身一跺脚，高声说："打死我也不跟你过了！"茶缸子扔过来，跑远了。众人以为两口子打架，陆续散开，只剩坠子胡一人呆在凉风里半天没动。打这以后坠子胡彻底挂弦，再者也唱不动了，毕竟快七十的人了。

辛丑跟坠子胡岁数差了一甲子。那天辛丑放学经过十字街，坠子胡一人闲坐，招手叫辛丑过来，指着辛丑左手腕上用圆珠笔画的手表，笑眯眯地问："孩儿啊，几点了？"

辛丑抬起手腕看看说："三点。"

坠子胡再问："今儿个读的啥书啊？"

辛丑翻着课本说："天鹅、鱼和虾，老师说它们三个拉车，天鹅往天上飞，鱼往池塘里拽，虾倒着拉，没拉动车。老师说团结才能拉动车。"

坠子胡想了想说："孩儿啊，这不是团结不团结。你想想，这三个是拉车的材料不？拉车该是牛该是马，鹅跟鱼跟虾会拉车吗？"摸出一截蜡笔递给辛丑，"孩儿啊，记住，恁爹是好人，死得冤。"

辛丑看看蜡笔，又看看坠子胡，老头儿笑着说："拿住，回家吧。"

坠子胡聪明一世，生了个傻儿子。人家问："小子，你有几个耳朵呀？"傻儿子摸摸耳朵说："俩。"再问："割掉一个剩几个呀？"傻儿子答："仨。"

傻儿子猜谜语也比旁人慢。长辈对一群孩子说，一个小闺女，穿着红裙子，树上荡秋千，一笑满嘴牙，是个啥？孩子们喊着石榴石榴，跑远了，只剩傻儿子呆在原地，老半天才问，穿红裙子的小闺女咋变成石榴了？

傻儿子没旁的本事，一心务农，到了娶亲的岁数没有媒人登门。坠子胡的媳妇比坠子胡大五岁，早早过世，坠子胡只得自己为儿子张罗婚事。坠子胡请邻村媒婆来家喝酒，三杯酒下肚，坠子胡说："老姐姐，咱孩儿不是傻，是心粗，心比水桶还粗。"媒婆哈哈大笑，说："甭管了大兄弟，一准儿给咱孩儿寻个心细的媳妇。"坠子胡送给媒婆五斤散酒外加一条大鸡牌纸烟。媒婆果不食言，说成了邻乡一户正经人家的闺女。

正月里新媳妇过门，洞房之夜，傻儿子忽然哐哐地砸坠子胡的门。坠子胡披了衣服跌跌撞撞开门，傻儿子赤条条立在雪地里，抱着双臂，哆哆嗦嗦问道："爹，娶媳妇多得劲儿，你咋不早几年给俺娶呀？"坠子胡跺脚道："咦，你个龟孙，早几年你傻得更很！"

儿媳妇年底生下个大胖小子，满月了抱出来见人，孩子扑闪着双眼，谁抱都让抱。人都说，嘿，怪了。坠子胡心说，怪了？怪啥？难道生个傻孩儿才不怪吗？

祭灶那天吃过早饭，坠子胡喊儿子儿媳妇到堂屋，叫儿媳妇抱着孩子坐在椅子上，自己跟傻儿子站在儿媳妇对面，说："三姐，俺一家老小托付给你了，你多操心吧。"三姐是儿媳妇在娘家的乳名，坠子胡这样称呼，是把儿媳妇当亲闺女。三姐还没搭腔，坠子胡拉着儿子给三姐鞠躬，儿子挣开说："爹，死人才鞠躬哩。"坠子胡伸手去打儿子，三姐抱着孩子站起来笑着说："爹，外气了。放心吧，咱往后的日子是蜜里调油。"

三姐说到做到，里里外外干活儿不惜力，日子一天比一天滋润起来。

那天，傻儿子在田里浇地，媳妇将饭菜送到地头。傻儿子忽然笑起来，对媳妇讲起割耳朵的典故。媳妇逗他说："到底剩几个呀？"傻儿子一本正经答："一个半。"媳妇咯咯笑着险些歪倒。

"你看你，光笑，你说剩几个？"

"是，一个半。"媳妇笑道。

坠子胡是一棵树。

坠子胡是果实累累的一棵树。

孙辈陆续长成，陆续成家立业。

同龄人全走了，唯有他五代同堂。

虽说坠子胡目睹了一桩凶杀案，不妨事，他生吞了这秘密。

尾巴爷被碾死一个月后，坠子胡在石榴树下的躺椅上午休，蹒跚学步的玄孙女伸着小手要抓他那没一根杂色的山羊胡子。他本意起身，不料站不起来，身子一歪，像烈火中的蜡烛般慢慢瘫软，涎水流出，人就过去了。

坠子胡将胡琴和秘密带进棺材，在埋了无数罪恶无数荣光的黄土里，了无痕迹地化了。

第十一章 袁老二

"会骑摩托不？"

辛丑从身边编号040813的囚服上抬起目光，朝对面铺看去。那人背靠墙摆弄着手机，并没看辛丑。

"会不？"那人又问，嗓音听上去像传染病患者。

"会。"

"骑摩托吧，"那人道，"不难为你。"

辛丑没动。

"骑摩托、骑摩托。"一个瘦高的中年人从最里面的铺一摇一摆地过来，走到辛丑旁，"你骑我坐。"他拉了下辛丑的胳膊。

"啥意思？"辛丑抬头问。只见这人的两道法令纹黑且长，整张脸看上去像发呆的花豹。

"这样。""花豹"在辛丑面前半蹲，两手前伸，摆出骑摩托的姿势。下马威。辛丑犹犹豫豫地站起，侧身，半屈着腿，平伸出双臂，摆出骑摩托的架势。"花豹"半蹲在辛丑身后，双手搭在辛丑肩上。

"没发动啊？"那人问道，"花豹"嘴里随即发出呜呜声。

"几十码？"那人又问。

"花豹"拍拍辛丑的肩膀，辛丑道："四十码。"

"太慢了，八十码。"

"花豹"左右摇摆，呜呜着说："这样。"

辛丑保持姿势没动。

"到哪儿了？"那人问。

"大广高速。""花豹"答。

"去北京。"

"去北京、去北京。"其他铺上的人饶有兴致地附和。

辛丑站起来，坐回铺上："我不想去北京。"

"哟，牛啊。"那人道，"去北京。"

"不去。"

"再说一遍。"

"我不去北京。"辛丑抬高嗓门，直视那人。

"给我摁住他。"那人起身下床，提上鞋，一步跨过来，抬腿照辛丑胸口就是一脚。辛丑毫不提防，猛地后仰，后脑勺咚一下撞在墙上。辛丑挣扎着还没坐直，那人朝辛丑胸口又是一脚。辛丑再挣扎着坐起，旁边两个人紧紧摁住了他的胳膊。

"去北京不？"

辛丑胸口发闷，嗓子眼儿发紧，想吐却吐不出来。

"去北京不？"那人啪地抽了辛丑一记耳光。

"妈了个×！"辛丑骂道。

"哎哟，有种。"那人一把扯下辛丑脖子上的十字架，"鸡翅木啊。"

"还给我！"

"摁结实，叫你尝尝热乎乎的鲜啤。"那人将十字架揣在兜里，拉开拉链，掏出家伙，对准辛丑的脸。

"我杀了你！"辛丑像被兜头泼了一盆硫酸，他紧闭眼睛甩着头，"我杀了你！"

那人尿完躺回铺上，靠着墙继续玩手机。

"我杀了你！"辛丑扭动着哭喊着，两人死死地摁着他。

不知过了多久，辛丑不再挣扎。那两人松开手，辛丑滑坐在一摊尿液里，嘟嘟囔囔，昏睡过去。

辛丑醒来时，天已黑透。他脸朝下趴在枕上，囚服摆在旁边。他换了个姿势又睡着了。

一身灰白衣服熨过似的摊在地上，六枚像章泛着诡异的红光，一双凉鞋平整地摆在裤腿处，只是尾巴爷没了踪影。一只蒲扇大小的蝴蝶从尾巴爷的领口处翩翩而起，忽上忽下忽左忽右，越过众人头顶，姗姗而来。那蓝、白、黄三色相间的翅膀，纹路清晰，纤毫毕现，抖落的粉尘精灵般飞舞。

辛丑从床上爬起。口臭和体臭混在燥热的空气中。其他铺还在熟睡。天已拂晓。饥饿。浑身乏力，像一节耗尽的电池。他摸了把脸，刺刺啦啦好像满是沙子。来接我的人里没有狗子。没人说话。车到黄县高速路口没有下道。我要回家。我没杀人。没人理我。车子进了开封。大梁。大铁门。第×监狱。脱光衣服。蹲下，咳嗽，用力咳嗽。发给我一套衣服。第二监区第一监室。下铺。开摩托。有人尿在我的脸上。

他盯了一眼对面铺上睡着的那人，心里说："我杀了你！"

走廊上传来脚步声，其他铺上人赶紧穿衣。门推开，一位干部背着手，站在门口。

"袁洗尘。"

太岁志

"到。"上铺跳下一个人，双腿并拢，立正站在辛丑脸前。

"背一下作息管理制度。"

"是。每天六点起床，六点至七点整理内务、洗漱和吃早餐。七点至十一点半劳动，工间半小时做操。十一点半至十四点午餐和午休。十四点至十八点劳动四小时，工间休息半小时，晚餐半小时。十九点至二十二点，学习和洗漱。二十二点至次日六点休息。"

"挺溜啊。昨晚你们监室闹哄哄的，干啥哩？"

"报告政府，新来的牙刷找不着了。"

"谁啊？"

"报告政府，他。"袁洗尘一指辛丑。

"你啊？"干部问辛丑，辛丑呆坐着没反应。

"政府讲话时，犯人要起立。"袁洗尘轻声提醒。辛丑慢慢站起来。

"背一下生活物品管理条例。"干部对袁洗尘道。

"是。单衣单裤单鞋内衣内裤袜子每年一发，棉衣棉鞋棉帽两年一发，棉被棉褥四年一发，洗漱用品根据需要随时发放。"

"就是啊。再有此类情况，扣你们的内务分。"

"是。"

"抓紧洗漱，准备用餐。"

"是。"

八名犯人在门口排成两队，由干部带领鱼贯进入餐厅。餐厅端坐着几排穿囚服的犯人。干部来回巡视。值勤的犯人将餐具和饭菜依次摆在众人面前。

"你饿两顿了，多吃点。我叫袁洗尘，袁世凯的袁，接风洗尘的洗尘。"袁洗尘坐在辛丑旁边，轻声道，"在家行二，都叫我袁老二，你喊我二哥吧。"

"就餐时不准交头接耳。"干部道。

"在你脸上撒尿那货叫岳凌飞，"袁老二掩一下口，"岳飞中间加一个壮志凌云的凌。"

辛丑没搭腔。

回到监室，袁老二从上铺递给辛丑一面小圆镜子。辛丑看到了镜中的自己。两腮下垂，眼睑下一抹黑，胡子跟睫毛一般长。他扒开嘴唇，牙齿间洇着细细的血迹。他捏着门牙晃晃，有些松动。

"洗漱用品在床下脸盆里。"

辛丑去看床下，果然是的，起身对袁老二说："谢谢。"

"不用谢，"袁老二趴在铺上，递给辛丑一个电动剃须刀，"不准留胡子，用完记得充电。"

辛丑接过剃须刀的一刹那，感觉袁老二脸上某个部位不对头。他飞速地扫了一眼袁老二，哦，右眼瞳仁明显比左眼的大一倍。重瞳，这叫重瞳。几乎同时，袁老二冲辛丑眨了一下右眼："你运气不错，下午出外勤，比放风舒服。"

午休起来，干部在走廊等候。三个监室的犯人在室长的口令下排成一排。

监室前面四四方方的小广场铺了水泥地面。广场南面一幢东西向的彩钢结构，大大的窗户，看上去像厂房，围着一圈两人高的银色隔离网。远处的围墙高约两层楼，墙顶焊着半人高的防护网。西南角和东北角各有一个岗亭，辛丑没看到持枪的武警。这不是监狱，这是个工厂，可为什么连一只麻雀也看不到呢？

辛丑他们乘坐的是一辆公交车，干部们在中巴上，最后面跟着一台卡车。

半小时后，到了一处窑场，犯人们排成两列，将两垛砖一块一块传到卡车上。

"雁鸣湖。"袁老二传给辛丑一块砖，下巴指一下远处波光粼粼的水面，"出去了，我请你吃螃蟹，秋天来，螃蟹正肥。"

雁鸣湖？这里该是中牟。辛丑四下张望，西面是一望无际的麦田，南面五十米开外就是公路。

"咱们号八个人，就你的案情简单，比玻璃杯上的图案还一目了然。"

"案情？"

"故意伤害，致人重伤，判刑三年。"

"故意伤害？我不是杀人吗？"辛丑问道。

"你敢杀人吗？"袁老二笑道，"不过你确实该杀一个人。"

"我伤害谁了？"

袁老二撇撇嘴。

"郑东红？"

"他们没说。"袁老二摇摇头。

李冠军原来没死。李冠军啥情况？打伤了？郑东红？郑东红不就是狗子吗？为啥给我安个伤害郑东红的罪名？

"家是黄县的？"

"是。"

"你们黄县人跟安阳人有一拼。"袁老二瞥一眼辛丑，"安阳人把老师说成老撕，黄县人把包子读成包纸。"

狗子为啥陷害我？他咋把我弄进了大牢？狗子就是一个

协警啊。

"老弟在家干哪一行啊？"

"原先代课，现在种菜。"

"你跟这里格格不入。"袁老二轻轻一笑。

辛丑他们先将压过折叠线的鼠标垫大小的薄纸板折成四四方方的包装盒，再将节能灯和烟盒大小的说明书塞进去，一只只码在筐里，其他犯人将筐子推走。一天下来，辛丑甚至有点喜欢这枯燥的活儿了。

袁老二的工位在辛丑对面。

"星期天可以打乒乓球下象棋，你会不？"袁老二问。

"还行。"

"走廊西头挨着文体室是学习室，你爱看书吧？你原来代啥课？"

"初中语文。"

"握握手，"袁老二指一下自己的鼻子，"初中历史。"

辛丑敷衍地挑一下嘴角。

"你要等待，"袁老二压低声音，"那货的时间没到。"

"谁？"

"妇女之友。"袁老二瞄一眼四周，"在你脸上撒尿那货。"

"为啥叫妇女之友？"

"这货爱搞妇女，我给他起的雅号。"

"摁住我的那个货，脸长得像豹子，是谁？"

"没吃过大盘荆芥的土包子。"袁老二的语调从不屑变成兴致勃勃，"想听听我的故事吗？"

辛丑没吱声。

"别苦着脸。"袁老二解嘲道，"摁住你的另一个人是我，我怕你吃亏。"

没人知道我在这里。

像从报纸上剪下的纸人，皱皱巴巴，风吹着随处飘荡。如果没有丢掉代课教师的饭碗，如果李静没有一头栽倒在讲台上，如果没在狗子伤害李冠军的现场，我会来到这里吗？我被电醒了，还是被电蒙了？我要杀了狗子。我还要杀了那个往我脸上撒尿的岳凌飞。我要杀了你们。

"你爱我吗？"辛丑想起李静的问话。

"这还用问。"自己是这样回答的。

"你说。"

"发神经。"

"早晚有一天，你会说出来。"

车和人，都少了，雪花仿佛无数的舞者在路灯的光晕里飞旋。

公园南门的馄饨摊子还在，摊主袖着手立着，好像只为二人的赴约。两人在小方桌旁的马扎坐下，对视着，微笑着，雪花落在他们的睫毛上。

一碗馄饨下去，手脚热乎乎的。雪大了。两人紧挽着，小碎步回去。

我现在说出来晚吗？

辛丑盯着上铺的铺板，轻声说："我爱你。"然后，他听见上铺的袁老二动了动身子，低声说："知道了，睡吧。"

"我的人生是压缩饼干。"袁老二似乎急于鼓舞辛丑低落的情绪，他不再征求辛丑的意见，开口讲道，"高中毕业后我在矿上的文工团当剧务。我喜欢表演，发自内心地喜欢，可剧务登不了台。团里常排革命戏，我特别喜爱扮演首长，我在私底下模仿每一句台词、每一个台步和首长独具特色的口音。我虽然分不清胸腔音、鼻音和喉塞音，但是我模仿得惟妙惟肖。可我是剧务不是演员，我不能登台啊。我鼓足勇气向团长申请角色。团长跟我岁数相仿，个头儿比我矮四指。团长当然不会答应，这个角色是他的，他怎么会让一个剧务夺走他在舞台中心的光芒呢？没关系。等他们轮休时，整个舞台都是我的，我尽情表演，空荡荡的剧场更能激发我创造角色的想象力。我既是演员也是观众，不可以吗？话虽这么说，可演员和剧务的待遇不一样。每晚排练结束，伙房都给演员蒸一锅肉包子，白菜肉馅儿的，馅儿大皮儿薄。单单没我的，因为我是剧务。这不公平，剧务不知道肉包子好吃吗？那晚趁他们排练，我偷偷溜进伙房。伙夫小张坐着抽烟，我模仿首长的腔调对他说，小张啊，包子熟了没有？小张扔掉烟头立正，说，报告首长，熟了。我问，什么馅儿的？小张答，白菜肉的。我说，很好，首长尝一个嘛。小张说，中。掀开笼屉，伸手抓出一个热乎乎的大包子递给我。我哈气吹着，倒两下手，下嘴一咬，嚯，顺嘴流油，那叫一个香。我对小张说，挺香嘛。转身就走。排练完了，团员们一窝蜂拥进伙房，一人捧一个肉包子大嚼特嚼。团长最后来的，他掀开笼屉一看，嗯？一个包子也没了，包子呢？小张报告，刚才袁老二来了，他假扮首长，我不敢拦他，他把最大的包子抢走了。团长勃然大怒，他娘，明天开袁老二的批斗会！批斗会之后团长把我撵出了文工团。一个包子，因为一个白菜肉的大包子，我的星途骤然黯淡。下井挖煤我是万万不行的，我托人调入矿上的中学做了历史老师。可我又搞砸了。

"门卫也挺好嘛，革命工作没有高低贵贱，只有分工不同。早上，我站在校门口，迎着霞光向走进校园的同学们挥手致意：同学们，一年之计在于春，一天之计在于晨啊。奇怪，同学们非但没有激情满怀地向我致礼，反而掩口胡卢而笑。没几天教务处找到我说，在校门口迎接同学是校长的活儿，你就老老实实在门房里待着。你瞧瞧，这活儿也抢。校长懂表演吗？声音比我洪亮吗？台步比我到位吗？要命的是，校长在校门口迎接学生时，不管他喊什么，学生们都抱头鼠窜。校长苦恼，校长不干了。校长不干我干，这本来就是我的活儿。我不光早上迎，放学我还送呢。我站在校门口，手挥五弦目送归鸿，高声提醒同学们，直接回家别拐弯，早恋不利于身心健康啊。

"然后？然后我结婚了。你们谁多瞟过门卫一眼？你们谁舍得花一个钟头跟门卫探讨梦想？可门卫也是人啊，有七情六欲的大活人。岳父是老实巴交的矿工，岳母坐在菜市场五颜六色七荤八素的垃圾中间给鸡鸭褪毛。我老婆是个普普通通的工人，一年后女儿降生。

"和女儿一起到来的还有入不敷出。孩子越大，开销越大，邻居的生活水平让我自惭形秽心如刀绞。生活像每时每刻站在锥子上，曳尾涂中只是幻想。

"1979年，那是一个春天。我在阳台上仰望着星空抽完了整整一包烟，天亮时拿定了主意，下海。我把决定告诉老婆。她干脆利落地说，干吧，挣住钱了俺娘儿俩跟你享福。贩运海鲜，倒腾服装，开黑出租，你能想到的行业我都涉足了。

那段时间我疯了样挣钱，睡眠严重不足，我最大的愿望不是倒头就睡而是变成枕头。其实，一番折腾下来，并没落下多少。我不贪，只要每天五百元就行。足够了，足够应付一家老小的花销。

"当我攒够三万元时，改变人生走向的那扇门开启了。毫无预警，生活波澜不惊地转向了。

"姥姥家一个总把牛奶说成流奶的远房表妹找上门来。姥姥在世时我寒暑假回黄陂看她老人家，常跟这表妹见面。来了就住几天呗，吃饭时表妹说起邻村一个青年在山上烧炭时挖到了花花绿绿的钞票。原以为是冥币，有的说不像，就找人看了，说是老版的美元。山里人没见识也不会花，一比三往外兑换人民币呢。多简单的故事，你听听，你会怀疑吗？我会。人民币对美元的比率是一比七啊。我第一时间认定这是骗局。然而，贪婪伸出侥幸的触角蒙住了我的理性。万一是真的呢？我们不常看电视上说某某地某某人挖出了某某宝贝吗？我决定跟她走一趟。富贵险中求，走一趟。

"到达黄陂时天已擦黑，换车赶了几十里山路到了表妹家。表妹嘱咐妹夫生火做饭，自己换上鞋出去了。我向妹夫打听，妹夫说有这么一档子事儿，只是自家经济紧张，没钱去换。饭没做得，表妹和一个青年进了门。青年一身农民打扮，一脸憨厚，粗手粗脚，指甲缝里全是黑黑的泥垢。我心想十有八九成了。表妹介绍了几句，我掏出三千块钱递给青年，说换一千吧。青年犹犹豫豫解开腰带，从内裤里掏出团成一团的塑料袋，打开，摸出一沓崭新的纸钞，蘸着口水数了十张递给我。我从没见过美元，当然无法鉴别真伪。我就着煤油灯仔细察看，使劲甩甩，正反面闻闻，除了臊气也闻不出个啥。钞票上发型和莎士比亚有一拼的老头儿到底是华盛顿还是罗斯福呢？绝对不是林肯，林肯太瘦，满脸胡子，全美国我只认识这仨人。那行吧，我说，回头我再来。青年和表妹客气几句，走了。我在表妹家住了一宿，天不亮妹夫送我到黄陂，天没黑就回到了鹤壁。你猜怎么着？美元是真的，银行给兑了。当我数着簇新的六千元人民币时，我看到幸运女神向我微笑。

"我取出全部三万元存款，我要二下黄陂。三万元人民币换一万美元，一万美元再变成六万元人民币。最多两天，翻一番，这就叫快钱。我在内裤外穿上带兜的短裤，将钞票塞了个满满当当，再套上两条秋裤。媳妇专门给我煎了两个鸡蛋以壮行，女儿问我，爸爸，咱是不是有钱了？我眼泪都下来了，我对女儿只说了一个字，是！那年头还没手机，BP机一年后才会问世，没法子事先跟表妹打招呼，不碍事，来去也快，换不成我带着钱回来就得了。下了火车赶到表妹家，天已黑透。表妹好像并不吃惊，事后回想起来，贪念使我忽略了这个要命的细节。我若及时打住，也就不会发生后面的悲剧了。幸运女神躲开了。我对表妹说我带了三万元，要换一万美元。表妹说她去喊那青年。表妹仍然换上鞋出去，妹夫仍然烧火做饭，仍然是饭没做得，表妹回来了，一个人。不等我问，表妹解释说青年害怕金额大不安全，让去他家换。我想了想，没毛病啊，可以。起身要走，表妹拦住说，就她一个人带钱过去带钱回来。我一愣神，妹夫说，天黑不安全，二十多里山路，我跟着去吧。我暗自盘算，不该有事啊，表妹两口子至于拿钱走人吗？走哪儿啊？家不要了？三万元也不值当啊。还是那句话，富贵险中求。我解开裤子，掏出三万元整整齐齐码好，交给妹夫。妹夫把钱塞进一条编织袋，扎上口，两口子出门了。"

工间操的时间到了，袁老二冲辛丑挤一下右眼，意思是后头更精彩。犯人从他们身边往外走时，"花豹"拍了一下袁老二的肩膀，笑道："又谝呢？"袁老二没接茬。袁老二总是这样，身体放松，神色自然，像一只在自己地盘闲逛的猫。别人说话时，他微笑着倾听，在不同的节点配合不同的表情，这让辛丑心生羡慕。做完操回来，干部在车间来回走动，好像检查什么。袁老二带着歉意对辛丑说："下午吧。"

午餐很丰盛，四样菜，三种主食。挺好，如果还有自由那就更好了。

"我想申诉。"辛丑试探着说，"我冤枉，我没杀人也没伤人。"

"好啊。"袁老二往嘴里扒拉着饭菜。

"啥时候啊？跟谁申诉？"辛丑身子微微前倾，低声问道。

"在你刑满释放之后，跟所有不认识的人倾诉。"

辛丑瞟了一眼巡视的干部。

"我不是逗你，"袁老二嚼着食物，脑袋一点一点地盯着辛丑，"只是想说，死了这条心吧。"

"哪儿有心思吃饭？望着煤油灯一颤一颤的火苗，一种不祥的预感潮水般漫到我的喉咙。"下午开工后，袁老二继续讲述，"半个钟头吧，忽然，传来急促的脚步声。我站了起来，妹夫猛地推开门，气喘吁吁地说，快，上山！我也不敢问，远处人声嘈杂，正往这边来。我顾不得多想就跟着他连滚带爬上了屋后的大山。我俩爬上一棵大树,一人抱住一根树杈往山下瞭望,只见手电筒的光乱闪。过了一个钟头,人声没了,手电筒的光也不见了。妹夫解释说,他们刚到青年家里,就闯进来几个警察,把表妹和那青年铐住,要不是他跑得快,也得被抓走。夜深了,初冬的山风钻进衣服,蛇一样乱窜。我哭不出来,只是觉得冷。全部积蓄三万块钱哪!我俩哆哆嗦嗦抱着树杈一夜没合眼。天亮后下山,早饭也没心思吃,妹夫把我送到黄陂,我身上的零钱刚够买一张车票。

"损失了三万元却长了见识,我知道了一百美元纸钞上的老头儿既不是华盛顿也不是罗斯福,而是打雷时玩风筝的富兰克林,本杰明·富兰克林,这老头儿可把我害惨了。

"打回原形。一想到抵抗这么久还是一文不名,我就止不住悲从中来。

"别人积累资本,我积累教训。

"都说金钱买不来幸福,当然了,因为金钱就是幸福本身!

"怎么办?还能怎么办?

"和贫穷相依为命,互相埋怨互相搀扶着走向墓地吗?不,绝不!

"觉察事有蹊跷是在两个月后的春节。表妹大年初六来我家,描述了那个夜晚以及被抓之后的经历。我已经从沮丧和悔恨中挺了过来,我认定这就是一场骗局。至于表妹两口子扮演什么角色无关紧要,就是一场骗局。我非常欣赏自己善于总结经验教训的思维特点,这种骗局尚且处于初级阶段,具有明显的随意性和不可复制性,从而导致局面因为不可预料的偶发事件而全盘失控。如果想要骗更多的钱,必须首先从观念上改变只坑熟人的小农意识,其次拉大故事的框架，在宏大叙事中加入更多细节，在不同阶段适时添加配角以使故事骨肉匀停，进而安排铺垫和制造多处高潮，使情节既明快流畅又跌宕起伏，牵着受害者一步一步深入而无法回头。最后，把图穷匕见的结尾变成一个意蕴深长的待续。

"三万元不算什么，只当是交了社会大学的学费。

"貌似复古，实则标新。我要重新构思脚本，是的，我要将故事升级，一个原创的可以复制的可持续发展的骗局。故事的中心必须是财富，一笔巨大的财富。我不是用编织袋编织故事，而是用活生生的元素。

"故事是这样的：一笔巨大的财富藏在五台山悬空寺的地瓮里。那是1948年的初冬，四大家族名列第三位的孔家，以商人独有的敏锐意识到将大批财宝运走来不及了，所有机场已被封锁，各个关卡都由荷枪实弹的士兵严防死守。于是，孔家想到了最可靠的朋友也就是悬空寺的住持圆通和尚。孔家将旧版美元一千万、银元宝一千锭、金条五百根以及价值连城的字画和古董，一股脑藏到了悬空寺的地瓮里。

"最后见过这笔沉睡了半个世纪的宝藏的人，乃是现任悬空寺的住持慧空和尚。圆通和尚坐化前特意叮嘱慧空，一定要将宝物璧还孔家后人。

"至此，铺垫完成。

"悬念在于：此事原本无人知晓，只是慧空和尚年事已高，驾鹤西去迫在眉睫。老和尚整日念叨孔家，一不小心走漏了风声。消息一出，惊动江湖，引出诸多配角。眼下，共有三路人马盯着这笔宝藏。一路是纵横江湖多年犯案累累的南派，成员以盗墓贼为主，讲究智取，一心一意要将宝藏据为私有。另一路是北派，成员多是关外的黑帮分子，心黑手辣，手法凌厉，做事不计后果，喜欢动不动就跟事主同归于尽。还有一路就是咱们'中复委'。'中复委'，就是'中原民间复兴民族委员会'的简称，处于筹备阶段，我是筹备组副组长兼豫北地区巡视员。三路人马中只有咱们中复委抱定了实业救国的宗旨，要将宝藏起出实现民族复兴，境界跟那些利欲熏心的盗墓贼完全是云泥之别。

"当地政府尚不知晓宝藏的消息，否则别管几路人马，统统没戏。此处点明外部形势，强调时间紧迫，暗示投资方要及时出手。

"具体运作是买通悬空寺的小和尚，趁慧空和尚坐化时将宝藏运出，或者干脆策动小和尚干掉老和尚。故事到这里进入互动，也是核心所在。我们告诉投资方现在急需运营资金，并且答应给予投资方丰厚的回报。一般来说二十万一股，投入二十万，事成后连本带息净得四十万。百分之百的回报率啊，值得一试。如果受害者认为二十万是个小数目，那么，勉为其难地允许他加大投资额度，但是必须一再叮嘱他不得走漏风声，免得其他投资人心生不快，从而导致兄弟阋墙……"

"谢谢。"辛丑打断袁老二，"你帮我温习了一大堆成语。"

"剧务的修养不容小觑。"袁老二歪头盯着辛丑，"讽刺我？"

"不过你编的故事有漏洞，难道和尚不会监守自盗吗？"

"当然可能。你是个明眼人，第一时间就发现这个版本唯一的漏洞。关键在于受害人来不及发现漏洞就被贪欲吞没了。"袁老二脸上洋溢着自得，站起身来，从周转箱里拿出一只灯泡在眼前转动，做出检查产品的样子，扫一眼其他犯人，慢慢坐下，"这其实是一场演出。角儿扮上了，音乐响起，大幕缓缓开启，我们道貌岸然地登台亮相。

"这不是骗局,这是一场秀。我是演员,不是骗子,不是。我没有欺骗任何人,更没有自欺。

"正如你看到的,我是个彻头彻尾的失败者,一个前途黯淡的理想主义者,一个无人同情的人本主义者。只有表演才能让我获得成就感。啥是天赋?天赋就是超出常人的才能,我的天赋就是表演,我能把一只屎壳郎演成你的梦中情人。我这辈子从没得过什么荣誉,可我实质上极具才情,正如你看到的。

"即便来到这里,我也没放松对自己的要求,我用激情感受每一分钟,我向更高的自己迈进,我将与真正的自己合二为一。

"最后,在表演结束和受害者做出决定之间,我预备了一个噱头。

"'我们有一个小小的要求。'我提醒对方,'在您获得百分之百的投资收益后,希望您能为民族复兴尽一份力。'

"'那当然,你尽管说。'

"'请您为民族复兴基金捐助一千元。'

"'没问题。'

"瞧瞧,这就是才华。滴水不漏杀人于无形的才华。我的才华配得上我的野心。我是最优秀的活剧演员。是活剧,不是话剧。

"创业之初的艰难你无法想象,我连续三个月没逮到一位观众。没有观众是表演的最大耻辱,没有观众就等于死了两次,我和角色各自死了一次。我努力控制自己的情绪,不说脏话,不骂饭店的服务员。

"我沉下心来解剖每道程序,发现问题出在市场细分的环

　　　　　　太岁志

节。之前对受害者的界定太模糊，就是说太乐观。我重新设定受害者，缩小人群，厘清标准。最后锁定文化程度在高中至大专之间的有固定收入的城市人口，对投资理财的认识就是投机，做事武断，等等。然后，你猜怎么着？新一拨的受害者简直爱死这个故事了，我遭遇了井喷式的行情。

"我的每次表演完全可以进入教科书，是的，我顺利完成了原始积累。二十万元的单子，我前前后后做了近十笔。

"可悲的是，我可以激活角色，将观众轻松收入囊中，却无法确定我自己是谁。整个过程就是一出悲剧，观众的结局和我的下场都是悲剧。我努力延缓悲剧的到来，我相信，观众也在竭力回避自己是多么愚蠢这一事实。观众终将成为过去，而我仍然愁肠百结。

"我寻找什么？寻找表演时的麻醉吗？寻找复仇的快感吗？寻找我自己吗？直到今天我都不知道我是谁。

"每件发生的事都是活该。一夜暴富，活该。突遭横祸，活该。接二连三的'活该'恰恰为艺术提供了完美的素材。这不是诅咒或恭维，这是对命运的敬畏。

"卓越的艺术使人平静，使人升华。我则更上层楼。我使他们亢奋，使他们的贪婪升级。我树立了表演的标杆，我独自到达了表演的最高场域，我荷戟彷徨，我独孤求败。

"这是我的宿命，直到我来到这里，和你相遇，这是宿命。活该。"

"要是受害者非得实地察看呢？"辛丑问。

"问得好。"袁老二冲辛丑眨一下眼，"关键人物及时现身。"

"关键人物？"

"你以为我孤军奋战吗？我为完善这个商业模式足足耗费了

十年的心血，我到处潜心物色关键人物，直到遇见怀信大师。"

"谁？"

"怀信大师是大悲山报国寺的住持，一个浑身流淌着正能量的性情中人。在一个莺飞草长的日子里，我俩因缘际会相识于淇水之滨。当我把民族复兴的大计向他和盘托出时，怀信大师击节赞叹。他双手合十感叹道，历史总在合适的时间选择合适的人来圆满无上功德，真是妙不可言啊。然后，怀信大师欣然就任'中复委'筹备组组长。怀信大师为整个故事背书，如果少了他这颗定心丸，全盘策划将会事倍功半甚至功亏一篑。并且，怀信大师引荐了刘海忠等一批卓越的中坚骨干，团队就此完善。刘海忠的足迹遍布黄河两岸竖有地标性铜雕塑的所有县城，月黑风高的夜晚，他将雕塑刺啦刺啦锯成一块一块塞进蛇皮袋子，天一亮就在废品回收站里变现。为了确保万无一失，刘海忠三上悬空寺，买通了看门和尚，确保无论谁去打探，都将得到一个模棱两可的答案。"

辛丑笑了一声。

"你笑啥？"袁老二不解地问道。

"我分不清哪些是你编的哪些是真的。"

"只有骗子是真的，"袁老二一本正经地答道，"其他都是假的。"袁老二意犹未尽，他巡视一下四周，高声提醒众人道，"轻拿轻放，小心打碎。"压低声音，"我们的事业遭遇了第一次危机，起因就是王凤英这个村妇。"

辛丑将一只灯管塞进包装盒，问道："王凤英？"

"王凤英一门心思想嫁给我。"袁老二盯一眼辛丑。

早餐时，餐具和饭菜刚摆上桌，辛丑站了起来："冤枉！

我没杀人，我要申诉！"

发放餐具的犯人待在辛丑身旁，一动不动地盯着辛丑。其他犯人停下筷子。干部朝辛丑走近一步，眯起眼打量一下辛丑胸前的编号，高声道："040813，发言先报告。"

辛丑迟疑地举起右手："报告政府，我要发言。"

"现在是就餐时间，坐下。"

"坐下吧。"袁老二拉一下辛丑的袖子，"吃饭。"

"王凤英是刘海忠引荐的，中年丧夫，有一个女儿在读高中。我考虑无论现实还是故事里，设置一个女性配角也挺好，因为时常遇到女投资者。"袁老二一坐在工位上，就迫不及待地开口讲述，他瞅一眼辛丑，"还想着申诉呢？回头我教你怎么弄。"辛丑没搭腔，袁老二接着说，"王凤英虽说初中毕业却有着非凡的领悟力。王凤英独自揽成了一桩投资，不多不少二十万。足够了，足以证明她的能力。谁承想这个寡妇的心思没在钱上尽在我身上，唉，无所谓，反正我跟王凤英是逢场作戏。我虽然把王凤英睡了，可我实在受不了这个一张大饼子脸一口黄牙满脸蝴蝶斑浑身柴火味儿的村妇。况且王凤英只有初中毕业，咱好歹是高中毕业，没有共同语言啊。王凤英跟她兄弟来找我谈判，要我说清楚。她兄弟打上门来我就害怕了吗？我断然拒绝，她姐弟俩断然给我一顿胖揍，离开了创业团队。

"克隆，这个行业最怕克隆。按说门槛也不低，可就是抵挡不住蜂拥而来的剽窃者。王凤英找了一个姓杨的妍头，招兵买马，纠集了几个闲杂人等，野心勃勃地全盘克隆我们的盈利模式。姓杨的出资二十万，风投到位，线上线下互动，实体店和电商结合的盈利模式呼之欲出。他家改成了办公室，摆满了金器、玉石和字画，全是地摊儿货。人马撒出去，河南、河北、山东、山西、'两湖'、'两广'，风一样的骗子疯一样寻找猎物。王凤英虽说将故事升级为2.0版本，藏宝洞搞成四个，却增加了运营成本。王凤英对外声称自己是大清皇室爱新觉罗·通州公主，掌管着爱新觉罗家族遗留下来的一千七百五十亿元的资产，分别保存在滇黔川豫四省的四大金库里，金库的钥匙由她保管。只是这笔资产目前尚被冻结，需要有人投资帮她打通关系来解冻。投资回报率多少呢？百分之三百！

"你没见过王凤英的金库钥匙，比胳膊长比腿粗。钥匙这么大锁得多大呀？锁这么大门得多大呀？门这么大金库得多大呀？这么大的金库还能藏得住吗？还爱新觉罗·通州公主？

"没有不开张的油盐店。一个退休工程师成了王凤英第一个也是最后一个猎物。情节非常老套，王凤英为促成买卖临时加了激情戏。工程师前前后后掏出了平生积蓄的二百多万元，换回来几大箱假美元、假金条和一夜情。当然，他报警了。

"我不该为王凤英的落网而幸灾乐祸。因为，我的时间也到了。

"我来到这里完全是因为贪婪，我不该回去同那个半老徐娘见面，我侥幸地认为她爱上了我。"

"我死心了。"辛丑忽然道。

"你早该死心。"袁老二愣一下，"听我讲完。我原本打算金盆洗手，悄无声息地跨入另一个圈子。

"我计划成立一家剧本公司，从网上搜罗那些未成名不起眼的写手手里有灵感有潜质的好故事，低价买进，分成电影、电视剧和动漫三大类别，再再请专业编剧加以润色，每个故事都要达到能让我痛哭流涕破涕而笑喜极而泣的程度才算过关。待价而沽，只要卖出去第一个本子，我就能让公司三年内上市。

"这是新版本的骗局吗？"辛丑笑着问道。

"我打算用剩下的十八个月零七天的刑期好好打磨商业策划书，它将带给我新生啊。出狱后第一件事就是私募，然后不停地融资融资融资。我跟你打赌，兄弟，你会在电视上看见我站在好莱坞的星光大道冲你招手。好了，让我们回到爱情这个话题吧。徐娘，是徐娘断送了我的前程。她是我最后一个观众，我甚至忘了她姓甚名谁，姑且称她为徐娘吧。她是那种受过良好的系统教育，满脑子都是智力却没有心灵的典范。我第一次同她见面，就认定她将成为受害者。我误会了，我把她对我的兴趣误认为她对财富的欲望。实际上她不在乎钱，她在乎人。她随随便便就打给我二十万，说，拿去复兴咱们的民族吧。太容易得手反倒让我心生忐忑，而且，不尽兴啊，我还没表演呢。紧接着，她频频约我，又是喝咖啡又是看电影，她似乎想要重温初恋。晚上也不消停，一会儿短信一会儿微信，又是语音又是视频，极尽挑逗撩拨之能事。可是，我脖子以上的部分冷静地提醒我，她骨子里蔑视我这个矿工出身的小骗子。对她而言，我只是猫爪下的耗子。在两个月的危险期过后——危险期就是说这段时间里受害人报案就报案了，不报案就不再纠缠了——她约我见面，老地方。这是我的活儿，我必须了结。她早早到了，依旧是靠窗的位置。我藏在街对面的饮料摊儿后面四下观察，没见可疑人员出没。这是八月的一个午后，头天晚上下了场暴雨，湿气还未散尽，人们睡眼惺忪，麻木而执着地穿梭在街道上。有那么一闪念，我甚至想不如就把她办了吧？既然前有王凤英，多个徐娘又何妨？

"我抬起手腕看一眼时间，下午三点整。我解开短袖衬衣的第一、第二粒纽扣，朝后捋两下头发，皮鞋在裤腿上蹭蹭，冲卖饮料的笑笑，迈步走进这家铺着亚麻桌布的名叫托斯卡纳艳阳下的咖啡馆。我把手机放在桌上，款款落座，肘撑桌面，手摸下巴，盯着徐娘。穿短裙黑丝袜的女服务员把两杯香草拿铁端上来，意味深长地瞥了我一眼。这是一个暗示。多么要命的细节！我告诉你，兄弟，世上最让人清醒的是酒精，只消二两下肚就会原形毕露。咖啡恰恰相反，它掩饰真相。徐娘按顺时针方向搅了三圈咖啡，将茶匙支在碟子边上。我刚想说人世间纵有百媚千红我独爱你这一种的经典台词，徐娘摁住我的手，歪头问道，您把民族复兴到百分之几了？她的声音比她脸上的妆还油腻。她刚做了美甲，十个指头十种颜色，嗯，要么她内心比我还强大要么她对我仍旧一往情深。我想临场矜持一下，问道，什么？就在这时，旁边座位上站起两个男子，习惯性地将手搭在腰带上，朝我走来。我没理会他们，我深情地望着徐娘，用饱含磁性的嗓音问道，是否一切都将在这个慵懒的午后成为过往？她把手抽回去，背靠沙发，抱起双臂，笑而不答。阳光洒在红地印花外套上，青和黄构成错乱的花纹，整个人看起来复古而别致，含蓄又优雅，虽然两腮下垂鼓鼓的，像母鹅。我心底升起一丝懊悔。我应该娶这样的女人，在这个城市体体面面地生活，生养出类拔萃的儿女。两个男子走到我身边，年纪大些的伸手攥住我的手腕，说，文化路派出所的，走一趟吧。

"他们不由分说拧着我的胳膊就往外走，我回头朝徐娘喊道，山无棱，天地合……话没讲完，年轻警察推我一把道，去屎吧。到了车子旁，我趁着开门的空档，猛地抬起双脚蹬在车身上，我们仨向后倒去，我清清楚楚听见脑袋磕在道砖上咚咚的响声和哎呀的惨叫声。我一骨碌爬起来，年轻的捂着头打滚，年纪大的爬起来掏出手铐来抓我。我照他裆里猛踢一脚，他哎呀一声弯下腰。这时徐娘走出咖啡馆，我冲她喊道，乃敢与君绝！徐娘将手里的戒指扔向我，骂道：'老玻璃！'

　　"谢谢徐娘。"辛丑道。

　　"对了，申诉的事帮你问了，不好弄。"

　　"为啥？"

　　"没有找到判决书。"

　　"没有找到判决书？"

　　"这世上没谁值得同情，个个活该。"袁老二点点头，"现在看来你例外。"

　　"那咋弄？"

　　"你说呢？"

　　"我要回家。"

　　"这就是你痛苦的原因，"袁老二将左手拇指和中指从太阳穴处顺两侧滑下，在下巴处汇合，"你逃避这个世界，它却跟你死缠烂打。"

　　第七天吃过早餐，辛丑做了体检。检查完毕，大夫举着辛丑的体检报告念道："身高171厘米，体重75公斤。"比在家时胖了几斤。"双眼裸视都是1.5，你这个年龄，眼睛竟然不花。"辛丑没答话。"血压偏低。""那咋办呀？"辛丑问道。"低不是毛病。""吃药不？""不用，多吃营养品吧。""啥营养品啊？"大夫抬头看看辛丑："花生和红枣。"辛丑笑了笑。

走出医务室，辛丑迎面碰见"花豹"。

"袁老二跟你谝完了？""花豹"咧嘴笑着问。

"啊。"辛丑敷衍道。

"灵魂呢？""花豹"撂下没头没尾的一句。

晚饭后，辛丑坐在铺上随手翻着一本从学习室借来的杂志，忽然想起"花豹"的话，仰头冲上铺的袁老二道："哎，灵魂的事你没跟我讲啊？"

其他铺有人笑了一声。

"噢，"袁老二动下身子，"回头吧。"

第二天早餐过后，袁老二拽了一下辛丑的袖子往外就走，辛丑起身随着他。袁老二进了学习室，从架子上随便抽了本杂志，冲着门口坐下。

"你永远不会知道，"袁老二指指自己的右眼，"如果我不告诉你。"

辛丑端详一下袁老二的右眼，那重瞳像一个横放的数字8。

"我能看见寻常人看不见的东西。"袁老二嘴角浮起一丝神秘的微笑，"那年冬天，我隔着棉衣看见班主任肚子里的胎儿。是个男孩儿，我对她说。她吓坏了。四十年前可没有B超和彩超。放学后，老师们把我留在办公室。一个老师上颚藏着一颗牙，她那龅牙就是被那颗牙顶出来的。另一个老师的心脏有个笛子眼儿大小的洞，洞口盖着薄薄的一层膜，一忽闪一忽闪。

"是的，我还能看见灵魂。它们没有声音，从来没有声音。气宇轩昂而姿态峥嵘地透着刚正和自大，犹如武士之刀，但也辨不出如何高尚。羸弱而贪婪的恰似饕餮之舌，珍馐美味早已成空，只好痛苦地反刍腐臭的记忆。怯懦而狡猾的正像独处之猫，身段柔软却无处可栖无主可依。偏执而猥琐的犹如腐尸之蛆，惘然若失又怡然自得。天真而盲目的宛如朝生暮死之蜉蝣，在逝者如斯的流水上姿态轻浮地交配，在蒹葭苍苍的滩涂上悄无声息地死去。没有声音，无论哪一种灵魂。时而回旋时而奔突，时而弥漫时而凝聚，黯然神伤地随晨雾消逝，欲罢不能地在子夜离去。无论哪一个，忽而向东漫步忽而朝西奔涌，离开时都悄无声息。"

"不过我还是能看到一些奇妙的东西。"袁老二似乎担心辛丑失望，补充道，"你知道吗？每个人身上都有光，鸡蛋壳一样包裹着身体。你走来走去，那光随着你走来走去。每个人的光不一样，有的就是一团光，有的还拖着长长的光影。"

辛丑想问自己身上的光是什么颜色，不等他开口，袁老二说道："蓝色，你的光是蓝色，蓝色的主体，晕黄的边沿。"他压低声音，"老鸽子的是黑紫色，"袁老二语气肯定，"这是大凶之兆。"

"你应该杀了他，"袁老二的神情像刚刚捅了岳凌飞一刀，"然后，远走高飞。"

第十二章　董宝礼

中国近百年历史，乃一部乡村兴废史。预革新社会，必先革新乡村。乡村有新生命，国家乃有新生命。

　　　　　　　　　　　　　　　　　——董廷玉

"这些能卖多少银子呢？"小沙弥指着回廊下散落的拓片问道。

"一百两吧。"董廷玉逗小沙弥道。

"一百两？赶上孬年景，一百两能活一个村子。"小沙弥冲董廷玉道，"师父说清朝亡了，眼下是民国，国家正是用人之际，先生整日抄石碑，可惜了满腹文章。"

"德广和尚说的？"董廷玉惊讶道，"当真？"

"出家人不打诳语，昨日早课后师父见先生领着工人忙活，随口说的。"

董廷玉扭头朝前殿望去。

小沙弥的一番话并没有让董廷玉思想起堂堂的中华民国跟自己有什么瓜葛。十天后，他坐在《河南公报》主笔的位子上，还在纳闷儿如何改了主意。二十年后，当他和季卿卿回忆半生经历的沟沟坎坎时，才发觉是小沙弥无意间扳动了道岔。

董廷玉，字珮衡。董家累世务农，攒下几亩薄田，到董廷玉的父辈时已有力量供养子弟读书。董廷玉十四岁即通读《史记》《资治通鉴》，十五岁时丧父，十七岁帮人考取功名，赚得谢银一千两。

董廷玉虽替别人谋了前程，自家却厌弃学而优则仕的套路，十八岁时设馆授徒，边教书边自修。董廷玉于书法着力不小，平日喜用硬毫、马毫。楷书学颜、柳，结字端庄疏朗。行书临右军、王铎，下笔时而俊逸神超时而钢钩铁画，却不徒袭其貌，而是追求自成一派。民国前夕，董廷玉游学开封，寄居在大相国寺。

第二天下午，在德广和尚的会客室，张世奎站起来道："那日下半晌，我们仨去到对面的茶社，我一身农夫打扮，脖子上盘一条粗大的假辫子。茶客差不多满了，我站到宽敞处，对卿卿高声说，媳妇啊，你看城里女人都放足了，咱们回家后，你也放了吧。卿卿穿粗布夹袄，大裤腰的薄棉裤，扎着绑腿，一扭一扭地走过来说，是啊，城里男人也剪了辫子，咱回家也剪了吧。旁边一人打岔说，这二人不像庄稼人倒像学生。另一人说，放什么足？这女的不就是大脚吗？足有一尺。另一桌客人说，这两人是河那沿儿的口音，逃荒的吧？这时，维清举着剪子过来，拽着我的辫子，咔嚓一下剪掉，挥着辫子向众人说，现在是民国了，不要这猪尾巴。谁知一人站起来对维清说，这位兄弟，辫子不要了给我。茶馆老板也招手道，这位先生，辫子可以抵茶钱。几个人大笑起来。"

张世奎坐下，董廷玉好奇道："后来呢？"

德广和尚笑道："哪儿有后来？茶客们哪儿有闲钱打发他们这几个时髦青年？剧社自然停了。"

张世奎对董廷玉道："先生方才说只知道诗书礼乐，先生难道未听闻家国天下吗？"

董廷玉见张世奎这么直接，于是道："廷玉自识字始就认定家国天下不过是一家一姓之私产，普天下黎民百姓无非奴才，即便一人之下万人之上，也还是奴才，于是索性连功名也懒得去求。"

李维清接话道："而今不同了。帝制推翻，天下共和，家国天下是全体国民的。"

董廷玉敷衍道："哦。"

张世奎继续道："眼下百废待兴，需要我辈从一事一力上着手。"

董廷玉见两位年轻人一本正经地谈论着家国天下这样大而不当的题目，不好扫兴，顺着说道："各位要从哪里入手收拾家国天下呢？"

德广和尚插话道："他们三个比咱们年轻，思想也比咱们活泼。"

董廷玉应声："是、是。"

张世奎道："欲革新社会必先革新观念，欲革新观念必先启发民智，欲启发民智当从宣传入手。"

董廷玉道："好。"

张世奎道："当初的振声社乃本省第一家白话剧社，而今《河南公报》也是本省头一份。"

董廷玉道："《河南公报》？好名头。"

张世奎郑重地注视着董廷玉："还要借重董先生。"

德广和尚道："董先生文采自不必说。"

董廷玉正想着如何接茬儿，张世奎起身拱手："还要去探望朋友，明日再叨扰。"

董廷玉起身拱手，德广和尚道："明日吧。"

张世奎三人告辞离去，董廷玉盯着季小姐的背影多看了两眼。

德广和尚示意董廷玉落座："张世奎与季小姐青梅竹马，从山东老家逃婚出来投奔了李维清。"

董廷玉道："哦。"

德广和尚道："世奎与维清原是同学，几个年轻人虽一心上进，苦于没有门路，于是办起了剧社。"小沙弥进来续了茶，德广和尚端起茶杯让一下："想必你也是听了个七七八八。"

董廷玉道："确实。"

"年轻人有心无力，剧社散了，办起了报馆，思量着请董先生襄赞。"

董廷玉放下茶杯问道："如何襄赞呢？"

"维清的父亲与我相熟，李先生是大股东，只是他们几位的文章才情不足以支撑，怕重蹈覆辙，故而请我居中说合，一是请您入股，二是请您主持。"说罢笑了笑，董廷玉陪着笑了一声，等德广和尚说下去，德广和尚道，"你考虑一下，不必勉强。"

原来是这么一档子事。董廷玉沉吟道："一时没有头绪，待廷玉思量思量。"德广和尚端起茶杯："喝茶。"

用过晚饭，董廷玉凭窗读书。前院大殿的诵经声和木鱼声不似往日中听，聒噪得人心里乱糟糟的，干脆摇着折扇到院里站着。时近仲秋，云汉迢迢。家国天下？满纸的帝王将相，通篇的你杀我伐，哪个不是打着家国天下的名号？什么君君臣臣，什么父父子子，说这话的都是自己想做君父，骗别人做臣子罢了。这几个年轻人如此冒失，做什么也不见得有起色。自家百多亩良田，足资老少吃用，何必染这一指？三位青年倒是意气风发，招人喜欢，那位季小姐看起来也是知书达理。既然逃婚出来，想必一时着急花销，冷一下就另寻门路了。

第二日下午，小沙弥来请董廷玉。董廷玉进了会客室，只见张世奎一人在座。张世奎见董廷玉进来，起身拱手道："董先生。"

董廷玉拱手回礼，张世奎道："大和尚到大殿去了。"

董廷玉道："不妨。"

二人就座，不待小沙弥倒茶，张世奎开口道："报馆一事还要借重董先生。"

董廷玉不好直接推掉，问道："《河南公报》现时如何啊？"

张世奎解开茶几上一张蓝地碎花的包袱皮儿，抄起一沓报纸递给董廷玉："每日一大张，除时评外，另辟电讯版和社会新闻版，剩余做副刊。其实咱们《河南公报》在开封及全省并无敌手，只是我们几个笔不拿人，销路自然一般，做广告的客商也就犹犹豫豫。"

董廷玉接过报纸来翻了几页，还未说话，张世奎忽然哽咽道："虽然帝制推翻，天下共和，奈何民困不纾，匪患不靖，清夜思及，每每痛心。世奎认定此皆民智不开之故，于是筹划从小处着手，一点一滴做去。报馆一事请董先生务必襄赞。"

董廷玉一时愣住，心想世间怎会有这样的呆子？逃婚在外仓皇落魄，竟然还为什么国家落泪？这状态演是演不出来的，相形之下自己倒狭隘了，于是问道："廷玉不通报馆事务，如何襄赞呢？"

张世奎抹一把眼泪："不外乎众人相商相量。"

董廷玉点头："也好，待廷玉与大和尚商量一下。"

张世奎起身拱手："多谢！"

董廷玉回礼："不敢。"

第二天一大早，董廷玉按着张世奎告诉的地址摸到了大相国寺东侧马道街的一处民宅。院门闭着，门旁一人高处挂着一块一肘见方的木牌，上刻"河南公报"四个大字。董廷玉没叫门，站了片刻径直回了寺里。用过斋饭，董廷玉招呼小沙弥道："我回一趟家，两三日便回，烦请告知大和尚一声。"

小沙弥歪着头问道："先生要学那卧龙先生出山吗？"

董廷玉笑了笑。

一周之后，董廷玉坐在办公桌后面的圈椅里，望望东墙上的"四维斋"横幅，再看看西墙的半壁藏书，还是不敢确定这一步迈得是对还是错。

报馆租用的这处民居共计五间正房，两间西厢房，两间东厢房，东南角一间耳房改作厨房。张世奎负责社会新闻版，季卿卿负责校对。李维清的父亲任社长，李维清负责报纸发行及广告业务。董廷玉的头衔是主笔，负责头版及时评等。

张世奎和季卿卿住东厢房靠南的一间，李维清家在城里，父子二人晚间回家，董廷玉每晚仍回寺里。

《河南公报》不温不火地维持着，直到张镇芳就任河南都督。

"讨伐！讨伐！"入冬后的一天下半晌，张世奎举着一张电报纸，隔着窗户冲董廷玉嚷嚷。不待董廷玉起身，张世奎闯进门道："张镇芳欲在全省废除小学，此等颠顶恶政，必讨伐之！"董廷玉接过电报纸，见是外埠发来的一则消息，披露新任河南都督张镇芳不仅是大总统袁世凯的表弟，更是袁的聚敛之臣。近日张镇芳提出河南全省废除小学一案，已遭本省议员抵制云云。

"明日头版社论，讨伐张镇芳！"张世奎双目圆睁，右手握拳在办公桌上一擂。张世奎的发际线距离眉骨不足二指，发怒时寸发根根直立。董廷玉端详着电报纸没吭声，张世奎补充道："檄文必当董先生亲自操刀。"

第二天，一千份《河南公报》一售而空。行人三五一堆，争相阅读社论《论废除小学》："今国中政要，良莠不齐。民国初成，当局不思以如火如荼之民气为后盾，行扩张教育、振兴实业之策，反而倒行逆施，摧残教育，貌似颠顶实为倒退。而今政治之不良，皆因此辈武夫误国。国是欲事更张，必先改弦。现张都督之政策虽已遭本省议员全力阻击，更望各界人士奔走呼号，以使恶政破产，还本省子弟享受教育之权利。"

转过年来，张镇芳调离河南，段祺瑞暂任都督，废除小学一事无人再提。

自抵制张镇芳一役始，《河南公报》印量由一千份稳定在三千份左右。董廷玉提出考察京津地区报业的建议。3月份，张世奎和李维清赴上海考察《新闻报》的广告和发行；5月份，董廷玉与张世奎至北京考察《民立报》的新闻采编及报馆管理的经验。随后，《河南公报》由对开四版一大张扩为两大张，开辟了《勾栏瓦肆》等贴近市井的栏目。由于报纸采用的新闻多由外埠通讯社电报传来，时效性差，董廷玉的文章便以点评时事为主。这一时期，凡群众聚集场所如龙亭公园，常有人手持《河南公报》诵读及品评。报纸发行范围日渐扩大，南达信阳，北至安阳，几乎覆盖全省，投放广告的客商也纷至沓来，报馆的资本金从初创时的四百大洋飙升至近八千大洋。

董廷玉每天早早到报馆，进了院门必先咳嗽一声。只消一声，二十多位员工就知道"严以待人更严以律己"的董主笔来了。"个人非有学问，不能成事。团体非有风纪，不能有为。"董廷玉常对工友讲。话虽如此，偶有迟到早退的工友，并不扣罚薪水。董廷玉至各办公室巡视一遭，回到自己的四维斋，浏览外埠报纸，红笔圈出有价值的新闻以备评论。中午用餐后打个盹儿，这是他一天中最惬意的时光。午觉后，斜靠圈椅，透过窗户望出去，董廷玉常常陷入一种莫名其妙的恍惚中。厨房屋檐下，几只画眉叼着草棍儿飞进飞出，怕是筑了新巢，这情景让董廷玉想起过门五年却未曾生育的妻子董张氏。晚餐后，两个钟头赶出当日所需的稿子，大样送到印刷厂，董廷玉溜达着回相国寺。回到寺里，非得临一页帖子，才迟迟睡下。

1915年的初冬格外寒冷，街市依旧熙熙攘攘，人们来往穿梭忙着生计。

"讨伐！讨伐！"还是下半晌，张世奎举着一张电报纸，隔着窗户冲董廷玉嚷嚷。不待董廷玉起身，张世奎闯进门道："袁贼意欲复辟帝制！"董廷玉接过电报纸，见是外埠通讯社发来的消息，指袁世凯外请日本人有贺长雄和美国人古德诺鼓吹帝制，内遣杨度、胡瑛之流成立所谓的筹安会积极劝进。

董廷玉端详着电报纸还没吭声，张世奎右手握拳在办公桌上一擂道："独夫民贼，必讨伐之！"

董廷玉的社论《共和救国论》再次让《河南公报》这张小报站在了风口浪尖。

> 倒行不得民心，逆施必遭果报。
>
> 袁之才干已成国家之危险，袁之私欲实为外敌之帮助。
>
> 袁氏手握主权，口含天宪，以盐税作抵，外借重金，乃视国家为孤注，轻人民而一掷。袁氏贸贸然沐猴而冠，必谋未成而千夫指，徒贻笑柄。袁氏化文明为野蛮，委法律于草莽。此实非袁氏一人之过也。各省都督多为袁氏私党，结党营私由来已久，目下实恐拥兵自重之军阀趁乱而起，以致涂炭百姓。
>
> 若论国家之前途，海内无论贤愚，莫不异口同声，皆谓中山先生之三民主义实乃救国之的论。环顾海宇，文明国家多为共和之邦，君主立宪者几希，遑论帝制？
>
> 而今阴霾四塞，绸缪应不忘未雨之思。
>
> 若望河清海晏，慷慨自当击中流之楫。
>
> 今望我海内义士同仇敌忾，全体国民和衷共济，以救国救民于危亡前兆。

当期的《河南公报》甫一出版，即一纸风行，连着加印两次。

"董先生，您回来得正好。"董廷玉才进办公室，张世奎一把推开了门，将手里捏着的一张纸片递了过来，一张银票，端端正正写着银圆伍佰元，某某银行给付的字样。

"一个钟头前来了一顶三人抬的绿呢小轿，下来一位头戴礼帽，身穿府绸马褂，脚蹬皮鞋的主儿，浑身透着手眼通天的派头。开封城里穿皮鞋的可不多，工友招呼他，来人指名道姓要见主笔董先生。我见状迎出去，说我就是董廷玉。此公两手叉腰，却不似人家将虎口叉在胯间而是将手腕搭在胯处，手心向外。张口便说是都督府的，来送口信。我让到房内，他摸出银票，说都督大人的一点儿心意，如果报馆经营上有什么难处，都督大人愿意赞助。"

董廷玉端详着银票问道："你怎么讲？"

张世奎道："我就说，袁大总统复辟帝制，不日位至九五，你们的田文烈田都督自然加官晋爵，位列三公九卿，怎么会瞧得上小小的报馆呢？来人笑道，田都督的意思是请董先生多为国家着想，多为帝制鼓吹。我就说，袁大总统所作所为一贯罔顾民意，怎么忽然顾忌起舆论来了？来人哈哈笑道，什么舆论？中国根本就没有舆论这个东西。说完拱拱手径直走了。"

董廷玉端详着银票没有作声，张世奎道："董先生的意思是——？"

董廷玉问道："李社长知道吗？"

张世奎道："看过了，说好得很。"

董廷玉笑一下道："好得很？这一次他们送钱，下次送什么就不得而知了。"

张世奎道："多虑了，大不了请李社长送回去。"

董廷玉摇头道："看来以后说话要多加小心了，这些人攥着的可不是管毫。"

张世奎挺胸道:"他们有枪,咱们有笔,怕什么?"

董廷玉苦笑了一下。

转过天来,《河南公报》的头版刊发了董廷玉撰写的《再论共和救国》的社论。董廷玉这次下笔更为犀利,他写道:

> 昔日袁大总统两次即位宣誓,言之凿凿,皆谓恪守约法,拥护共和云云,乃至全票当选。查世界历史,大总统全票当选者仅美利坚合众国华盛顿一人,袁实乃我民国之华盛顿也。
>
> 众星拱于北辰而不乱度数,江河归于东海而不舍分歧。
>
> 袁之民望,一时无两。不意今杨度、胡瑛等内乱之犯成立筹安会,公然劝进,意欲复辟帝制。杨度、胡瑛等一干狼心虎行之辈,名为筹安,实为祸乱。阳为国是,阴谋私利,诚可诛可杀。
>
> 然此绝非杨度、胡瑛之流祸乱民国,实乃元首谋逆。
>
> 袁以亿兆人民推戴为借口,行一姓之私,实无耻之尤!而今民贼当国,不日天下鱼烂。袁既为背叛民国之罪人,当然丧失元首资格。今呼吁民众,罢免袁之总统,重兴共和。
>
> 国人不可屡欺,共和终将新生。
>
> 公理绝不屈于武力,正义何尝败于阴谋?
>
> 试看古今中外之历史,从来正义得伸,此乃天演之公理!

好像某种力量握着董廷玉的手写下了一行行的檄文,文章中的他比现实中更擅言辞。这个认定家国天下不过是一姓之私的读书人，义无反顾地捍卫着看似与他毫无瓜葛的政体。是啊，帝制与共和怎能是修辞的差异呢？国家不是某姓某派的私产而是全体国民之公器啊，政权不该被双手沾血的枭雄们上下其手，权力应该由正直之人掌握才对啊。

第二天下午，董廷玉才进报馆大门，只见几个工友慌慌张张地跑来跑去，董廷玉问道："什么事？"

一个工友道："张经理被人打了。"

董廷玉忙问："怎么回事？"

工友道："午饭时来了几个人，说是找董先生交涉事情，张经理迎上去说我就是董先生。那几人不由分说动起手来，张经理招架不住，肚子上被捅了几刀，送往慈济医院了。"

董廷玉转身出门，叫了一辆人力车直奔鼓楼西街。太阳从城墙滑下去，街道弥漫着煤烟的味道，商铺门头上庆祝洪宪皇帝登基的彩旗懒洋洋地挂着。到了医院，董廷玉闯进去，却不见张世奎。一个医生打扮的洋人招呼道："先生找报馆的张先生吗？"

董廷玉回道："是。"

"张先生来时多处脏器破裂，失血过多，他的同事已将遗体抬走了。"

董廷玉一时呆住。

洋医生问道："先生要不要坐一下？"董廷玉回过神来，无力地摆摆手。他慢慢走出诊所，在门口呆立片刻，左右张望，一时不知往哪里去。

董廷玉走回报馆时，院里站满了人。李维清的父亲捏着一张纸挤到董廷玉跟前："警察局说我们持械斗殴，致死人命，即日查封——"

董廷玉一把抓过那张纸，还没看清楚，听见有人喊："季小姐回来了。"

董廷玉扭头望去，见季卿卿低着头一言不发径直进了东厢房。董廷玉想问张世奎的遗体现在何处，还未开口，李维清的父亲抖着手道："董先生，眼下如何是好？"

董廷玉想说我惹下的麻烦，大不了我辞职走人就是，话未出口，有人喊道："季小姐寻短见了！"

众人呼啦一下拥去东厢房，董廷玉在人群后面看见季卿卿悬在梁上，双目圆睁，满脸涨红，舌头外伸，两手抓着颈部的布条，两腿胡乱踢腾。众人将歪倒的方凳扶起，未及上去解救，只听刺啦一声，布条裂开，季卿卿扑通摔了下来。众人上前搀扶，董廷玉正待近前，忽听人声嘈杂，只见手持警棍的警察拥进院子，为首的一个堵在门口指着众人道："一个也不许放跑，全都绑回去！"

警察朝里拥来，工友朝外挤去，两下里纠缠一起。

董廷玉进屋，搀起季卿卿道："快走！"架起季卿卿的一只胳膊，一手搂着季卿卿的腰，趁乱往院门处去。堵住大门的那个警察瞥见董廷玉扶着季卿卿过来，用手指着其他方向喊道："将凶器一并查封带走！"身子却让开了。董廷玉顾不得多想，搀着季卿卿逃出院子，拦了一辆人力车，直奔大相国寺。

起初几日，董廷玉担心季卿卿再寻短见，想说些宽心的话，只是他自己万念俱灰，甚至动了了断的念头，宽慰别人的话自然说不出口。提笔挥毫，满纸写下的却是"卿卿"二字。掷笔凭窗，眼前全是卿卿素夹袄裹着的腰身。和衣而卧，满脑子都是浑身鲜血的张世奎。

坏消息和好消息接踵而来。参政院上书劝进，袁假意推让一番后承受帝位。袁接受百官朝贺，大赏有功之臣并下令改1916年为洪宪元年。蔡锷将军抵达昆明，宣布云南独立，护国军攻入了四川。贵州、广西响应讨袁。孙中山发动反袁武装斗争。各省通电，要求惩办国贼。袁的股肱之将段祺瑞和冯国璋均对帝制持抵触态度。袁在南方的爪牙为自保相继宣布独立。

纷纷扰扰的消息反而让董廷玉平静下来。

回不去了。指点江山的局面回不去了。

李维清前来探望，告知已经支付给张世奎家人丧葬金，也顺便将股金、稿酬及季卿卿的薪水送来。清楚地看见自己一步步走来，却不知一步步走向何方。回不去了。如椽之笔指点江山的局面回不去了，书生意气的豪情已经冷却，唯一要做的是面对出路，面对无处栖身的卿卿。四壁高墙，哪里有什么出路呢？我尽可一走了之，卿卿怎么办？在开封的六年间，我没交下一个朋友，除了因我而死的张世奎。张世奎勇敢果断却性情乖乱，李维清谨慎平和而拙于才干，我呢，气骄心大而疏于世故。我们几个竟然凑到一起，不出事都说不过去。

"缘起缘灭。"德广和尚如此评价。

卿卿，眼下最要紧的是卿卿。

他提起笔来，今天"燕燕于飞，差池其羽"，明天"独寐寤言，永矢弗谖"，一张张信笺送到季卿卿手上。

接到董廷玉的第一封情书时，季卿卿担心的是这段感情的结局。她非常清楚，自打逃婚出了家门，她那个屠夫父亲再不会原谅她。

父亲起早贪黑地忙于屠杀食草性动物，他不惧怕任何活物，也会随时结果任何他看不顺眼的活物。母亲起早贪黑地忙于制作和销售各种血制品，炸血糕煎血糕蒸血肠煮血肠。晚上，母亲盘算着把临近变质的货底子馈赠给邻居，张三又欠一斤猪血的人情，李四再添一串血肠的新账，她会一直唠叨到发生新的馈赠。每天三顿饭都是血制品，全家人的大便一年四季都是黑的。

悔恨和恐惧于事无补，只是董主笔的感情到底是爱情呢还是愧疚？她无法证实，又担心失去。她像失去攀附的藤蔓，急于抓住依靠，可又担心这依靠不够牢靠。她从未回复任何一封信，从未给予任何一点鼓励。她等着。

夏至已过，阳光还不够热烈，季卿卿的面色恢复了红润。

这天上午，董廷玉邀请季卿卿游览龙亭。城市像六个月前一样喧嚣，商铺门头上的五色龙旗已经摘下，各色幌子重新成为街道的主角。

拾级而上，凭栏眺望，龙亭御道两侧各有一湖，东为潘湖，西为杨湖。

季卿卿斜倚栏杆，忽然笑道："想不到会和您如此亲近。"

董廷玉侧脸注视着季卿卿，问道："怎么讲？"

季卿卿道："要讲吗？"

董廷玉点头道："讲。"

季卿卿笑道："您生就一副慷慨悲歌的面相，落笔即以天下为己任，张口就拒人千里之外。"

"是吗？"董廷玉摸着下巴问道。

"方才一个硬生生的'讲'字，不就是确证吗？"

董廷玉朗声笑起来："我竟然这副嘴脸吗？"

"还有另一副嘴脸吗？"

两人大笑。少顷，董廷玉郑重道："卿卿，跟我回家吧。"

季卿卿没有吱声。

董廷玉眺望远处，慢慢说道："我那缠足的文盲媳妇，一直没有生养。她虽不识字，记性却强过常人。每年夏秋两季，良田打粮多少，薄地收了几担，某某借粮几斗，某某还银若干，她不假纸笔，脱口而出，一笔一笔比经手的长工还明白。"

眼前这个心高气傲的男人，一双眼睛好似望不到底的深潭。张世奎，那个立志改造社会的热血青年，面目虽未模糊，阴阳却已永隔。家，我最渴求的不就是一个家吗？

"你爱她吗？"

"放心，我用八抬大轿把你抬进门去。"

季卿卿轻轻掐了一下董廷玉的手背。

"为何掐人？"董廷玉瞪着季卿卿。

季卿卿抿嘴一笑，挽住了董廷玉的胳膊。

"国家的事太大，无从下手。"董廷玉若有所思，"不如回家去，一地一事踏踏实实地做去。"

季卿卿轻轻推一把董廷玉："董主笔打算居家过日子啊，还是居家治理天下啊？"

"过日子、过日子。"董廷玉连连点头。

袁世凯病死后的第二个月，董廷玉用八抬大轿将季卿卿娶回了家。

婚后，董廷玉每日抄写《诗经》赠予季卿卿，或一两句或一段落，从不敷衍。若外出以致缺漏，返家后必补齐。

1921年，返乡五年的董廷玉被推举为梁乡事务委员会主席，就是乡长。

董廷玉甫一就任，即对各位委员谈了建设乡村的想法："珮衡昔日于省城办报时，曾立下两个字的规矩，一曰公，一曰诚。依珮衡看，天下之大，舍此二字，无一事可成。今蒙诸君推举，珮衡自当勉力，鞠躬尽瘁。于公于诚之外，珮衡另立一字，曰勇。若无勇，举凡建设之事皆不得立。

"乡村破产则国家破产，乡村复兴则民族复兴。乡村之破坏，无非天灾与人祸。今日之乡村，承受战乱、天灾等恶果，人口减少，产品滞销，土地抛荒，文盲充斥，卫生不良，陋习盛行，公德不彰。农民因负债而无力购买生产生活资料，就如站在齐脖深之激流中，随时面临灭顶之灾。当下实为建设乡村之迫切关头。

"乡村建设从扫盲始，可。推动乡村自治，亦可。乡村建设实为全面工作，珮衡赞成政、教、富、卫四方面着力之主张。政治方面，军阀割据，厮杀混战，南一政府，北一政府，今一政府，明一政府，乡民无所适从，我等亦无能为力。教育方面，应筹办扫盲班，使乡民达到读与写的程度。经济上成立互助社，可以一村也可以一乡，不在本金大小，使农民丰收时可互通有无，歉收时可互相借贷。乡村建设绝非改天换地之疾风骤雨，恰恰相反，需要我辈勉力从一事一力上着手。"

讲到"勉力从一事一力上着手"时，董廷玉想起发际线距离眉骨不足二指的张世奎。这位替自己死了的青年，面目依然那么年轻。

董廷玉上任第一件事是设立"荆条兵"。荆条兵不是兵，而是手持荆条立于赌场之外的劝赌之人。若赌徒不听劝阻，先吃二十荆条。性格怯懦者往往走避，但也常有逞强斗狠之徒与荆条兵发生摩擦，董廷玉有时亲持荆条立于赌场之外。

第二件事是组织扫盲班。奈何文盲多为穷苦人，整日劳碌，哪儿有工夫坐下来识字？扫盲班到头来草草收场，反倒促使董廷玉下了捐建小学的决心。校址选定在牡丹村东头寨河外的一片荒地，董廷玉另购半亩地辟为菜园，由教员自行耕种，补贴生活。从建设校舍、延聘教师、选定教材到建章立制，董廷玉事必躬亲。只是校长一职迟迟无人应聘，董廷玉只得兼任。

开学这天，一百多名高低不齐的学童肃立操场，村民闹哄哄地围观。

七名教职员工雁翅般分列两侧，董廷玉面向众人，往前一步，道："各位家长，中国四万万人口，受教育者不过百万，如此下去，国家危殆。各位学童，以后务必相亲相爱，尊师重道。多余的话不讲，几件小事请各位学童牢记在心。"董廷玉伸出右手食指，"第一，每天定时拉屎。"众人哄一声笑起，孩子们笑得东倒西歪，教职员工也抿嘴偷笑。董廷玉神色自若，待大家稍稍平静，伸出食指和中指，"第二，每天喝开水五碗。"笑声小了许多，董廷玉伸出三个手指头，"第三，每月洗澡一次。"没人笑了，"第四，练习一种喜欢的乐器，务必能够演奏。"全场鸦雀无声，董廷玉停下来，扫视众人，"第五，毕业之时，认识十种以上的草药和西药，务必掌握药理。"众人热烈鼓掌。

1931年，董廷玉辞去担任了十年的乡长一职。

这天下午，董廷玉和季卿卿在院中闲坐，董廷玉忽而哑然失笑。

"必是想起得意的事来。"季卿卿微笑道。

"当时走得匆忙,可惜了三百册藏书。二十年下来,一轮明月,两袖清风,幸好有你。"

"可是实话?"

"人生如远游啊。青年时纯以兴趣为向导,志趣盎然,无忧无虑。不意歧路屡屡在望,总要一次次选择,这可就难了。左功名,右利禄,进不得,退不得,往往害人害己。秉持本心,一味向前,殊为不易。幸好没有害人,至于害己,就难说了。"

话一出口,二人同时想到了张世奎。这位外表刚烈而内心纯净,与人交往动辄待以肺腑的青年,成了二人心中残留的半截刺。

"报馆一事起初只当生意,不承想却跟政治扯上关系,自此人与报朝不保夕,不知命休何时。真不幸,竟做了这时代的报人。"

"人活一世,无非定数吧。"

"定数?这定数何人所定?缘何定为如此?"董廷玉像是问季卿卿,又像自问,"不知道该活成啥样子,可怜。"

1936年入冬,董廷玉突发肺炎,时不时地咯血,起初只当风寒,几服汤药下去不见好转,光景一天不如一天。

这天,董廷玉将长子董孝文和次子董孝武喊到床边,他大口大口哈着气,一会儿看看董孝文一会儿看看董孝武。董孝文双膝跪下,攥着父亲的手说:"爹,俺弟兄和和睦睦,你老人家放心吧。"董孝武立在床脚,袖着手,低着头不吭声。

董廷玉喘着气："孝武如向你借什么，你务必借给他。"

董孝文不假思索地答道："一定。"

"你们弟兄别合伙做生意。"

"放心吧，爹。"

季卿卿一身白衣，走在绵延十里的送葬队伍最前面。回首望去，比房顶还高的白晃晃的旗幡呼啦啦飘动，耳听得哭声盈野，却不见半个人影。四下张望，只见一个人闪进旗幡后。季卿卿追过去，那人躲进重重旗幡再寻不着。季卿卿喊道："谁？谁呀？"猛地醒来，她披衣靠着床头，一点儿一点儿梳理梦境。黯淡的星光下，左手那枚两只金蝙蝠环抱一块墨绿翡翠的戒指泛着暗光。那人是谁呢？二十年前的自己？她忽然想起了另一个未亡人董张氏。董张氏？那人是董张氏吧？恐怕余生要与董张氏共度了。董张氏这块埋在墙角的石敢当，无论看不看得见，她都在那里。她清楚每一块田里的出产，了解每一头牲口的脾性。二十年里，董张氏就是自己的内伤。二十年了，自己跟这个整日纺花织布的女人只说过三句话。

一张枣木纺花机，一张枣木织布机。纺花完了就织布，织布完了就纺花。入夜，燃个高粱秆细桯子，泛起香烟头般的亮光，小屋里整日传出的不是嗯嗯的纺花声就是哐当哐当的织布声。这个女人活在自己织就的日子里，密不透风。一家老小在嗯嗯声或哐当哐当声中入睡和醒来，哪一天这声音歇了，还真少了点啥，就是想不起来到底少了啥。

季卿卿让长工搬一把铺棉垫子的太师椅，放在董张氏的小屋门前。门依旧半开着，董张氏依旧默不作声地纺花织布。

"姐姐，"季卿卿掖了一下腿上的小棉被子，"我打心眼儿里赞成你。"

"唉，"董张氏的声音从门后传出来，"咱就是一粒芝麻，就这么点儿油，就这么点儿香。"

夕阳照进门槛，董张氏藏在阴影里。季卿卿看不见董张氏，可她从声音里听得出这个女人没有怨恨自己。

"好姐姐，"季卿卿哽咽道，"你让了我二十年。"

"天长日久呢，咱俩慢慢熬，可不能败了家，这是咱俩的家。"

季卿卿的泪止不住流下来。

"当闺女那会儿，俺娘教给我七大七小。"董张氏慢悠悠的声调不比织布机的响声高多少。

"哪七大哪七小啊？"

"铜钱大，磨盘小。舌头大，百味小。鸳鸯大，神仙小。吃亏大，沾光小。恩情大，仇气小。人心大，万事小。"董张氏歇一歇，"哎呀，记不全了。"

"铜钱大，磨盘小。舌头大，百味小。鸳鸯大，神仙小。吃亏大，沾光小。恩情大，仇气小。人心大，万事小。"季卿卿扳指头数着，"还缺一大一小啊！"

"唉，忘了。"

二人从下半晌聊到吃晚饭，从掌灯聊到三星偏西。有时停住，只有织布机的声音哐当哐当。

五年后，季卿卿因为儿子董孝文被绑匪撕票而一病不起。安葬完季卿卿的那天夜里，董张氏在织布声中忆起了那遗忘的一大一小。

"好妹妹，"董张氏停下机杼，黯然落泪，"俺想起来那一

太岁志

大一小了，可俺跟谁说啊？"

　　董廷玉和季卿卿育有二子，长子董孝文和次子董孝武。

　　董孝文出生时，接生婆剪下一撮胎毛，红纸包了，对董廷玉道："老爷，俗礼讲究这个，你看咱村谁家日子好过，就把少爷的胎毛偷偷扔他家去，将来少爷必定发达。"董廷玉接过红纸包，嘴上没说什么，心里却想，这村里谁比我强？扔别人家岂不是笑话？趁众人忙乱，董廷玉悄悄将胎毛埋在了自家院墙下。

　　董孝文有其父之风，言谈举止文质彬彬，与乡民交谈常用书面语，乡民戏称其为"活圣人"。董孝文不爱与人交往，却爱跟树说话。别人背靠树坐，他却面树而坐。旁人以为他看蚂蚁上树，谁知他跟树有说有笑，仿佛暌违已久的老友。一席谈毕，董孝文与树拱手而别。

　　董孝文的书房名为耕心斋。那天董孝文读书，读着读着吟咏起来，声调抑扬顿挫：

　　　　花近——高楼——伤客心哪，

　　　　万方——多难——此登临。

　　　　锦江——春色——来天地吁，

　　　　玉垒——浮云——变古今。

　　　　北极——朝廷——终不改呀，

　　　　西山——寇盗——莫相侵。

　　　　可怜——后主——还祠庙啊，

　　　　日暮——聊为——梁甫吟。

董廷玉在窗外听见，高声对董孝文说："耕读传家，耕为主，读为辅，不要颠倒。"

隔日，董廷玉听见董孝文反复吟咏"为天地立心，为生民立命，为往圣继绝学，为万世开太平"几句话，就进屋招呼儿子坐下，说："这四句话往小处说是痴人说梦，往大处说是误国误民。天地何尝有心？谁人得见天地之心？既无心，何立之有？为生民立命更是滑稽。我做个小小的乡事委员会主席，尚需众人推举，亿兆生民何曾推举你为天下万民立命？你凭什么以天下为己任？为往圣继绝学更不妥当。哪个圣人的绝学敌得过西洋列国的洋枪大炮？既然敌不过，为何要继？绝就绝了，该绝。至于'为万世开太平'这句话是臣子对主子表忠，而今已是民国，帝制早已推翻，还表什么忠呢？"末了嘱咐道，"读书是为了不做坏人，更不可做蠢人。"

次子董孝武不喜读书，热衷买卖。"穷人跟牲口打交道，富人跟钱交朋友"是董孝武的口头语。董孝武没有恶习，甚至没有不良嗜好。每年农历三月十八高王庙社戏，董孝武是会首。逢大旱之年到高王庙求雨，他是主祭。请戏班子也好，舞龙舞狮子也罢，董孝武捐钱最多。董孝武善于识人，他对坠子胡说，咱村就你一个明白人。唬得坠子胡两宿没睡踏实。

董廷玉去世时，董孝文继承祖宅，膝下有二子董宝礼和董宝信。董孝武另立门户。董孝文、董孝武兄弟二人各分田五十亩，但因董孝文分得祖宅，董孝武总觉着吃亏，平素与兄长貌合神离。董廷玉辞世后，逢年过节董孝武一家去看望母亲，礼数也周全，但绝口不提请母亲到家里住些日子的话。

入秋后的一天，董孝文只身一人去看长工浇田，来回不过三里地，不承想被土匪绑了票。绑匪捎回话来，说要赎金大洋三百块、烟土十斤、大鸡牌卷烟五条。

董孝文的媳妇常氏和婆婆季氏得知消息慌了手脚，一时不知如何是好，只好请董孝武来家商议。

董孝武问清原委，开口就说："卖地吧。"

常氏问："二叔，卖给谁呀？"

董孝武道："卖给我。"

一语既出，常氏和婆婆季氏面面相觑，说不出话来。

董孝武道："我手头紧，还需转借。"说罢起身走了。

婆媳两个通宵合计，想不出另外的门路。天明时又请董孝武来，常氏对董孝武说："就按二叔说的办吧。"董孝武扭头出去，片刻，捎了纸笔同村长赵恒广一起回来。

三人写好地契，赵恒广为中间人，三方签字画押已毕，董孝武当天将三百块大洋交给了嫂子，以低于市面三成的价格拿到了哥哥的三十亩良田。季卿卿眼看着小儿子趁火打劫，一气之下病倒在床。常氏一面添上私房钱，托人买了烟土和纸烟，央告人跟绑匪商议交割的日子，一面安抚照料婆婆。

赎金交了，董孝文却没回来。有知情的说，绑匪把董孝文活埋在了二帝陵。

董孝文被土匪活埋不久，风言风语传开，说董孝武图谋董孝文的家产，勾结歹人夺了亲哥哥的性命。这话自然传到孤儿寡母耳中，只是孤儿寡母又能怎样？只得咬紧牙关一天天熬下去。

董孝文的大儿子董宝礼，这一年九岁。

1951年入夏，牡丹村迎来了土地改革。

董孝文家因为只剩下十几亩盐碱地，被划为中农。董孝武因家有近百十亩田被划成了地主。

蹾死许广泰的前一天，召开控诉董孝武的批斗会。乡亲们在戏台前围成半圆，董孝武耷拉着脑袋站在中间。干部在台上坐定，动员道："谁有苦谁有冤，上前来诉一诉。"话音未落，人群中站起青年董宝礼。董宝礼右手紧握一根三齿粪叉，一言不发，拨开人群健步上前，离董孝武两三步远，攥紧粪叉照董孝武直直地刺将过去。董孝武低着头没一丝防备，钢叉扑哧扎透脖子，鲜血前后蹾出。董宝礼一松手，董孝武攥着粪叉，圆睁双眼瞪着董宝礼，直挺挺向后倒下。董孝武口鼻蹾血，双手紧握粪叉，粪叉直直地立定，影子一动不动，像一具日晷。

会场鸦雀无声。

董宝礼扭头便走，人群唰地闪开一条道。

干部霍地站起来，一拍桌子："好，就这样！"高红中领头喊口号："打倒地主董孝武！董孝武活该！"众人纷纷举拳响应。

这时，众人才想起"活圣人"董孝文的长子年满十九岁了。叉死亲叔叔董孝武以后，董宝礼日常浇地，日常收麦，日常看瓜，日常起猪圈。众人扎堆闲聊哄的一声笑起时，他总是别过脸去。待他转过脸来，脸上没有一丝笑意。

第二年，董宝礼被保送进安阳航空学校读书，不久入了党。

董宝礼浑身透着父亲董孝文的儒雅气质，一米八的身板，宽而厚的肩膀，双目有神，胡子刮得一根不剩，鸭蛋青的下巴坚定有力。在同学眼里，他是胆汁质性格的典型。忘我地学习，积极参加学校的一切文体活动，跑步打球游泳朗诵唱歌拔河，样样不落。他小心翼翼地把自己的感染力降到最低，跟每个人若即若离。他从不主动帮别人，也不向别人开口求助。宿舍摆满了他亲手做的飞机模型，天花板上吊着的，墙上挂着的，橱子里塞的，哪儿哪儿都是。无论什么型号的飞机，只要有图他就能做出来。锉、锯和小刀，砂纸和胶水，彩色字母和数字，满满一桌子。他按进度表过每一天，按纵横的刻度处理功课，并在表格下的附注栏里列出第二天的事项。

就一样，董宝礼睡觉从不熄灯。

毕业后，董宝礼留校，任教练机飞行教员。

1958年春，学校发动"大鸣大放"，校领导大会小会一再动员，明确宣布："根据上级精神，只学习文件，提高认识，大家不要顾虑，要积极进言。"

一次学习会上，董宝礼第一个开口："人民公社由初级社转为高级社，粮食产量一年倒比一年少了。农民辛苦一年挣不回口粮，有的还要倒贴。农民从哪儿来钱呀？就是写封信也得眼睁睁盼着老母鸡下个蛋换回一张邮票。干部今天县里开会，明天社里开会，光是不切实际下指标，根本不听群众意见，纯属瞎指挥。经济上不民主，账目不公开，对县里领导吹捧奉承，对老百姓耀武扬威，谁有意见就打击谁，扣上坏分子的帽子。农民只能忍气吞声，消极怠工，出工不出力，导致地里杂草丛生，民不聊生。"

董宝礼的发言与学校的动员没有一丁点儿交集，领导和同事听的听记的记，也未做评价，其他同事也谈了各自认识。按说会开了，运动就过了，谁知两天后，董宝礼被定为"右派"分子。更有同事落井下石，揭发董宝礼睡觉不熄灯是影射社会主义一片黑暗。

树叶泛黄时节，董宝礼被学校开除，发回原籍劳动改造。

董宝礼的三样行头惹村民眼馋：黑色的三接头皮鞋、黄铜扣的牛皮腰带和一方手绢。董宝礼穿皮鞋下地干活儿，不时掏出白地浅蓝色方格的手绢擦一把汗。尾巴爷最见不得这手绢，每次董宝礼拿出来，尾巴爷都扭头呸一声。尾巴爷一辈子不用手绢，擤鼻涕不是抹树上就是抹墙上，要不就抹鞋帮上。

董宝礼从不进董孝武的家门，若是路遇寡婶或堂兄弟，就不咸不淡地扯几句。闲了就读书，只读跟飞机有关的书。偶与村民闲聊，董宝礼的声音总高一度，好像说给远处的人听。

春分后在十字街荡秋千，董宝礼最招眼。每年闹社戏，戏班子爱邀他。他扮上装，踩上高跷扭扭搭搭舞起来，大闺女小媳妇的眼睛就长在了他身上。

从入冬到来年清明，董宝礼的背痛定时发作，背部神经像一群自残的疯子，不停地要死要活。几服中药下去，不见缓解，反而连累上颈椎右侧的肌肉。直挺着痛，佝偻着也痛。枕枕头难受，睡软床难受，干脆揭了被褥睡硬板床。法子想尽了，只不过一会儿的功效。

"我给你捶吧。"媳妇李招娣说。捶一会儿好受一会儿，不捶了还痛。

"我给你踩吧。"媳妇李招娣说。踩一会儿好受一会儿，不踩了还痛。

"馋了，背馋了。"董宝礼说，"咱俩背吧，你背我我背你，兴许管用。"两口子背贴背站好，四条胳膊紧紧扚住，董宝礼

太岁志

一弯腰把媳妇仰面朝天背在了背上，李招娣咯咯地笑个不住。轮到媳妇背，李招娣死活背不动男人。

撞墙。隔开一肘的距离，背靠着墙棱，双脚分开与肩同宽，董宝礼身子往后倒，撞到墙弹回来，再撞，哪儿痛撞哪儿。还真行，这法子见效。

在儿子董怀远的记忆中，爹就是不停地撞墙，一年四季不停地撞墙。

有那么一两次，李招娣被隐隐约约的哭声吵醒。她摸摸身边，被子空着。她披衣坐起，从窗户望出去，只见男人在石榴树下站着，手中的烟头一明一灭。李招娣不敢吭声，悄悄躺下，睁着眼到天亮。

没意思。每晚都是一场消耗战。迟迟合不上双眼，一旦入梦，不愿醒来。

悄悄起床悄悄穿衣悄悄出门，似乎盼着和什么人相遇，董宝礼自己也不清楚。启明星在东，北斗星在头顶。银河横跨天际，好似煤灰上撒了一把白芝麻。依旧向西，奔卫河去。一只莽撞的屎壳郎撞在手背上，嗡一声飞走了。半声蝉鸣，像被露水打湿了。几株野芫荽折扇般的小叶子片片朝上，臭臭的味道。添了一处新坟，谁啊？跨过田垄走过去，蹲下身子借着月光辨认碑文，名字冰凉而陌生，看不出遭过多大的罪享过多大的福。早晚我也会埋在田里，早晚会有个人路过我的坟头，借着星光一字一句读碑文。

轻烟升起，朦朦胧胧。地气，这是上升的地气。东北方，二帝陵黑乎乎的像一个硕大的秤砣。西南方，影影绰绰的树林像一群割麦的汉子。还是这棵柳树，还是这根树杈。

脱下外衣轻轻搭上去，踮起脚抓住树杈，两膀用力，骗腿一勾，骑了上去。披上衣服，从兜里摸出一根烟。一只金蝉正在脱壳，蛋白色的身子从裂开的缝儿里朝外拱。没带火。把烟卷儿搁鼻子下轻轻转动，深深嗅着。忽然想起父亲，摇一下头，不想这些。就在这时，他听见了歌声。扭头望去，只见从南边过来一排什么东西。他贴紧树干，仔细打量，一排小人儿，一排三尺高的小人儿。小人儿一跳一跳地从西南过来，边走边唱。董宝礼的双腿不由得夹紧了树杈。肉肉的胳膊，肉肉的腿，红扑扑的小脸蛋儿，油亮亮的小肩膀，火红火红的小肚兜，圆圆的小脑袋上顶着一束一拃高的发辫。一、二、三……不多不少九个小人儿，手挽手排成横队。小人儿近了，个个一本正经，目不斜视。

"日曜其东。"中间童子领唱道。

"其行兮灼灼。"童子们合唱道。

"月曜其西。"

"其行兮施施。"

"火曜其南。"

"其势兮煌煌。"

"水曜其北。"

"其流兮汤汤。"

"木曜其上。"

"其止兮累累。"

"金曜其下。"

"其状兮肃肃。"

"土曜其中。"

"其伏兮蛰蛰。"

眼看到跟前了，蹦蹦跳跳过去了，小辫子一耸一耸。小人儿远了，渐渐隐入薄雾之中，歌声却通体明亮，露水般在枝叶间一闪一闪。

董宝礼跳下树，抖一下肩上的外衣。

一个脚印也没有，九个小人儿没留下一个脚印。

一切皆有定数，只是我参不透。

繁星一盏一盏地熄灭，我这点磷火何时寂灭呢？

董怀远出生后，董宝礼每月做一架飞机模型，不急不躁地做。长到一庹短到一拃的桐木飞机，浑身没一根钉子。粗砂纸和细砂纸，一遍遍打磨。每一架飞机都上色，蜡笔用完了用染料，染料用完了贴彩纸。等到董怀远上小学，梁上床头窗上檐下石榴树上，甚至厕所门口的砖垛上，挂满了飞机，五颜六色的机头，五颜六色的双翅，五颜六色的尾翼。

董宝礼常在睡梦中忽地坐起。"怀远，怀远呢？"他紧紧抓住媳妇的胳膊，像芦苇丛中被月光吓到的孤雁。李招娣拍着男人的脸："醒醒，醒醒，孩儿睡了。"董宝礼慢慢躺倒在被汗水洇湿的床板上，盯着房顶，胸口一起一伏。

儿子对飞机的兴趣比父亲更浓，如何看图，如何画图，如何分解木板，何处涂胶水，何处用榫卯，一样不落地琢磨。

"摸摸你的下巴。"董宝礼对儿子说，董怀远用食指轻轻划一下下巴。

"记住这个感觉，啥时间机身打磨得像下巴一样，就齐活儿了。"董宝礼把砂纸递给儿子，"颜色你自己定，颜色是想象力。"

"爹，飞机咋没轮子啊？"

"搁天上飞不用轮子。"

"可飞机都有轮子啊。"

"咱光搁天上飞,不搁地上跑。"

清明前后,董宝礼手缠一卷丝线,董怀远举着一庹长的飞机,爷儿俩穿过十字街往南。

"沉不沉啊?"

"叫俺摸摸吧。"

一群半大孩子叽叽喳喳跟在身后。董宝礼顺风而立,长长的丝线展开,另一头的董怀远只消轻轻一举,飞机便扶摇直上,稳稳地悬在半空,像一只踌躇满志的飞禽。董怀远清楚地记得,一只隼从高处俯冲下来,伸出爪子试探着袭击它。董怀远还记得,在孩子们的欢笑声中,父亲将丝线交给自己,双手倒背,仰脸凝望飞机。片刻,掏出手绢,侧过脸去擦拭眼睛。

直到董怀远在省城安家立业,直到他的儿子问他咋写《我的父亲》这篇作文,他才从零散的记忆中分拣出父亲在饭桌上对他说的那句话。

董怀远问:"爹,老师叫写作文《我的父亲》,咋写呀?"

董宝礼把筷子搁碗上,凝眉想一想,说:"就写爹送了你一句一辈子受用的话。"

"啥?"

"就算遇见天大的坎儿,也别自杀。"

"文革"开始,董宝礼主动跟宝哥要求学习上级文件和旁听村支部的会议,以便领会运动精神。他认定命运将迎来转机,他乐观地朝着转折点试探着前进,不料终点近在咫尺。

董宝礼叉死董孝武时，宝哥还在战场上鏖战。

自打听说了本家兄弟的事迹，宝哥就猜测这个比自己漂亮比自己有文化每天早上刷牙的青年军官用粪叉扎透的下一个是谁。

"说不定哪天他就动手了，"宝哥对自己说，"我可不能眼睁睁看着粪叉扎透脖子。"

宝哥和尾巴爷手持铁锹上门索命的那夜，李招娣在东屋照顾儿子董怀远刚刚睡下，董宝礼和坠子胡在堂屋喝酒。董宝礼能和坠子胡聊到一起，只因坠子胡凡事有主见。每逢出殡，一群老太太和小孩子随主家去坟地。等主家烧完纸，把馒头点心等祭品往纸灰里倾倒时，老太太和孩子们蜂拥而上。老老少少满脸黑灰从坟地回来时，坠子胡像自言自语又像对旁人说："不是老百姓自甘贫贱，是有人使民贫之使民贱之啊。"

这晚，二人就着花生米东一句西一句闲扯，董宝礼忽然笑起来："今儿个从镇上回来，碰见头先介绍的对象。我当时想，要是没去安阳上学，就搁家娶妻生子踏踏实实种地，会是啥光景？"

坠子胡轻声道："别叫招娣听着。"

董宝礼笑道："老夫老妻了。"

坠子胡摆摆手："命这东西，就一个字——该。"话音未落，响起了叫门声。

董宝礼下意识吹熄油灯，起身去开门，坠子胡隐在了门后。

李招娣从东屋出来，走到院中，看见那一幕，登时吓晕过去。

宝哥和尾巴爷走后，坠子胡叫醒李招娣，二人合力将董宝礼拖进堂屋，点上灯察看时，董宝礼已没了气息。

李招娣才号了一嗓子，坠子胡一把抓住她的肩膀。李招娣抬头一看，十三岁的儿子董怀远不知何时靠在门框上，直勾勾盯着父亲的尸首，眼睛里没有惊慌也没有愤怒。突然，门框上吊着的一架飞机挣断绳子，顺着门框滑下，一头栽在李招娣脚前。李招娣不禁哆嗦了一下。

坠子胡拿下巴指指董怀远，小声说："招娣，不敢哭啊，不能哭啊。"

李招娣含泪注视着儿子，咬紧了双唇。

高考恢复后，董怀远考上了省城的大学，成了牡丹村历史上第一个大学生。董怀远离家的头天晚上，李招娣对儿子说："到了学校，抓紧入党。"见儿子没反应，李招娣接着说："咱董家的门槛先前比这帮穷种的房顶都高，后来这帮龟孙仗势欺负咱。儿啊，你入了党就能当官，当了官咱还压着他们，记住了？"

董怀远点了点头。

太岁志

第十三章　土匪李白爪

　　东家的小老婆吕氏是李传义这辈子见过的最漂亮的女人。

　　每月十五，梁乡逢集。早上套车，车把式说："东家你帮我拽一下，我拿烟叶。"转身进了厢房。东家伸手抓住骡子的辔头，东家的小老婆吕氏扭扭搭搭地出门，到了车跟前。李传义在车后帮站着，往日里他要进前一步伸出胳膊，吕氏搭着他的胳膊借下力，欠身坐上马车。谁知这天他走了神，只顾盯着吕氏脚上新纳的绣花鞋。鞋面绣着红芍药，顶着一朵红缨子。吕氏见他没过来，瞪他一眼，李传义还愣着。吕氏一挥手帕，意在给他提个醒，李传义还是直愣愣盯着她的鞋。前边的东家松开辔头，两步跨过来，一脚踹在李传义的小肚子上，骂道："恁娘的脚！"李传义一屁股跌坐在地，醒过神来刚要起身，东家进前来朝他肚子上连踹两脚。李传义手一划拉，摸到了一把镰刀。他左手撑地噌地起身，右手的镰刀朝东家唰地劈过来，镰刀过处，东家的左耳朵齐齐整整掉在地上，弹了一弹。东家的手还没捂住伤口，吕氏的尖叫声就击碎了李传义那羊屎蛋儿大小的胆量。李传义转身就跑，一口气跑上卫河大堤，往南跑出去十里地，吕氏的尖叫声还在耳蜗里吱吱地回响。

李传义停下脚步，呼呼地喘着粗气。鞋不知啥时候跑丢了一只，李传义把另一只脱下来，扔进了河里。

家回不去了，瞎了一只眼的老娘任她死活吧。去道口。

李传义满月时来了一个化缘的和尚。和尚一身百衲衣，一张黄脸又干又皱，像一个落果。李传义的爹迎出去说："大师父，给俺孩儿看看吧。"和尚巴不得碰见这茬口，连声答应。孩子抱出来，和尚问了八字，掐指一算说："不得了，恁儿是天上的星宿下凡。"李传义的爹本意是请和尚给起个名字，没承想跟仙界扯上了关系，忙说："大师父，给起个名儿就中。"和尚见不是主顾，只好问："啥字辈啊？"李传义的爹说："传字辈。"和尚说："这吧，义行天下，就叫传义吧。"李传义的爹问："咋谢谢大师父啊？"和尚问："你有啥呀？"李传义的爹说："还有半袋子新花生。"和尚道："看你满门忠厚，跟你交个底，恁儿是天上的驿马星下凡。""啥意思？""就是将来啊长年累月在外闯荡，不着家。"望着和尚背着半布袋花生远去的背影，李传义的爹后悔少问了一句：这不着家的驿马星落脚在哪儿啊？

到了道口，李传义伙着一帮穷苦人在码头上出些力气挣碗饭吃。一来二去，四五个对脾气的常爱聚堆拉个家常。其中，段六六既爱琢磨人也爱琢磨事。段六六是浚县人，长李传义五岁。这天对付过去晚饭，四五人闲坐，段六六开口说道："我看哪，人生在世要想发家，只有两条路。"

192　　　　　　　　　大岁志

众人问："哪两条路啊？"

段六六扫一眼众人："一是当官，二是当匪。"

众人都不作声。

段六六道："当官，咱祖坟上没冒这股青烟。当匪呢……"

众人盯着他，他撇撇嘴说："又没胆。"

这"匪"字入了李传义的心。段六六盯着李传义："传义兄弟，你这家还回得去不？"

李传义低头，没吭声。

段六六的手搭在李传义肩膀上："你要落草，我跟你。人活一世，能混大还是往大里混。"

李传义还是没吭声。家是回不去了，东家饶不了他。四面墙没钉子，手指头一捅就塌的泥坯屋子，瞎了一只眼的老娘，穷家破业回得去又能咋着？

他抬头问段六六："啥是驿马星啊？"

段六六挤吧挤吧眼说："天上的星宿吧？"

李传义又问："吉啊凶啊？"

"传义兄弟，你想问啥吧？"

李传义说："有个和尚跟俺爹说，俺是驿马星下凡。"

段六六一拍巴掌："哟，怪不得，驿马星主富贵啊。你这辈子保准弄个大动静，你看你这手。"李传义低头看了眼自己那双雪白的手。

前年夏天，李传义右手虎口处起了白斑，也不疼也不痒。未入秋，左手虎口也起了。这一起不要紧，两手的白斑赛着长。临入冬，李传义双手雪花花的，也不疼也不痒。旁人问，手咋了传义？李传义也不知道咋了，难道是个白蹄子的驿马星？脚咋不白呢？随便吧，不碍吃不碍喝。自此，"李白爪"

的外号叫开了。

虽说卫河两岸多土匪，可是当土匪总得有人有枪吧？人不用多，五六个七八个就行。枪咋弄？去哪儿落脚啊？李传义的心事，段六六看在了眼里。段六六当土匪的愿望似乎比李传义更强烈。隔三五日，段六六单独跟李传义说："码头粮仓东门后面有个铁匠，会造盒子炮，盒子炮就是二十响。"段六六瞄一眼李传义的脸色："有了枪，咱就有钱了。有了钱就有人马，有枪有人，要啥有啥。"

李传义犹豫了一天。

转过天来，二人在码头上闲坐。卫河北岸的沿街商铺灯火通明，叫卖声不绝于耳。挑担的坐轿的骑马的，穿红戴绿的各色人等来来往往，好像只有他们二人被挡在繁华与富庶之外。二人目光一对，同声说道："干他娘！"

天一亮，二人直奔铁匠铺，直接跟掌柜的说弄把盒子炮。

"五块袁大头。"掌柜的上下打量二人，说道。

二人对视一下，段六六说："这吧，先给俺弟兄俩一人打一把攮子，俺俩给你当一个月的伙计顶账。"

掌柜的瞟一眼李传义的赤脚："光脚拿个攮子不威风，"笑一笑，"先送你一双鞋吧。"

李传义涨红了脸，两手揉搓着。

一个月后，两把攮子到手。

"指望它发家，慢。"掌柜的说。

"慢就慢慢来。"段六六拿拇指试着刀刃。

二人约好在二帝陵见面的时辰，段六六赶回浚县老家安顿一下，李传义则在天黑透时回了赵家。

院里黑咕隆咚，娘早睡下了。李传义在院子里转了几圈儿。没啥舍不得，况且隔着二三里地，随时能回来看看。出门时娘听见动静，问了一句："谁呀？"李传义头也不回，直奔高王庙。

靳庄离高王庙跟牡丹村离高王庙一般远，只是牡丹村在东，靳庄在西。二帝陵这时还在沙土里埋着，村民习惯称陵前没有门板的小庙为高王庙。说是高王庙，其实也当龙王庙，附近求雨的村民常在大旱年景来庙里烧香上供。庙里端坐的神像就是高王爷，一身皇帝打扮。庙里有一个专事清扫的老田，晚上回家，白天过来照应。

李传义蹲在台阶上，抽着自家卷的纸烟，攥子放在门槛下。

这就算是落草了？非走这条路不中？那咋着，还有路啊？

满天星斗扑面而来，哪一个是驿马星啊？

当土匪的头一晚，李传义蜷着身子在供桌下将就了一宿。

段六六是临近晌午赶来的，一见面就说："我想好了，咱第一炮买卖先从你那个龟孙东家下手，小老婆抢过来，压寨夫人有了。"段六六带来一包袱干粮，李传义饿了两顿，一边就着咸菜嚼着窝窝头一边说："不中。"

"咋不中？"

"那货要钱不要命，咱抢个妇女没屌用，得弄钱。"

"那咋整？"

"想想。"

这时节是1940年的入秋。日军和伪军盘踞在黄县。共产党在黄县、浚县、滑县和濮阳一带活动。国民党时而占据濮阳，时而占据长垣。

李传义腰里别着攥子，同段六六摸到了牡丹村。村里村外趿摸了两天，怀里的干粮眼看着吃完，这天下半晌，遇到了到田里看长工浇地的董孝文。李传义瞄着董孝文，对段六六说："就是他。"段六六小声问："谁呀？"李传义答："活圣人。"

李传义迎着董孝文走过去，段六六隔开几步距离。看到李传义掏出攮子顶在董孝文的肋下，段六六紧走几步，站在了董孝文的身后。

李传义压低嗓子对董孝文道："别吭声，跟我走。"董孝文低头瞥一眼攮子，又盯一眼李传义雪白的手，道："你早该来了。"李传义怕田里干活儿的长工发觉，心慌慌的，没琢磨董孝文为啥说"早该"二字，侧身说道："去二帝陵，别喊，喊就攮死你。"董孝文目不斜视，迈开步子就走。李传义紧跟着，段六六拉开几步跟在后边。

到了高王庙，董孝文径自走上台阶，弯腰把供桌旁一张条凳搬至门口，端坐在凳子上，腰板直挺，两腿分开，双手平摊两膝，掌心向上，面带微笑望着李传义。

真把"票"绑来了，李传义还真不知道下一步咋走。他拿眼去看段六六，段六六在台阶下站着，这时近前一步说："跟他说说话，我去送信儿。他谁呀？"李传义还没开口，董孝文笑起来，俯视着段六六说："董孝文，字敬章，牡丹村的首户，后街东头第二家。"段六六盯了董孝文一眼，扭头看李传义，李传义说："去吧。"

天渐渐黑下来。鸟群盘旋，落下，叽叽喳喳的，忽又腾空而起。牲口的叫声不时传来。李传义蹲在台阶上，肚子咕噜噜响了一阵。

"咦，忘了。"董孝文一拍膝盖，李传义挺直腰，握紧攮子。董孝文道："该跟你伙计说，让他捎些饭菜来。"李传义咽了口口水。

天黑透时，段六六小跑着回来了。"费神再跑一趟，讨些吃的来，要不'票'没绑成倒饿死了，岂非笑话？"董孝文笑着对段六六说。段六六张着嘴喘气，拿眼看李传义，李传义一仰下巴。段六六瞥一眼董孝文，扭头就走，走出两步，回身指着董孝文说："有种！"董孝文哈哈大笑。

这天晚上，段六六睡在供桌上，董孝文睡在供桌下，李传义蹲在台阶上一夜没合眼。段六六下半夜睡醒，问："替你吧？"李传义道："不瞌睡。"

第二天早上和中午，三人的饭菜都是段六六从董家要来的。午觉起来，董孝文坐在凳子上，搓了搓脸，看一眼李传义，李传义没看他。董孝文望了一眼台阶下的段六六，问："哪村的？"段六六没搭腔，李传义顿了顿道："靳庄。"董孝文往西眺望一下，说："二里地，不远。贵姓？"李传义没吭声。

董孝文抬头望着远处："人都叫我活圣人。老话讲，圣人不死，大盗不止。兄弟知道啥讲究不？"

李传义没接茬。

"天下的规矩都是圣人定的，这规矩只顺圣人的意，不顾百姓的死活。因而呢，圣人一出，大盗蜂起。你说，要是圣人死了，大盗是不是就绝了？"董孝文见二人不答话，冲台阶下的段六六说，"况且真圣人少，打着圣人旗号的强盗多，你说是不？"段六六望一眼董孝文，也不作声。董孝文对李传义道："咱俩换换吧。"李传义侧过脸来盯着董孝文，董孝文接着说："你想当财主，我呢，当财主当烦了。"

段六六的喉咙里笑了两声。

"你把攮子给我，我在这高王庙落草。你回我家，我董孝文的产业统统给你。空口无凭，立字为据，只是老婆孩子不能给你。还有，我那老娘识文断字，你平日须得谨言慎行。"

段六六笑得更响。李传义斜睨着董孝文。

董孝文问："如何？"

段六六高声道："中啊！那你为啥放着好吃好喝的财主不当，想当土匪啊？"

董孝文俯视着段六六："想必兄弟见多识广，这普天之下苍生万民，是不是衣不蔽体食不果腹，终日为营生奔波？如今倭寇入侵，生灵涂炭，华夏将亡，我独享富贵苟活于天地之间，是不是全无羞耻？"

段六六瞪着董孝文："日他娘，还有这号人。"

第三天傍黑，段六六兴冲冲背着个大包袱跑来了。包袱扔在台阶上，大洋撞击的响声让李传义的心颤了一颤。

"发了！"段六六张开双臂大笑着。李传义走下台阶打开包袱，掂起装大洋的蓝布小包袱，举到耳边抖了抖。钱的声音真好听。李传义抓起一包烟土闻了闻，扭头对董孝文说："得罪了，回家吧。"

董孝文一步一步走下台阶，站在李传义面前。李传义挥挥手："走吧。"

董孝文并不动身，说："换换吧。"

李传义放下烟土，问："啥？"

段六六插话道："他想当土匪，叫你去当财主。"

李传义挥手道："回家吧。"

董孝文道："换换吧。"

李传义瞪眼道："诓人不是？滚！"

董孝文走出去两步，折回来，指着包袱说："这算是我的见面礼，我入伙。"

李传义把攮子一指董孝文，段六六高声道："再不走，活埋你！"

董孝文看一眼段六六，侧过身去扫一眼二帝陵，缓缓道："埋在颛顼帝喾陵旁，可谓造化。"

段六六急道："咦，吓唬俺俩不是？真活埋你！"

董孝文道："你去我家借把铁锹来。"

段六六扭头便走。

说到活埋董孝文，李传义本不情愿，他图财不为害命。见段六六去借铁锹，心想也好，这人命是两个人扛下的，将来的罪两人一起受。

段六六双手扒着坑沿爬出来，掸着身上的土说："中了。"董孝文把左手上的翡翠戒指撸下来，递给李传义："逢年过节，看看咱娘。"李传义迟迟疑疑地接过去，董孝文纵身跳下坑，仰脸道："给个手巾，盖住口鼻，免得吃一嘴沙子。"段六六看一眼李传义，把脖子上的手巾扔给董孝文。董孝文平躺坑底，把手巾盖在脸上，再不言语。

足足一刻钟，三人都不说话。

李传义掏出一根纸烟点着，深深抽一口，冲段六六一仰下巴，转身下了二帝陵。

第二天后半夜，李传义被一种奇怪的声音惊醒了。他爬出供桌两手撑地，侧耳细听了一阵，喊道："六六。"段六六从神像后面蹑手蹑脚地爬过来，低声说："听见了。"

似牛叫，像困在一面大鼓里的公牛的哀叫，不紧不慢。这大鼓就浅浅地埋在二帝陵里，每一声都穿出地面震得树叶窸窸窣窣。

俩人同时想到了一个名字。

第三天晚上，俩人又被叫声惊醒，又在台阶上蹲到天亮。

"这不是个办法。"李传义道。

"我上趟浚县山。"段六六拔腿就走。

傍黑，段六六领着四个和尚赶了回来。"师父说了，得做七七四十九天的法事，超度超度。"段六六指着四个和尚对李传义说。李传义斜靠着庙门，打量着四个头发比自己还长的和尚，心里发凉。

"你说咋弄？"段六六一摊双手。

"中。"李传义道。

"还有个差事。"段六六道。

"啥？"

"扮孝子。"段六六苦笑道。

"谁？"

"超度亡魂没亲人不行啊，上哪儿找啊？和尚说了，咱俩扮也中。"

"中。"李传义扭头吐了口唾沫。

"不累，"段六六解释道，"师父早中晚念经，孝子陪着哭两声。"

李传义又扭头吐了口唾沫。

四个面带菜色的披发和尚，每日早中晚分别手持木鱼和净瓶，绕着二帝陵诵经。李传义和段六六头上各蒙一块麻，腰里系一条白布，举一根缠着白布条的招魂幡，跟在和尚身后。和尚诵一段经，俩人带着哭腔喊道："爹呀，往生西方见大光明。"

段六六将原先看庙的老田请了回来。在后山墙搭了个庵，砌了灶，置办齐了锅碗瓢盆油盐酱醋。找来木匠，将庙门和窗户补上，顺带打了六张床。神像后边摆下两张，神像东西两侧各摆了两张。

一切妥当，段六六跟李传义说："咱这不是落草，咱这是出家。"

七七四十九天的法事做完，四个和尚眼看着胖了，牛也不叫了。

段六六揣着十块大洋去了趟道口，一个月后又跑去，揣回来两把二十响。李传义小心翼翼地握着枪，左看右看。枪管是轨道钢的，泛着冷冷的银光。黑色的弹匣。漆过的枣红色握柄上凸着一条条横纹。

"弹匣是满的，没多余的子弹。"段六六道。

"妥了。"李传义轻声道。

"天下是咱的了。"段六六举起枪扬了扬。

李传义掳走辛丑的奶奶靳氏，是在1941年年关前。

1941年1月中旬，日伪军出动1万余人，从范县由东往西大扫荡。

这天早上，风传日军从黄县县城出发奔沙区来，百姓携家带口蜂拥逃向卫河岸边。望着逃难的人群，段六六对李传义说："咱虽说是土匪，也干不过鬼子，蹽吧？"李传义将藏在神像下面暗洞中的包袱取出，抓出一把大洋递给段六六，自己揣一把，仍将包袱藏好，封住洞口。两人上了大路，随着队伍往卫河岸边去。中午时分，百姓越聚越多，上下游却不见一艘船。大家正发愁，有人喊道："鬼子回县城了。"百姓犹犹豫豫，陆陆续续地往回走。

恰在此时，李传义在人群中瞥见了靳氏。一身粗布打扮，棉袄外套着掩襟的灰布褂子，下身是掩裆棉裤，光脚穿一双黑布棉鞋，头发簪在脑后，两手空着，两眼发直，活像没了彩妆的泥胎。李传义印象中靳氏还是个闺女。众人往回走时，李传义隔着靳氏五六步远。走了一阵，确认靳氏身边没有亲人，给段六六使了个眼色。李传义挤到靳氏身子右侧，左手抓住靳氏的胳膊，右手撩起衣襟亮一下二十响，低声道："别吭。"

靳氏抬头看一眼李传义，低头看了一眼二十响。李传义道："跟我走，有馍有肉。"

二人从人群中出来奔高王庙去。段六六隔开几步远，不时回头瞄一眼人群。

李传义和靳氏折腾了整整一宿。天亮时，段六六拍着门板说："恁俩也歇歇，叫我打个盹儿。"

李传义平日跟靳氏没话，靳氏跟李传义也没话，他俩好像回避着什么。只在夜里，在高王爷后面的木床上，俩人才像两扇石磨般吸在一起。

生下一双儿女后，靳氏面对穷困手足无措。四口人，每天三顿饭，没钱没粮。欠许家一斗麦子。一年没闻过肉腥了吧？辛庄是好男人，老实人，这个比自己大二十岁的男人，扛长工打短工，每日里不闲着，可是穷困仍像收起的渔网一样越勒越紧。老天爷，可咋活啊？

靳氏不多说一句话，即便帮老田做饭，也没话。她好像不情愿留下，可从未流露离开的念头。回家不？回家干啥？

大岁志

要吃没吃要喝没喝，回去干啥？那啥时候回啊？

辛庄带着一双儿女来探过靳氏，远远地张望。靳氏唱曲的声音传来时，闺女跳起来指着喊道："爹，俺娘！"

辛庄低声说："别喊，妮儿，别喊。"

辛夷这时才五岁，问："爹，娘咋了？"

辛庄道："娘给咱蒸白馍哩，走，咱回家等着，走。"

晴朗的午后，靳氏坐在二帝陵的岗子上，一遍又一遍梳着又黑又长的头发，轻轻哼着：

> 叶儿黄黄雁南飞，谁牵挂小冤家？
> 月儿光光透窗纱，谁牵挂小冤家？

段六六仰脸冲靳氏喊道："弟妹，唱个高兴的中不？"

靳氏唱道：

> 东山的核桃西山的枣，你就是那杨宗保。
> 南地的萝卜北地的葱，我就是那穆桂英。

段六六鼓掌笑道："这个好、这个好。"

段六六没闲着，他从逃荒的人群中搜罗了四个壮丁入伙。说是壮丁，只有年纪符合，身板却不符合。但好歹多了人手，队伍壮大了，段六六按年纪给四个人编了称呼，分别是老三、老四、老五、老六。四个新人来了，手里没家伙，每人配了一杆红缨枪。四个新人加上李传义、段六六和靳氏一共七口人，老田每天三顿饭伺候着。

李传义在台阶上蹲着。李传义在二帝陵上蹲着。

李传义在月光下的台阶上蹲着。李传义在月光下的二帝陵上蹲着。

段六六在台阶上蹲着。段六六在二帝陵上蹲着。

段六六在月光下的台阶上蹲着。段六六在月光下的二帝陵上蹲着。

老三老四老五老六随处蹲着。老三老四老五老六在月光下随处蹲着。他们走动时，像棋盘上的棋子。他们呆立时，像叼着纸烟的石俑。

李传义的二十响只开过一枪。他瞄准五十步开外的灰喜鹊扣动了扳机，后坐力让原本蹲着的他后仰在门槛上，腰椎咔的一响。灰喜鹊蹬一下树枝，展开双翅，不屑一顾地飞走了。弟兄们笑起来，段六六笑起来，李传义笑起来。每个人都笑得脸色发红再发白最后发紫，笑得涕泗横流，笑得嘴歪眼斜。最后，每个人都失声痛哭。

"这不对啊！"段六六对李传义道。

"咋了？"

"咱不是土匪，咱成守陵的了。"

"咋弄？"

"原先给财主扛长工，眼下给他们五个当长工，也没个进项，这会中？"

李传义没吭声。

"你那花得差不多了吧？我那可交给咱娘埋起来了。"

"再做个活儿？"李传义问。

"劫船吧。"

"镖麻烦。"

"有镖的咱不动，拣没镖的下手。还有，这压寨夫人没啥用，打发了吧？"

李传义扭头朝坐在二帝陵上的靳氏望去。

新做的枣红对襟裰子也盖不住鼓鼓的肚子，三个月后，孩子呱呱坠地。接生婆抱出来说："恭喜呀，是个少爷。"李传义看都没看，抬腿出了庙门，下了台阶对段六六说："给她五块大洋一布袋粮食，叫老田把娘儿俩送走吧。"

段六六和和气气的面孔不像土匪，不像农民，像账房先生，做起事来却像跑腿的。他一年四季扎着绑腿，穿单衣时爱敞着怀。腰间的二十响系了尺把长的红绸子，当他走动时，红绸子前后飘动。段六六自觉地扮演二当家的角色，他总是急急慌慌离开急急慌慌回来，仿佛少了他一切都会一团糟。他热爱这份职业，他从不考虑取李传义而代之。可是李传义自始至终都对土匪这行当不入门，段六六不厌其烦地向李传义讲述江湖上的各种规矩，无奈李传义并不上心，这使得段六六非常失望。

"人家咋议论咱啊？"李传义问。

"各活各的。"段六六答。

"说说呗。"

"土匪呗。"

"咋说我呀？"

"想听？"

"说说。"

"棒槌。"

两人笑起来。

黑话是江湖上避免冲突的工具。金条叫黄鱼，银圆叫硬底子，赌钱赢了叫上手、输了叫伤手，火枪叫条子，当差的叫擀面杖，诸如此类。双方一搭话，心里就有了数。李传义记不住这些，也不爱用。段六六爱黑话，他热衷于每个跟职业相关的细节。

船从道口镇方向来，看看到了跟前，李传义蹲着，其他四人一溜散开或蹲或站。段六六上前喊话，试探一下船上有没有镖局的人。

"来的什么客？"段六六喊。

"五湖四海的客。"船上答。

"穿的谁家衣？"

"穿的百家衣。"

"吃的谁家饭？"

"吃的朋友饭。"

一问一答罢了，双方拱一下手，船顺水而去。段六六朝地上吐一口唾沫，道："走得远，总能捡一泡粪。"如果来船答非所问，段六六抽出二十响，枪口朝天，冲船上喊道："兄弟，有好东西扔一包过来。"船家往往跟货主商量，多多少少扔过来一麻袋。若是不便搬运的，货主扔过来几块大洋，说几句软话，段六六也不嫌少，挥挥手就过了。

得了外快，几个人就过河去神庙村的卤煮铺子。这间卤煮铺子实则是家小酒馆，下水远近闻名。

掌柜的不多问，猪头肉和下水切两大盘子，搬上一坛子红薯干烧酒，几个人就着大蒜闷头吃喝。醉了，就横七竖八睡觉，啥时醒啥时走，掌柜的从不计较。

不赌钱不嫖娼，只喝酒。只有醉酒才是快乐的，好像一群盼着大醉的苦行僧。

这一天，李传义喝得高兴，对掌柜的说："老兄，入伙吧？"

掌柜的笑道："吃不了这碗饭。"

李传义道："那算我一股吧？"

掌柜的双手抱拳说："咱这小本买卖，白爪爷饶了俺吧。"

李传义倒不好意思，对段六六道："怪了，我买地人家不卖，入股人家不要，咋回事儿？"

段六六笑道："你说呢？"

李传义拍着腰间说："咱的钱也是钱哪。"

段六六笑道："你的钱是人家的钱。"

李传义道："那咋弄？"

段六六道："买个媳妇，这能花出去。"

整个冬天，李传义他们就猫在酒馆。烧酒火辣辣地漫过喉咙，脸上泛起红晕，眼角堆起眼屎。客人照常来，照常坐下喝酒，照常跟老板闲扯，照常跟李传义他们打招呼。一切清汤寡水，一切遥遥无期。

下着大雪的早上，李传义醒来。满屋子煤烟、口臭和脚臭的味道，弟兄们睡得正香。想吐。摇摇晃晃走到门口，推开门。风搅着雪扑面而来，不禁打了个冷战。他站在雪地里，肠胃翻滚，哇的一口喷出去，黄的红的黑的，扇子面状溅在雪地上。

"想戒酒。"段六六醒来时，李传义对他说。

"当真？"段六六揉着眼问。

"恶心。"李传义呃巴着嘴。

"有偏方。"段六六笑了笑。

午饭时，段六六倒了一碗酒搁在李传义面前。

"还喝呀？"李传义问。

"背背脸。"段六六道，李传义转过脸。

段六六摸出耳勺，从右耳朵眼儿里掏出黄豆大的耳耵，捏碎在酒碗里。

"这碗喝喽，再不馋酒。"

李传义端起碗咕咚咚喝下去，碗一丢，才抹一下嘴，起身奔门外，哇一声吐了。

"戒了。"段六六跟过来，捶着李传义的背，"灵得很。"

日军投降后，冀鲁豫边区政府成立了，下辖六个地区，黄县划归了第四地区。

九月的一天下午，李传义在台阶上蹲着。段六六回家了，其他几个兄弟在二帝陵上闲坐。李传义瞧见从南面过来两个人，看身量像半大孩子，看架势是奔自己来的。他没起身，几个弟兄也没动。二人走近，一个喊道："舅。"李传义定睛一看，是本村的一个远亲，叫王二结巴。印象中王二结巴还是小孩子，一眨眼这么高了。李传义没答话，王二结巴又喊："舅。"李传义道："来了？"二人走上台阶，并排坐在李传义身边，王二结巴掏出纸烟，抽出一根递给李传义，擦着火柴点上说："舅，啥打……打……打算？"李传义问："啥打算？没啥打算呀？"王二结巴道："区上让我来的，说了，放下武器，回家种地，要不一举歼灭之。"李传义没听清，问："谁？"王二结巴道："区上。"李传义明白了，是边区政府派王二结巴来遣散他们。他想了想说："等二当家的回来，商量商量。"王二结巴道："中，走……走……走了，舅。"把纸烟撂在李传义身边，二人头也不回地走了。

第二天，段六六回来，两个人蹲在台阶上合计大半天，临了，把老三老四老五老六喊过来，问弟兄们啥想法。四个人拄着红缨枪，面面相觑，最后说："当家的说吧。"

李传义顿了顿道："回家，这土匪当得恶心。"

段六六道："散吧。"

李传义从神像下的暗洞里摸出包袱，提到供桌上，解开，四个人一人分了五块大洋，数给段六六十块，将剩下的兜起，道："散伙。"下了台阶，径直回家。段六六在后边喊："喝个散伙酒不？"李传义头也没回，摆了摆手。

李传义两年前将家里的老宅子翻盖成了瓦屋，新打了围墙，置下二十亩地，买了一个从山西逃荒来的闺女当媳妇，只是两年下来还没生养。李传义回到家，将二十响砸碎，填进灶洞烧了。大洋分成三份，给了娘一份，给了媳妇两份。

娘在堂屋挂上一幅七十二位全神图，每天磕头烧香，嘟嘟囔囔地求告。李传义的思绪常在娘的念叨声里回到高王庙。四个身量不等的汉子拄着红缨枪，下巴搭在手背上。台阶下一个短打扮的汉子，笑眯眯的，腰间盒子炮的红绸子一飘一飘。庙门口蹲着一个男子，双手雪白，左手中指戴着一枚绿莹莹的戒指，煞是扎眼。只是面目模糊。

踏实日子过了整整五年。入秋的一天，也是半下午，王二结巴带着四个肩膀上扛枪手里攥着麻绳的民兵闯进门来。

李传义站在堂屋门前，看见王二结巴进门，招呼道："来了？"

王二结巴说："到区上走……走……走一趟。"

李传义回头冲屋里喊道："招呼好咱娘，咱娘死了你再改嫁。"撸下左手中指的翡翠戒指放在窗台上，往外就走。

王二结巴说："停，上……上……上绳。"

两个民兵把李传义绑了，往前一推，李传义大步迈出门去，再没回头。

自段六六挥动铁锹的那一刻起，李传义就认定逃不过这一劫。活圣人不会被白白活埋，必得还他一条命。他感兴趣的是何时何地何人来取自己的性命。他像一个坐在台下的观众，看着另一个自己在台上唱念做打，他要看看这另一个自己究竟如何收场，他饶有兴致地等着谢幕。

三天后的中午，李传义跟另外几个人被五花大绑跪在戏台上，台下黑压压挤满了人。有人在李传义身后大声宣读着罪状，李传义听到自己的罪名是"惯匪"，其他有什么"反革命""反动会道门"之类的。他偷偷瞄一眼那几个跪着的，都不认识。宣读完毕，一个名字上打了红叉叉的木牌插在李传义的脖领子里，两个民兵押着他的胳膊往镇子外去。人群无声地聚集。

到了一处河汊，李传义忽然想起董孝文对自己说的那三个字："换换吧。"真就换了也不知道会不会走到这步田地？各人有各人的命，咋能说换就换啊？命，这就是他娘的命。又想起董孝文说的"圣人不死，大盗不止"的话，李传义心里苦笑道，如今圣人被埋了，大盗被毙了，往后的天下会不会太平啊？

容不得他多想，王二结巴在他腿弯处踹了一脚。李传义扑通跪下，他在这世上听到的最后一句话是："一路走……走……走好。"他长长叹了一口气。一声枪响，李传义一头栽倒在淤泥里，殷红的鲜血蜿蜒流进水中，慢慢地淡了。

第十四章　越　狱

　　无论是"妇女之友"还是"这条鱼"或者"老鸽子"，都是袁老二对岳凌飞的蔑称。

　　"杀了他，"袁老二看一眼学习室门口，"然后，远走高飞。"

　　辛丑没有搭腔。

　　"你无法回头，唯有前行，才有自由。"

　　"你知道肆无忌惮吗？"辛丑问，"这成语说的简直就是我。'肆无'就是无权、无势、无钱、无妻，因为'四无'所以无所忌惮。我恰恰相反，因为'四无'反而有所忌惮。"

　　"自嘲，这是自嘲，勇敢的表现。"袁老二轻咳一下，"你的内心不是一尊石雕，而是一头狮子。"

　　"我在精神病院遇见个女孩子，她要我去救她。"

　　我需要跟某个人唠一唠。袁老二算是朋友吗？我没有朋友，我能相信谁？

　　"那女孩儿，"袁老二搓着双手，"嘴唇一定肉肉的。"

　　"为啥？"辛丑对袁老二的判断莫名其妙，他略微歪下头，试图回忆李杏嘴唇的厚度。

"善良。"袁老二微笑道，"善良的人喜欢嘴唇厚和屁股大的女人。"

"其实，我无能为力。"辛丑嗫嚅道。

"那更该救她。"袁老二十指交叉，波浪似的抖了抖两只手腕。

国庆节的头一天是会见日。一大早起来，监室的七个人喜气洋洋，高声谈论着想象中的会见情景，袁老二没注意到辛丑情绪低落。他们返回监室时，辛丑及时调整表情，装作自己也刚从会见室回来。

"闺女长大了，个子撵上我了。"袁老二既喜悦又带着莫名的不安，他坐在辛丑的铺上，两手胡乱搓着脸，"她说下次带男朋友来见我，合适吗？叫婆家人看不起，嫁过去不得受气呀？"他扭脸看着辛丑，好像在征求辛丑的意见，"我该交代一声，别跟男方说我的情况。"他十指插在头发里往后梳理着。辛丑想说现在的年轻人不在乎吧，还没开口，袁老二直起腰说道："你猜她男朋友说啥？"不等辛丑答话，"说你爸不是骗子，是超人，想象力超人。还说将来好好跟我学学，我咋觉着这小子有我年轻时的冲劲呢？""花豹"在铺上接茬儿道："打虎亲兄弟，上阵父子兵。恁爷俩联手，乖乖，这天下姓袁了。"众人笑起来，袁老二冲"花豹"道："去屎。"他看一眼辛丑："你没事儿吧？"辛丑微笑道："没事儿。"袁老二面带歉意道："闺女带了不少好吃的，干部给存起来了，明天我领出来咱弟兄们消灭掉。"辛丑微笑道："中。"

下午，三个监室的犯人集合在文体室。西墙上贴着"欢度国庆联欢会"七个红字，天花板上挂满了彩带和气球。众人靠墙坐着，中间腾出空地。各监室依次表演了唱歌、相声和小魔术等节目，袁老二是最后一个上场的。

"给大家朗诵一首诗啊，见了闺女有感而发，比较仓促，题目叫《春天，我将回家》。"袁老二把稿纸举到眼前，右手拇指和食指似乎捏着什么东西，轻轻一点，朗诵道：

春天正在路上，鸽哨响起，我将回家。
是的，我将回家。
我怕变成一袋没有骨头的垃圾，被城市轻蔑地丢弃。
我厌倦了做一截梦想远方的废弃的铁轨，
荒草掩隐，犹如修自行车的老人。
淇水涨了，桃花红了，燕子回了。是的，我将回家。
母亲僵卧在床，再无力洗我的袜子，甚至无力离开人世。
蚊帐、藤椅和内壁黢黑的搪瓷茶缸，固执地怀念父亲，
曾咳嗽不止的父亲叼着烟卷，像夜色分娩的一粒暗火。
我不在乎了，不在乎城市还有野心。
街道上跋扈的遗老遗少还有眼神考究的伪贵族们，
让我恶心。我叫得出他们每一个的绰号，熟识
他们每一处的文身。他们是昨天的我。
春天正在路上，我将在村头下车，和春天撞个满怀。
每一把泥土都足够美丽。田间的坟头也美，他们是有家的魂。
是的，在女儿出嫁之前，在我驼背之前，我将回家。
妻子把家收拾得宛如世界唯一的暖。
害羞时爱躲在人后的女儿，将在枣树下迎接我。

女儿，一个比四月还年轻的称谓，就像金黄的向日葵。

春天正在路上，我演习着老式的笑容，我将回家。

和随便哪一朵花打招呼，向所有从冬眠中苏醒的动物问好，

向嘤嘤飞过的昆虫问好，向树木问好，向河流问好，向天空问好，

也请布谷鸟把我的问候捎给归途的游子。

我将打扫檐上的积雪，在墙角种下黄瓜、豆角，还有南瓜。

我将在午夜伫立窗前，忘了冬天和城市的模样，

漫山遍野的桃花纷飞，正如我的眼泪滚滚而下。

是的，春天，我将回家。

袁老二深深地鞠了一躬，干部带头鼓掌，辛丑注意到不少人眼里泛着泪光。袁老二挤过人群坐回自己的位子，低头擦了擦眼角。

这个真诚的骗子。辛丑想。

第二天早餐过后，袁老二招呼辛丑："走，学习室。"

"我要向政府报告，在学习室安个摄像头，看你们俩整天偷偷摸摸搞啥名堂。""花豹"坐在床沿，冲袁老二笑道。

"你不报告你是龟孙。"袁老二道，其他人笑起来。

"你整天没心没肺的，"刚进学习室，袁老二急切问道，"等机会？"

"外面没里面心静。"

"你不会爱上这儿吧？你有责任啊。"

责任？我有啥责任？干掉老鸽子的责任？救李杏的责任？

"我替你拟好了成熟的越狱计划，量身打造。"袁老二拉辛丑坐下，瞄一眼门外，"推演了上百遍，每个环节都丝丝入扣。"

袁老二为什么撺掇我？他有啥责任呢？

"窑场最合适，又隐蔽又临路。年前会再出一次外勤，你事先把老鸽子的牙刷藏在袜子里。老鸽子逢劳动必偷懒，半路必去砖道里抽烟。你也过去，故意让大家看见你俩去了。临近砖道你假装系鞋带，回头瞟一眼。一拐进砖道就动手，别犹豫。老鸽子比你矮，没你力气大，只会向你求饶。你直接插他咽喉，一招毙命。那一拃长的牙刷将带给你半辈子的自由。"

自由？

"手别抖，心别软。记住一定把脸砸开花，来得及你就把尸首扔进砖道后的枯井里。把鞋换了，上衣换了，牙刷留下，造成岳凌飞把你辛丑杀了越狱的现场。老鸽子银行卡里的钱应该比你的多得多，那是战利品，是一泡尿的补偿。不管发生啥，千万别回头，直奔郑汴大道，到大广高速口换车，很快你就到大悲山脚下了。山门要是没关，你直接上报国寺见怀信大师。说了密码他准给你口令。密码是'一二三四五，上山打老虎。老虎没打着，打个小松鼠'。记住了？口令只有怀信大师和刘海忠俩人知道，没有口令一切白搭。他必留你一宿。你赶头班车，最多一个半钟头到安阳，去小西门孝女里一号找刘海忠。徐娘那笔二十万的款子，四六分成，我得十二万，钱在刘海忠那里。他准在，要是不在，准有其他兄弟在，你等他。拿了卡，十万归你，剩下的打给你嫂子。"

原来袁老二要我帮他转移赃款。

"金鳌脱得钓钩去，摇头摆尾不再回，自由了，顺道搭救小情人儿。"

自由？搭救？我确实不该像动物一样活着，不该像看电影一样坐在黑暗里熬到散场。

"冬至前必须了结，要不老鸽子就飞了。"

密码是"一二三四五，上山打老虎。老虎没打着，打个小松鼠"。口令只有怀信大师和刘海忠知道，没有口令一切白搭。袁老二异想天开，那帮骗子早携款潜逃了，还送他安家费？

"兄弟，二哥有件事求你。"

"你说。"

"帮二哥买个手机，能打电话就行，我想我闺女。"

"中。"

"连张判决书都没有，你根本没来过。"袁老二提醒道，"你在某个早晨醒来，阳光温柔地洒在脸上，爱人的青丝蓬松在臂弯，你支离破碎地想起这一切，一场梦而已。"

订制一个房间那么大的瓶子。李杏双手比画着。把家安在里面。这是第二步，第一步我得逃出去。李杏还在吗？

"我纳闷儿，"辛丑道，"这半年我没见过一只鸟，连麻雀都没有。"

"这是个比喻吗？"袁老二捏着下巴问。

"不是，就是稀罕。"

"那你是第一只鸟。"

"二哥，能不能别这样说话？"

"职业病。"袁老二抱歉地笑了笑，"不好意思。"

"我丢了五十块钱。""花豹"站在铺前摊着双手。

"再找找，在哪儿丢的？"

"啥时候？"

众人七嘴八舌。

辛丑没有搭腔，坐在床沿用小毛刷刷电动剃须刀的刀头。

"不知道啊，上工前还有呢。"

"绝对是这个傻×偷的，"老鸽子躺在铺上，下巴指指辛丑，"这货进来半年了，没花过一分钱，早穷疯了。"

辛丑一时愣住。

监室一片沉默。

"搜他。"老鸽子把手机扔枕头上，起身，脚在地上划拉鞋子。

"花豹"朝辛丑走过来。众人停下手中的活儿。

"一张五十的还是五张十块的？"袁老二探出头问。

"一张五十的。""花豹"停下脚步，抬头冲袁老二说。

"写上名字就不会丢了，"袁老二将一张对折的纸钞扔向"花豹"，"车间捡的，是这张吧？"

"花豹"应着"是、是"，双手去接飞来的纸钞。老鸽子躺回铺上，拿起手机。其他人转过脸，各忙各的。

妈了个×，我杀了你个龟孙。辛丑狠狠瞪了一眼老鸽子。

"冬至前会出一趟外勤，"袁老二说道，"应该是窑场。"

"谢谢。"辛丑说。

"啥？"袁老二问，旋即道，"不值啥。对了，你明白兄的意思吗？兄长的兄。"

"就是哥呗。"辛丑想，袁老二是在暗示自己欠他一个人情。

"兄就是替你说话的人，《说文解字》的注解。"袁老二十指交叉，两拇指绕着转圈儿。

这个真诚的骗子。

如果不杀老鸽子就能逃走，岂不更好？不。我不只杀老鸽子，还要干掉狗子。我要杀了你们。

"然后，找一家洗浴中心，犒劳犒劳自己。"

"要是干部开枪咋办？"

"你命不当绝。"袁老二郑重地点点头。

袁老二恨老鸽子。

同情我？一个骗子同情我？赃款，为了转移赃款？

"每件事情都活该，"袁老二补充道，"如果活该发生，那就发生好了。"

"是，"辛丑道，"活该。"

正如袁老二预测的，午餐时干部布置道："今年最后一次外勤，下午三个监室都去城西窑场拉砖，咱们盖个简易菜棚，跟你们的伙食密切相关。俩小时齐活儿，回来吃饺子。"

辛丑看见袁老二冲自己眨了一下眼。

起风了。

眼看还剩两垛砖，岳凌飞举手喊道："报告政府，解手。"干部道："快去。"袁老二将一块砖传给辛丑时轻咳了一下，辛丑摸到了袁老二手中的牙刷。他将牙刷塞进口袋，把砖传给下一个人，举手道："报告政府，解手。"干部道："他回来你再去。"辛丑一怔，袁老二捏住鼻子对干部道："报告政府，他拉稀，早上都拉裤子里了。"人群发出一阵笑声。干部挥手道：

"去吧、去吧。"辛丑和袁老二对视一下，小跑两步跟上岳凌飞。

将进砖道，辛丑蹲下来系鞋带，回头瞄了一眼，犯人都忙着，没人朝这边张望。就在这时，岳凌飞转过身来骂道："傻×，我干啥你干啥。"

辛丑将牙刷从口袋里摸出来，柄朝下，攥在手中。

拐进砖道，辛丑向前紧迈一步，左手来抓岳凌飞的后领子。岳凌飞下意识一回头，见辛丑的架势，连忙缩脖子。辛丑一把抓住岳凌飞的前胸，岳凌飞侧着身子噔噔噔后退几步，左脚的鞋甩掉了，后背抵着窑壁，还未出声，辛丑直直地刺向岳凌飞的咽喉。岳凌飞身子一矮，牙刷扎进了嘴里，岳凌飞啊的一声。辛丑刺第二下时，岳凌飞双手抓住辛丑的手腕，挤出讨好的笑容，边咳边说："给你，给你。"辛丑一愣，心说这货给我啥呀？刹那间只听得耳旁罡风响动，一整块红砖啪一声拍碎在岳凌飞的左脸。岳凌飞脸一抽搐，抓住辛丑手腕的手松开了。紧接着啪又是一记，红砖断成两截，碎屑四溅。辛丑侧脸一看，正是袁老二。岳凌飞被拍晕了，倚着窑壁朝地上倒去。袁老二挤过来站在辛丑的位置，左手掐住岳凌飞的咽喉，右手的半截红砖一记又一记猛砸在岳凌飞的脸上、鼻子上、太阳穴上、头顶上。足足十秒钟，岳凌飞的鱼脸上已经血肉模糊，嘴的位置敞着一个黑洞，门牙怕是掉进喉咙里了。血腥气和食物腐烂的酸臭气直冲辛丑的脑门。想吐。袁老二放下砖头，抓过辛丑手中的牙刷，插在岳凌飞脸上，将岳凌飞左脚的鞋拿在手里，揭开鞋垫看一眼，丢给辛丑，再脱下岳凌飞右脚的鞋，揭开鞋垫抽出一张银行卡递给辛丑："换鞋。"辛丑缓过神来，将卡揣起，把鞋换上。鞋夹脚。袁老二扒下岳凌飞的上衣，辛丑接过来，将自己的上衣脱下递给袁老二。袁老二从自己裤兜里掏出一卷纸钞，递给辛丑："走吧，世上再无辛丑，你死了。"辛丑俯身扒开岳凌飞的领口，见红绳还在，用力一扯将十字架扯下，揣进怀里。袁老二道："这节骨眼儿还顾它？"辛丑起身，只听啪一声，不由得一哆嗦，只见袁老二举着满是血污的半截红砖在自己右脸上拍了一记。辛丑正纳闷儿，袁老二龇着牙，圆睁左眼笑道："这是当老大的代价。"辛丑刚一转身，又听见啪一声。辛丑没回头，摸出砖道，弯腰向公路跑去。

阴云低至树梢，一只喜鹊擦着云层飞向远处。碎碎的雪粒硬硬地打在脸上。树叶在风中摇摆，从左边到右边，从右边到左边。大货车鸣着喇叭飞驰而过。一个饮料瓶蹦蹦跳跳滚入公路另一侧的引水渠。

辛丑连滚带爬上了公路，他定一下神，将上衣卷成一团握在手里，往城里的方向小跑着。风推着他，他越跑越快。一张方便面的包装纸追上他，糊在腿肚上。辛丑弯腰扯下，包装纸旋转着飞远了。也就一分钟的工夫，一辆开往开封的中巴驶来。辛丑上了车，在座位上回过头去扫视窑场方向。没有异常。湖面像一块蒙尘的玻璃。一刻钟后，车到高速入口，辛丑登上一辆安阳方向的客车，他靠在椅背上，平缓呼吸，小心翼翼地抹了两把脸，试图擦去血迹和砖屑。

辛丑将上衣放在腿上，双手举在眼前。二十分钟之前，这执粉笔的手紧握凶器夺人性命吗？这双手如此之近又如此之远，好似隔着两重命运。我没杀人，是袁老二杀的。就算是我又怎样？岳凌飞该死。岳凌飞该死。

此时，窑场的干部和犯人正在打捞枯井里的尸体。袁老二血流满面，右眼肿得无法睁开，挥舞着双手嚷嚷着："越狱了，岳凌飞杀了辛丑，越狱了！"

两个小时后，辛丑在黄县第一高中的校门口下了车。

不合适吧，这样唐突见面，儿子问起这半年来的事情，咋解释啊？

人和车稀稀拉拉的，昏黄的路灯光线像是冰镇过，冷冷的。

学校对面有家"博士快餐"，小门脸儿。辛丑扫一眼四周，将上衣扔进了路边的垃圾桶，快步穿过马路。

老板闲坐着看电视，没有客人，辛丑挑个对着门的座位。

"来了？"

"啥方便啊？"

"啥都方便，烩面、烩饼、炒面、炒饼，都快。"

"炒个菜吧，芹菜肉丝。"

"中。"老板转身进厨房。辛丑摸出一张十元的钞票，起身悄悄扔在货架旁。

老板端菜出来，辛丑道："半斤的来一瓶。"

老板从货架上拿半斤装的小瓶白酒，辛丑指着地上说："老板，钱掉了。"老板低头一看："哟，真是。"弯腰拾起。辛丑道："拿盒五块的烟，再加个菜，韭菜炒鸡蛋吧。"

"韭菜没有了。"

"蒜苗炒鸡蛋。"

"中。"

老板上菜时，辛丑道："一块儿吧？"

"吃过了。"老板点上一支烟，随意坐下，笑着问，"来看学生啊？"

"是。最近学校有啥新闻没有？"

"新闻都在电视上哩。"

第十四章 越 狱

"老板家是哪乡啊？"

"后河。"

"我是梁乡牡丹村的，近老乡。"

"咦，可不是，十里地。"

"二十五年前我从一高毕业，一晃孩子上高三了。"

"可不是，快得很。咱俩校友，我晚，96级的。"

"哦，俺那会儿条件苦。"

"差不多，好不到哪儿。"

"学习重，运动量大，正长身体，下晚自习就饿，老是翻围墙出去买吃的。"辛丑端起酒杯，"高考结束，俺四五个要好的跑到照相馆合影。"辛丑放下酒杯，"改天取照片，你猜咋着，老板在照片上加了一行字：世界青年领袖。"

两人高声笑起，老半天才止住。半年没这样痛痛快快笑过了。何止半年？自打李静去世，整整十年没痛痛快快笑过了。

"学生时代最美了，啥也不想。人到中年，上有老下有小，累。"

"是。当时有个女同学相中我了，"辛丑道，"我呢，没那心思。"

"模样差呗。"

"还真不是，模样说得过去，"辛丑抿一口酒，"我一门心思在考学上。"

"哦。"

"那天晚自习，她偷偷扔给我一张字条。"辛丑放下酒杯，"展开一看，上写着：老娘本爱子，子却不敬娘。"俩人又大笑起来。

"现在怕是生儿育女，一大家子人了，"老板笑道，"说不定当奶奶了。"

"但愿。"辛丑道,"想想也是遗憾。"

"唉,遗憾啥?"老板摆摆手,"活到这岁数就是六个字:别遗憾别发愁。只要不遗憾就不会恨旁人,谁也不恨,天地就宽了。也别发愁儿孙,儿孙的事不愁了,这世上还有啥可愁的?"

"有道理。"

"前面的路是黑的,谁知道通到哪儿。"

"是。"辛丑道,"这一共多少钱哪?"

"老乡哩,算了吧。"

"那会中?"

"三十八,给三十五吧。"

"六十吧。没搭上车,借张桌子将就一宿,天亮就走。"

"睡床吧,一会儿我回家,别嫌铺盖油性大啊。"

"那不会,都是贫下中农。"辛丑说完,俩人又笑起来。

老板走后,辛丑坐着抽烟。电视里正播出古装剧《白蛇》,许仙的儿子许士林中了状元,为了救出塔下的母亲,许状元一步一叩首祭拜雷峰塔。辛丑忽然鼻子发酸,关了电视,就呆呆地坐着。片刻,他将双手举到眼前,这执粉笔的手三个钟头前真的要夺人性命吗?我没杀他,是袁老二杀的。我是不是帮凶呢?帮凶太难听。从犯?也难听。

别瞎想了,睡吧。辛丑靠着床头,将被子搭在身上,闭上眼睛,全无睡意。一会儿想起狗子,一会儿想起李杏,只要想到李杏就想起李静。床尾有什么东西动了一下,他睁眼细看,只见一只独角仙大小的黑乎乎油亮亮的甲虫爬上被子。辛丑抖一下脚，想把虫子抖掉。不料虫子举起两只蟹螯般的爪子直扑过来。辛丑硌硬，一掀被子，虫子掉下去了。辛丑才掖好被子，只听沙沙的声响，低头一看，满地黑乎乎油亮亮的虫子。辛丑忙坐直身子，虫子爬上了床，辛丑掀被子，来不及了，虫子嗖嗖地钻进辛丑的衣服，一只虫子直直地钻进辛丑的鼻孔，辛丑伸手去揪，疼得要命，啊的一声，醒了。

　　辛丑坐在被窝里，心咚咚乱跳。他再次将双手举到眼前反复端详，这执粉笔的手真的举起牙刷要夺人性命吗？我没杀他，是袁老二杀的，虽然我也动了手。我是不是帮凶呢？

　　天麻麻亮。辛丑洗了把脸，从柜子里翻出一件上衣和一条裤子换上，扔到柜台上一张百元纸钞，压上酒瓶，锁上店门，一路小跑赶往车站。

　　过卫河桥时，辛丑顺手将换下的裤子扔进了河里。

太岁志

第十五章　怀信大师

　　辛丑抻了抻衣角，在裤腿上蹭了蹭皮鞋。太阳霜打了似的了无暖意。台阶上覆盖着一层薄冰，道旁的杂草在料峭的晨风中瑟瑟发抖。林深处尚有积雪。晨练的人从旁边的小道上闪过。辛丑想，怀信大师会不会相信自己呢？

　　连绵起伏的太行山脉像或立或卧的一群野骆驼。大悲山正是落单的那一只。

　　孤峰巍峨，松柏苍翠。山门上一副石刻楹联，上联道："兴废总关情，邯郸道上，黄鹤楼头，幸此地山河无恙。"下联是："古今才一瞬，卫水桥边，浮丘林表，比当年风景如何。"横批："青坛紫府。"

　　半山腰一庙横峙，辛丑近前端详，正是报国寺。这时从寺里踱出一位身形发福的和尚，土黄色的袈裟，左手持一串佛珠，黄面孔泛着光，整个人仿佛黄铜浇铸。和尚立定，向东南方向眺望。看气度应该是怀信大师。辛丑走近一步道："师父好。"和尚低头看他一眼，双手合十："施主好。"辛丑道："我来上香。"和尚侧身道："阿弥陀佛，请。"

正北大殿依山而建，东面一溜老式的瓦房，想必是僧房。西面平地起了一米高左右的台子，台子上新建的几间平房才刷了粉，还没安门窗。

进入大殿，观音菩萨趺坐，一手胸前拈花，一手摊开，掌心歪着一朵粉色的纸莲花。和尚从功德箱东边的香案上取过三炷香来，于香烛上点燃后递给辛丑，问道："来过吧？"辛丑接过香："念书时跟同学来过。"辛丑持香对菩萨顶礼完毕，将香插入炉中。和尚一旁站着，并不言语。辛丑掏出一卷纸钞，拣一张百元的投入功德箱。和尚道："请这边用茶。"辛丑点头，在香案东侧的茶几旁坐下。和尚将两只茶碗洗了，斟满，让了一下。辛丑端起，呷口茶，放下茶碗。和尚道："古人讲赏心乐事一十六件，今天遇上两桩。"辛丑问："不知是哪两桩？"和尚道："见客不着衣冠，客来汲泉烹茶。"辛丑道："咱们寺里是担水吃吧？"和尚道："天水，你看院子里十几口大缸。"辛丑道："哦，干净。"和尚道："施主看这茶碗如何？"说完自顾自欣赏手中的那只。辛丑将茶碗转圈儿看了，未觉异常，抬眼看和尚。和尚指着茶碗道："这碗壁龟裂如龟背，碗底花纹如人眼，名曰龟背天目，是盏中极品。"辛丑道："不错。"和尚道："市面上见不着，朋友送的。"辛丑点头道："人情。"和尚斟茶时，辛丑扭头将大殿打量了一番。大殿东西足有三十米，南北进深大概十五米。西边通着套间，东边窗户下一张桌子，摆着一台笔记本电脑，桌子旁一张长沙发。和尚拿起香案上的签筒，对辛丑说："随意。"辛丑欠身去抽签，犹豫了一下，和尚点头道："随缘。"辛丑胡乱抽出一支交给和尚，和尚眯眼端详一下道："中上签。"将签放回签筒，抄起桌上的一本册子，翻至其中一页，念道："渐渐浓云散，淡淡月再明。逢春花又开，雨过竹重青。"

念毕，打量一下辛丑道："有意思。"

辛丑欠身道："请师父开示。"

和尚道："施主不惑之年吧？"

辛丑点点头："拐弯了。"

和尚道："嗯。四十年来最让施主心痛的是哪一桩哪一件呀？"

辛丑想这和尚问得又直白又古怪，只好说："指甲。年轻时浇地，电泵把右手小指指甲连根打掉，疼得掉泪。"

和尚道："人呢？"

辛丑顿一下说："是个女人。"

和尚笑道："后来呢？"

辛丑道："十年心事。"

和尚道："怪不得，施主怕是要梅开二度啊，恭喜恭喜。"

辛丑道："师父说笑。"

和尚道："哪里，命中定数，我只是说破罢了。"又问："平日最得意哪一口啊？"

辛丑奇怪和尚问这干吗，不好不答，就说："花生就红枣。"

和尚呵呵笑起来，辛丑解释道："确实。花生要新花生，半干不湿。枣要新枣，晒了两三天，一块嚼，越嚼越甜，越嚼越香，想想都流口水。"

和尚笑道："实在人。不瞒你说，未出家时我最好猪尾巴。"

辛丑道："当真？"

和尚点头道："当真，大锅煮的最好。一根猪尾巴，一粗瓷碗红薯干烧酒。嘬一口猪尾巴，就一口烧酒，啧啧，夫复何求？"

辛丑笑道："师父性情。"

和尚转而问道："从哪里来呀？"

辛丑道："黄县。"

和尚道："黄县去的次数少。黄县人'鲠'直，鱼字旁的鲠，不是耳朵旁的耿。为啥鱼字旁啊？黄县人总把不平之事当成鲠，结果自家倒成了旁人喉咙里的鲠。"

辛丑道："听师父这么一讲，还真是。"

和尚道："黄县东边是濮阳吧？濮阳去过两次。有个谢老板，城中村的失地农民，起先在菜市场杀猪卖肉，后来搞房地产，去年公司上市了。"

辛丑道："有本事。"

和尚道："前年吧，他心里有事，到处求问。别人推荐我，他上山来头一句话就是，大师，你帮我掐算掐算，谁一直跟我捣鬼坏我的买卖？我说，你的冠状动脉跟你捣鬼。你都支了五六个支架了还这么大火气，还用别人捣鬼吗？他说，咦，真神啊。我说这不算个啥，我问你，令尊的棺木怕不是正南正北吧？谢老板说，我以后不喊你大师了，我喊你哥，你就是我的亲哥。"

和尚笑起来，辛丑随他笑了两声，等他往下讲。

和尚道："我又问，这么多年给令尊做过法事没有啊？谢老板说在北京潭柘寺做过，请了高僧，花了好几万。我说这会中？北京到濮阳五百多公里一千多里地，令尊七老八十会认得路？不迷路才怪。谢老板说就是就是，那咋弄啊，哥？我说，咋弄？起坟，正南正北重新埋一回，再到咱报国寺请一尊菩萨回家。有堂屋供在堂屋正门，没堂屋供在客厅正位，妥了。谢老板说，哥你说咋弄就咋弄，不打折扣。他依样行事，打那以后，全家没病没灾。"

辛丑道："厉害。"

"世人施我辈以钱财，这叫布施。我辈施人以智慧，这叫法施。"

辛丑道："原来如此。"

"南山那帮兄弟年年请我去参加禅宗大典，"和尚摆一下手，"我才不去。啥是禅？闭上眼啥都冇了，自己也不在。一睁眼啥都有了，自己也在。百分之一百二的唯心主义，不如我自家发明的拇指禅。啥是拇指禅？栽了跟头，竖大拇哥对自己说，好着呢，幸亏没栽死。买彩票中了五百万，竖大拇哥对自己说，好着呢，下回中一千万。这是实禅，受用得很。搞什么禅宗大典，不是玄而又玄，就是半文半白，那不是禅，那是盈利模式。"

辛丑听着有趣："师父见识果然不同。"

和尚道："我读书少，好在阅人无数。这人哪，分四种。"

辛丑道："请师父指教。"

和尚道："头一种是不说对错。"

辛丑道："就是老好人。"

和尚道："二一种是不知对错。"

辛丑道："这种人居多。"

"最多。三一种是努力做错。"

辛丑道："这三一种见得少。"

和尚道："四一种是故意说错。西门庆把潘金莲奸了，他不帮着武大郎也就罢了，还说什么西门大官人来的次数明显少了。这是次数问题吗？这是性质问题好不好？你说可恶不可恶？"

辛丑大笑道："师父见地不同常人。"

和尚道："这种人不是自欺，是一贯欺人。"

辛丑点头道："自欺可恕，欺人难饶。"

和尚正色道："说归说笑归笑，我看你是个老实人，你这次上山是来问路的，对吧？"说罢盯着辛丑。

辛丑道："大师如何称呼？"

和尚双手合十道："释怀信。施主如何称呼？"

辛丑道："姓辛，辛苦的辛，单名一个丑字。"

和尚道："辛丑，好名字，先苦后甜，你的人生才刚启程，以后好日子投怀送抱啊。"

辛丑道："谢谢大师。不瞒大师说，这次是二哥袁洗尘托我来的，说大师给我口令，叫我得了口令去安阳小西门孝女里一号找刘海忠。"

和尚点头道："哦，原来是自家兄弟。你是读书人，可以托付事情。洗尘弟眼下如何？"

辛丑道："挺好，在里面混成老大了，我出来多亏了洗尘兄。"

和尚道："洗尘弟替兄弟们受罪，兄弟们不会忘的。密码你还记得不？"

辛丑道："记得。'一二三四五，上山打老虎。老虎没打着，打个小松鼠。'"

和尚道："正是。你记口令。"

辛丑道："大师请讲。"

和尚咳一下，说："小海螺瞎鸟吹，海鸥听见瞎鸟飞。"

辛丑一愣，和尚重复一遍，问："记住没？"

辛丑道："记住了、记住了，只是——"

和尚摆手道："大俗即大雅。"

辛丑道："是、是。"

和尚抬眼望一下殿外，道："天色尚早，你先住下，用过斋饭好好休息，下午有个兄弟从北京过来，谈一个把空气变成淡水的项目，你认识一下。"

　　辛丑不情愿跟这个言语粗俗的"中复委"的组长纠缠，也没心思介入什么项目。他只想着尽快离开，尽快找到刘海忠，尽快确定岳凌飞卡里的金额，最好是袁老二估计的八万的十倍以上。如果是空卡，自己不知道要花几年时间才能挣回来八万。

　　辛丑道："方便不？"

　　和尚道："自家兄弟，方便。"领辛丑出大殿，下台阶来到东边一间僧房，推开门，"条件简陋。"

　　辛丑道："哪里哪里。"

　　和尚道："等人收拾一下。"说完转身出去了。

　　辛丑扫一眼房间，只见一张床、一张桌子和一把椅子。墙上挂了幅字，走近一看，是重而不滞的四个大字——"悲欣交集"。辛丑想起自己的遭遇，不由得悲从中来，不能自已，哇一声哭出来，才哭了一嗓子，觉着不妥，连忙止住。正好有人敲门，辛丑背过脸道："请进。"进来一个年轻和尚，放下脸盆和杯子等洗漱用品，也不说话，转身出去了。

　　辛丑一觉睡到日头偏西，洗了把脸赶去大殿。

　　怀信和尚坐在茶几旁读手中的册子，见辛丑进来，沏上茶，对辛丑道："坏消息，北京的兄弟耽搁行程了。"

　　辛丑不明就里，应道："哦。"

　　怀信继续道："这位兄弟是个学者，本来谈一个把空气变成淡水的项目，被其他事绊住腿，过不来了。"

辛丑不好不接茬儿，问道："空气变成水？"

怀信咂巴着嘴："我也纳闷。把空气变成水是好事，可空气不就少了吗？空气少了，人会不会窒息啊？这项目事关道德啊。"

辛丑道："就是。"

和尚摆手道："想不透。我这些兄弟呀，一个一个都比我强，光干大事。"

辛丑道："本事。"

怀信道："确实。前几日这兄弟打电话来，说考虑到北京秋冬时节雾霾严重，春天风大沙多，筹划在城市中开辟五条风走廊。"

辛丑好奇道："风走廊？"

怀信道："我问他啥是风走廊啊，他说这是借鉴慕尼黑的成功经验，在城市中开辟通风走廊，既能把雾霾吹散还能把脏空气一并带走。另外，沿着五条通风走廊搞开发，一拆一建不光拉动经济，建成后的沿街门面是正儿八经的绿色地产哪。"

辛丑道："那是。"

怀信道："靠谱是靠谱。我就是担心雾霾一路吹到咱河南来。你说，河南人民不冤吗？"

辛丑道："冤。"

怀信端起茶杯让一下："都是有想法能成事的人。我老家是朝歌，爹娘务农。十来岁时，正长身体，家里没吃的。我跟爹跑到鹤壁，鹤壁去过吧？山城，净是上下坡。爷儿俩帮人推车，我搁头里拉绳，爹搁后头推，苦力啊，一个月下来膀子上的茧子比鞋垫还厚。不错，吃干刨净每月落十块钱，比种地强多了。腰使坏了，现在睡觉腰下面还得垫个枕头。二十岁上碰见个化缘的和尚，我给他两毛钱。和尚没要，跟我爹说恁儿与佛有缘，出家吧。我爹问我咋想，我问和尚，出家能吃饱不？和尚说吃饱没问题，就是得吃素。我说我也没开过荤啊。一咬牙一跺脚出家了。"

"大师是吃过苦的人。"

大殿里暗下来，香烛的火苗在微风中一闪一闪。

怀信沉吟道："树欲静而风不止，子欲养而亲不待。二十年下来，我混成了住持，爹娘也脚跟脚下世了。我给二老过了足足七七四十九天的法事。我跟你说，谁不往生西方都可能，咱爹咱娘一定往生西方极乐世界，必须的。"

"师父至孝。"

"每次看见一帮善男信女跪在佛像前磕头如捣蒜，大把往功德箱里扔钞票，我就想，佛在哪儿啊？在家里啊！爹娘生我们养我们，不是最慈悲的佛吗？不在家好好孝敬爹娘反而跑到这里上赶着给人家送钱，不是纯傻 × 是啥？"

"确实。"

怀信忽然笑道："出家出家，十年前我倒回家了。"

"因缘。"

"是姻缘。娶了个中专文化的大闺女，小我十来岁，人不错。十年下来，女儿九岁，儿子五岁了。"

"儿女双全，好得很。"

"出生、死亡、结婚、离婚，人无法脱离家庭，何况内心不愿孤独呢？"怀信盯着辛丑，"兄弟你一路走来，恩怨情仇，我不多问，只送你一句话，你的路没有塌陷。回家吧，过柴米油盐的小日子。"

辛丑双手合十："谢大师，以前我也是柴米油盐。"

第十五章　怀信大师

"咱俩不一样，我是家国情怀萦绕心头，复兴的重任推卸不得啊。"

"天命所在。"

"我在鹤壁新区买了大房子，一星期回不了一趟，忙啊。"怀信轻声笑起来，"我那个小子五岁了，平日陪他的时间不多。去年夏天领他去大相国寺，进门他就给佛像磕头，让我一把拽住了。我跟他说，儿啊，他是佛，你也是佛，你不用拜他。小家伙问，爹，我咋是佛啊？我说，佛无非赤子之心，你就是赤子，你不是佛谁是佛？小子听不懂，但是挺高兴，跟他姐姐谝。他姐姐说，你本来是佛，现在你一谝，就不是了。"

"丫头的悟性不低。"

"我也是这样说。"怀信说完，靠在椅背上，双目微闭。

"大师累了，休息一下，我去山上转转。"辛丑轻声道。

步出寺门，沿山路盘旋而上，一步一步登上山顶。风呜呜地纠缠着电视转播塔，远处卫水如练，蜿蜒东去。辛丑极目远眺，却寻不见来时的路。他长吁一口气，觉着心里满，就点着一支烟，在如水的风中立着。

辛丑无意评价怀信所讲的人和事，甚至不关心怀信的经历。他不想介入别人的生活，只想尽快拿到应得的，离这一切远远的，离所有人都远远的。

辛丑忽然满脑子都是李杏，又想将来和李杏的种种可能。明日及早动身去安阳见刘海忠，把袁老二托付的事了了就妥了。至于李杏，一时半刻想不出好法子。

用过晚饭，辛丑斜倚在床上读《金刚经》，才读几页，迷迷糊糊发觉自己站在堂屋门口，奶奶端一瓢猪食喂猪，趁猪埋头吃食，一拃一拃量猪的身长。正纳闷儿，辛亥举着雪糕跑过来说："爸，你帮我拿着，我系鞋带。"辛丑接过来偷偷舔了一下，辛亥立起身接过雪糕说："爸，你偷吃了。"辛丑笑着说："没有啊。"辛亥说："骗人，你亲我的脑门儿看你的嘴凉不凉？"辛丑抱住儿子的小脑瓜亲了一口，辛亥一挣，雪糕掉在地上，辛亥哇的一声哭了，辛丑醒了。

辛丑披衣坐在被窝里，回了半天神，咂摸不出表里，干脆脱衣睡下。

日头还没出，大殿传出木鱼声声。辛丑洗漱完毕径直下山，搭上一辆大巴，直奔安阳。

九点来钟到了安阳，辛丑打车奔小西门。寻着孝女里一号，是个老式的四合院。门虚掩着，辛丑拍门，没人应声。推门进去，院里没人，墙角一株蜡梅，满树不惹眼的黄花散着暗香。堂屋门锁着，西厢房门敞着。辛丑走近喊道："有人吗？"没有动静。辛丑进屋，见套间门上挂着个脏乎乎的门帘。辛丑一挑门帘，浓重的脚臭混着烟气扑面而来。炕上挤了五六条汉子，都盯着炕桌，炕桌两头的两人正聚精会神地下象棋。这群人看样貌和肤色都是庄稼人，却透着一股子江湖气。

辛丑问："哪位是刘海忠啊？"觉着身后有动静，一扭脸，一个男子站到自己身后，抱着双臂，斜倚门框，并不看自己。辛丑扭过脸再问："哪位是刘海忠啊？"有人抬头看辛丑一眼，拿下巴指指炕桌北边那人。

辛丑向那人道："海忠兄？"那人不吭，旁边人搡他一把说："找你哩。"那人头也不抬道："啊？"辛丑道："海忠兄？"

那人道："美元没有了，今天早上武装押运送往北京了，过了保定了。"

辛丑道："不是。老二袁洗尘洗尘兄叫我来拿卡，怀信大师给了我口令。"

刘海忠抬头道："不好意思，把你当成兑美元那帮人了。老二现在咋样？"

辛丑端详一下刘海忠，见他面相普通，五官一般，脸上好像少点啥。

辛丑道："二哥现在混成大哥了。"

众人笑起来。

刘海忠道："中，落地就生根发芽。"

众人又笑。

刘海忠问："你刚才说啥？"

辛丑道："老二托我来拿卡，怀信大师给了我口令。"

"哦，你说口令吧。"

"小海螺瞎鸟吹，海鸥听见瞎鸟飞。"

众人笑起来。

刘海忠问旁边人："咦，海鸥前面有没有'小'啊？"

旁人道："这是恁俩的口令，你问谁啊？"

刘海忠盯着辛丑问："有没有'小'啊？"

辛丑又念一遍："没有。"

刘海忠说："那是我记混了。"从怀里摸出一沓银行卡，拣出一张递给辛丑，"这个，十五万，老二替兄弟们把事扛了，受罪了。本来分他十二万，给他补贴三万，兄弟情义。密码是卡号后六位。"

辛丑伸手去接，刘海忠往回一缩手："你——"

辛丑见他生疑，干脆道："一二三四五，上山打老虎，我也知道。"

刘海忠面带歉意："不好意思兄弟，骗子太多，别在意。"

辛丑接过卡来。"哪里。"一面掏出三张百元钞票扔在炕桌上，"海忠兄，我要两张身份证，一男一女，女的随便，男的我自己用，跟我岁数相仿就行。"

刘海忠说："自家兄弟拿啥钱呀？"一边从怀里掏出一沓身份证，先扔到桌上一张女的，又挑出一张歪头端详一下，"这个吧。"

辛丑接过来，见身份证上那人面目憨厚，嘴巴微张，1975年生人，籍贯是河北大名，名字叫张运田，就说："中。"

刘海忠笑道："岁数差不多，就是没你帅。"

众人笑起来。

刘海忠突然脸色一沉，指着辛丑道："你是逃出来的。"

辛丑将卡塞入口袋，说："二哥让我给弟兄们捎句话，十八个月后他将带着新版本的财富故事扑面而来，这一次他的目标是上市公司，在座的弟兄们都是原始股东，海忠兄你是独立董事。"

刘海忠脸色缓和下来，食指收回去，伸出大拇指："二哥好样的。"

辛丑此时才看清刘海忠原来没有眉毛，怪不得别扭，又说："各位兄弟身家百万指日可待呀。"

众人兴高采烈，纷纷道："二哥就是厉害！"

刘海忠伸出双臂往下压了压众人的吵闹："弟兄们，我们要加倍努力，以优异的成绩迎接二哥的归来。"

众人踊跃道："中！"

辛丑道："谢谢各位兄弟，我赶路，再会。"

刘海忠起身道："那啥，吃碗面条再走吧。"

辛丑道："客气。"

刘海忠道："那中。"

出了孝女里，辛丑在银行的取款机上查了袁老二卡里的钱数，果然是十五万元。再查岳凌飞的银行卡，他试着输入卡号的后六位，成功了。待看到金额，辛丑不由得一惊，一百五十万！果然是袁老二说的惊喜。这不是我的钱。那又怎样？我的钱呢？在岳凌飞的鞋垫下。我的八万，他的一百五十万。这是补偿。袁老二说得好，活该。一切都是活该。就这样。辛丑沉思片刻，到柜台用男女两张身份证各办了三张银行卡，将岳凌飞卡里的一百五十万元分为一百万、四十万和十万先转入女的卡里过了一遍，最后转入张运田名下的三张卡里。

出了银行，辛丑将女性那张身份证扔在一处旮旯，寻就近的一家手机店，买了三部同款手机和三个号码，委托商店将其中一部寄给了袁老二。

原来担心袁老二被骗，现在看来袁老二果然如他所言是团队的灵魂。辛丑拨打袁老二家里的座机，铃响三声，听筒里一个中年妇女喂了一声，辛丑道："嫂子你好，我姓辛，我刚出来，二哥交代我把生活费给你打过去。"对方顿一下，道："谢谢你啊。"没一分钟，手机收到了银行卡号和姓名。辛丑返回银行，在取款机上将十五万元全部转了过去。没一分钟，手机收到"谢谢"二字。辛丑忽然冒出个念头：袁老二会不会骗我呢？他根本没什么媳妇和闺女，只是利用我转移赃款？他是个骗子呀。那又怎样？与我何干？这本来就是他的钱。这半年里他待我不错，他是不是骗子，我都该帮他。

一切妥当，距离逃出窑场不过四十小时。

十分钟后，辛丑站在了三角湖公园的老城墙上。12月的阳光如退去的洪水，枯悬的柳枝三十天后将渲染新绿。二十年前在这个城市读书和恋爱，而今故地重游却变成逃犯。随便吧，反正没人惦记我。那个叫辛丑的乡村教师死了。我成了另外一个不被想念的人。我要适应新的身份，痛痛快快地隐藏着。河北大名的农民，姓张名运田，嘴巴微张，面目憨厚。街道上来往穿梭的人中有多少跟我命运相似呢？有多少人不是生活的逃犯呢？都比我幸运吧？幸运又如何？不就是换个隐藏的方式吗？

"你的人生才刚启程，以后好日子投怀送抱啊。"辛丑想起怀信这句话，不由得想起李杏。

那双眼睛。那双单眼皮眼睛。

海水第一次蒸腾。雪花第一次落下。幸运第一次降临。希望第一次苏醒。信任第一次造像。爱与怀疑第一次交锋。

那双眼睛。那双单眼皮眼睛。

买双鞋吧，"妇女之友"的臭鞋夹得脚难受。然后呢？然后回家。家里怕是沤成粪堆了，黄狗怕也饿跑了，太岁不知长成啥样了。

辛丑哪里知道，这一回家不打紧，他又将惹上一桩命案。

第十六章　太　岁

骡子媳妇上吊死了。

骡子媳妇吊死在自家院门上，光着下身。

屋里屋外打扫得干干净净。电车和电视机都在，黄狗果然不在。没啥可收拾的，孩子的姥爷整理得比自己在家时还规整。天阴着，太阳能热水器不管用，辛丑烧开两大锅水，上上下下洗了，里里外外换了。

辛丑先去李静家探望孩子的姥姥姥爷，两位老人一句多余的话都没有。"孩子懂事了，"孩子的姥爷说，"就一句话，俺爸不会杀人，你听听。"辛丑啥也没解释，留下新手机号，直接回了家。

街坊们平静地问："回来了？"好像他只是去了趟镇上。

天色暗下来。没电。辛丑点上蜡烛，泡面就着火腿肠干下去半斤白酒。呆呆地抽了支烟，身上乏，就走到套间，依着床头闭目休息。心里不干净，想东想西，只好起来，走到院中，抬头看见太岁。

它无声无息地蔓延着。

出门往西，过石桥，辛丑信步登上太岁。半年前搭建的太岁文化生态园区的简易大门还在，包裹大门的红布早被风撕成了一绺一绺。

一步一软，像踩在老母猪肚子上。

月亮踱出云层，辛丑向南望去，不见太岁的边际。漫无目的地走了几步，席地而坐。

它连接生命与非生命。

它是天地初分鸿蒙开辟时的第一个生命。

它不停地生不停地死，生生灭灭全在它自己。

它毁灭，它生育。一定有一根脐带紧紧连接大地，不止不息地吸取资源。

它的呼吸，它的脉搏，它的平静与愤怒，汇聚成力量。这力量不是洪水海啸，不是地动山摇，而是沉默，是繁衍，是无所畏惧，是吞噬一切。

它调节自己也调节环境，它接纳光明与黑暗。它既是物也是我，既是主也是客。它迅猛而无声地扩张，将自己充塞于天地之间。它既是母体也是子体，它无处不在。海洋、陆地、沙漠、戈壁，还有人心。

它吸纳万物，滋养自己。

它生发万物，分享自己。

它吞噬一切，只要它愿意。

它耻于辩白，它不屑言语。

它使一切确定地雌伏在下。

都是过客，只有它才是主人。

都是虚幻，只有它才是实质。

谁能阻止这庞然大物呢？

它要到何时呢？

一个影子打东边蹒跚而来，辛丑伏低身子定睛细看。来人佝偻着腰，手提胡琴，竟是坠子胡。坠子胡停住脚步，四下里寻着什么，自言自语道："杌子呢？谁挪这厢了？"走过去坐下，跷起二郎腿，给胡琴调音，"唱一段解解乏。"遂唱道，"晨鸡初叫，昏鸦争噪，谁人不去红尘闹？路遥遥，水迢迢，功名尽在长安道。"

此时打暗处过来一人，身材挺拔，面容俊美，辛丑并不认识。来人拍手道："好兴致。"坠子胡道："宝礼兄弟来了？"那人道："你唱你的。"坠子胡接着唱道："挤眉弄眼是三公，捋袖划拳列五卿。忽左忽右都是哄，胡言乱语成时兴。说英雄道英雄，天地间不见一个真豪杰，不见一个真英雄。"

又听一人说话："光弄酸文假醋，来个热闹的。"辛丑举目细看，见一人颤巍巍走过来，却是尾巴爷。坠子胡道："辛九你来一段。"尾巴爷道："来一段？我这一肚子可都是瞎胡楞。"董宝礼笑道："瞎胡楞，最时兴。"说话间，打西边疾步走来一人，手指董宝礼喝道："还我命来！"伸手来抓，董宝礼连忙躲在坠子胡身后。那人连声道："还我命来！"董宝礼藏不住，撒腿就往暗处跑。那人紧追不舍，二人隐入夜色之中。

坠子胡道："他叔侄俩的恩怨，咱外姓人掰扯不清，接着唱吧。"

尾巴爷道："唱，老头儿老婆儿都出来吧，热闹热闹。"

从东边不紧不慢地过来俩人，辛丑一看，心扑腾腾乱跳，竟是爷爷和奶奶。只听爷爷道："呀，留栓弟九弟都在啊？"

尾巴爷道："就等你了，五哥。俺五嫂这身棉袄棉裤好看哪。"

奶奶道："那是，年年换一身新哩。"

坠子胡说："五哥来一段。"

爷爷应道："来个啥啊？还是老一套啊。"

尾巴爷道："咦，尽是陈芝麻，五嫂来一个。"

奶奶袖着手笑道："俺不会个啥。"

坠子胡圆场道："五嫂随便来一个。"

奶奶侧着头想想，道："说，大月亮黑咕隆咚，树梢不动刮大风，狗打水，猫烧锅，兔子上炕蒸窝窝。"

尾巴爷埋怨道："恁看看，叫唱曲儿哩光弄顺口溜，猫啊狗啊的。"

忽听西边有人高声道："半夜三更何人喧哗？"话音未落，过来两个官差，左手提拎着一根一人高的红白相间的棍子，右手提一盏斗大的灯笼，上书一个大字"冥"。俩人长着人的躯干和四肢，脖子上却顶着牛头和马头。

牛头鼻子上穿着巴掌大一个银环，银环在黑黢黢的牛脸上越发闪亮。马头的前额耷拉几绺红穗子，与枣红色的长脸相得益彰。

辛丑伏低身子，对自己说："牛头、马面都来了，绝对是梦，别怕。"狠掐了一把左手背，疼得厉害，心说，不对呀。只见坠子胡等人对牛头马面恭恭敬敬说道："差官老爷还没歇着呀？俺老头儿老婆儿瞌睡少，聒醒二位了。"

牛头道："听说蒸窝窝呢，啥面啊？熟了没有？"

众人笑道："唱小曲儿哩，哪儿有窝窝？"

牛头道："噢，怪不得。"侧脸对马面道，"反正睡不着，听听？"

马面道："听听。"

坠子胡坐下，对尾巴爷说："九弟，你先来吧。"

尾巴爷捋起袖子："咱先来。说天上布满星，月牙亮晶晶，生产队里开大会，诉苦把冤伸。"

坠子胡收住弦子，说："九弟你正儿八经唱一段。"

尾巴爷再捋捋袖子："正儿八经唱一段，叫《不识足》。"

人生在世不识足，有了吃的想穿的。

绫罗绸缎置几箱，又嫌房梁有点儿低。

三层高楼盖起来，寻思着绫罗帐里美娇妻。

二八佳人娶两房，咦，思谋当官那才够威仪。

花钱买个七品官，还怕小官常被大官欺。

说话不及当宰相，又惦记黄袍加身坐龙椅。

…………

还没唱完，忽听暗处高声道："肃静！"一个着官服的黑脸汉子，左手怀抱册子，右手握手腕粗细的毛笔，大步过来。牛头、马面肃立两旁，高声道："判官大人到，肃静。"

判官走到正中，巡视四周，问："如何这么多闲杂人等？"

牛头回道："就这几个老头儿老婆儿，旁的没谁。"

判官再巡视一周，往旁一侧身，高声道："阎王大老爷驾到。"

牛头、马面将手中红白棍子往太岁上一蹾，喊道："威——武——"

坠子胡等人战战兢兢地躬身站着，辛丑眼也不眨地盯着，只见一人迈着方步晃晃悠悠地过来。来人面皮白净，没蓄胡须，秀眉细目，身着绣龙黄袍，头戴垂珠金冠。这人踱到正中，身后四个仆从合抬一把黄灿灿的雕花龙椅，放在他身后。两个仆从立于龙椅后面，交叉打着孔雀翎的长柄扇子。这人坐下，缓缓道："夜不安寝，众声喧哗，扰动冥界，来人，每人掌嘴五十。"

牛头、马面应道："是。"

坠子胡一干人等急忙跪倒，求告道："王爷饶过，小民不敢了。"

阎王爷道："不敢了？"

众人回道："不敢了、不敢了。"

阎王爷道："嗯，且饶尔等一遭。本王问尔等，三更半夜弄啥嘞这是？"

尾巴爷道："回王爷，唱曲儿呢。"

阎王爷瞅一眼判官："都到这般田地了，还胡咧咧瞎高兴。"

判官一颔首，算是回应王爷。

"本王问尔等，唱的哪一出啊？"

坠子胡道："回王爷，无章无回，瞎唱哩。"

阎王爷道："本王听听。"

坠子胡道："不敢。"

阎王爷道："叫你唱你就唱。"

坠子胡道："是。"侧脸问众人，"谁先来呀？"

尾巴道："啥也想不起来了，五哥你先来吧。"

爷爷忙摆手道："可不敢。"

坠子胡道："五哥你解解围。"

爷爷犹豫道："那中吧。"轻咳一声——

第十六章　太　岁　　　　　　　　　245

早上起来去放马，一放放到南下洼。

大马拴在梧桐树，小马拴到花椒下。

剩下鞭子没处挂，系在腰里直晃荡。

哎，那边厢一扭一扭采花的，是个二八闺女家。

又搽粉来又戴花，又俊又俏没法夸。

嘿，啥也不说了，典庄子卖地也得娶她。

　　阎王爷手指爷爷笑道："你这个画匠五，埋多少年了，还有这心思啊？"判官和牛头、马面哈哈笑起来，奶奶也用袖子捂住嘴笑，爷爷赔笑脸道："就是个曲儿。"

　　阎王爷问："后来呢？娶了没有哇？"

　　爷爷道："回王爷，就是个曲儿，没有后来了。"

　　阎王爷脸一沉："那会中？凡事有头有尾，哪儿有无缘无故的？说后来咋着了，说不出来，掌嘴。"

　　尾巴爷扭头对坠子胡说："听阎王爷的口音是河南老乡啊？"

　　判官高声道："何人窃窃私语？"

　　尾巴爷赶忙噤声。爷爷搓着手对奶奶说："这可咋弄？"奶奶小声道："打岔。"爷爷顿一下，道："呀，扯不出个啥，打个岔吧。说打岔就打岔，提起个打岔不值啥。东沟犁西沟耙，想起啥来就说啥……"

　　阎王爷拦住话头道："嗯，不说娶媳妇光打岔，再打岔掌嘴啊。"

　　爷爷一跺脚，道：

嘿。早上起来去放马，一放放到南下洼。

大马拴在梧桐树，小马拴到花椒下。

想瞌睡，眼皮塌，扑通挺到凉地下。

觉着睡了不大会儿，起来找不到咱的马。

东一脚，西一脚，一脚两脚来到她的家。

大兄弟扯二兄弟拉，拉拉扯扯进了家。

八仙桌，手巾抹，搬个板凳叫坐下。

先喝酒后喝茶，看个好日子娶了吧。

阎王爷探身问道："娶了没有啊？"

爷爷接着道："吹短的是笛子，吹长的是喇叭。嘀嘀又嗒嗒，呜哩又哇啦，一路鞭炮娶到家。"

阎王爷对判官道："哎，娶到家了，也算。"

判官点点头。

阎王爷对众人道："本王……"话未说完，董宝礼从西边跑来，钻进人堆里。一人撵过来，喊着："还我命来！"董宝礼见藏不住，跑向远处，那人紧追不舍。阎王爷并不看二人："这天上地下，仙界人间，三界之内，五行之中，本王啥不清楚？从现在起，唱曲儿不准说实话，都说瞎话。本王爱听瞎话，再说实话，掌嘴。"

众人面面相觑，坠子胡对尾巴爷道："九弟，说瞎话你最拿手，你先来吧。"

尾巴爷急忙道："想不起来呀。"

坠子胡撇嘴道："过不了关哪。"

尾巴爷道："那中吧，咱来一个，王爷听好啊，说，墙上画虎不咬人，砂锅和面不胜盆。养儿还是亲生子，熬寡不如有男人。"

阎王爷手点着尾巴爷道:"这不是瞎话,这是大实话,掌嘴。"

尾巴爷双手捂住脸:"错了、错了,再来。说,二八佳人坐大轿,花白的胡须胸前飘。老和尚要把那天地拜,老道士要把那亲来成。要问这是哪一出,名字就叫瞎胡楞。"

阎王爷道:"低俗,也不是瞎话。和尚老道难道不能成亲吗?时代不一样了,和尚老道都一样。"

众人应道:"一样一样。"

阎王爷抬手一指奶奶:"辛庄媳妇来一个。"

奶奶低头道:"回王爷,妇道人家不会个啥。"

阎王爷道:"本王啥不知道啊,来一个。"

众人劝道:"来一个吧。"

奶奶道:"那中吧。"于是唱道:

有个大姐本姓焦,嫁个女婿一拃高。

三寸布裁个大布衫,两寸布剪个小夹袄。

他跟媳妇去挑水,呼啦一下被蛤蟆搂住腰。

要不是大姐抓得快,扑通一声掉下井去了。

阎王爷点头道:"好,既夸张又活泼,意象丰满,荒唐适度,是个好瞎话。记上,给辛庄家的儿孙增寿一年,添福一分。"

判官应道:"是。"展开手中册子,画了几笔。

阎王爷问道:"该谁了?"

尾巴爷趋前一步道:"说瞎话咱最拿手了,王爷。"于是唱道：

月明地，一片黑，

一个贼，来偷桩。

聋人听见跑得忙，

瞎子撵上了，瘸子也来帮。

一把抓住头发，原来是个和尚。

唱完自己先笑起来。

阎王爷脸一沉："歧视残障人士，来人，掌嘴二十。"

尾巴爷捂住脸道："不敢了、不敢了！"

牛头、马面走过来，一人摁住尾巴爷一条胳膊，判官近前来左右开弓扇了尾巴爷二十耳光，尾巴爷的脸眼看着胖了一圈。

阎王爷道："瞎话也不会说。该谁了？"

坠子胡道："小民一把年纪……"

话未说完，阎王爷道："嗯，比本王岁数还长吗？"

坠子胡道："不敢。"

话音未落，只见董宝成神色慌张跑过来，汗流满面。后面董宝礼紧追不舍，指着董宝成喊道："还我命来！"董宝成扭头就跑，董宝礼紧随上去。后边又追来一人，指着董宝礼厉声喝道："小子，还我命来！"三个人你追我赶，消失在远处。

阎王爷对众人说："他们仨天天弄这一出，一玩一通宵。胡留栓你刚才说啥？"

坠子胡道："回王爷，小民编了个瞎话，逗王爷一笑。"

阎王爷道："本王听着呢。"

坠子胡一拉弦子，开口唱道：

正月里菠菜绿莹莹，二月里满眼小香葱。
三月里蒜苗可劲拱，四月里莴笋扑棱棱。
五月的黄瓜沿街卖，六月的瓠子弯成弓。
七月的茄子红了脸，八月的豆角拧成绳。
九月的辣椒真叫红，十月萝卜半截儿青。
十一月蔓菁甜似蜜，腊月里韭菜嫩生生。

判官问道："没瞎话呀？"
坠子胡道："甭慌甭慌，瞎话来了。"

这一天好不热闹，哎，丝瓜架下搭龙棚。
白萝卜自封为王，大摇大摆坐在王位上，
红萝卜坐在东宫，辣萝卜选为西宫。
芫荽丞相近前来，一五一十把本呈：
启奏皇上，河北沿莲藕犯我边界，
下了战表，要夺皇上的锦绣江山。
白萝卜一听龙颜怒，嘿，那莲藕是不是
仗着心眼儿多，欺负本王没有心眼儿啊？
命你现在去点兵，三军人马杀过去，
一定要把那河北沿的泽国来荡平。
丞相领了皇上旨，来到菜园点精兵。
前锋选定是茄子，先点八百蔓菁兵。
韭菜好比双锋剑，小葱银枪排几层。
辣椒兵多得没法数，漫山遍野一片红。

抬着瓟子当大炮，豆角就是点火绳。

人马来到河南沿，河北沿莲藕来对营。

看那河北沿也是精兵强将，个个勇猛，

金针木耳打头阵，猴头燕窝当先锋。

河北沿的莲藕上前来骂阵，喝道：

叫空心大萝卜出来，本王要他炖喽！

一通擂鼓交了锋，双方的大炮轰隆隆。

打了一仗难取胜，白萝卜东海搬救兵。

这一回双方摆下阵，队伍拉到案板城。

乒乒乓乓又一仗，人马杀进锅里城。

锅里城中再开战，请来柴王用火攻。

柴王架起无情火，双方大王驾了崩。

坠子胡收住弦子，长吁一口气，众人问："咋了？"

坠子胡道："咋了？两个大王临死还嘴硬，说这一仗不算数，改日八仙镇里摆下八仙阵，不决雌雄，决不收兵。"

众人又问："后来嘞？"

坠子胡道："后来？后来都进肚了。"

众人哈哈大笑。

尾巴爷一面摆手一面呜里哇啦道："你这锅大烩菜不香，听了半天净是青菜没有肉，也没有豆腐，不香。"

众人笑道："就是、就是。"

阎王爷却不作声，眉头紧皱："嗯，本王听着话里有话啊。是不是指桑骂槐，影射本王是个萝卜啊？"说完瞟一眼判官。

判官直勾勾地盯着坠子胡。坠子胡连忙躬身："小民不敢。"

阎王爷的神情缓和下来："嗯，谅你不敢。唱得不错，节奏明快，起伏有致，语言生动，意象丰富。记上，胡留栓儿孙增寿一纪添福三分。"

判官道："是。"遂展开册子画了几笔。

尾巴爷近前一步道："小民们是凑热闹，请大老爷也赏一个吧。"

众人附和道："请王爷与民同乐。"

阎王爷探身问道："与民同乐？"

众人齐声道："王爷辛苦。"

阎王爷道："本王唱曲儿有失体统啊，"转过脸来笑着问判官，"判官先来一个？"

判官正色回道："微职鄙陋。"

阎王爷自言自语道："来个啥哩？"用手在腿上轻拍调子，哼道："大花船来小花船，二十四架彩篷船。"停下来指着众人，"尔等不支持工作啊！"

众人忙道："支持、支持。"

坠子胡环视众人："扭起来？"

众人应道："扭起来、扭起来。"

阎王爷唱道："大花船来小花船，二十四架彩篷船。"

众人边扭边和道："哎嗨彩篷船。"

"本王爷，船头坐，执笔判官站一边。"

"哎嗨站一边。"

"牛头马面列两旁，黑白无常打着幡。"

"哎嗨打着幡。"

"叫你上船不上船，推了今天推明天。"

"哎嗨推明天。"

"过了今年有明年，看你逃到啥时间。"

"哎嗨啥时间。"

阎王爷道："哎呀，尔等受累了。"

众人齐声道："咦，王爷受累。"

判官高声道："果然不同凡响。"

阎王爷摆摆手："本职工作，多批评吧。天色不早了，本王给尔等出个谜语，猜中的有赏。"

尾巴爷自言自语道："抓紧走，猜不中又掌嘴。"

刚转身，判官道："辛九哪里去？"

尾巴爷忙回身："赏个啥呀？"

判官道："赏掌嘴二十。"

尾巴爷一捂脸："咦。"

阎王爷笑道："有赏有赏。说，红帐子里边坐个白胖子，打一物，尔等破一下。"话刚说完，牛头和马面对视一眼，掩口而笑。判官朝他俩一拧眉，不料想已被阎王爷瞥见，一指牛头、马面，厉声道："藐视本王，屡教不改，互相掌嘴二十。"

判官道："掌嘴二十。"

牛头和马面转过身子，相向站定，左右开弓，你抽我一记耳光，我抽你一记耳光，互相抽了二十下。

阎王爷道："下不为例。嗯，尔等破一下本王的谜语。"

尾巴爷捂着脸小声对爷爷说："只怕猜出来也掌嘴。"

众人齐声道："回王爷，小的们实在猜不出来。"

阎王爷手点着众人："一个比一个机灵，咋会猜不出来？"

此时公鸡叫了头遍。判官近前一步，躬身对阎王爷道："请王爷起驾回府。"

阎王爷叹道："快乐的时光总是短暂，明日再与民同乐吧。"低声对判官，"这几个都是人精，多灌几碗迷魂汤。"

判官轻声道："卑职遵命。"

阎王爷起身，倏忽一下隐去。

判官走近一步，训斥牛头、马面："就是驴，也不会在同一个坑里摔倒两次。别忘了给他们几个灌迷魂汤。"倏忽一下也不见了。牛头往前走了几步，四下里看看，见阎王爷和判官都不在，对马面道："狗 × 的，就是个大老粗，天天装读书人。"

坠子胡等人上前安慰道："两位差官老爷辛苦了，小民感激不尽哪。"

牛头道："你们几个倒比他们实在多了，放心吧，不会给你们灌迷魂汤的。"随即和马面隐去了。

坠子胡对爷爷、奶奶和尾巴爷说："五哥、五嫂、九弟，咱也歇吧？"

众人道："歇吧、歇吧。"瞬间消失得无影无踪。

辛丑四周看看，再无一个人影，试探着起身，忽然觉得太岁好似拽住自己一般，身子不由自主地直往下陷，想抓住点什么，越挣扎陷得越深。这时东边踉踉跄跄过来一个女人，梳着两条麻花辫子，双目圆睁，两手伸着，口中喊着什么，却听不清。辛丑挥手呼救，女人一脚深一脚浅地小跑过来，叫道："儿啊，我的儿啊！"辛丑害怕，呼救也不是，躲又无处躲。女人几步奔到眼前，双手将辛丑的头一把抱住，牢牢地搂在胸口。辛丑用力去挣，怎么也挣不脱，发现自己竟然缩成了一肘长的婴儿，被紧紧地裹在襁褓之中。辛丑大惊，奈何女人双臂环绕，挣脱不得。辛丑拼尽力气大叫一声，"啊——"，一拧身子，扑通一下掉在地上，本能地用手去撑地面，睁眼一看却在自家的堂屋。

原来是南柯一梦。

辛丑摸索着坐回凳子上，见桌上的蜡烛才燃了一半。

辛丑抹了一把脸上的汗，发觉内衣全然湿透。辛丑定下神来，回味刚才的种种细节，纳闷梦境缘何如此细致，忽然身后传来一个女子微弱的声音："叔，救我。"辛丑惊回头，见是小小。辛丑抓住小小的双手道："妮儿，你咋来了？"小小挣开，把一个物件塞到辛丑手里，说："叔，救我。"辛丑低头一看，是尾巴爷装银针的枣木匣子。"妮儿，你咋会说话了？"小小再不答话，回身就走。辛丑本要起身，不料双腿早已麻了，站立不稳扑通一下又摔在地上。辛丑"哎呀"一声，惊坐起来，人却在套间的床上，方才明白刚刚一幕竟是第二层梦境。辛丑低头一看，枣木匣子赫然在手。辛丑抬手用枣木匣子朝脸上啪啪猛抽两下，剥皮般灼痛，心想这回绝不是梦了，套上鞋子冲出套间，只见桌上的蜡烛燃到一半。

天已拂晓。

辛丑冲出院子，一溜小跑过了石桥。只见骡子家大门敞开，还未走近，就听见小小啊啊地喊叫。辛丑冲至门前，见一人背对自己，将小小摁在骡子媳妇的棺材上。辛丑跨进门去，骂道："×恁娘！"不料被门槛绊了一下，立脚不住，啪一下摔了个马趴，木匣子甩出去两步来远，盒盖散开，一根银针悄然掉落在地。辛丑正待起身，一个白影从身上飘然而过。那白影弯腰拈起银针，往前浮动两步，瞄准撕扯小小的那人，将银针甩了出去，银针不偏不斜正扎入那人后脑勺。那人登时僵住，缓缓地转过身来，面色犹如下霜的荒地。不是别人，正是高大象。此时，白影也转过身形，竟是尾巴爷。

尾巴爷往院外飘去，高大象木偶般亦步亦趋地跟着。辛丑起身绕过高大象，上前一把拽住小小，上下打量道："妮儿，吃亏了没有？"小小喘着气连连摇头。辛丑攥住小小的胳膊，跟在高大象身后。只见高大象随尾巴爷到了院门，尾巴爷飘过门槛，高大象抬不起腿来，被门槛一绊，脸朝下一头栽了出去。高大象顺坡往寨河里滑，尾巴爷在桥头等着，看看到了脚边，弯腰从高大象后脑勺上捻出银针，高大象扑通一下栽进寨河。辛丑拉着小小跑过去俯身察看，只见高大象扎在五颜六色的污水中，咕咚咕咚地冒泡。辛丑回身想跟尾巴爷搭话，恰在此时鸡叫了第二遍，尾巴爷的身形倏忽消失，那根银针凭空落下，直直地扎在尘埃之中。

辛丑扫了一眼街筒子，杳无一人，捡起银针拉着小小回到院里，虚掩院门，拾起散落的枣木匣子，递给小小。

爷儿俩在骡子媳妇的棺材旁席地而坐。辛丑抓一把纸钱扔进火盆，火苗腾地蹿起，映得爷儿俩脸上通红。辛丑将银针投入火中，再撒一把元宝，银针慢慢融化，先红后黑，而后凝成火柴头般灰灰的一粒。

此时，鸡叫了第三遍。

小小的瓦盆咣当一声摔碎在十字街时，辛丑正坐在堂屋抽烟。他有一种强烈的预感。"没完。"他脱口而出。

一觉睡到日头偏西，辛丑模模糊糊听见响动，起身开门，原来是黄狗挠门。"去哪儿疯了？"辛丑说着，剥开一根火腿肠丢给黄狗。黄狗瘦了足足一圈，以前湿乎乎的鼻子干得像一块橡皮。辛丑找个碗给黄狗倒了水，说："看家。"自己像被啥拽着一样出了门，直奔骡子家方向。

才过桥，就望见太岁上站着一个人。辛丑心跳得咚咚直响，该不是冠军弟吧？走近一看，果然是李约翰。

李约翰也看见了辛丑，挥手喊道："哥。"

辛丑小跑上前，攥住李约翰的手说："冠军弟，你去哪儿了？"

李约翰微笑着对辛丑道："哥，你受罪了。"

"冠军弟，"辛丑急切地想知道究竟，"那一天……"

李约翰打断辛丑："他们诬陷你。"

"兄弟，哥以为你……"

李约翰拉辛丑坐下，说："哥，我复活了。"

第十七章 复 活

　　我隐约闻到异香，恍惚醒来，发觉自己赤条条匍匐在地，地面潮湿而冰凉。我挣扎着站起，抱紧双臂，瑟瑟发抖。"痛吗？"我循声望去，一位一袭白袍的青年赤脚立在前方台阶上，向我招手。伤痛撕扯着我的脚步，我颤抖着走过去。青年的身形与我相仿，唇线明朗，耳垂饱满，一双明眸满含安慰，一头黑发披至双肩。他解开一件彩色羽衣给我披上，疼痛即刻消失，一种从未见识的力量丰满了我。正如新生儿第一次吮吸母亲的乳头，我平静下来。

　　"这是哪里？"

　　"神的花园。"他的目光温柔而坚定，他的声调平静而徐缓，"你是第二个被邀请的访客。"

　　环顾四周，但见溪水逶迤，涟漪不兴，周旋于曲径；蜂蝶翩跹，寂寥无声，穿梭于繁花。左边一箭之地挺立着一棵两人多高的果树，枝叶葱茏，火红色的果子摇摇欲坠，伸手可得。右边一箭之地仍是一棵一般高的果树，叶子呈红黄二色，翡翠般的果子半隐半现，仿佛初熟。瞭望远处，唯有云

258　　　　　　　　　　　　　太岁志

蒸霞蔚，缈无际涯。

"我？为什么是我？"

"你的心中满了抱怨和疑问，"他凝视着我，"还有仇恨。"

他的话勾起我的伤感，我想起所受的屈辱。委屈封锁喉咙，眼泪奔涌而下。青年抓住我的肩膀，他的手指纤细而修长，让我不禁想起母亲。

"说吧。"

我们在台阶上坐下，脚下乃涌动不息之云端。大鸟翱翔于云端之下，碧波万顷之海洋更在大鸟之下。

我停顿片刻，止住眼泪道：

> 神啊，你若离弃我，请快快掩面。
> 神啊，你若中止契约，请快快画押。
> 无论哪种情况，都请快快了断。

青年答道：

> 橄榄若不压榨，如何出油？
> 葡萄若不破碎，如何成酒？

这话味同白垩，我打断他道：

> 我祖被神击打，我父被神击打，
> 我一次次被击打却没有缠裹，这要到何时？
> 主啊，你为何不剔除我肉中的刺？
> 你岂是罚我做滚石的西绪福斯？

主啊，岂不知我是你忠贞的仆人？
你颦蹙之间，颠倒众生。你予取予夺，吹灰不费。
你岂不知我内心火热？你岂不知我风雨兼程？
为何流泪盼望的恩典，屡屡化作魔鬼的试探？
这一切煎熬要到何时？我还要承受多少试炼？

青年端详着我的面容，欣然道：

从伯利恒到耶路撒冷，从铺华石地到骷髅山，
从受鞭刑到钉十字架，你岂走过一米的路程？
铁钉刺入了谁的掌心？尖矛扎透了谁的肋胸？
谁宽恕三次背叛的弟兄？谁在新墓里盼望黎明？
你的祖你的父，神先爱了他们，那时何尝有你？
父不管教儿子吗？谁见过人指斥私生子？

这话如身缠恶疾的病人，我无法领受，仍有满腹委屈：

我的灵魂被忧伤侵蚀大半，另一半挣扎于怀疑。
曾经至高的安慰，如今是至痛的伤痕。
忍耐生平静，平静生盼望，盼望难道止步于羞耻？
那狂傲的，那伪善的，那戴面具的和着戏服的，
不过是邱坛的祭品。蛆虫是他们的子嗣，
哂笑是他们的墓志铭。脚本在神的手里，
他鼓励，他阻挡。他生长，他凋敝。
他剔除，他收割。他收藏，他扬弃。
神任凭他们，还有你们。

我听他言辞犀利却不体贴，继续说道：

啊，爱情，残酷人生的佳酿，从未濡湿双唇。
啊，爱情，孤独人生的盛筵，我却没收到请柬。
我的胆囊破裂，胆汁四溢，五脏六腑苦不堪言。
神啊，浮夸浸泡的和虚荣腌制的走肉，我厌弃。
那尊重自己珍重爱人看重老人的女子，
我必使她做我的瞳仁，守望彼此。

不待我辩白，他说道：

你的身和灵都是神的，你要倍加珍惜。
美酒必使你酩酊，嘉年华的位子必为你预备。
以耶和华以勒为旗帜的，必配得耶和华沙玛。
你必瞻仰神的荣美，神必在你身上收获神迹。

青年言犹未尽，沉吟道：

我有三个问题，要你用一生思考。
我要问你第一个问题，你听清楚：
"看不见，摸得到，听得清，却不认识，这是谁？"
你不要急于回答，你要细细品味。

　　青年刚说完，天空盛开无数花朵，数不清的颜色道不尽
的娇艳。

第十七章　复　活

261

我没有理会他的问题，接着说道：

正如面对漫天鲜花，我没有花篮。
昼夜兼程，备受火热与寒冷的夹击。
口中的每个词汇都赤裸，每个句子都炽热，
却如东离西，如南去北，与神渐行渐远？

你的软弱如此刚强，你的自负高过仰望。
谁能把神人阻隔？岂不正是自己？
你是神击打的鼓，是神汲水的井。
你是神播撒的种，是神收割的镰。
你要自省，你的一生如何来凝练。

这答案如无盐的肉，非我所愿，我说道：

我身无长物，别人手中的都使我自惭。
人晶莹剔透，我独形容枯槁。
人神采飞扬，我独郁郁寡欢。
犹如等候万彩交辉的金辇，从含苞待放
到落英缤纷，只收获失望和尘土满面。
怀疑与笃信厮杀缠绕，堪堪将我攻陷，
这交锋如此惨烈，将将超出理智的边线。
我拿什么去救别人？我岂不该先被救吗？
我因做你的工遭难，我因奉你的名受难，
你要我每日泡在碱中直至古稀吗？
你要我昼夜腌在盐里直至耄耋吗？

我不要做扬灰于头的怀疑的约伯！

我不要来世的锦衣消抵今生的落魄！

我今天就要得着你的恩典，明天也得，

将来也得，得了再得。

我不做约伯！我要做旗手！

我要行在高处，叫世人都惊奇。

我要行在人前，叫众人都艳羡。

他们指着我说，看哪，耶和华的旗帜！

看他步伐也赳赳，看他谈笑也宴宴。

看哪，耶和华使他成就莫大的神迹。

青年接道：

万事万物在造物主面前，岂非赤露敞开的？

神拣选愚拙的，叫有心机的中了自己的诡计。

神拣选软弱的，叫那强壮的困于自己的蛮力。

神也拣选了卑贱的被人厌弃的以及没有的，

为要废掉那有的，使一切有气息有血气的，

在神面前一个也不能沾沾自喜。

我要问你第二个问题，你听清楚：

"看得见，摸得到，听得清，却不认识，这是谁？"

你不要急于回答，你要细细品味。

　　青年刚说完，从繁花后闪现两颗太阳，犹如巨轮，由前而后轰隆隆呼啸而行，半红半黄，明亮而不炫目，温暖而不炙热。我和他脚下各有两个影子。我仔细察看，太阳之上另

有海洋，海洋之上另有天空，天空之上另有恒星，层层递进，
无休无止。青年接着说：

众水奔流到海，复归其始，谁有点滴之功？
地轴倾斜，赤道冬日长暖，两极夏日长寒，
抽动陀螺的鞭子愚在谁的手中？
阴阳参合，黄道天宫，赤经赤纬，何人谋定？
或生或死，谁能逃脱？或福或祸，谁可任凭？
孔丘蒙昧，屈平蒙眬。太白伤酒，东坡纵情。
思不及义，问而不知答，答而不知理。
百般强硬，万种风情，最后如梦初醒。
黄钟毁弃，瓦釜雷鸣，谁敢指责神的大能？
不过一群泥人，或解于尘土或化于风中，
不晓过去不知末日，梗着颈项，众口哓哓。
可惜寿数，如影随形，消逝无踪。
商汤伐桀，桀放逐南巢；暴元灭宋，宋厓山气绝。
或贤者灭或愚者生，岂由人的心意？
存亡兴废之端，或身败或功成，
贤愚善恶之报，或国破或祚承。
岂非神的选定？谁敢冒领寸功？
神任意抻长时间，神任意压缩空间，
神翻检过去、未来和无法跳脱的今天。
谁能在他面前站定？谁敢指着他夸口？
谁曾做他的谋士？谁配做他的钤印？
谁袖藏神的锦囊？谁敢蜡封神的心思？
谁是自有永有的？谁不从神手里支取？

一切总在于神，一切终归于神。

那些百般抵赖的，必然支付额外利息。

这话打动了我，可我仍然心有疑虑，说道：

人或炫耀门第，人或张扬学识。

人或投靠金钱，人或依仗权力。

我只有神的怜悯，这怜悯胜过最重的钻石。

我不要一克拉的上帝，我要百分百的配比！

性格岂不是你分派？意念岂不是你扰乱？

神啊，最富力量的为何没有助力？

神啊，最高智慧的为何没有启示？

青年抿起嘴角，眼神满是怜惜，欣然道：

鲲遨游于云际，鹏潜翔于水底，

把智慧加给颠顶，把美貌配给残暴，

所有脉搏停止跳动，所有石头流泪哭泣。

这一切在乎神自己，无论合不合常理。

撒旦岂能增减神的赐予？人只见蝴蝶，

岂知更有森林？岂知森林之外更有世界？

世界之外更有星系，星系之外更有宇宙，

宇宙之外更有众宇宙。众宇宙凝为一点，

爆发为无穷新宇宙。谁使一点满载无穷？

无中生有，命立就立，岂不全在神自己？

神的话就是引力，分娩如沙的恒星和星系。

创造黑洞，撕裂和更生，再撕裂和再更生。
这世界这历史以及寄生其上的一切的情欲，
一切的一一的一切，出于也归于神的话语。
这世界这历史以及其上的情欲，终将过去。
唯独神的话语，亘古不灭，生生不息。

我稍稍平静，可是仍有疑问：

我时常想起年少时的自己：
衣衫鼓荡，也曾临风于铁塔，
持卷独行，时常抒怀于龙亭。
雨中畅游，总在潘杨二湖，
丽日漫步，不离大相国寺。
未生胡须前已立志跟随你，至今不渝。
所作所为所言所语，未玷污你的旗帜。
神啊，你已把意志给我，为何又收回？
神啊，你的熬炼，我堪堪支撑不下去。

青年正色道：

你的眼泪何曾流经别人的心田？
神数算你的泪滴。你走过的每一寸，
岂非神背负着你？你在午夜吁求的，
黎明必临到你。你是神手心的掌纹，
每一个回路和走向，神自有道理。

信是肉体的先锋，爱是欲望的帅旗，

望是最后的逃城，你不要临阵脱逃。

你不要临阵脱逃，亏缺神的宝藏。

神是力量的源头和归宿，

所有智慧的横轴和纵轴，

无限爱与自由的常数，

一切生与死的实底。

一代又一代的圣徒，来了又去，

他们是神的脂油，你也是。

你也是，要在香柏木上燃烧自己。

你也是，爱人与被爱是开端与结局。

青年说完，一条彩虹赫然显现于繁花之上。

啊，这彩虹！这是上帝的戒律。

啊，这彩虹！这是恩典的标记。

忽而笛声传来，清丽而悠扬，一朵白云从头顶飘然掠过。繁花映衬之下，说不出的娇弱，那横笛的牧童可是赤膊倒骑？琴声响处，一片粉云踌躇而至。虽然后起，琴声却将笛声拥入怀中。笛声忽而挣开忽而黏住，忽而你高出我，忽而我越过你，相生相长，似莺啼燕啭似儿女情长，不甘寂寞。随之，箫声伴着橙云款款而至，笙音驾着紫云袅袅而来。箫声沉静如江边独坐之笠翁，笙音轻盈似林间扑蝶之少女，一唱一和，一动一静，正如比翼嬉戏之云雀，旁若无人，上下翻飞。忽听玉佩击中金樽，筝声独自嘹亮，左徘右徊，前趋后趑，犹如微醺的将军脚踏黄云揽辔独行。高亢的号声响了，这是鼓舞战士冲锋的号令，乌云自彩虹之下汹涌翻滚，扶摇直上，飒飒作响仿佛先锋官高昂的巨纛，刹那间遮掩了两颗恒星的光芒。钹声和磬乐如暴雨浇注，淹没一切。铺天盖地的红云奔腾而至，正如第一批冲锋的骑兵。角声伴青云随后，如茵如翠。鼓声由低而高，由远而近，由寡至众，伴着蓝云浩浩荡荡如百万大军杀向敌阵。鼓声越发悲壮，直至震耳欲聋。这鼓声，厚重可以包裹雷鸣；这鼓声，尖锐足以劈开火焰。我从台阶上站起，只觉耳膜嗡嗡，头发直立，双腿觳觫，身子抖如簧片。这时，钟声庄严地响起，只消一响，云开雾散，天空仿佛任人凭吊的古战场，再无一卒一骑。

忽然，彩虹之下隐约闪动影像，青年道："你来看。"我近前观看，只见茫茫无尽的墨黑的幽暗的冰冷的虚空中一点萤火，急速地飞速地超速地旋转旋转再旋转，无声无息地炸裂，迸发出大小无数的火团。火团逐次爆开，更形成大小无数的火团。它们翻滚碰撞合并炸开，再翻滚再碰撞再合并再炸开，大的小的更大的更小的，飞过掠过闪过我的眼前，奔向驰向跃向更深之深更远之远。

我要近前细看，青年以身遮挡，说道："谁使这一切开始，谁也必使这一切消散。"

这话击穿我的虚妄，我低头沉思片刻，说道：

> 138亿年的光阴，如流水淙淙般不疾不缓。
>
> 你用尾指将它轻轻裁为七段，分别为七天。
>
> 顽童般随意，恰似上次，恰似上次诞生于灭寂。
>
> 你弥散冷云在星系之间，埋藏磁力在星宿之巅。
>
> 星云或染色体，你运行在一切的内核和表面。
>
> 50亿年前，你使第二代恒星裂变，埋伏光明与温暖。

45亿年前，转动中空的月球，潮汐涨落，死水成为活力之源。

你在寒武纪播种，节肢、软体、腕足，纵横海洋与陆地的生物链。

你在侏罗纪分裂盘古大陆，大西洋出现，

阿非利加挥别亚美利加款款向前。

6500万年前，你以陨石灭绝恐龙，

好为两足无羽直立的子民，备下食和宿的空间。

15万年前，你以仁慈和正义命名两条永不交错的螺旋。

你弃掉尾骨，好使子民脱离禽兽；

你设置泪腺，好使儿女表达渴盼。

人，这唯一能区别你、我、他的生灵，

拂晓时爬出洞口，眺望地平线。

2000年前，你来到自己的世界，

从拿撒勒到耶路撒冷的圣殿。

不，你没有收获赞美！

那些分辨秤星却瞎眼的，他们

与凶手击掌，口袋装满黄白之物。

那些口诵箴言却邪恶的，他们

跪拜偶像，口、手和膝盖所造之物。

他们把你钉上十字架，铁钉将筋脉刺穿。

啊，求你赦免。

啊，你已然赦免！

无一遗漏都被你赎买，

你将施行最后的审判！

所喜悦的将欢歌奔跑于新次元，

所憎恶的将切齿哭喊于无尽的黑暗。

神要么完全做主，要么完全做仆，绝无半是半非！

人要么完全相信，要么完全不信，岂可半就半推？

看哪，叫嚣着上帝死了的弗里德里希·尼采已全然朽坏。

看哪，搜集骨头驯养鸽子的查尔斯·达尔文已濒临破产。

最初的创造者必是最后的更新者，

你的永在，确保这世界的存在以及诸世界的必然。

啊，138亿年前的回眸，透过三千婆娑，

姗姗而来，依然是熠熠生辉的顾盼。

青年鼓掌笑道："看哪，这新人。"

他的赞扬使我羞惭满面，我继续道：

慌乱中我忘了台词，仿佛处女秀的演员。

我挣扎在爱与恨中，奄奄一息，迷走错乱。

我向无着无落处找寻，而你始终在我身边。

披星戴月的拾荒者，彳亍天台的绝望者，

风中倚门的老人，雪中赤身的孤儿。

你是所有悲伤的鳏与寡，

你是所有流泪的孤和独。

我迷路了。我迟到了。

我以自怨自艾为茧，束缚住自己；

仇恨和怀疑，我做了它们的囚犯。

爱，这最小的元音，却需最大的胆量；

爱，这最轻的词语，却要最重的担当。

爱，是一柄削铁断发的利斧，

每一次挥舞都使自己伤筋动骨；

爱，这一把柔情蜜意的刻刀，

每一次切磋都使自己愈加光彩。

不！我要做自己的舵手，信是不沉之舟，

望是不偏之帆，

爱是不朽之桨。

是！每个人都是自己的舵手，信是北斗，

望是和风，

爱是罗盘。

我要战胜自己，我要与这世界角力！

来啊，千万敌手，我也将巍然屹立！

我是火中抽出的一根柴，

烧我羞我，我在这里。

为饥寒中的，送去温暖；

为黑暗中的，送去光明。

烧我羞我啊，我在这里。

不再怀疑，也不再无助，

烧我羞我吧，我在这里！

这泥和水的皮囊要用眼泪来洗涤。

神啊，我感谢你。

感谢你痊愈我的破口，叫那跟踪的豺狼悻悻而去。

神啊，我感谢你。

感谢你叫我未尝死味之前，全然复活，全然标致。

神啊，我感谢你。

感谢你赐下智慧和眼力，叫你的儿女红尘中相认，

互相砥砺，互为彼此的磐石。

神啊，我感谢你。

你的奖赏，是自由的发轫。

你的裁决，是公平的滥觞。

是的，我欠神的，神不欠我。

我要奏响十弦瑟，与诸天齐开口，

所有天籁都是和声，所有声部都是欢唱。

随燕子穿梭于三月的春光，和麦子扬花于六月的骄阳。

满怀感恩亲吻桂月的果实，伴雪花炫舞在诵诗的殿堂。

青年悦然笑道：

唯火能引火，唯情能移情。

不义的，任凭他不义。污秽的，任凭他污秽。

为义的，仍叫他为义。圣洁的，仍叫他圣洁。

日子近了。册子在神的手中，清楚记着每一笔。

我这时端详青年，上下打量他，好奇道："你是谁？"

青年朗声笑道："你是我的本体，而我，是你的真像，你我原为一。"

我惊诧道："我怎么会不认识自己？"

"这世上有几个人认识自己？岂止是你？"

这时，光柱从云中直射而下照耀我的全身，千言万语涌到舌底，我情不自禁开口道：

爱而不受感戴，事而不受赏赐，

尽力而不被人记，受苦而不被人睹。

青年打断我道：

去吧，路仍旧要走。

羞耻必戛然而止，怜悯必如期而至。

去吧，到埋了你祖你父也要埋你的土地去，

去对渴求的和拒绝的，大声说出你的见证。

青年说完，忽地张开一对巨大的翅膀，羽毛绵密而流光溢彩，闪动七色晕光，同我身上的羽衣一般模样。那翅膀扇动，正中我的额角。我站立不稳，跌落云端。不知过了多久，我慢慢醒来，满天星斗，我赤身匍匐在太岁之上，衣服叠在一旁。

片刻，李约翰道："感谢这一切。"

"冠军弟，"辛丑抓住李约翰的胳膊，"哥有罪，哥杀人了。"

"他们诬陷你。"

"不是，"辛丑道，"哥真有罪！"

"主对门徒说，我不撇下你们为孤儿……"李约翰话没说完，辛丑听到"孤儿"二字，再也按捺不住，双手捂脸，孩子似的号啕大哭。约莫半支烟的工夫，待辛丑稍稍平静，李约翰道："哥，明天我送小小去县一中，以后兄弟聚少离多了。"

辛丑吁一口气，从怀里摸出一张银行卡："拿住，兄弟。"

李约翰正过脸来注视着辛丑。

"记住，"辛丑把卡塞给李约翰，"我没给过你一分，你没拿过我一厘。"

　　这时，远远传来一声少女的呼唤。两人抬眼望去，只见小小正朝这边跑来，那衣角飘飞的上衣色彩流动，犹如一片朝霞。

第十八章 "省长"许百川

李杏。

辛丑端着酒杯不自觉地说出口。黄狗听见，摇摇尾巴。

只剩下李杏。

她说这是命运。谁的命运？我的命运？我没答应救她，也许她早出院了。

你没有责任，不用向任何人负责。我怎么就没有责任了？我活了快半个世纪了，怎么就混得没有责任了？不过，我确实没负过什么责，我有负责的本钱吗？我拿什么负责？我自己都走失了，走失了一个夏天。何止一个夏天？整整四十五年。这四十五年，就是个没响过的警铃。不是救与不救，而是爱与不爱。你爱她吗？爱就去救她好了。手机买了，号也选了，还说不想去？什么两万八？就是二十八万，就是搭上性命也得去。不爱？那正像李杏说的不用自责，这世上该被救的数不胜数，我还等人救呢。我不欠谁的，忘了忘了，踏踏实实地隐入生活吧。我厌倦了，我要上岸，抖干身上的水。厌倦何时开始？追究这个有意义吗？我不是犀斗，每次沉浮都得有所夹带。

李静舌前舌后不分的乡音。袖口上一层粉笔屑。李静平躺在车厢，身子随车子的颠簸轻轻颤动。细细的水珠落在脸上。

蓝色的正午，蓝色的海棠。

你爱她吗？她在利用你吗？

你若爱她就心甘情愿被利用好了。

我得去救她，值得我做点什么的人不多。

只是，怎么救呢？

院子里有动静。黄狗竖起耳朵，走到门口轻吠一声，从帘子下钻了出去。辛丑正待起身，只听有人鼓掌道："成了。"帘子掀开，"省长"许百川一步跨进来："成了！"辛丑起身："叔，从哪儿来啊？"许百川一身酒气，脸红扑扑的，抄起酒瓶就着烛光端详："头曲，好，叔陪你喝二两。"两人面对面坐下，黄狗走过来卧在辛丑脚边。

许百川斟满酒盅，端起来："叔要大义灭亲，替天行道。"

辛丑递过去一双筷子："咋了，叔？"

许百川将酒一口干了，酒杯一蹾，手指门外："我把狗子拉来了。"辛丑腰一挺，还没说话，许百川道："这小子，欺负盲人，殴打李冠军，诬告陷害你，坏事做绝。叔要把他活埋喽，就埋在太岁里头。"

"叔，从头说。"

"咱村的搬迁户不是安置在镇上吗？没电没水，新房子没影儿也没个说法，书记、镇长都不照面。"许百川满上酒，"上个星期我们几家堵住了书记的轿车，还没理论，狗子带人把我们打的打抓的抓。"

"后来呢？"

"四十年了，"许百川干了杯中酒，"该了结了。"

辛丑想许百川前言不搭后语，怕是醉了。许百川伸手道："烟。"辛丑抽出一支烟递给他，点着，许百川深吸一口，靠着椅背，混浊的目光透过镜片漫无目的地望出去，一字一顿地说："我造的孽。"

两缕烟雾从许百川花白的鼻毛丛中慢慢涌出，汇成一团，缓缓消散。

"四十年前的第一场秋雨……"许百川还没说完，辛丑笑道："叔，你醉了。"许百川脸一沉，一指辛丑："叔跟你急啊。"辛丑连连点头："你说你说。"许百川手缩回去："四十年前的第一场秋雨，"瞄一眼辛丑，"叔把郑云景给睡了。"辛丑心里咯噔一下。

"叔那时二十唧当岁，一天到晚满脑子尽是男女之事，就是没人上门提亲。知子莫如母，我那老娘警告我，别招惹有夫之妇。老娘其实多虑了，我敢招惹谁呀？谁敢叫我招惹呀？一帮闲人天天拿云景跟叔开玩笑，一开始叔挺恼，后来真寻思过，云景是个美人儿啊。那年秋天的第一场雨，牛毛细雨，沥沥拉拉下了一天。云景一个人在牌楼下，浑身湿漉漉的。我像笼子里的狗熊转来转去，天黑时打定主意，披块塑料布，夹张塑料布，出去了。"

许百川把烟蒂扔地上踩灭，伸过手来，辛丑抽出一支烟递给他。

"街上一个人没有，云景抱着双臂在牌楼下蹲着，一见我就笑。一绺湿湿的头发贴在前额，睫毛上挂着小水珠，小脸煞白，牙又白又亮又整齐，像灌浆的玉米籽，嘴唇红得呀叫人想死。我把塑料布铺在她脚前，把褂子铺上，一把抱起她，问，我的美人儿，冷不？她没说话，伸开胳膊抱住我，我把她放到褂子上，拿塑料布盖住俺俩。"

许百川长出一口气，桌上的烛光摇曳了几下。

"从头到尾，云景一声不吭。水珠滴到她脸上，从耳朵垂滑到脖子里。她的眼神像是看着我又像是没看我，白白的身子像个小兔，在我怀里轻轻颤着。"

"叔有罪啊，有罪。"许百川摇摇头，忽然盯着辛丑，"叔不是强奸，云景她没反抗啊。"

辛丑注视着许百川浑浊的双眼。

"始乱之终弃之，我有罪，我对不住他们母子。叔有啥办法？叔没办法啊！"许百川再长吁一口气，"四十年来每逢第一场秋雨，叔就禁不住想起云景脸上的雨滴，那雨滴顺着耳朵垂滑进脖子里。我那寡妇娘毕竟是上过中学读过书的，我猜她啥都知道，她就是装着不知道。她老是不紧不慢地提醒我，云景饿不饿啊，冷不冷啊，去送些吃的吧？送件衣裳吧？来年云景生下狗子，我那老娘使唤我更勤了，孩子在谁家啊？吃谁的奶啊？有褯子没有啊？送一篮子鸡蛋吧？"

许百川停下来，深吸了两口烟。

"这小子从小腮红重，两个红脸蛋像两个红苹果。一天天长起来，谁知道，你看看，红脸儿光干白脸儿的活儿。"许百川顿一顿，"不行，必须活埋他！"

"好端端他咋会跟你来了，叔？"

"叔找个名目请他喝酒，把他灌晕用他的车拉来了。小子酒量不行。"

辛丑想了想，盯着许百川："叔，咱不能活埋他。"

"叔要替天行道，大义灭亲！"

太岁志

"叔，谁是天？啥是道？天和道啥时间委托你老人家代行其职了？"

"咦，他诬陷你，他电你，你不恨他？"

"叔，两个钟头前我跟你想法一样，就是必须杀了他。"

"那就对了。"许百川双手一摊。

"可我现在明白，这样不对。"

"打住。"许百川摆手，"你就说咋弄吧。"

"不能杀他，那是犯罪。"

"咱不杀他才是犯罪！"许百川一拍桌子，"他还会干坏事。你说，他咋变成这样了？他啥时候变成这样了？"

"他办坏事是他犯罪，咱杀他是咱犯罪。"

"你别怕，叔一个人担起来，叔是远近闻名最最最最神经的神经病，杀人不会判刑。"

辛丑一怔，大笑道："成了！"许百川吓了一跳，辛丑接着说："一举三得。"

"你不会也神经了吧？"

"不行。"辛丑犹豫着摇了摇头。

"你看你，胃口吊起来了又说不行，咋回事？"

"不合适。"辛丑摇摇头。

"别卖关子，说，到底咋弄？"

"叔，狗子电了我以后，把我搁安阳一家精神卫生中心消肿。咱以其人之道还治其身，把他扔精神病院。"

"好啊，"许百川鼓掌笑道，"这就是替天行道。"

"可咱这是绑架呀。"

"绑什么架？咱是为他好，咱是为了救他。"

"救不救得了他不好说，倒是可以救另外一个人。"

"谁啊？"许百川一脸好奇。

"一个丫头，"辛丑试图轻描淡写，"她梦见我回去救她了。"

"听着就浪漫，叔喜欢。"许百川冲辛丑眨一下眼，"夜长梦多，开路！"抄起桌上的酒瓶，"带上，只要小子酒醒，灌他。"

辛丑起身，四下打量。

"你不是打算把新媳妇娶到这穷家破业吧？"

"刮刮胡子，换身衣裳。"

"刮个啥啊，出发！"

许广泰在黄县军管会的临时牢房里为保住性命，把跟他单线联系的中共地下党员端了出来。不几日，许广泰被释放，只是来年的"土改"，成了他再也跨不过去的一道坎儿。

许广泰一辈子只爱过一个人，就是他的姥姥。

许广泰原籍浚县善堂乡，本姓李。五岁时，许广泰那吃喝嫖赌抽的父亲只留下一杆烟枪，不但把宅子和田产败了个精光，还把许广泰娘儿俩典给了牌桌上的赢家。许广泰母亲的娘家出钱将娘儿俩赎回，许广泰母亲随后改嫁到牡丹村许家。

许广泰攥着姥姥的手立在柳树下，母亲坐着马车越走越远，渐渐融入黄澄澄的麦田和蓝莹莹的蓝天之间。他记不起自己是否哭闹，只记得大雨倾盆，河水暴涨，一条尺把长的鲤鱼打着挺跃出水面。这一情景反复在梦中出现，甚至"土改"时他被吊在槐树上，还模模糊糊地忆起这一场景。

许广泰十三岁时，姥姥病故。三个舅舅叉着腰堵在院子门口，脸耷拉着扭向别处。许广泰跪在院门外冲姥姥的牌位磕了三个响头，转身走了。

许家原不是大户，光景一般。许家媳妇死得早，许广泰母亲过门后给许家添了个男丁。许广泰到许家后干的全是牲口的活儿，晚上就睡在牲口棚里。许广泰体谅母亲的难处，从不张口向继父要东要西。夏天，牲口棚的气味比蚊虫更让人难受，许广泰不得不用棉花塞着鼻子眼儿用口呼吸。冬天，寒风裹着雪花抽打着摇摇欲坠的牲口棚，许广泰蒙着被子缩在草料堆里，轻声哭喊着："姥姥，姥姥。"

许广泰在牲口棚睡了足足六年，他一生都忘不掉草料、畜粪和牲口的体臭混在一起的味道。十九岁时，许广泰参加了国民党部队驻防江西九江。一次因赌钱与人冲突，开枪伤了人，开小差逃回家来。没几日被抓壮丁，在濮阳当了大半年的兵。

许广泰再次开小差，逃回来后不种田也不做买卖，整日跟一帮酒肉朋友吃喝耍钱，夜里就借宿在赌场。酒馆也好赌场也罢，不过是非之地。一次众人因账目差错动起手来，许广泰一个箭步蹿到肉案前，一把攥住菜刀。旁人以为他要下狠手，谁知他夺门而出，回手将刀当啷一声甩上房顶。众人才明白他是担心有人不知轻重。打这以后，众人认定许广泰是个有分寸的主儿，乐意跟他来往。许广泰跟谁都可以欢醉，却没把任何人当朋友。

梁乡镇距牡丹村不过十里地，许广泰从不回家。大年三十晚上，各家各户的饺子摆上桌，鞭炮声响彻平原。许广泰摸到继父家，悄悄蹲在后墙根儿听听，再转到院门，匕首轻轻挑开门闩，溜进院子。轻手轻脚摸到窗户下，支着耳朵听母亲、继父和兄弟说说笑笑。然后，扒着窗台偷看桌上摆的啥菜啥肉，心里默念着。气味透过窗户的缝隙挤出来，温暖而陌生。许广泰蹑手蹑脚溜出院子，掩上院门，擦一把眼泪，一脚深一脚浅地回镇上。

许广泰这时已长成腰板笔挺的大小伙子。虽是行伍出身，言谈举止却没有匪气，见人总是先笑，眯着细长的眼睛，满脸善意。胡子刮得干干净净，伏天从不光膀子也不敞怀，口中常含一片铜钱大小的生姜片，啥时姜片没味儿了，嚼两下咽了。

1940年3月，中共在冀鲁豫边区建立了政权。豫北地委组织部部长王振远找到许广泰帮忙扩军，两人不但是同乡，还是发小。十几年没见面，谈话直到鸡叫。王振远给许广泰讲了个人幸福、民族前途和豫北的政治形势，许广泰听着这些跟钱很远的话题，插不上一句话。末了，许广泰笑着问："啥好处啊？"

王振远说："看结果呗。"

许广泰道："当兵吃粮，天经地义，要是先给粮食，那招得快。"

王振远说："你灵活掌握吧。"

许广泰道："要么给粮食要么给袁大头，你得答应我一样。"

王振远略一思忖："眼下两手空空，我先许给你。"

有了王振远这句话，许广泰胆子大了。原来国共拉锯，今天你来明天我走，国民党部队撤退时，藏粮食的地点被许广泰无意中得知。许广泰遂将粮食起出，大部分倒手，剩下两千斤，凡报名参军的，当场给付粮食二十斤，不满一个月招兵一百多口。王振远答应过许广泰，筹措了二十块大洋冲抵发放的粮食款，另外送了一把半新不旧的撸子。

刨去知情人的封口费，许广泰这一把平地抠饼的买卖共得大洋八十块外加一把撸子。许广泰买下牡丹村寨河坡上一片闲地，垒起院墙，盖了五间新瓦房。新房落成，第一房媳妇娶进了门。

家室安顿好了，妻儿老小每日都要花费，自己眼看奔三十了，谋个安安稳稳的差事才是正道。跟谁混有前程呢？共产党打游击，有上顿没下顿的。国民党打不过日本人，皇协军跟着日本人跑，还是日本人厉害。许广泰托人进了日军的宪兵队。

许广泰人头熟，遇事敢往前，不久混成了小队长。

当上小队长没几天，王振远派人来见许广泰。

许广泰问来人："振远兄忙啥哩？"

来人笑道："广泰兄，你啥意思？"

许广泰拍着胸脯说："咱能当汉奸吗？"

来人说："那就对了。"

许广泰随即修书一封带给王振远。

1942年8月的一天，天黑透了，宪兵队一个兄弟急急慌慌跑来给许广泰送信，说日军怀疑许广泰通共，再不走怕要出事。许广泰此时一人住一处院子，家眷没在身边。许广泰在屋里来回踱步，犹豫走还是不走。忽然听见屋顶瓦响，许广泰握着枪，一声不响立在帘子后面。屋顶上跳下几个人，像是宪兵队的弟兄。待其中一个蹑手蹑脚摸到门前，许广泰突然发力，隔着帘子猛击一掌，打在那人胸口。那人连退几步，摔倒在天井。其他人喊道："许队长，日本人要抓你，你从后窗户走，弟兄们放两响空枪，不难为你。"许广泰顾不得收拾东西，从后窗户翻出去，连夜出了城。

继父是腊月里没的。出殡那天，送葬的人回了，母亲跪在坟前哭个不住，许广泰一旁陪着。好一会儿，母亲止住悲声，对儿子说："儿啊，娘对不住你。"许广泰答道："亲娘儿俩啥对住对不住啊。"母亲再哭，边哭边说："往后就好了。"许广泰答道："以前也好，回家吧，娘，回吧。"从坟地到家不过二里地，许广泰搀着母亲一步一步像走过了二十年，那个坐着马车消失在麦田里的亲娘回来了。

日军投降后，王振远派许广泰赴安阳联络国民党军统局豫北组组长刘盛九，设法打入军统内部。

原来1941年冬天时，许广泰奉命调查刘盛九亲共一案。许广泰带人到刘家时，刘家正办丧事。刘盛九一身孝服，右眉毛梢一颗黑痣亮如新墨。许广泰看刘盛九是个文质彬彬的青年学生，有意帮他。许广泰问："院里谁的棺椁？"刘盛九答："家父。昨天被日本人打死，一起遇难的共八十多人。"许广泰说："盛九，跟你明说吧，你有通'共匪'的嫌疑，不管真假，我想帮你，你抓紧走。"刘盛九闻言连连道谢，当天逃离了黄县。

许广泰到安阳北门东大街二十二号见到了刘盛九。此时的刘盛九早已脱了青年学生的稚气，浑身上下透着精干。刘盛九见恩人到来，自然欢迎，对许广泰提出的参加军统一事满口答应。

北门东大街二十二号原是一处民居。临街是三间中药铺门面，门头上挂着"广济药铺"的招牌，掌柜的和两个伙计都是豫北组的成员。后院正房五间，东西厢房各三间，厨房、厕所俱全，东南角另有便门通向一条隐蔽的小巷子。许广泰住东厢房最里头一间，既当办公室也作卧室。

隔日，刘盛九在彰德府大酒楼给许广泰接风，作陪的是组里叫韩全兴的浚县同乡。

菜上齐，韩全兴把房门关上。

刘盛九举起杯来，道："三月灞陵春已老，故人相逢耐醉倒。广泰兄，请。"

三人将杯中酒干了。刘盛九殷勤布菜，频频举杯，不一会儿脸红了。许广泰开口道："刘组长，我看全兴老弟也不是外人，有句话不知当讲不当讲？"

刘盛九道："只管讲。"

许广泰笑道："刘组长当年亲共啊，咋成了军统的干将呢？"

刘盛九笑了一声："亲共？其实一个共产党也不认识，只不过读了几本宣传共产主义的小册子。当年日军抓我，多亏广泰兄高抬贵手啊。"

许广泰道："哪里哪里。"

刘盛九继续道："奈何当时走得仓促，出了家门，举目无亲，一时惶惶如丧家之犬。幸亏中学时的校长在新乡，读书时他待我不错，就去投奔了他。"

三人再饮一杯，许广泰等着刘盛九往下讲。"不巧校长出门，家人不便收留，在新乡耽延了几日。哪知在小饭馆巧遇一位同学，这同学说起要去江西赣榆报考干部预修班，劝我同去。我心想万一柳暗花明呢？于是辗转千里，同赴江西。不料一场考试下来，竟得中头名。"

许广泰道："刘组长的造化。"

刘盛九感叹道："人生如棋局啊。"

许广泰道："是。"

刘盛九道："预修班一年后结业，两种选择，一是分配到后方机关充任文职。二是深造学习情报工作，与日伪作斗争。国难当头，好男儿岂能甘做刀笔吏，自当投笔从戎。"

许广泰道："当然。"

"抗战胜利后，上级考虑我是北方人，就派了过来。不料想他乡遇故知，人生幸事啊。"

许广泰见时机已到："广泰读书不多，以前走过弯路，往后还要仰仗刘组长。"

刘盛九摆摆手："客气。"

许广泰道："广泰想斗胆高攀一步，跟刘组长结为金兰之好，不知道刘组长看得起广泰这个粗人不？"

刘盛九道："咦，人生难得一知己。"遂招呼韩全兴，"找老板借些香烛，我跟广泰兄歃血为盟，结为仁兄弟，你做证。"

韩全兴讨来香烛等物，清理桌面，摆在中间。许广泰和刘盛九各持三炷香，并排站立。

韩全兴道："皇天后土，日月昭昭，今有——"

许广泰道："许广泰。"

刘盛九道："刘盛九。"

韩全兴道："义结金兰，同生共死，礼拜。"

许广泰和刘盛九持香朝蜡烛拜了三拜。韩全兴排开两只干净酒碗，满满斟上。许、刘二人将手中香交与韩全兴，各自咬破食指，血滴在两只酒碗中，双手端起，互相请了，一饮而尽。

大鱼大肉惯了，豫北组清汤寡水的伙食吃不下，隔三岔五，许广泰捎上两样熟食或一瓶白酒奔韩全兴家去。韩全兴家住安阳城里学巷街三十号，媳妇娘家在濮阳县城南关。

这一晚酒至酣处，天色已晚，韩全兴劝道："别走了，哥，住一宿吧。"说话间门帘一挑，进来一个十八九岁的大闺女。这闺女身量中等，五官清秀，梳着时兴的学生发式，胳膊下夹着一床被子。被子放在炕上，红着脸坐着炕沿儿，也不说话。韩全兴笑着说："哥你看中不？这是你弟妹的侄女，叫叶海棠，今年十八了，中学毕业。"许广泰连忙摆手："全兴弟，兄家里两房媳妇，可不敢委屈令侄女……"韩全兴打断他说："你的情况人家都清楚，不计较。"许广泰说："使不得使不得。"韩全兴说："使得、使得。"说着起身出去了。

1948年下半年，局势已经明朗。中共豫北地委指示许广泰争取刘盛九起义。许广泰心里明白，刘盛九是经过专门训练的特务人员，劝他谈何容易？轻易摊牌恐怕反致杀身之祸。

1949年5月，中共以三个军的精锐之师，攻下了称为"平汉盲肠"的安阳城。

城破的前一天，刘盛九召集组员开会，先讲了一通为党国尽忠立志殉国的官话，随后分发枪支和活动经费，将人员全部遣散。

城破之日，许广泰带着地下党员和一个排的解放军战士赶到北门东大街二十二号，只见广济药铺的门敞着。一群人蜂拥而入，许广泰没跟进去。巷子里寥无一人，远处响起零星的枪声，不时飘来一阵焦煳味儿。刘盛九被押出来塞进吉普车时，许广泰背过脸去，低下头点着了一支烟。

三个月后，许广泰回新乡探亲，带了两条大鸡牌纸烟探望被关押在省公安厅的刘盛九。省公安厅临时在火车站北面一处废弃的仓库办公，院门上没挂牌子，院内一座二层小楼，楼后面一溜平房。接待人员没料到有人探望军统的特务头子，忙将许广泰的信息汇报上去。许广泰在接待室等了一个钟头，接待人员说："明天下午你再来吧。"

第二天下午，许广泰早早到了。接待人员把许广泰带到一间门前站着警卫的平房，许广泰推门进去，一身蓝灰色中山装、戴着脚镣手铐的刘盛九从桌子后面站起来，笑着说："我没猜错。"许广泰面带歉意："身不由己。"二人坐下，许广泰还未开口，刘盛九苦笑道："世事如棋啊。"许广泰还没接话，刘盛九道："其实国民党没输，共产党没赢。"许广泰好奇道："此话怎讲？"旁边的警卫拍一下腰间的枪套，厉声道："不许乱说！"许广泰心想，你身为阶下之囚，还操这份闲心？于是岔开话题问道："弟妹那边用捎个口信不？"刘盛九略一沉吟，说："已经走了吧。"

两人不咸不淡地扯了几句，许广泰放下两条纸烟告辞。走到院里的核桃树下，心里乱糟糟的，说不上啥滋味。许广泰点着烟，想起继父临终前攥着自己的手，眼睛却盯着站在床脚的同母异父的弟弟。许广泰弯腰对继父说："放心吧，俺兄弟娶媳妇的事我包了。"继父松开手，闭上了眼。许广泰本想喊一声爹，到底没喊出来。蝉鸣断一声续一声，许广泰踩灭烟头，眺望着半天云霞，叹了一口气。

许广泰料理完新乡的家事，经滑县回牡丹村。路过道口镇，食指大动，下了车，在码头上寻中意的烧鸡铺子。正在四下转悠，过来两个年轻人，一左一右挤住了他。许广泰说："同志，自己人。"那两人道："谁跟你同志？"下了许广泰腰里的枪，推着许广泰进了码头东边的大车店。许广泰进了院子，见几个身着便装的女同志手拿稿纸进进出出，猜测此处应该是某单位的临时办公地。两人把许广泰推进一间带窗的小屋，门口设了一个扛枪的警卫。一张桌子一张床，被褥整整齐齐。许广泰在窗户边站了片刻，斜靠着被褥抽烟，寻思着哪个环节断了扣。一只铜板大小的蜘蛛从梁上悠悠地垂下，灰灰的腿，身子黑亮亮的。门外响起开锁的声音，许广泰朝蜘蛛吹口气，蜘蛛慌慌张张顺着丝线爬回了房梁。门打开，进来两个人，在桌子后头坐下，一个戴帽子的问道："姓名？"许广泰走到桌前，答道："许广泰。"那人再问："你贩卖毒品是咋回事？"许广泰心说原来是这档子事，解释道："边区政府戒烟局的王干事找到我的上级王振远同志，说要用烟土换些汽油，支援解放军南下。王振远同志安排我完成这个任务。后来我还受到上级表扬，希望你们调查清楚。"两人对视一下，不再问话，起身往外走。许广泰笑道："本想买只烧鸡解馋，麻烦带一只，我出钱。"

晚饭时，一个年轻人提着一个红漆食盒进来，摆上一只烧鸡、一壶酒和四个馒头。不管他，该吃吃该喝喝。或许真饿了，许广泰将酒肉一扫而空。

许广泰甚至庆幸能落着如此清闲。夯土的地面，黢黑的屋顶，糊纸的窗户，散发着微微潮湿气息的床铺，就连在门外扛着枪走来走去的警卫也让他莫名喜欢。没有你死我活没有钩心斗角，就这么平平淡淡过一天少三响，多好啊。前两房媳妇安顿好了，叶海棠和小儿子守着老宅子，自己想去哪里住几天就去哪里住几天，多美啊。四十年里，自己何曾过上一天踏实日子？

第七天的下半晌，那两人推门进来，将许广泰的配枪撂在桌上，说："对不住，情况搞清了，你可以走了。"许广泰将枪别在腰里，朝二人拱拱手，大步出了门。

　　许广泰奔卫河码头，先寻一家澡堂子。洗完澡简单吃了晚饭，就在码头上闲坐。夕阳斜铺水面，波纹一涌一涌，大小船只排开几里地远。两三个鱼贩子席地而坐，笸箩里躺着几条一拃长的小鱼。一个瞎子戴着墨镜，百无聊赖地蹲在拴缆绳的石墩子上，面前摆了一张方桌。许广泰不由得走过去，坐在桌前的板凳上，问："卜一卦多少钱啊？"算命先生欠身道："随意、随意。"许广泰说："解个梦吧。"算命先生道："可以、可以。"许广泰摸出纸烟来，递到算命先生手里一支，自己叼一支，给算命先生点着了，四周扫一眼，道："前个儿下半夜做了个梦。"算命先生抽口烟道："请讲、请讲。"许广泰道："梦见自家走到一片草地，草没脚踝。正寻思这是哪儿啊？忽然蹦出一只小兔，长长的耳朵，白白的身子，红红的眼睛。我弯腰去捉，它就往前蹦。我撵得急，它蹦得快。我不撵了，它站住了。我一抬头，站在一棵梨树下，满树的白花开得正艳。一阵风来，白花哗哗地落下，我接了满满一捧，脸埋进去一闻，真香啊。谁知忽然化成一摊血水，我忙甩手，连连后退，不料一脚踏空，不由自主陷下去，两手乱抓，啥也抓不着，心里一急，醒了。"算命先生侧着耳朵听完，咂咂嘴，问："先生啥属相啊？"许广泰答："卯兔。"算命先生道："先生这梦我解不了啊。"许广泰摸出一块大洋，塞进算命先生手里说："但讲无妨。"算命先生把大洋递过来说："大凶啊。"许广泰把算命先生的手挡回去，起身道："命是我的，钱是你的。"

　　枪响时，每个人都不自觉地缩了一下脖子。前面的人往后倒下去，后面的人也往后倒下去，人群从堤上扑扑腾腾翻滚而下，像倒出麻袋的土豆。人们爬起来，踉踉跄跄地往回走。每个人都不说话，眼白紫了，嘴唇蓝了，面颊青了，他们成了一群傩。老人和孩子开始呕吐，他们边吐边走。女人开始呕吐，她们边吐边走。男人开始呕吐，他们边吐边走。狗也开始呕吐，它们边吐边吃边走。白茫茫的雪原，人们挣扎在黄的红的绿的黑的呕吐物里，摔倒了，爬起来，再摔倒，再爬起来。没人哭，没人喊叫。许广泰挤出人群，爬上了河堤。河滩里，五花大绑的刘盛九回过头来，嘴角浮起一丝惨笑，幽幽地问道："哥，你说谁输谁赢啊？"啪的一声枪响，将许广泰从梦中惊起，他大汗淋漓地坐在被窝里，像坐在冰窖之中。

许广泰回村的第二天，把村长赵恒广和董孝武请到家里。酒至半酣，许广泰说："两位老兄知道，兄弟我前两房家眷安置在开封和新乡，经营些小本买卖。眼下兵荒马乱，囤积的布匹、粮食和白糖压了不少款子，实在周转不动，想着把田产变现救救急。放心，价钱公道，比市面上便宜二成。"赵恒广和董孝武都是爱置办产业的主儿，遇见实惠按捺不住，在酒桌上就谈妥了细节。第二天，立了地契，结了款项。

立秋这天傍黑，许广泰把三百块大洋封进坛子，严严实实裹了三层油纸。找个借口把长工支开，换上短打扮，掂把铁锹直奔厕所。秽物清除干净后再朝下深挖一肘，坛子埋下去，上铺一层青砖，砖上铺土。料理妥当，双手虎口磨出好几个疱。

叶海棠抱着未断奶的儿子轻声问："咋了？"许广泰在油灯下边挑疱边说："有钱人的日子怕是不好过了。"抬起下巴指一下厕所，"这钱是恁娘儿俩的，藏结实。甭管发生啥，别在我身上花钱。"

1950年冬，许广泰被黄县军管会关了起来。

许广泰在牢房里听着街上游行群众喊"打倒军统特务许广泰"的口号，暗自庆幸早做了准备。

许广泰将自己为组织做过的工作和盘托出，不久，被释放了。

入伏，董孝武被侄子董宝礼叉死的第二天，许广泰在大槐树下被民兵捆成了肉粽。随着一声"起！"，许广泰嗖一下被拽上半空，一荡一荡的，像一个熟透的栝楼。

"许广泰，把你藏的金元宝银元宝交出来！"干部仰着脸喊道。

麻绳勒进肉里。苍蝇在脸上爬来爬去。街坊们眯着眼瞪着眼，黄的黑的年轻的衰老的各式面孔冲着许广泰。拽绳子的是高豁子和尾巴。"高豁子欠我两斗麦子，尾巴他爹欠我三斗。"许广泰嘟哝着。

海棠紧紧搂着儿子缩在人堆里，浑身哆嗦，头快扎进裤裆了。就这样吧，老婆孩子算保住了。

时间到了，一切徒劳。

"交不交？"

"呸——"许广泰将口中的姜片吐出。

"蹾！"

许广泰直直地落下，瞬间的疼痛之后没了任何感觉。

灰尘钻进口鼻，他本能地闭上了眼睛。

三下蹾完，屎尿横流，许广泰咽了气。

许广泰死时不过半百，儿子许百川刚刚两岁。

许百川在濮阳县城读完初中，顺利考入濮阳师范。濮阳师范是中专文凭，俗称小师范。许百川身为"黑五类"子女，按说过不去重重的审查。多亏了叶海棠的远见，早早以过继的名义将许百川托付给了濮阳的族亲。

养父母的家在濮阳县城南关，与华美中学一墙之隔。许百川打记事起就知道自己身世与众不同，"父亲"一词对他来说是隐形的陷阱，他小心翼翼地绕行。他从不主动结交朋友，闲时就去空旷的校园，手持一卷，一坐就是半晌。

进了师范，许百川仍是独来独往。他不像其他学生一样蹲在地上吃饭，要不在餐桌旁坐着用餐，要不把饭菜端回宿舍。许百川说话爱用书面语，别人说"咋了"，他说"如何"。他看不起别人，别人也欺负他。朝他鞋上吐口痰，他不理论也不擦，扭头就走，任痰迹自己风干。朝他屁股上踹一脚，他不回头也不去掸，任凭鞋印子自己模糊。

许百川和大多数同学一样养成了写日记的习惯。他不关心别人为什么写日记，他抱着"给后人留下点什么"的想法写成了工工整整的三大本日记。学生大多住校，文具多放在教室，不知是不是班主任的意思，学生干部总趁着没人时偷看同学的日记。次数多了，师生之间、学生和学生干部之间互相提防，甚至发展到对立。

一次大会，校长宣布发现了黄色和反动日记，学生个个噤若寒蝉。啥是黄色？啥是反动？校长不但没给出标准，还动员学生上交日记，要全部彻底地向组织交心。学生中有的乖乖上交，有的重新写了一本应付过去。

没几日，学校专门就日记中暴露的问题开了批判会。在日记中表示想成为专门人才的，被批评为个人主义；读爱情小说写读后感的，属于小资情调；对组织、学校和老师不满的，应予批判。学校要求学生进一步开展自我批判和相互揭发。同学们痛哭流涕，纷纷自我反省并且积极揭发。轮到许百川发言，许百川梗着脖子问："我就想治沙治碱，咋不对啊？"

不久，许百川被定为反动边缘学生。当教务主任把勒令退学的处分递给许百川时，许百川扫了一眼，掏出钢笔签下"已阅"二字。教务主任接过去瞟一眼，问："啥意思？"许百川一把抓过来，写下"同意"二字。教务主任打量着许百川大大咧咧的字体，苦笑道："你真是当省长的材料。"打这儿起，许百川落下了"省长"的绰号。

啥是反动？啥是边缘？有见解是反动？说实话是边缘？许百川百思不得其解。养父母家是回不去了，许百川背着铺盖回了牡丹村。

见儿子回来，叶海棠二话没说，找着村支书宝哥说了两点：一是落户口，二是要口粮田。宝哥一一答应。

回乡务农正好，自己种自己收。这是气话，许百川心里清楚，士农工商也好，工农兵学商也罢，农绝非位列第二，而是社会的最底层。务农，是一根戳破所有抱负的针。

许百川当初写日记纯属无心为之有感而发，经过这场历练，反倒促使他思考起国家大事来。只要组织社员学习，他是场场不落。别人昏昏欲睡，他是又学又记，会后还归纳分类。许百川把从宝哥那里搜罗来的过期报纸视为了解大政方针的珍贵资料，每一篇文章都仔细研读，甚至把头版上的文章一字一句地抄下来。许百川不是党员，对宝哥村支书的宝座从未流露出兴趣，也从未要求旁听村支部会议，这使得他在宝哥的眼中与董宝礼有所分别。

1975年，许百川当然无法预见动荡的十年即将结束，但他这个小师范都未毕业的小知识分子却着实看不下去了。"我要效仿公车上书，献言献策。"许百川说干就干，熬了几个通宵，把对时局的看法和对未来的规划，洋洋洒洒写了几千字，屡次增删，工工整整地抄了三份。

"文章叫个啥题目呢？古有《战国策》，我这叫《国是省策》吧。"

许百川在《国是省策》中写道：

…………

六、关于武斗。

各派都认定自己无比正确，对方是修正主义，从而大动干戈，死伤无算。仅我们梁乡镇就因为武斗死伤近一百人，多是知识青年和年轻干部。上级为什么不从各派的主张判断谁是谁非呢？为何放纵他们通过流血解决分歧呢？

七、治沙治碱。

河南省地辖黄河南北两岸，历史上饱受水害，遗留下沙害和碱灾。近年来涌现出一批治沙治碱的好干部，我认为治碱应当先治沙，治沙应当先治水。我请求中央考察我的历史，任用我组建全省治沙的机构（相当于省部级待遇）。我愿意把青春、才华和一腔热血奉献给祖国。

…………

《国是省策》写就，呈给哪一级领导呢？既然事关国是，当然呈给中央。许百川打定主意，揣上三十元私房钱，骗母亲说去濮阳探望养父母，坐车奔了安阳。在安阳火车站买票时，许百川才知道没有乡镇一级的机关证明，根本买不到去北京的车票。那就先去保定，走一步说一步。

这是许百川生平第一次坐火车，打这之后他死活不再坐。"跑得太快，来不及思考。"他这样抱怨。

火车像一条游龙，向北向北，向那颗光彩夺目的龙珠奋力游去。

太阳如受伤的巨人慢慢跌下山峰，暮色如野火从太行山脉翻滚而来，瞬间吞噬辽阔的华北平原。坟头，那些田间的坟头埋了多少志士仁人？埋了多少奸臣贼子？多少雄心风化？多少阴谋得逞？谁像我一样担忧着国家的前途和民族的命运呢？没有吧？没有。他们正把牛羊赶进圈中，他们正卸下肩上的农具，他们正掸去裤腿的尘土，他们正呵斥晚归的儿女，他们正往炉膛里添着柴火，他们正咯嘣咯嘣嚼着老咸菜，刺溜喝一口面汤。

异象，我一身的异象。两肘各生一寸长的毫毛，左腋下的白毫长至一拃。三根毫毛，夏至而生冬至而没。古往今来，只有成就大事的大人物才有异象啊！此去京城，必然应了"朝为田舍郎，暮登天子堂"的老话。我肩上的责任好重啊！

向北向北，火车像一条游龙，向那颗光彩夺目的龙珠奋力游去。

哐当，哐当。一棵树撵着一棵树。

哐当，哐当。一座村庄追着一座村庄。

哐当，哐当。新世界即将拉开帷幕。

看看身边昏昏欲睡的这些愚民，国有病，天知否？

许百川端详着车窗玻璃上的影像。他摸着下巴端详着，他从各个角度端详着。瞧瞧，这年轻而自信的脸庞；瞧瞧，这坚毅的眼神；瞧瞧，这两道剑眉；瞧瞧，这高高的发际线。当年六国封相的苏秦和三分天下的孔明不过如此吧？

北京，我来了。

真是该有此劫。许百川碰巧同一位探亲结束返回部队的小战士坐在了一起。小战士说话时舞动双手，脸涨得通红，整个车厢都能听见他的笑声。许百川没提《国是省策》，只说到北京反映农村的实际情况。小战士夸耀自己是给首长站岗的。许百川试探着问："首长在哪儿办公啊？"小战士不多想，答道："太平街甲八号。"车到保定，许百川没有下车。临近中午驶入北京站，检票时，小战士帮许百川补了票。

许百川告别小战士，搭上公共汽车边问边走。许百川惊奇地发现，偌大一个北京城，竟然看不见一个快乐的人。走着的站着的骑车的坐车的，一个个心事重重神色惶惶，像暴雨来临前池塘里的鱼群，跟宣传画上那些情绪饱满斗志昂扬的革命群众相去万里。下午三点钟，许百川摸到了太平街甲八号。好家伙！满满当当一院子人。虽然各色打扮，全是破破烂烂；尽管各种口音，全是低声下气。屋檐下大喇叭反复广播着："这是上访接待站，是联系群众的纽带。大家要遵守纪律，提高警惕，防止阶级敌人捣乱破坏。"

许百川排队进了接待室，发现接待人员只是普通工作人员，没有号令一方的首长。许百川说了几句套话退了出来，怀中的三份《国是省策》没有交上去。

许百川随处转悠，听见旁人嘀咕说，首长都坐红旗牌小轿车，在故宫办公。许百川当即赶往长安街，打算效仿古时的拦轿喊冤，将《国是省策》呈给首长。到了新华门，发现不仅有荷枪实弹的士兵站岗，就连长安街两侧也有士兵巡逻。别说拦轿喊冤了，就是驻足片刻也会被驱赶。

许百川晃来荡去，天黑透了也没见小轿车开进开出。一天水米未进，许百川又累又饿。先住下再说，住哪儿啊？许百川搭公共汽车摸回火车站，只见广场上乌泱泱一片，男女老少席地而卧。许百川不情愿跟这些不洗脚就睡觉的贫下中农搞在一起，于是住进了车站旁的一家小旅馆。

第二天一大早，许百川洗漱完毕，赶到附近的邮局，将三份《国是省策》分装进三个信封塞进了邮筒。

自己毕竟太年轻，工作中要平易近人、和蔼可亲、礼贤下士、不耻下问，不能让人感觉自己是坐火箭上来的干部。团结新同志，尊重老同志。具体问题多向技术人员请教。办公室设在一线，像辛夷一样与群众同吃同住同劳动。工作岗位本身没有高低贵贱，关键在于奉献多少。权力是组织上给的，权力本身没有价值，它的价值来自使用。权力只是控制，控制别人更要控制自己。婚姻的事暂不考虑，事业上成功了，机会多得很。

晚上八点多钟，许百川正躺在床上跷着二郎腿浮想联翩，房门咣当一声被踹开，许百川还未坐起，就被掐住脖子顶在墙上，乌黑的枪管抵住了太阳穴。

"姓名？"

"许百川。"

来人不再问话，拎麻袋似的把许百川拖出房间，塞进一辆军绿色的吉普车。吉普车七拐八拐，老半天才停下。那人

太岁志

提着许百川进了一扇铁门，经过院子，走过封闭的长廊，最后，扔进了一间小屋。许百川从地上爬起来，见屋里一张桌子，一把椅子和一张长椅，没有床和其他家具。许百川正在愣神，进来两个人，在长椅上坐下。这两人一胖一瘦一高一矮，眼睛像轴承里的钢珠般灵活而冷酷。许百川没等他们开口，主动坐在椅子上。一人展开面前的稿纸，提笔写了什么，刺啦撕下，隔着桌子递给许百川。许百川欠身接过来，见上面写的是自己的名字。一人推门进来，手持相机站在二人身后，冲许百川说："举到胸前。"许百川下意识把腰挺直，把纸举到胸口，咔嚓一声，那人出去了。许百川心想，这是要把我的照片登报吗？

这时一人问道："姓名？"

"说过了。"

"老实点！姓名？"

"许百川。"

"哪里人？"

"河南省黄县梁乡镇牡丹村。"

"谁指使你写的《国是省策》？"

哦，原来首长见到呈上去的《国是省策》了，派人来询问相关情况呢。不应该这个态度啊？谁指使？没人啊。

"没人指使，良知让我必须开口。"

"良知是谁？"

"良知不是一个人。"

"到底几个人？"

"就我一个。"

"那良知呢？"

"我跟你说，良知它不是一个人。"

"老实讲，你们这个团伙几个人？"那人一拍桌子。

"咱们是一派啊。"

"我们跟你不一派，你是反动派！"

许百川陷入了巨大的困惑，直愣愣盯着二人，啥也想不起来。二人不再问话，起身架着许百川出门。走到走廊尽头，一扇门吱呀呀打开，许百川被一把推进了屋子。

"腰带，鞋，脱下。"一人厉声道。许百川迟疑着。"快点！"许百川把腰带和鞋递给那人，门咣当一声关上了。

靠西墙是一趟砖砌的木板通铺，铺上或躺或坐挤了十七八个人，有老有少。许百川双手提着裤子，光脚站在过道，打量着铺上的这伙人。一个人伸手拉许百川在炕沿儿坐下，问道："老兄哪里人啊？犯的啥案子？哪个分局办的？是不是花案？"其他人像闻见臭味的苍蝇般围拢过来。

这他娘的是监狱吧？绝对是误会，可能有奸臣作怪，相信组织定能明察秋毫，还自己一个清白。

"这是哪儿啊？"

"半步桥啊。"

"半步桥？"

"半步桥监狱，专门关押普通犯人的，高级干部都关在秦城。"

许百川坐在通铺上，听众人你一言我一语的，脑瓜子嗡嗡直响。我跑了一千多里地来报效国家怎么成犯人了？哪儿出问题了？谁陷害我？宝哥？他不知道我进京啊。还有谁？半步桥？这名字挺好。极乐世界到阿鼻地狱不过半步，阴界距阳间也是半步之遥。一个反动边缘的学生，不老老实实改造，千里迢迢跑到北京来坐实罪名。天堂有路你不走，地狱无门闯进来，可不就是半步之差吗？好名字。异象，我一身的异象。古往今来，只有成就大事的大人物才有异象啊。别怕，天将降大任于是人也，必先苦其心志，劳其筋骨，饿其体肤——只是……只是这下一步该当如何呢？

许百川正在胡思乱想，最里头一个年轻人站起来冲他说："睡觉时屁股夹紧些。"许百川心想跟我说话吗？那人道："说你呢。"许百川问："怎样？"旁边人拿胳膊肘捅他一下，说："没啥，就是夹着尾巴做人。"

门上的小窗口咔嗒一声打开，一人呵斥道："睡觉！"众人赶忙躺下。

许百川双手抱膝靠着墙，觉得后脑勺一阵一阵地发麻。有人咯吱咯吱磨牙，有人呼呼啦啦打鼾，有人唧唧哝哝梦呓。一切如此真实，一切如此荒唐。没洗脚没洗脸呢，能睡觉吗？

天花板上十五瓦的灯泡散出虚弱的光线。许百川顺着墙慢慢躺下，挤在人堆里。一滴纽扣大小的水珠。一滴，两滴。不，是一排，两排，无数排，整整齐齐悬在天花板上。水珠并不坠落，而是沿着墙壁悄无声息地滑动，滑到墙角，顺着墙壁滑下，滑过背部，滑过身下，凉凉的。他想翻身坐起，身子却僵住了。他想喊叫，张不开嘴。水珠有条不紊地滑下，一排一排地滑下，滑过他的背，滑过众人的背。水从地面漫上来了，漫上炕，漫过手背，漫过胸口，漫过鼻尖儿，许百川没来得及吐出一个气泡就被完全淹没了。

许百川不知道，他的《国是省策》已被定为"最最最阴险的建议"。

梁乡镇革命委员会主任吴玉中接到批转下来的电报，吓得魂飞魄散，连夜召开会议，说："咱这沙窝儿里要是出一个最最最级别的反动派，你们谁脱得了干系？许百川他根本不是什么最最最阴险，他就是最最最最反动的历史神经病和最最最最反动的现行神经病！"于是干部们一口咬定："十年前许百川就想当省长，十年如一日，他想当省长想疯了。许百川就是个最最最神经的神经病！"

早上，许百川在激昂的乐曲声、朗朗的背书声和嘹亮的歌声中醒来。

铁门上方的小喇叭播放着《东方红》。

"蜀道之难，难于上青天。蚕丛及鱼凫，开国何茫然。"一个白发男子直着腰，仰着脸，背着手在铺前走来走去，一字一句地背诵着。旁边站着一个三十岁出头的青年，脚上一双蓝色的硬塑料凉鞋，后脑勺多出一块，专注地望着小喇叭，双手一划一划地打着拍子，一板一眼地跟唱。《东方红》播完，唱歌的青年走到许百川前面，伸出手来。许百川以为他要握手，也伸出手去，青年却将手一扬，唱道："这老弟，我问你，你的家乡在哪里？"许百川的手悬在半空，不知所措。旁边人笑起来，说："问你呢，家是哪儿啊？"许百川把手缩回去，答："河南。"青年唱道："反动派？强奸犯？老弟为啥进来的？"许百川还没答话，铁门哗啦打开，干部出现在门口，吆喝道："快快快。"十几个犯人呼啦一下蹿了出去，瞬间只剩下许百川。许百川提着裤子光脚跟出来，干部在后面催促："快快快。"

一群人冲进一间臊呼呼的小屋，许百川才明白这是统一解手呢。许百川光脚站在水泥地上，听着身旁哗哗啦啦的撒

太岁志

尿声和扑扑通通的放屁声，怎么也尿不出一滴。

从厕所回来，许百川在人堆里寻见那唱歌的青年，还没开口，铁门哗啦一下打开，有人叫道："开饭了！"十几号人提着裤子排队站在门口，许百川排在最后。

一碗玉米面粥、一个玉米面窝窝头和一撮咸菜，许百川端着碗坐在铺上，瞅着漂在粥上的咸菜，一动不动。

"这老弟，我问你，是不是，你不饥？"唱歌青年端着空碗站在许百川面前。

"你叫啥？"

"我唱中音最拿手，大家唤我王中音。"

许百川把碗朝前一送，王中音接过碗呼噜噜几口吃得干干净净。

早饭后，门打开，腰带、鞋子和眼镜扔到铺上，众人寻找各自的物品。

午饭之前，许百川从狱友口中多多少少获知了半步桥监狱的情况。

关押他们的这座楼共三层。一楼是普通犯人、干部和刑事犯混在一起，二楼是病人和外国人。"三楼是重犯和死刑犯。"白发男子低声对许百川说，"死刑犯都上了背铐和脚镣，半夜里你听见楼上哗啦啦镣铐响，那是拖出去枪毙呢。"

午饭是两个玉米面窝窝头、一碗菜汤。许百川没一点儿食欲。捞面条，我想吃捞面条。面条出锅，搁井水里拔一下，撒上黄瓜丝和荆芥，香油蒜泥兜头一浇，啧啧，那叫一个得劲儿。不等王中音开口唱歌，许百川直接把碗递给了他。

晚饭是玉米面窝窝头，窝窝头竟然是半个，菜汤竟然没半点油花。许百川顾不上这些了，他真饿了，他三口两口吞了下去。王中音站在他面前，看看他手里的空碗，唱道："人是铁，饭是钢。吃得饱，睡得香，不想媳妇不想娘。"众人笑起来，许百川苦笑了一声。

晚饭后，干部进来将眼镜、腰带等物品收走了。

"为啥收走啊？"许百川问白发男子。

"怕你自杀。"

"怕我自杀？我还没娶媳妇呢，才不自杀呢。"

下半夜，许百川被金属碰撞的声音惊醒了。他坐起来，靠着墙仰脸静听。哗啦啦，哗啦啦，金音铿锵。他直勾勾盯着天花板，现在该是凌晨。哗啦啦，哗啦啦，镣铐拖过地板。这是些什么人呢？他们经历了什么？哗啦啦，哗啦啦。

第三天早上，第四天早上，每天早上，许百川都在激昂的乐曲声、朗朗的背书声和嘹亮的歌声中醒来。

每天上两次厕所，早饭后一次，晚饭前一次。每次上厕所，干部把门一开，喊道："快快快。"犯人排着队鱼贯而出，鱼贯而入，鱼贯而回。解大手的往往被锁在厕所里，一声一声地喊："报告政府，完了。"干部才爱搭不理地开门放人。

许百川和其他犯人一样，就盼着放风。围墙上荷枪的士兵走来走去，众人在百十平方米的空地上三五一堆。第一次放风时，许百川就注意到墙砖上刻着各种留言，有的字迹端正，有的刻痕轻浅。

许百川抚摸着那些字迹，仿佛唤醒了已然风化的悲惨人生。

"我喜欢桂萍，我没有耍流氓。"这话应该是男女之情的真实流露。看来男的是判了流氓罪，桂萍呢？女主角桂萍是个怎样的结局？"大哥，兄弟先走一步了。""三弟，大哥没把你供出来。"这充满江湖义气的两句话分刻在两块砖上，先走一步是释放了还是阴阳永隔了？或者二人并不是同案中的难兄难弟？"冤枉！"二字的笔画最为粗重，可以想见刻画时的心情，尤其感叹号的一点，痕迹深得多。多冤呢？比我还冤吗？下面不同的笔迹跟了一句："谁不冤枉？"是啊，谁不冤枉？"恨！"这个字的笔画更为粗犷。恨什么？恨自己？恨家人？恨毫不相干的世人？支撑人活下去的不是希望吗？怎么是恨呢？我不恨，恨太累了。"杀光天下的公鸡，也无法阻挡黎明。"这是真理在手的豪气。许百川能想象出刻字者慷慨赴难的坚毅神态。他掌握了什么真理而被关押在此呢？真理不是通向解放吗？为何真理在手反而身陷囹圄呢？"我想吃肉吃肉吃肉。"这是对伙食的声讨，看来他一定是没吃上肉。"王丽娟的屁股真大！"这是对异性的赞美。无聊压抑的环境下，这句话显露了生命的本真，也是一种情怀呀。"这一切何时结束？"是对现实的逼问还是无力的自问？我何尝不想知道答案？答案在谁的手中呢？这一切何时会结束？这一切何时开始的？这一切还会重来吗？"傻子在里，骗子在外"八个字让许百川思想了好一阵子，猛一看有道理，细想自相矛盾。这八个字不会是傻子刻的吧？况且我就不是傻子，那么"傻子在里"就不成立了。改成"傻子在外，骗子在里"呢？也不合适，到底谁是傻子谁是骗子呢？许百川抚摸着红砖再往下看，"害浣害否，归宁父母"八个字撞进他的眼里。"害浣害否，归宁父母"，许百川不自觉地念出声来。

　　吃过晚饭，铁门打开，干部喊道："许百川。"许百川从铺上坐起，有人小声嘀咕："只有夜里进人，哪有夜里出人啊？"干部道："快快快。"许百川双手提着裤子，迟迟疑疑走到门口。干部把他拽出门去，推着往前走了十几步，到了一间房门口，往里一搡，门哐当关上了。许百川打量着屋里的陈设，发觉眼熟，该是第一次审讯自己的那间屋。门开了，进来两个人，正是上次那两人。两人在桌子后坐下，足足盯了许百川两分钟。许百川想咧嘴笑笑，却只抽了一下嘴角。

"除了《国是省策》你还写过啥呀？"

"日记。"

"日记在哪儿啊？"

"学校收走了。"

"你认识北京的什么人吗？比如某个大领导？"

"老一辈无产阶级革命家我都熟悉。"

"不许乱说！"

"我没乱说！他们的革命事迹我倒背如流。"

"你到过北京的什么地方？"

"太平街甲八号。"

"这是什么地方？"

"革命群众的联络站，走廊下一个带盖儿的绿色保温桶，免费供应茶水。"

二人对视一下，收拾纸笔，出去了。

许百川在脑中过了一遍对话，没说错什么呀！

第二次放风，许百川直奔"害浣害否，归宁父母"八个字而去。字还在，仿佛只为等他。许百川抚摸着"父母"二字，像抚摸着灼热的木炭。《诗经》里的句子吧？篇目记不得了。回家吧，富贵于我如浮云。回家，踏踏实实孝敬我那守寡三十年的老娘。他们会放我走吗？

晚饭后，许百川躺在铺上闭目养神，门哗啦打开，干部喊道："许百川。"许百川心说，又干啥？是审我还是押我上风波亭？上风波亭也好，死得其所。许百川两手提着裤子从铺上下来，王中音走到他面前，两手前伸，唱道："许老弟，去哪里？哪里来，回哪里。"众人盯着许百川不作声。许百川朝大伙挥挥手："再见吧，同志们。"

许百川跨出门去，昏暗的走廊上没有荷枪实弹的士兵。他听见身后白发男子高声吟咏道："水国蒹葭夜有霜，月寒山色共苍苍。"干部呵斥道："睡觉！"吟诗的声音听不见了。许百川问干部："怎样？"干部没理他。许百川似乎听到镣铐拖过地板哗啦啦的响动，快到走廊尽头时，许百川问："如何？"干部没理他。到了院子往大门去，许百川想，难道要在我脑后开枪，就地正法吗？

大铁门上的小铁门吱呀呀打开："滚！"干部照许百川的屁股上猛踹一脚，许百川踉踉跄跄从小门蹿出去，险些跌倒，他回身喊道："鞋！"话音未落，一双鞋正砸在脸上。许百川一面穿鞋，一面喊道："腰带！"小铁门哐当一声关上了。

许百川两手提着裤子愣在那里。

自由了？

许百川穿上鞋，却不知往哪里去。一张旧报纸飞过来糊在小腿上，许百川抓过报纸，趑到一处背风的墙角慢慢蹲下。

鸟鸣声不绝，像在耳朵眼儿里。他掏掏耳朵，啥也没有。声音更响了，他猛抽自己一记耳光，小些了。他再抽一记，蛐蛐闭嘴了。他抬起头，漫天繁星像调皮的孩子一跳一跳。许百川刚起了我那老娘是否在惦记我这不孝的儿子这一念头，就觉着胸口发闷，头皮发紧，像一头从房顶栽下来似的。亲娘啊，你比这个国要紧。他咬紧牙关咽下一口唾沫，将报纸盖在头上，嗷一声哭了出来。

天麻麻亮，许百川搭一辆进城淘粪的毛驴车到了前门。先寻一间公共浴池，花了两角五分钱洗澡外加理发刮脸。吃过午饭，许百川把藏在袜子里的钞票数了数，还剩十九元。

回家前逛逛故宫吧，也不枉来一趟首都。或许不逢节假日的缘故，游人稀少。许百川逛着无聊，在长廊下的长椅上斜躺着小憩，迷迷糊糊地睡着了。梦见了一个人，好像是父亲，不太确定。父亲好像说了一句什么，回家之类的话吧？他坐起来，揉着惺忪的睡眼。日头落下宫墙，宫殿的阴影像屏住呼吸的猛兽般慢慢逼近。火车站衣衫褴褛的无产阶级。半步桥。窝窝头和咸菜。蓝色硬塑料凉鞋的王中音。半夜里哗啦啦拖过地板的镣铐。许百川长长地叹了一口气。

出了故宫，来到广场，像一尊落在夕阳里的石翁仲，许百川冲着天安门立正站好，恭恭敬敬鞠了三个躬，未曾开口，眼泪哗哗地流了下来。许百川止住泪水，哽咽道："百川一片忠心，日月可鉴，可怜报国无门，只得老死户牖之下。您老人家保重吧，百川回了。"

命途多舛。许百川第一次读到这四个字时，感觉这成语就是自己命运的咒语。川和舛。百川和百舛。我这辈子能扛住百舛吗？老天爷不公平啊，我是偷了还是抢了？我比那些祸国殃民的坏人还坏吗？为啥老舛我啊？我都这般落魄了，还他娘的把我舛到哪儿啊？不过，国家却失去了一个大大的人才，受损失的是国家啊。

1979年，而立之年的许百川娶了二杨庄的陈卫红。原本女方家长并不同意将一个高中毕业的黄花闺女搭给岁数大了

太岁志

近一轮的"最最最神经的神经病"，只因陈卫红高考落榜得了癔症，与人交谈时常常发呆，于是经人说合，亲事算成了。许百川私底下对母亲抱怨道："二十岁时想着不是林黛玉就是薛宝钗，谁知到头来竟是杨排风。"叶海棠点着儿子的脑门说："得了便宜还卖乖，烧哩不轻。"

娶亲前一天，肉啊菜啊什么的置办妥当。傍黑，许百川走出家门，脚不听使唤似的奔十字街去。街上没人，鸡啊狗啊早回了家，一头老母猪哼哼唧唧溜着墙根。许百川摸出一支烟，还没点着，看见小学校方向过来一个人，脚步轻得像怕踩着啥。许百川看着眼生，就抽着烟蹲下。一支烟抽完，那人近了，握着一根缠了红布的木棍，一探一探的。

许百川不认识，就问："天色已到这般时候，老兄意欲何往？"

那人停住，手摸胸口说："哎呀，吓俺一跳。"

许百川笑道："面生啊，哪村儿的？"

那人道："黄河南的。"

"去哪儿啊？"

"走哪儿算哪儿，混口饭吃。"

"哦，算命先生。"

"算命、看相、测字、解梦。"

许百川站起来，拉住瞎子说："老兄这边坐。"俩人在石墩子上坐下，许百川塞到瞎子手心一支烟："老兄帮我算算吧。"

瞎子把纸烟夹在右耳朵上："中啊。"

许百川抓过瞎子的左手，用食指在瞎子的掌心写下一个"川"字。瞎子把手抽回去，混浊的眼球翻了几翻，右手大拇指把食指中指无名指尾指指了一遍，口里道："川。"许百川盯着瞎子那鹰嘴豆般凸出的上唇，等他开口。

瞎子道："有意思啊。"

许百川问："啥意思？"

瞎子道："这大冷天的，老弟你不回家，搁这儿蹲着。"

许百川道："还不是等你？"

俩人笑起来。瞎子道："老弟命中三劫两遇啊。"

"啥讲究？"

"三劫就是三回劫难，两遇就是两次逢凶化吉。"

"哪三劫啊？"

"三劫中两劫已经过了，还有一劫，不用担心，四十年后的事。"

许百川笑道："四十年后也能算出来？"

瞎子不理会他，继续说："只是这一劫是骨肉劫，你们父子要生些口角。"

许百川笑道："实不相瞒，老弟我明天才成亲。"

瞎子道："哎，不对啊，老弟你有媳妇有儿子啊。"

许百川脸色一变，扫一眼四周，起身就往家走。瞎子道："这位老弟，不能拿支烟卷儿打发俺呀。"

许百川一溜小跑回到家，直奔厨房，找个手巾包了两个馒头一只烧鸡，临出门又折返回去，揣上一盒纸烟。许百川赶回牌楼时，瞎子正不紧不慢地抽烟。许百川把手巾包的馒头、烧鸡和一盒纸烟塞进瞎子怀里，低声道："老兄，可不敢乱说啊。"

瞎子按住手巾。"唉，茫茫人海，几人认识你几人认识俺呀？"站起身来，"今儿个要陪土地爷过一宿了。"左手捂紧手巾，右手抄起棍子，一探一探地奔高王庙去了。

望着瞎子慢慢消失在村西头的夜色里，许百川忽然心生后悔，直到今天，许百川还为自己的胆怯懊恼不已："瞎子说三劫两遇，这两遇到底是哪两遇呢？"

1980年，儿子许恒启降生。1983年，迎来了女儿许恒文。

许百川两口子把一双儿女的教育当成比吃饭还大的事。课本上要求背诵的必须会背，没要求背的也得会背。背不出来，许百川就用枣树刺扎儿子的手背。每扎一下，许百川就噙着泪对同样噙着泪的儿子说："儿啊，爹比你疼啊。"

许百川舍不得扎闺女。他对许恒文说："妮儿，咱要是不好好读书，将来一辈子都得窝在这腌臜的农村。"许恒文答："爹，农村挺好啊。"许百川说："你等着吧，等你将来嫁个四臭老爷们儿你就不说挺好了。"许恒文好奇道："爹，啥是四臭老爷们儿啊？"许百川道："口臭、脚臭、汗臭加狐臭。"许恒文撇嘴道："咦。"陈卫红在旁边埋怨道："你看你跟闺女都说些啥。"许百川摆手制止媳妇，说："不光四臭，还有痔疮，整天血里呼啦恶心八叉，走路撅着个腚，俩腿撇拉着，一扭一扭。几年下来，你再生养一窝泥孩儿，挂鼻涕流口水，不管人前人后，你解开怀奶孩子，哎呀——"许百川摇着头摆摆手。许恒文正色道："爹，你别说了，我坚决不嫁四臭老爷们儿。"许百川点头道："哎，这就对了。"

这天吃过晚饭，母亲叶海棠领着儿子儿媳到厕所，指着茅坑说："1948年立秋那天，恁参搁这下面埋了一坛子大洋，足足三百块。等孩儿考学用钱，你把它挖出来。"

许百川看看茅坑再看看一本正经的母亲，问："娘，我是谁啊？我叫个啥？"

叶海棠伸手作势要打儿子，大声道："恁爹叫许广泰，恁娘我叫叶海棠，你叫许百川，媳妇叫陈卫红。"

许百川指着茅坑问："娘你说的是真事儿？"

叶海棠道："娘会骗你？别等了，现在就挖。"

半个钟头后，坛子起了出来，清洗干净，许百川小心翼翼地把坛子抱进堂屋，娘儿仨盯着油纸还没沤烂的坛子足足半个钟头一言不发。许百川揭开封口，伸手抄起一把大洋，银圆从指间叮叮当当滑进坛子。

"多好听。"许百川对媳妇说，"嫁给我不亏吧？"

叶海棠道："别诌了，封好，藏严实。恁爹交代了，十块十块地卖，别叫人家惦记上。"

儿子许恒启高考前，许百川将大洋换成了纸钞。

"三万七！"他挥着一沓子钞票对媳妇说，"乡长十年的工资！"

许百川留下了一块。秋分那天下午，他随手找张纸压在银圆上，用铅笔一笔一笔涂出图案，然后对着窗户的亮光，默默端详。他似乎从图案中认出了父亲的脸，是的，虽然他从未见过父亲的任何一张照片，但他断定那是父亲的脸。他忽然明白，从父亲埋下坛子的那一刻起，注定有这么一天。无论他怎样挣扎，他终将回到这个家，终将在某个午后从涂在纸上的图案里认出父亲的面容。

母亲蜷缩在窗下的藤椅里晒太阳，喉咙里不时呼呼地响几声。媳妇正把一把玉米撒向鸡群，口里咯咯地召唤着。

是的，终将如此。许百川想说什么却说不出口，干脆什么也不说，就盯着那图案，直到两行热泪顺着曲曲折折的皱

大岁志

纹滴滴答答落在桌上。

孩子们没辜负父母的苦心，1997年许恒启考入武汉大学，四年后公费赴美国留学，学成留美。又四年后，许恒文大学毕业即赴美留学。

许百川夜半醒来，常暗自思忖，孩儿们一个个比我顺当。只要孩儿们顺当，比啥都强。

许百川像抬头即可望见天空般能够预见自己的余生。他不能预见的却是在杖国之年，他这个"最最最最神经的神经病"要亲手将儿子送进精神病院。

明天，高大象的儿子高敬轩为竞选牡丹村村委会主任，将在梁乡镇的机关食堂对近千名村民发表演讲。明天，就在明天，"省长"许百川和辛丑将为救出李杏与安阳铁西惠民精神卫生中心斗智斗勇。明天，还是明天，太平洋东岸俄勒冈州的波特兰市，1910年来华传教的艾礼士的曾外孙小艾礼士，将与妻子面色凝重地窝在壁炉旁的沙发里，凝望着闪闪跳动的炉火，做出一个改变后半生的重大决定。

第十九章　高敬轩

　　乡亲们好啊！大家都认识我吧？我叫高敬轩，俺爹叫高大象，俺爷叫高红中。俺爹今天上午才埋喽，按说我热丧在身，不该来竞选村委会主任，可我实在有一肚子话想跟大家拉拉。

　　我，1988年生人，先给乡亲们讲个我出生之前的故事，咱村的真人真事。那时候计划生育，大夫给小两口发安全套，小两口不好意思多问，揣着回家了。隔了一个多月，计划外怀孕，就去找大夫。大夫问，用了吗？小两口说用了。用了咋会怀孕啊？咋用的？小两口说，大夫恁给的药嚼不烂咬不动咽不下，实在没法俺切成丝儿配着辣椒炒炒吃了。大夫说那不是吃的，那是戴的。又给小两口发了两盒，小两口揣着回家了。隔了一段时间，又计划外怀孕了。又去找大夫，大夫问，戴了没有？小两口说戴了呀。大夫问，咋戴的？小两口说，每次俺两口子亲热，每人手上戴一个。

　　哎，老少爷们儿笑了，为啥笑啊？笑这小两口没见识呗。为啥没见识？封闭呗。为啥封闭？穷呗。为啥穷？没资源呗。

没资源咋弄啊？夺取呗。俺爷高红中，老辈人喊他高豁子，两手空空，跟着共产党把地主富农家的资源夺取到自己手里了。咱剥夺了别人的，资源增多了吗？没有啊，只是从地主富农手里转移到穷棒子手里了。穷棒子掌握了资源，就是均富。几十年下来，均富没成，均贫倒实现了。那咋办？上级说了，叫一部分人先富起来。俺爹高大象就是先富起来的那批人。他咋富了？大家都是无产阶级，暴力夺取的手段行不通了，他就巧取，从国家从集体身上巧取。取得少就是万元户，取得多就是企业家。大家都使这一招，巧取就不管用了，国家和集体不能总吃亏呀，那咋办？做生意。你有这这我有那那，咱俩换换，这叫资源置换。啥也没有，还想把别人手里的资源弄过来，那就只好用诈。俺爹搞抽奖，卖假农药假化肥，记的吧？兵不厌诈，商也不厌诈。诈得多了，法律不答应，法律法规条条框框越来越健全，这就逼着你改思路换脑筋。你不换你吃亏，法办你。

今天是互联网时代，互联网就一个词：分享。分享啥？分享资源。咱不能老是白白分享人家的，那咋办？跟人家分享咱的资源。咱有啥资源？土地，咱农民只有这个。土地咋分享？粮食啊。粮食是最根本的资源。有人说，你说得轻巧，现在种粮食能发家会致富？粮价这么低，化肥农药这么贵，别说挣钱了，还赔哩。

我先给老少爷们儿交代交代这几年我都干了啥。高中毕业搁郑州读了两年大专，入校时210斤，毕业时170斤，整整瘦了40斤，一袋子面呀，我恨死这学校了。一毕业我扎进一家广告公司，没想混成多大气候，就想买一套四室一厅的大房子，一个卧室，一个育儿室，一个书房，一个健身房，健身房里搁一台跑步机，这就是我当时最大的愿望。赶上郑州发展快，生意好做，两年下来我自己开了一家小广告公司。电视、报纸、广播这几大媒体轮不上咱代理，人家不带咱玩儿，嫌咱身上土腥气大。我弄啥资源啊？我弄树筒子。满大街都是树吧？我给好路段的每棵树套上一人高的木桶，又美观又防虫还没人跟咱抢。桶上漆广告也中贴广告也中，成本低廉，传播效果实在。说实话，小赚了一把。这一把让我明白了，省城不是咱待的地方，四室一厅的大房子咱供不起。走人。去哪儿啊？哪儿有资源去哪儿。我就下了濮阳，濮阳有油田。

搁濮阳一待五年，一言难尽。这五年当中头三年干广告，赶上濮阳房市和车市上升期，又小赚了一把。我一想还是干房地产来钱猛，转行做起了销售代理。啥是销售代理？开发商把地块拍下来，承建方地基挖好，楼慢慢盖，开发商把不见影儿的楼盘打包，托给一家专门的营销公司预售，也叫卖楼花，这个营销公司就是销售代理。

这五年里，婚也结了，房也买了，车也换了。房是买了，但不是四室一厅，愿望算是没实现。

今年赶上房市大跌，几年间的努力全泡了汤，打回原形。

啥也没了，轻巧了。三十的人了，过了心浮气躁的阶段了。我沉下心来读书，这一读书不得了，长见识。古希腊有个哲学家说，人活在世上无非就是对抗。他总结了几点：一是人对抗人，二是人对抗社会，三是人对抗神，四是人对抗自己，五是人对抗自然，六是人对抗机器。

乡亲们听清没有？我再从头捋捋啊。第一是人对抗人。这个不难理解，无产阶级专政呗，谁不服咱就专谁的政。俺爷咋死的？岁数大的没忘吧？就是人与人斗，俺爷那一茬的人天天就干这个。第二是人对抗社会。人想改变自己的地位，改变自己的经济状况，改变身份，那就必然发生对抗。跟看得见的组织对抗，跟看不见摸不着的风俗对抗，总之是个人对抗团体。第三是人对抗自己。跟自己过不去，跟自己较劲儿，该睡不睡该吃不吃，一个人的江湖也是刀光剑影。这个最累，这也是为啥这么多人得抑郁症的原因。第四是人对抗自然。说什么人有多大胆地有多大产，还说人定胜天，不就是对抗自然吗？人胜不了自然规律，这是常识。第五是人对抗机器。机器越来越智能，人和机器的冲突早晚会升级，人害怕被机器代替，但是机器早晚胜过人类，一定的，美国开发的机器人会下围棋，把世界冠军都打败了。刚才漏了一点，就是人对抗神。为啥对抗神？神不公平呗。董永和七仙女就是对抗，白娘子和许仙也是对抗神。这是信神，那些不信神的呢？更是对抗。今天来的千把人，我看不信神的多，就是信也是信财神。神照顾你你敬它，不照顾你你就怨它，典型的对抗。咱不聊信仰，不谈理想，咱就说发家致富。为啥会有这几种对抗？为啥？不就是因为资源吗？原始社会茹毛饮血，吃了上顿找下顿，不存在这么多对抗。后来有了私有财产，对抗就产生了。人性是相同的，每个人都自觉地追求幸福，都认识到自己是人不是牲口，都要求属于自己的各种权利，会不发生对抗吗？咋解决这几种对抗？刚才说了，互联网时代来了，互联网就是要打破对抗，互联网就是要分享，分享一切资源。

　　我讲话当中不少兄弟姊妹不停地玩手机，阅读转发点赞评论，这就是分享。

第十九章　高敬轩　　　　317

话说回来，咋通过分享发家致富啊？

土地，农民唯一的资源就是土地。土地加上互联网，分享这个。

又回到种地了，种地有种地的道道。啥道道啊？规模化种植，说白了就是包地。一说包地有人笑了，你举例说某某某包了几千亩地赔了多少多少。是，这我知道，这就是道道。为啥赔呀？他脱离了，他把自己和别人脱离了。不是说分享吗？包地的没和农户分享啊。二杨庄包鱼塘的临丰收，叫老百姓哄抢了。靳庄包果园的临丰收，叫老百姓哄抢了。这哄抢是暴力夺取的后遗症。咋办哪？我有个详细文案，今天不展开说，给大家描述一下。比如我高敬轩包咱村的地，咱村近一千三百亩地，刨去太岁占的近一半多，还剩下六百亩，每亩地每年租金按八百元算。好，第一个问题产生了，这八百元合理不？为啥不是七百元不是九百元？况且，我包地还得先给你钱，贷款利息咋办？成本是不是增加了？我还要投入农机化肥农药地膜人工，农技人员不花钱吗？不赔才怪。好不容易熬到秋收，你眼红我赚钱了，呼啦一下给我抢得一干二净，我是不是更冤？不公平啊。最公平的价格是按当年市场粮食价格乘上平均亩产，还得收了庄稼再结账。比如说小麦今年一块一一斤，一亩地收九百斤小麦，那我给你九百九十元，比八百元多不？这就是分享，也是共赢。有人说那你包地不赔了？我不赔呀，我不种麦呀，我种收益更高的农作物，种花生种小米种蔬菜种花卉种各种经济作物。

有人笑了，说你高敬轩今天不是来竞选村委会主任的，是来包地的吧？也是也不是。为啥这样说呀？包地是第一步，听我往下说。咱村不是规划成太岁文化生态园区了吗？这个规划是市、县两级政府定的，改不了。前街南边的宅基地和耕地被太岁占了，前街北边的房子估计也不能住人了，咋弄？这就到了第二步。镇上答应安置村民，是建个小区还是分散到各村看具体安排。我这第二步计划呢，就是把咱村没被太岁压塌的宅子全都清空，搞一个太岁文化村，配合生态园区。宅子不动，保持原貌，修旧如旧，改成客房对外出租，这叫原生态民宿。一家人来旅游正好住一处宅子，原来楼房的改成乡间别墅，拉开消费档次。

要达到这一步，得先整一下环境，主要是垃圾处理。你看咱村，也不光咱村，村村都是垃圾遍地，塑料袋满天飞。咱立个规矩，第一垃圾分类，第二咱村里出车，个人出钱出力，每星期一趟把垃圾送到镇上的中转站。

水泥路沥青路，凡是年久失修的都敲了重铺，一水儿的青石板，一尺厚。故意弄得不平整，故意弄得坑坑洼洼。路两旁栽满果树，种上柿子、苹果、沙果。路灯在果树之间藏着，琥珀色的灯光朦朦胧胧。寨河清淤，接通卫河的引水渠，死水变活水。第一场牛毛细雨悄然而至，你在路灯下撑着雨伞，裤腿上沾着青草的清香，坑坑洼洼的积水映出斑斑点点的灯光，果实的暗香随风浮动。远远的那人正朝你走来，清脆的脚步声在静寂的街道上传出去好远。咦，看不美死你。

那要是不下雨呢？有办法。安装自动降水系统，喷头覆盖整个村子，定时定点下小雨。上午有彩虹，夜里有雨声，夏天去暑气，冬天消雾霾。好不好？

这是硬环境，软环境也要整。老辈人过年，大年初一把祖宗牌位家族图谱摆在堂屋，烧香祭拜。这个好，这不是封建迷信，这叫数典忆祖。现在呢？打麻将、推牌九，一宿一宿地干，谁见过牌桌上发家致富的？还有随份子，红白喜事街坊邻居远亲近门随个份子正常，咱村哩？老母猪下崽也请客，小母鸡下个蛋也打招呼，还有他爷死了三十年了还操办的，想钱想疯了吧？

网上说从1980年起，每天消失二十四个自然村。咱这不是消失，是新生。

进入下一个问题，谁来旅游啊？乡愁知道吧？北京上海广州的白领金领，省城的各种牛人，往上查三代，有的最多查二代，甚至他本人就是个农民。乡村就是中国人的基因，别看他们起了洋名字，玛丽啊、薇薇安啊、本杰明啊、史提芬啊，他的根在农村。他思乡啊，他有乡愁啊，哎，来咱牡丹村，不是旅游是解他的乡愁。住一天住一年住一辈子都中，按天收钱。大家说，这是资源？比种粮食挣钱快不？

进入第三步。每一处宅子咱都装上摄像头，二十四小时全天候，一举一动都上传到互联网，天涯海角都能看着，这叫生活真人秀。你不愿叫人看，那就不上传。放心，有愿意上传的。上传干啥？收费啊。有人花钱看这？咋没有？表演欲和好奇心是人性，改不了。这又比种粮食来钱快。这还不算，咱不能保证每一处宅子都能租出去吧，咋办？不闲着。咱把老年间留下的手艺拾起来，从十字街往西，挨个儿改成磨坊、粉条坊、铁匠铺、草编社、木器店，可不是摆摆样子，是正儿八经生产。磨坊不用机器，用石磨，不用电，用驴拉。卤水点的豆腐，不添加食用胶的粉条，一根铁钉没有的藤木家具，城里人就好这个，咱就卖给他们。十字街的供销社恢复原貌，厚墩墩砖砌的柜台，木头货架，一股子散酒和糖块儿味儿。有人问了，你这一套中不中啊？明说吧，咱不是首创，人家北京顺义区南彩镇，邯郸衡水保定霸州都建成了民俗文化村。不过咱这个更好，咱有太岁这个卖点，太岁还是活体的，想割一块就割一块带走。

乡亲们都知道中国最大的电商叫阿里，对了，咱搞公司化运作，跟阿里合作。咱牡丹村开个网店，名字我想好了，叫阿里·牡丹村，产品生产过程全程上网，红薯花生大枣西瓜苹果沙果，都放到网上卖。就算你人在美国，拿着咱的产品，手机一扫二维码，哦，河南省黄县梁乡镇牡丹村，一清二楚。

你看看你旁边的，抱着个手机，手机成他的零件了。不吃饭不会死，不刷屏必死人。

老话讲，静坐常思己过，闲来莫论人非。现在改了，叫静坐常思六个字：卖什么，怎么卖。也对，不把钱挣回来，一家老小吃啥喝啥？

我估算了一下，总投资下来约莫五百万。好在没有地款，都是咱自己的宅基地。

呀，投资这么大，钱从哪儿来啊？积累啊。积累到猴年马月啊？融资啊。咱引进风险投资，引进小额贷款公司，都引不进来，咱成立金融互助合作社，一万元算一股，不多吧？风险共担，利益均沾。谁的股份最多谁当董事长，不一定非得是我，中不？

这些作坊交给谁经营啊？原宅子的主人优先，你要是不愿意干，再给别人不迟。

太阳是圆的，地球月亮也是圆的，咱的脑袋就不该是一块砖。城里搞智慧社区，咱搞智慧乡村，大家听着行不行？不光智慧，还田园还乡愁。两年后咱向省里申报全省最宜居的乡村，最代表黄河以北民俗的文化村。那时候，外国人来旅游，一来就不想走了。

有人说了，你高敬轩吹得云里雾里，跟俺有个啥关系啊？俺就想出去打工，不搁家待着。

大前天吧，我跟一个叔聊天，我问他年后还出去打工不。他摇摇头。一是钱难挣，二是年纪大了，没技术，干的都是脏活儿累活儿。运气好，一年攒个万把块；运气差，一年到头只够买张回家的车票，没意思。这就是第一代农民工的下场，体力和青春都搭给了城里人，到头来发现不过盖了几间瓦房。人呢，像榨过油的渣，只能当饲料。这下一茬的农民工能不能改变啊？从我自身的经历看，不乐观。改变命运的是知识和能力，你去打工，本身就说明你的知识和能力在平均值之下，乐观吗？

第一代农民工能吃苦能节约，第二代打工族呢？我看是有花堪折直须折，莫待无花空折枝。啥意思啊？就是今朝有酒今朝醉，哪管明天喝凉水。绝大多数的打工族在城里站不住脚，跟父辈一样回归乡村。站得住脚的，高不成低不就，混成个边缘人。不就是倾其所有买个小房，开个小店，撑不死饿不着吗？还有个我不想提的话题，就是家庭。情况好点儿的是把孩子扔给老人，自己去打拼了。还有两口子都不愿意勉强自己，玩手机来交友，今天结明天离。我有个叔快六十的人，也离了。都说家和万事兴，这家庭老是破裂，万事还咋兴啊？这属于个人隐私，我不多嘴，我自己也离了，没资格说，就是提个醒。

那咋办？回归乡村呗。他们用机器毁灭乡村，咱们用机器建设乡村。说实话，大型农田机械需要人手，粮食加工和运输得用人，各个手工作坊需要人，网上销售和发货也需要人，就是田间地头也得人打理。现在都是机械和电脑，不用天天面朝黄土背朝天，为啥非要到城里去给人家当孙子啊？当孙子能继承啥？除了继承坏毛病，一分钱也继承不了。

专家说，社会阶层越来越固化。啥意思？就是龙生龙凤生凤，老鼠的儿子会打洞。这不是瞎说，你想啊，都爬喜马拉雅山，人家坐直升机刺啦一下到半山腰了，你还撅着屁股哼哧哼哧在山脚下一步一步挪呢，谁爬得快？

你说啥兄弟？你想试试？不飞飞咋知道自己是不是鹰？我觉着吧，咱要是个鸡，飞飞就飞飞，兴许能飞一拃远。咱要是个猪，趁早别试，免得一头栽死。还有人抬杠说，俺现在虽然是丑小鸭，说不定将来就变成白天鹅哩。你拉倒吧。丑小鸭可不是个鸭子，它就是个天鹅。它爹它娘都是天鹅，它咋会是鸭子？它就是个小时候长得丑的天鹅，它不是个鸭子中不中？

一句话，我是铁了心回归乡村。我跟乡亲们打个赌，越往后乡村越吃香。

网上说，八零后一代是没有声音的一代。不，八零后一代不是没有声音，是无力言说。不光无力，还欲哭无泪。有篇文章说，在北京五环买一套一百平方米的房子，你要是农民，种三亩地每亩地纯收入四百块得从唐朝种到今天，还不能有灾年。你要是月薪两千块的工人，得从1840年鸦片战争开打那时候上班，一直上到今天。有人问那北京的房子都卖给谁了？咱不管那，咱知道自己不中就中了。

互联网普及了，信息时代的大幕徐徐拉开。互联网不认阶层，只要你中，你就有机会。互联网带来了软工业时代。

第十九章　高敬轩

有人听说过工业4.0，落后了，往后没有工业5.0了，往后都叫软工业时代。谁说的？我说的。软工业时代会一直持续到人类灭亡。啥是软工业？就是一切生产和销售依靠互联网，一切设计和规划依赖互联网。农业？农业也要工业化生产。咱的奶牛一年产奶一千多公斤，美国的奶牛一年产奶三千多公斤，为啥？咱的养殖业是畜牧业，人家的养殖业是工业。软工业时代造就软社会。啥是软社会？就是法律最强。法律保护所有人，不再保护一部分人。只保护一部分人的不是法律，是王法。在软社会，你有没有信仰不重要，你讲不讲公平很重要，这叫互联网人格。俺爷的暴力夺取法则，不管用了。俺爹巧取诈取的那一套，玩不转了。所有资源的交换都得遵守契约，依靠智慧来共赢。有纠纷？直接上法院。法律最大，法律说了算。

俺爹上午埋了，俺娘一滴泪没掉。我心里比谁都清楚俺爹是啥人，知道他不会善终。他是我成长的障碍，心理上和社交上的双重障碍。我也想杀了他。他死了，烧了，埋了，了了。从今天开始，乡亲们看看我高敬轩咋样，看看我高敬轩是不是材料。我保证，只要我竞选上，我不花大家一分钱，不拿一分钱工资。我贴钱给大家办事，要是说话不算数，大家罢免我，中不？不用鼓掌，我跟大家说，谈理想谈信仰咱不中，谈发家致富，咱真中。

哎，漏了一条，就是养老。咱村六十岁以上的老人基本占到四分之一了。我听说咱村有老人因为儿女不孝喝药自杀的，怕子女不埋他，自己挖个坑躺里面，边喝药边往身上扒拉土。我没瞎说吧？是谁谁清楚。那咋办？我有个想法叫互助养老，今天时间不够，就不敢开说了。

　　　　　　太岁志

希望老少爷儿们婶子大娘弟兄姊妹，投我高敬轩一票，给我一个机会，也给你自己一个机会，大家一起发家致富。

谢谢！

第二十章　自　由

天阴着。

驾驶座上的许百川和后座的狗子仍在酣睡。辛丑下车，掩上车门，点着一支烟。街道上人和车川流不息。精神卫生中心的电动伸缩门紧闭。他掏出手机看了一眼时间。

"岳凌飞，还我命来！"

辛丑抬头，只见面前站着一人，满面血污，嘴里插着一只牙刷。那人伸手来抓辛丑，辛丑背靠汽车，无处可躲，情急之下将烟头戳在那人脸上，只听吱啦一声，那人并不躲闪，死死掐住辛丑的脖子，喊道："岳凌飞，还我命来！"辛丑一面招架一面问道："你是谁？"那人道："我是辛丑。岳凌飞，还我命来！"辛丑喊道："我才是辛丑！"那人掐得更紧。辛丑喊道："你是岳凌飞，我是辛丑！"

"醒醒。"许百川用手背拍拍辛丑的左脸。辛丑猛地睁开眼，发觉自己踏踏实实坐在副驾驶座上。

"又喊又踢，梦见谁了？"许百川抹了一把嘴角的口水，问道。辛丑扭头去看狗子，狗子躺在后座睡得正香。

"梦见谁了？"

"我自己。"辛丑呼出一口气，下车，走到门房，敲开窗户，递进去一根烟。伸缩门打开，许百川将车驶进大院。

望着这幢甜甜圈状的建筑，辛丑心里说不出啥滋味。辛丑走进大厅，片刻领了一个穿制服的保安出来，三人把泥麻袋似的狗子架进飘着淡淡消毒液气味的大厅，堆在西墙下的长椅上。

"会喝酒的神经病不多见。"保安用电棍指指狗子。

服务台没人。登记册随意摊开着。玻璃窗后空无一人。李杏还在吗？诗人还在吗？

"啥症状啊？"

"狂妄。"辛丑回答。

"那来对了。"保安笑眯眯地晃悠着电棍，"你们三个啥关系啊？"

"这是病人的父亲，我是病人的堂兄。"辛丑指指许百川。

"哦。八点了，院长马上来。"保安刚说完，大厅东侧的过道门打开，胖护士甩着胳膊走了进来。

"谢谢您的照顾。"辛丑迎上前，"我又来了。"

"嘿，真回来了？"胖护士收拾着服务台内的杂物，"接人吗？"

"你来过咱这里？"保安跟过来，好奇地问辛丑。

"喝傻了吧？再喝。"狗子喊道，试图从躺椅上起身，手挥动两下没抓住什么，侧身又睡着了。

"谁呀？"胖护士下巴指一下狗子。

"我堂弟。"辛丑扭过脸对保安说，"我在咱这里住过七天，半年前。"

"你们家遗传神经病啊？"保安调侃道。

"我是最最最最神经的神经病。"许百川拍着胸脯对保安说。

"像。"保安说。

"那个，还在不？"辛丑试探着问胖护士。

"谁？"胖护士没抬头。

过道门吱呀一响，一个戴眼镜的男子推门进来。

"院长来了。"胖护士瞟一眼辛丑。辛丑招呼道："领导好。"

"你好。"院长说话的声音像舞台剧演员。他走到服务台旁，翻看登记册。

"送病人的。"胖护士补充道，院长抬头看辛丑。辛丑觉得眼熟，回身指一下狗子："这是病人。"

"证明。"院长用中指往上推了推眼镜。

"啥证明？"

"农村的要村委会证明，城市的要居委会证明。"

"我是病人的父亲，我证明。"许百川指指自己的胸口。

"要书证，"院长强调，"不要人证。"

"回头补行不？"许百川问。院长低下头翻着册子。

"病人出院需要啥手续啊，领导？"许百川问道。

"结清费用。"院长头也不抬。

"还是啊，离了钱不说话。"许百川道，"缴费就行呗，何苦要证明？"

"这是程序。"院长瞟一眼躺在长椅上的狗子，"酒量不大啊。"

狗子蹭着椅背慢慢坐直："哟，换节目了？这是哪儿呀？"

许百川走过去按住狗子的肩膀，低声道："泡泡澡醒醒酒。"狗子一把推开许百川，站起身来，提提裤子，晃晃悠悠走向服务台。保安悄悄跟在狗子身后。

狗子指着胖护士："单间。"

"证明。"院长说。

"我享受副科级待遇。"狗子猛一拍服务台。

"咱不走了？"许百川高声道。

"不走了。"狗子道，"叫这个胖闺女陪我。"说完乜笑着回头。辛丑盯着狗子，两人目光一碰，狗子没有反应，扭过头对胖护士说："单间。"

"刷卡吧，领导？"辛丑探身问院长。

"证明。"院长道。

狗子伸手来抓院长的衣领，保安上前一步，用电棍杵了一下狗子的肩膀。狗子回头，保安把电棍摁在了狗子的手背上，噼啪一响，狗子应声倒地，像割喉的公鸡般浑身抽搐。胖护士从服务台内探出身子看了一眼，说："抖起来了。"

"你——"许百川两手伸着，冲保安道，"儿啊。"

"骂谁呢？电你啊。"保安用电棍指了指许百川。

"叔。"辛丑冲许百川摆手，转头对院长道，"一接一送，两位患者，刷卡吧，领导？"

"接谁呀？"

"李杏。"胖护士插话。

"接一个送一个，每人两万八，两万八加上两万八，五万六。李杏来了十八个月，每月一千元的生活费。五万六加一万八，七万四。这个病人一年生活费一万二，七万四加一万二，一共八万六。"院长推一下眼镜，"明年这个时候续费。"

辛丑和许百川对视一下，许百川双手一摊："我没钱。"辛丑回过头，一眼看见玻璃窗后的李杏正冲自己挥手。辛丑的心咚咚咚跳了起来。

"打个折吧？"辛丑对院长道。

"讨价还价，"院长俯视着地上的狗子，"说明病人可能是重症。"

辛丑不再说话，从怀里掏出钱包，抽出银行卡，递给胖护士。

"八万六？"胖护士接过卡来问院长。

"药物是政府免费提供的，给你们省了，不用谢。"

辛丑望一眼李杏。李杏的麻花辫子解开了，齐肩的黑发遮住了耳朵。

院长冲保安道："单间。"

保安上前弯腰抠住狗子的腰带，许百川趋前一步去扶狗子，道："儿啊。"

保安将狗子放下，冲许百川说："不是生离死别，随时可以探视，稳定一下情绪，好不好？"

许百川摊着双手道："四十年了，他没叫过我一声爹，我没喊过他一声儿，无法相认，却要父子分别。"

保安道："现在喊也不晚。"

许百川注视着地上的狗子："我对不住云景啊。"

辛丑搀住许百川的胳膊："叔，你想咋着？"

许百川茫然地望着辛丑，还未开口，狗子扶着服务台歪歪斜斜站了起来。

许百川伸手道："儿啊。"

狗子扶着服务台站稳，说："×。"

辛丑道："狗子，你听我说——"

狗子指着保安说："我跟你说，我玩儿这个比你溜。"

保安近前一步，小心翼翼伸出电棍，狗子突然飞起左脚，正中保安的手腕。保安手一抖，电棍当啷掉在地上。狗子扑上去，抱住保安的脑袋，照准保安的鼻子猛咬下去。只听啊一声惨叫，保安捂着脸倒在地上。狗子后退一步，靠着服务台。"呸——"把指甲盖大小的一片鼻翼吐在服务台上，恨恨道："狗子、狗子，老子当了半辈子狗，老子要当狼，狼！"

辛丑上前一步，抬腿照狗子胸口就是一脚，狗子双肘撑在服务台上，险些跌倒。许百川伸手拦阻辛丑道："这是老许家的事。"一面弯腰拾起电棍，朝狗子走近一步，叫道："儿啊。"

"我是恁爹！"狗子指着许百川厉声道，两块腮红亮得发紫。"呸！"他吐出一根鼻毛，"咸。"

许百川再不说话，电棍照准狗子的脖子杵过去。狗子应声倒下，哆嗦成一团。辛丑拦腰抱住许百川，许百川浑身颤抖，电棍掉在地上。

院长对胖护士道："先打120，再叫门卫进来。"

辛丑把许百川拖到长椅上。

门卫推门进来，院长一指地上的狗子，门卫抠住狗子的腰带一把提起，胖护士打开通道的门，门卫提着狗子进了病房区。

辛丑在许百川面前单膝跪下，握住许百川的手，轻声道："叔，他自由了。"

"我谁也不欠。"许百川目光茫然，泪水蜿蜒而下，"云景，我欠云景的。"许百川抽出手来抹一把眼泪，"云景问起来，我如何交代啊？"

"你想咋着，叔？"

"没想咋着。"

"说出来吧，叔。"

"有没有其他办法啊？"许百川嗫嚅道。

"你说呢，叔？"

"这孩子没过几天好日子，结婚后总算有了个家。"许百川的目光越过辛丑的头顶，不知落在何处，"咱把他搁这儿，他那媳妇和闺女可咋弄啊？"

"我留下，"辛丑道，"你们走。把李杏送回家，卫河源头百泉村。"

"我心里乱得很，给我杯酒。"许百川的双手在辛丑脸前抓挠着。

"要不叔你留下陪狗子，我回去跟俺婶子打个招呼，晚几天来看你。"

许百川撇着嘴说："叔都伤心欲绝了，你还逗叔。"

辛丑抿嘴笑道："叔，他自由了。"

"谁自由了？"

"狗子自由了。一个人不害人了，不就自由了吗？"

"他自由了？"许百川道，"他们会不会来找他啊？"

"谁在乎他？"辛丑问，"除了你谁在乎过他？"

许百川呼呼地喘气，黄鼻涕在花白的鼻毛丛里忽隐忽现。

"狗子到哪儿都如鱼得水。小时候打猪草，他年纪最小却打得最多。叔，你猜为啥？"没等许百川回答，辛丑接着说，"狗子爬上树，留心谁在地里烤红薯。红薯快熟了，偷偷挖出来，自己先吃饱，再拿剩下的换猪草。"

许百川捂住鼻子，用力一擤，满手鼻涕抹在椅子上。辛丑摁住许百川的手腕，说道："咱俩还得感谢他，他救了咱俩。咱俩也自由了。"

"他救了咱俩？"许百川自言自语道。

辛丑压低声音："你想啊，叔，要是把他活埋了咱俩啥下场？"

"咱俩也自由了？"许百川念叨着。

"他那媳妇和闺女，眼下想不出办法，咱爷儿俩合计合计看咋弄，中不，叔？"

胖护士用卡敲了两下服务台，辛丑起身走过去，在刷卡器里输入密码，接过凭条签上名字，胖护士还回卡来。

一辆120急救车驶入院里，门卫架起捂着鼻子的保安往外走。辛丑小跑两步，帮着推开大厅的门。

"病人恢复得活蹦乱跳，领导费心了。"辛丑回到服务台，指了指玻璃窗后的李杏对院长说，"我们可以走了吧？"

"别忙。"院长轻轻一笑，"咱们的规矩，家属既然来了，顺便做个测试，符合症状的需要留置，接受进一步观察。"

"啥？"

"你听清了。"院长推一下眼镜。

测试？留置？这不该是个局啊？

辛丑身子稍稍后撤，注视着院长。院长微笑着。辛丑转脸去看胖护士，胖护士低头忙着，好像没听见他俩的对话。辛丑回头，许百川正把另一摊鼻涕抹在椅子上。

不……不该是个局。

"好啊，"辛丑笑道，"测试啥呀？"

"你刚才脸都白了。恐惧，莫名的恐惧。"院长道。

辛丑听这话耳熟，并未多想，说："测试吧。"

院长问："你先来啊？"

辛丑道："我先来。"

院长道："按说你不是病人的直系亲属，不测也行。"

辛丑道："你看你，领导，一会儿这一会儿那那。"

院长道："那好吧，测试开始，听好啊，你在咱这里住了七天，前前后后做了十几场梦，印象最深的是哪一个？"

辛丑一愣。

院长道："一分钟倒计时。"

"别忙，问个问题，"辛丑道，"我做不做梦，领导你咋会知道啊？"

"你做不做梦我不知道，也不关我的事。"院长笑道，"你答了，就出得去。答不了，就得留下来天天做噩梦。你自愿的哦。"

辛丑回头看一眼长椅上的许百川，许百川耷拉着脑袋，盯着自己的鞋。辛丑转回头打量院长。院长嘴角浮上一丝微笑，抬起左手，瞄了一眼手腕。辛丑朝李杏看过去，李杏忙冲他挥手。

"还真有一个。"辛丑定一下神，缓缓道，"从祭灶那天起，大雪下个不停，把整个村子埋了个严严实实。大年三十早上，我拉开门，雪像奶粉一样灌进屋子。我抓了一把塞进嘴里，凉凉的，还有一丝甜。我抄起铁锹钻进雪里，朝院里挖，挖呀挖呀，挖出一条小路，挖到厨房，挖到院门。花猫爬上肩膀，尾巴一会儿绕着我的脖子一会儿挠着我的耳朵眼儿。奶奶袖手跟着，嘟嘟囔囔的。我在雪洞里大声喊，喂，有人吗？没有回应，我再挖，从院门挖到街道，向北挖到宝嫂家，想起宝嫂搬去镇上了。我回头朝十字街挖，每经过一家院门，我就喊，有人吗？没人答应。我猜他们也在挖，从屋里到院里，从院里到街上。果然，我在十字街和第一个人相遇了，我忘了他的名字，他也叫不出我的名字，我们像久别重逢的亲人，紧紧拥抱，然后分头朝不同的方向挖。整个村子像一座巨大的地下迷宫，我们像快乐的田鼠。我们不停地挖呀挖，每个人都在找寻出路，每个人都知道别人也在找寻出路。我们要找到印象中的街道，和印象中的人相遇。怨恨的也好，挂念的也罢，不管是谁，都盼望重逢。后来，大家在十字街团聚了，在曲里拐弯的雪之迷宫中团聚了。大家语无伦次地交谈着，每个人都惊奇地发现，我们是亲人，我们原来是亲人，是亲如骨肉的亲人。在十字街支起一口大锅，每家每户献出菜和肉。一大锅菜飘着香气，火苗映着每个人的脸，红通通的，孩子们笑着叫着在人堆里藏猫猫。热气融化了头顶的积雪，塌下一个大洞，巴掌大的雪花旋转着飘洒下来。啊，繁星！蓝的，紫的，粉的，黄的，说不出的颜色，像是才从万花筒里逃出来，全都亮闪闪好似用雪擦过。手捧大海碗，掌心里夹个馒头，右手抄筷子，饭菜的热气，口中的哈气，混在一起，彼此看不清对方的面目。以前为什么疏远了？为什么忘了彼此的姓名？我们不是一个村子吗？我们不是一个姓氏吗？我们是在同一个梦里吗？我们在谁的梦里呢？不知什么时候，我们都困了、累了，大家摸回各自的洞穴，呼呼地睡去。在梦中还能依稀听见雪花落下时清脆的声音，咔嗒，当啷，像小狗为惹人注意而故意弄出的动静。不知过了多久，雪总算停了，世界安静得像一片沉睡的雪花。不知过了多久，我们从梦中醒来，红日高悬，雪化得干干净净，树上房顶上田野里没剩下哪怕一片雪花。人们恢复了往日的淡漠，仿佛脱壳的昆虫，欢乐的壳脱掉了，遗忘了，换了一层新壳，压抑，冰凉，别人的壳。那一场雪，一场覆盖整个村子的雪，被忘得一干二净。很多年以后，当人们回忆起那场大雪，只是说，那年的墒情真好啊。"

一片沉默。

"他真不是神经病。"胖护士自言自语。

"你才是诗人。"院长对辛丑意味深长地笑一下，对胖护士点点头。胖护士走到过道门处，咔啦一声拉开门，伸出双臂："抱一个。"李杏笑着扑出来，抱住胖护士："谢谢姐姐。"转身对院长道，"谢谢院长。"李杏小跑过来，一把挽住辛丑的胳膊，冲长椅上呆坐的许百川挥手道："爷爷好。"许百川没抬眼。李杏小声对辛丑说："你变白了。"辛丑掏出新手机塞给她，低声问："诗人呢？"李杏瞅一眼手机，问："谁？"辛丑道："总跟我在一起的那个诗人，长头发，光脚。""你不想走了？"李杏将手机放入口袋，从左手脱下纸戒指戴在辛丑左手的无名指上，"总跟你一起的是我呀，要么你就走来走去的，对着玻璃又说又笑，哪儿有什么光脚的诗人？"辛丑想说不对啊，话到嘴边改口道："我现在不叫辛丑了，叫张运田。"李杏攥紧他的胳膊："叫张天师呗，多大气啊。"

"我不走了！"许百川摇摇晃晃地站起来。

"回吧，"院长冲许百川道，"你自由了。"

"我不走了。"许百川摆手道，"我欠的债我来还。"

"回家吧，隔天你老人家再来看他。"胖护士道。

"我想好了，我欠他，欠他四十年的白天黑夜。"

"叔——"

"我要把狗子写进家谱，他不姓郑，姓许。我要正大光明地认他，老许家添人进口了，喜事啊。"许百川高声道，"我还要把家谱寄给美国的儿子闺女孙子孙女。"

"叔，你考虑一下——"

"考虑啥？就这。"许百川的语气坚决，"给恁婶子捎个信儿，来看俺爷儿俩时别忘了带酒。"

"叔——"

"异象，叔一身的异象啊。两肘各生一寸长的毫毛，左腋下一根白毫长近一拃，三根毫毛夏至而生冬至而没。冬至过去了，要不扒光膀子叫你们见识见识。古往今来，只有成就大事的人物才有异象啊。"

胖护士轻声笑起来。

"你信不？"许百川展开双臂对胖护士说，"七十有二的人了，换了十七个零件，照样结结实实。"

"换了十七个零件？"胖护士一脸惊讶。

"嗯，十七个，你猜猜都是啥零件。"

"把家属的陪护费用刷了吧。"辛丑掏出银行卡递给胖护士。

"叔带着呢，"许百川拦阻道，"足够。"

"叔——"

"你们走，"许百川挥手道，"等叔死了，债就了了。"

"走吧，"院长对辛丑道，"祝福你们。"

"您的祝福最让人清醒。"李杏笑道。

"猜猜十七个零件都是啥？"许百川冲胖护士道，"使劲儿猜。"

推开大厅的门，雪花扑面而来，李杏挽紧了辛丑。

"那人是谁？"李杏轻声问。

"谁？"

"你送的病人。"

"我的兄弟。"

"那老人呢？"

"他的父亲。"

"你看，"李杏伸手接住飘舞的雪花，"雪花都是六个花瓣，世上雪花没有一样的。当你阅尽了天下雪花，你就明白了世间真相。"

"不可能，"辛丑摇头，"真相不会藏在雪花里。"

李杏咯咯地笑着，跑下台阶，张开双臂，在雪中旋转。雪花飘落在她的头发上、睫毛上，落进她的领子里。辛丑呆呆地盯着她。李杏停下，问："张天师想什么呢？"

你才是诗人。辛丑想起院长这句话。为什么用"才"字呢？

"没想什么。"辛丑注视着李杏，"你自由了。"

"我们自由了。"李杏仰起脸，满面笑容。

"你去哪儿？"辛丑问道，"需要钱吗？"

李杏的笑容顿时凝住，她直视着辛丑，慢慢闭上双唇。

"你去哪儿？"辛丑重复道，"需要钱吗？"

李杏走近一步，盯着辛丑："你说什么？"

"你有大好的前程。"辛丑试图缓和一下。

"我们！"李杏大声道，"我们有大好的前程！"她双手揪住辛丑羽绒服的前襟，"你多久没说过爱了？"她的声调降下来，"我们要安安静静地过每一天，不打搅任何人，也不被任何人打搅，听见了吗，张大叔？"

辛丑攥住李杏的双手，盯着她的眼睛，想从她的眸子里看出些什么。

"要我向你求婚吗，大叔？"李杏嘴角浮上一丝调皮的微笑。

辛丑紧紧盯着李杏的眼睛。

"说话啊。"

"我想亲你。"辛丑一字一顿道。

"那就亲啊。"李杏张开双臂，那正红色的双唇湿湿的。

辛丑猛地将李杏搂进怀里，嘴唇重重地压住李杏肉肉的双唇。

好遥远的气息呀。好亲近的气息呀。辛丑将头埋在李杏的颈窝，想起了李静，想起了朱丽老师，想起了毫无印象的母亲。

雪花无声洒落。

李杏轻轻拍了拍辛丑的背。

辛丑抬起头来。李杏用拇指抹去他眼角的泪痕。

漫天飞雪中，辛丑无比确定地听见自己说道："我爱你。"

第二十一章　艾礼士

不时喷出一股股黑烟的红潮号货轮驶离了波特兰港口。

肃立船尾，望着渐行渐远的大陆，艾礼士感觉自己像一根铁钉，正被另一块巨大的磁铁吸引。他想起《以赛亚书》中的那句话："我可以差遣谁呢？谁愿为我们去呢？"艾礼士不禁潸然泪下，喃喃自语："主啊，我愿意。"

艾礼士的父亲约瑟是个农夫。约瑟对所有的事情都像一杯温暾水。他喜欢在波特兰港口散步或闲坐，眺望灯塔和白帆，倾听浪花拍岸，任凭海风吹拂。这时的波特兰还没有成为闻名遐迩的玫瑰之城，人口不过千把人。一日，约瑟去朋友家做客，见桌上有本《圣经》。他听到声音说："拿起来，读。"就鬼使神差地捧起来，翻至一页，看见写着："来，跟从我，我要叫你们得人如得鱼一样。"这句话使约瑟这杯温暾水沸腾，他借走《圣经》，在农闲之余细细阅读。二十四岁结婚前夕，约瑟成了一名基督教新教牧师。

艾礼士两岁时，约瑟在老房子旁新造了大房子。一家人在壁炉前做游戏或讲故事，是艾礼士童年最快乐的时光。壁炉顶上卧着一只巴掌大的铜质小狗，下巴趴在两只前爪之间，艾礼士叫它多多。母亲玛利亚忙家务时，艾礼士会踮着脚把小狗从壁炉上小心翼翼地拿下来："嘿，多多，把球捡回来，快。"艾礼士跪在地板上，推着小狗在桌椅下爬来爬去。

玛利亚出身牧师家庭，她的快乐来自丈夫和孩子们对自己的爱。虽然生儿育女，她却有着修女般的精神生活。玛利亚是慈母也是严母。在她的管教下，艾礼士六岁起就做家务赚取零花钱。擦地板可得两美分，擦皮鞋可得一美分。零花钱不可以买糖果，要攒在储蓄罐里。

约瑟睡前总到艾礼士的房间，父子俩跪在床前一同祷告。艾礼士终生记得父亲在祷告后对他说的那句话："神不撒谎。"父亲强调说："神不会领你走错路，凡领你走错路的，都是魔鬼。"

逢礼拜日，约瑟早早赶去两个街区外的教堂。艾礼士和妹妹跟着母亲踩着钟声走进那幢木结构的建筑。约瑟的朋友常在下午来做客，冬天时围着壁炉谈天说地。八岁那年，艾礼士听到父亲说："我们应该派人到中国去，那里有几万万只羊却没有牧人。"这是艾礼士第一次听到"中国"这个词。"我要去中国！"艾礼士插话道，父亲和朋友们一怔，继而大笑。

十五岁时，艾礼士在一家诊所做学徒。或许因为青春期，艾礼士忙碌却无处着力。他不再睡前祷告，原本置于床头的《圣经》被压在书柜的最下层。这种状况持续了一年之久，在一个月圆之夜，艾礼士失眠了。早餐时，艾礼士黑着眼圈郑重宣布："我要到中国去。"过了足足有半分钟，妹妹抢先道："我也要去。"父亲刚开口说："你知道吗，儿子？"艾礼士插话道："是的，我知道。"他顿一下，"事实上我不知道，关于中国我一无所知，但是我知道神召唤了我。"约瑟离开餐桌，走到窗边，回身问道："俄勒冈州还有印第安人的保留地，你先到那里小试身手怎么样？""我不感兴趣。"艾礼士摇摇头。"你打算怎样前往中国呢？"约瑟问。艾礼士答道："我不知道，真的，或许照十二使徒的做法，不带多余的衣服和鞋子，徒步前往。"约瑟和玛利亚对视一下，说："我的儿子，我和你母亲并不反对你到中国去，但应该在你二十岁之后。而且，你得先成为一名牧师。"

艾礼士也觉得马上前往那个遥远而神秘的国度并不现实，他着手做的第一件事就是学习汉语。通过父亲引荐，艾礼士结识了两位在中国旅行过的浸礼会传教士。

"我要到中国去，"艾礼士说道，"中国人是怎样的呢？"

"他们使用巫术和草药救治病人。"两位牧师对艾礼士说，"巫术不灵验，那么，就给病人灌下令人作呕的热腾腾的草药汤。"

"他们喜欢什么？惧怕什么？"

"中国人是无神论者和泛神论者的奇妙结合。他们跪拜强者，崇拜权力和金钱，但他们也敬拜掌管厨房和食物的神灵灶王爷、掌管土地的土地爷、管天气的龙王爷、分配财富的财神爷，最高级别的神灵是老天爷。凡带'爷'字的是本土神灵，中国人用'爷'字来区别本土神灵和外来神祇。他们用'爷'来彰显血缘关系，以示和神灵的亲密，实际上他们和'爷'之间是利益的关系。"

两位牧师送给艾礼士几本中文书，可是他俩却常为那些方块字的发音争论不休。

三年学徒生涯，艾礼士掌握了基本的临床知识和简单的外科手术技能。

"这远远不够，我要上神学院。一个传教士怎么能没读过神学院呢？"

1907年秋天，艾礼士入读华盛顿州的北方神学院。一年后，艾礼士给母亲写信说："我认定做一名传教士是我的职责，一想到去国离乡，我就心生愧疚，母亲，我亏欠您。"

1909年11月，艾礼士通过了神学院的学业考试。这时，艾礼士正与一位出身良好的姑娘交往，可他的心思全在中国。

1910年，年满二十岁的艾礼士向浸礼会提出书面申请：我请求成为你们差派的牧师，虽然我没有足够的金钱，但上帝赐予我足够的信心和勇气。

在得到答复之前，那位姑娘的父母先给了他一个明确的答案：如果你要到中国去，婚事作罢。

"那又如何？"艾礼士对母亲说，"母亲，你知道我多么渴望到中国去吗？一想到每年有几百万中国人堕入死亡却不认识神，对于救赎更是一无所知，我是多么痛心，这不是我们的责任吗？"

"可是，我的儿子，你知道你将面临什么吗？"

"一无所有。"艾礼士答道，"我虽一无所有，神却包罗万象。"

浸礼会的公函到了，信中写道：您的信心征服了我们所有人，经过投票，本会差派您为传教士。目前本会只能为您提供旅费，尚无法解决其他费用。信末附上了先期派往上海的传教士格雷牧师的地址。

"足够了。"艾礼士对自己说。艾礼士着手制订计划，包括乘坐的客轮以及出发的时间。他甚至悄悄搭乘一条船头雕刻着海洋女神忒提丝的帆船进行了一次近岸旅行。那天，微风轻拂，海天一色，港口内大小船舶鱼贯往来。帆船驶离码头时，雪白的风帆鼓鼓的，海面涌动着层层细浪。

"就是这样。"艾礼士低声说道。

艾礼士手头只有五十美元和父亲赞助的十美元，可是一张船票就得四十美元。他找到驶往上海的红潮号货轮，向船长介绍他要到中国去传福音。

"四十美元，"浑身散发着酒精和油脂混合味儿的船长冷冷地说，"我和我的二十名水手都不信上帝，我们只相信大海，你为什么不向我们传福音却跑去中国呢？"

"三十美元。"艾礼士道，"我想这是上帝的安排。"

"三十五美元。"船长道，"没准儿上帝更爱中国人。"

1910年5月10日的早晨，不时喷出一股股黑烟的红潮号，像冰面上滑行的一枚鹅卵石，驶离了波特兰码头。艾礼士的行李只有一件磨毛了四个角的皮箱，换洗的衣物被母亲叠得整整齐齐，另有一本《圣经》和妹妹送的日记本。

在二十一天航程里，艾礼士事无巨细地记录了旅程趣事和跟水手们的交往。

1910年5月30日下午，红潮号货轮驶入吴淞口码头。二十名年龄不等、口音各异的水手，当然，还有将信将疑的船长，全都受洗归入主耶稣名下。

艾礼士辗转找到了位于租界的格雷牧师的诊所。

安顿完毕已是华灯初上，艾礼士邀请格雷牧师共进晚餐。

艾礼士买了小笼包，和格雷牧师挤在阁楼的老虎窗前俯视着街巷，边吃边聊。格雷夫人在楼下客厅整理杂物。巷子里两三个童子吹着五光十色的肥皂泡，不远处他们的母亲招着手，用奶酪般柔软的方言呼唤着孩子的乳名。苏州河的潮气混着脂粉气飘散在暖风里，路灯的光芒和里巷深处小贩的叫卖声一样忽近忽远。

"很遗憾，"格雷牧师咽下食物，"你的第一顿中餐没用上筷子。"

"来得及。"艾礼士调侃道，"您能提供餐具以外的忠告吗？"

"嗯，我们所说的中国人是汉族人，"格雷牧师望向窗外，"皇帝却是满族人，激进的汉族人鼓动民众推翻满族人的统治。三十年前南方爆发过一场宗教性质的革命，建立了政教合一的政权，叫作太平天国，最后失败了。"

"中国经常爆发革命吗？"

"不。"

"您与他们打交道的窍门是什么呢？"

"求助，辅之以礼物。他们会常常向别人炫耀的。"

"这是人性。"

"说到人性，中国百姓本是活泼的、自然的，一旦见到官员，却变得沉默和胆怯。我一直想不透。"

翌日，艾礼士、格雷牧师和用人带着两大箱用于发放给民众的《圣经》、福音单页和部分药品，前往崇明岛。上岸后，三人先到城隍庙，格雷牧师一面用上海话同民众打招呼，一面分发单页。临近中午，三人步行至一处尼姑庵。这天可能逢节日，尼姑庵里挤满了老老少少几十口人。格雷牧师一面发放《圣经》和单页，一面询问众人有什么疾病，他可以免费诊治。一个青年向众人说："这洋鬼子讲话和咱们一样。"格雷牧师答道："阿拉讲得不道地，侬勿笑话。"众人笑起来。庵里的老尼姑好奇，也向格雷牧师要了一本《圣经》，捧在手里仔细翻看。

晚上，他们投宿在一户佘姓村民家里。佘姓村民尚未受洗，但不排斥传教士，愿意免费提供食宿。

"体力可以承受吧，我的朋友？"在院中纳凉时，格雷牧师摇着蒲扇问道。

"我十五岁就下决心做传教士，却不知道先迈哪只脚。"艾礼士道，"今天，我出发了。"

豆花的清香随风浮动，远处的芦苇似一抹黛山。艾礼士望着满天繁星，多日的劳累烟消云散。

艾礼士从这时起直到1919年偕妻女第一次回国，大约每周寄出一封信，同家人及浸礼会保持联系。

"亲爱的母亲，您难以想象，时值盛夏，我暂住的阁楼仿佛蒸汽浴室，蚊虫肆虐，捕捉不尽，无法入睡，无法思考。请不要担心，最坏不过如此。格雷牧师和夫人在上海开办诊所已经七年，他学识渊博，幽默风趣。格雷夫人有一头迷人的暗色头发，衣着仿佛为了配合发色，色调偏暗。格雷牧师帮我制订了一年的计划：一是聘请汉语教师，学习上海话和官话；二是在诊所做助理。

"艾礼士是我的中文名字，您喜欢吗？我能用毛笔写它了。我的汉语教师赞扬我的口语和读写能力进步神速。他比我大十多岁，有一个缠足的妻子、三个孩子和十多英亩的水田，脑后耷拉着一条长及腰间的辫子，眼睛细长，未蓄胡子，面色也不像大多数中国人那样发黄。他和我们一样刷牙。

"我在练习穿着中国人的服装。他们的裤腰肥大，外套是一件长袍。这不是体力劳动者的装束，工人和农夫不着长袍。"

"亲爱的母亲，格雷牧师带我游览了上海俱乐部，这是黄浦滩上最华丽的建筑。高六层，楼顶是巴洛克式的风亭，是英国人在上海的乐园。我想，纽约的高楼大厦也不过如此。我们还逛了城隍庙，美味食品数不胜数。摩肩接踵的人群里，可以听到法语和德语。

"格雷牧师正在帮我制订前往内地的计划。到中国来的外国人有三种：一是传教士，二是商人，三是外交官。深入内地的只有传教士。我们选了河南省府开封市。河南在中国的中部，英国传教士走得更远，足迹到达新疆和西藏。加拿大传教士在四川省的成都建立了一所医科大学。长老会的传教士在山东省也开创了了不起的事业，但我想河南仍有可为之处。我们计划先建诊所再筹建教堂。我已致函浸礼会请求派遣助手和解决筹建诊所的款子。

"冬天来了，阁楼由酷热变为酷寒。晚上坐在被窝里阅读，不停地呵手。其他还好，不缺什么。这半年里我走遍了周边的乡村，发放了大约三千本《圣经》和福音单页。《圣经》是简化本，由苏州河岸边的美华书馆提供，包括《旧约》的《创世纪》和《出埃及记》两章，以及《新约》中的四部福音书和《使徒行传》。大多数民众不抵制福音，但他们对西药的热情远超信仰。

"浸礼会的公函今天到了，好消息，浸礼会正在征募派往中国的牧师。"

"亲爱的母亲，我在上海度过了第一个中国农历新年。我在聚会上认识了一位脊梁笔挺的女孩，名字和您一样。她和她姐姐容貌相似，颧骨泛着浅浅的潮红。她们的父母是爱尔兰长老会的传教士，一丝不苟的贝尔法斯特人，前年因为霍乱死在上海，玛利亚姐妹留下来为教会工作。爱尔兰长老会陆续向中国派出了近五十名传教士，一半是女性，真了不起。"

"妹妹的来信收到了，我已回信。我和玛利亚开始约会了，她很传统，不苟言笑，但我看得出她喜欢我。祝福我们吧，母亲。"

"浸礼会派来一位从华盛顿州征募到的牧师，昨天到了上海。公函这样介绍他：思维敏捷，虔诚可靠。感谢主，他带来一张一百五十美元的汇票。我给他起了一个中文名字张若望，他喜欢这名字。他比我大十岁，身量比我高，高高的额头上刻着几道浅浅的皱纹。"

"我在新居旁的茶馆里给您写信，灯光昏暗，三三两两下班的工人和游民散坐着饮茶抽烟。一位茶客接过我们发放的单页，两面闻了闻，说，你让我亲眼看到耶稣，我就信。这可怜的人，和多疑的多马一样。我从阁楼里搬出来，新租了一套两个卧室的民居。我们只能住在租界，不然会被领事馆课以高达五百美元的罚款。"

"感谢主，亲爱的母亲，玛利亚答应了我的求婚！我想赶在赴河南之前完婚，可惜您和父亲还有妹妹无法参加婚礼，真让人伤心。"

"革命爆发了！一场旨在推翻帝制的革命。革命的领导者叫孙逸仙，曾游历欧洲和北美，声望极高，侨民资助他推翻满族皇帝。有人称他为孙皇帝，但孙逸仙致力于建立共和制度。他是基督徒，感谢主。"

"亲爱的母亲，圣诞快乐！玛利亚和我在山东路的小教堂举行了婚礼，礼服是租来的。格雷牧师为我们证婚，见证婚礼的还有玛利亚的姐姐、张牧师和我的中文教师。没有花童，没有伴郎和伴娘，但我们满怀感恩。"

"我给您写这封信时，中国不再叫作清，而是中华民国。孙文——就是我向您提及的孙逸仙——就任中华民国的总统。我们在中国农历新年之后赶赴河南。河南省的面积比俄勒冈州小一些，西部连绵的群山半拥着一望无际的麦田。格雷牧师帮我们请到一位叫张李的河南人，一个壮硕忠厚的中年汉子，有着一双异于常人的大手，方正的黄面孔上从没有喜怒哀乐。格雷牧师送给我们一箱子手术器材。启程前，他提醒我：河南省全境没有美国领事馆，如遇麻烦，只能到山东省济南美领馆寻求帮助。我不认为会有什么大不了的麻烦。我们先赴南京——南京是中华民国的首都——逗留两三天，结识一下南京的教友，而后北上。"

1912年早春，艾礼士一行四人走水路前往南京。除了四大箱子药品和医疗器械，玛利亚坚持携带的炼乳和一幅名为《炽热的六月》的油画，放在另外的小箱子里。

"渔夫坐在捞网前等待收获，农夫在灌渠纵横的稻田里劳作，悬挂白帆的小船顺流而下。小火轮的首尾微微翘起，长约五十英尺，宽近十英尺，船舱隔开四个小房间，最靠前一间是餐室。夜色降临，水声欸乃。河道没有航标，船老大手提汽灯站在船头，吆喝着什么，不时有船擦肩而过。月亮在林间徐徐前行，偶尔传来寒鸦的啼鸣。第一晚停泊江阴，第二日傍晚抵达南京。亲爱的母亲，南京是一个温柔的城市，水道纵横，气候与波特兰相差无几。我们在秦淮河畔的茶馆里饮茶时，恰逢一个演员在表演，道具是一把折扇和一块拍击桌子的木头。演员不时用手帕擦汗，观众也很陶醉，可惜一句也听不懂。一位留着长辫子的老者絮絮叨叨向旁人讲着什么，不一会儿从怀里摸出一张照片支在桌上，恭恭敬敬地作揖。张李告诉我，照片上的清瘦男子是清朝皇帝溥仪。"

"亲爱的母亲，我们在郑州火车站遭遇了一次敲诈。晚间八点钟，我们在车站附近一家小饭馆用餐时，进来一个留着披肩长发的青年，盯了玛利亚一眼，转身出去了。我用眼神暗示张李，张李不动声色。食物上桌后，那男子伙同另外两人进来，坐在旁边，指着我们说，这是爷的地盘，你们得掏过路费，每人一个大洋。我拿眼去看张李，张李并不看这三个人，而是望着门口平静地说，某某某是我的磕头弟兄，你们管他去要。三人犹豫道，不认识某某某。张李依旧望着门口说，要钱没有，喝酒可以。三人对视一下说，交个朋友也好。张李让饭馆老板给他们上了一坛子白酒、一只鸡和一盘切片的煮牛肉。用过餐后我们急忙出去，从头到尾张李没有看这三个人，临走时冲他们拱了拱手。我很钦佩张李，他从不提问，总是解决问题，我称他为钥匙。"

中午，艾礼士他们的两辆牛车从西城门进入开封城。艾礼士认识城门上的两个大字：大梁。穿过长长的门洞时，艾礼士猜测城墙足有半英里厚。没有下水道，没有路灯，没有汽车，人力车和畜力车来往穿梭。留着辫子的男人高声谈话，孩子们追逐打闹，狗窜来窜去，猪在污泥里打滚，公鸡旁若无人地打鸣。风摇着各色幌子，燃煤的呛人气味和油炸食物的香气随风飘散，种种迹象显示城市的管理者毫无智慧和热情。

"抵达开封的当晚，我们投宿在一家小旅馆。房间阴暗，房顶挂满蜘蛛网，屋内一张桌子、一条长凳和一张床。张李端来一盆木炭，不一会儿烟气缭绕。夜深人静，各类昆虫在床下床上窸窸窣窣地爬来爬去。钟鼓楼悠扬的钟声，好似灰烬中的一点明火。早餐后，张李引我们到鼓楼街的一间茶馆，茶馆的付姓老板打算卖掉房产回乡下。茶客们用各种复杂的眼神打量我们，悄声议论。他们的动作和语速迟缓，偶尔响亮地将一口绿色浓痰吐在地上，并用脚抹成一摊。茶博士殷勤续茶，老板瞥里啪啦打着算盘。路人驻足观看，指指点点。后来我得知，五年前有一位加拿大传教士到过这里。我用半生不熟的河南方言高声对老板说，在场客人的茶钱我请了。气氛随即友善了一些。我打听哪里有足够开家诊所的铺子。'就这里。'付老板指着柜台说，'后面是大院子，正房三间，厢房杂物室共五间，还有这间门面，住家也能经营。院子后有条小河，取水方便。'我问他价格，付老板问我：'用什么付款，大烟还是金条？'大烟就是鸦片，中国人常年吸食它，也用作硬通货。'没有金条，'我答，'我也不抽烟。'第二天我们就成交了，用大洋付的款。付老板表示三天才能搬清家什，我同意并请他继续收取这三天的茶资，他连声道谢。

"我们走遍了开封城的大街小巷，商铺鳞次栉比，大相国寺的门前挤满了摊位，镜子、香料、布鞋、肥皂和农具应有尽有，说书的、算命的、赌博的混迹其中。一块大洋兑换约一千文铜钱，我们分两次购齐了生活必需品。这座两千年的城市，见证了几个王朝的兴衰，依然充满生机。寺庙和道观香火旺盛，看来留给我们的空间并不大。不过，偌大的开封没有一家诊所，只有中药铺和坐在柜台后把脉的郎中。

"我们仍在小旅馆暂住。您猜发生了什么？午休时，我感觉衣服里有动静，随手翻检，不料爬出一条比铅笔还长的蜈蚣。我缩手不及，被它叮了一口，我大叫起来，伤处随即肿了。玛利亚急忙起床查看，张李和张牧师跑来问发生了什么事情，我告诉他们原委，张李跑去找老板理论。不料，老板抱来一只母鸡，说母鸡最能降服蜈蚣。我们哭笑不得，不过我得提防那条不知去向的毒虫。"

"亲爱的母亲，诊所一周前开业了，名为慈济医院。除了礼拜天，每天从早上九点到下午五点接诊。门口摆着长凳，

　　　　　太岁志

玛利亚发给候诊的患者一块写着数字的木牌，我在办公桌后面接诊病人。屏风隔开一张床，方便做简单的手术。常用的西药和福音单页消耗得很快，我已致函格雷牧师，请他邮寄一些来。我立下规矩，凡社会低阶层人士就诊，尽量少收或不收费用。他们以一只鸡或一条鱼充当医疗费时，我视之为礼物。病人络绎不绝，疾病大多与缺乏良好的卫生习惯有关，原因当然是贫穷。妇女也来就诊，一个饱受草药汤和牙痛之苦的官太太前来诊牙，车马和仆从堵了半条街。我检查了她的口腔，一颗坏牙在作怪，一分钟后她再也不痛了。她带走了坏牙，带来了更多的女性患者。

"我有意结交开封城内具备影响力的人物，包括地方官员、社会贤达以及江湖中人。母亲，'江湖'是个有趣的词汇，它不是江河湖泊的合称，而是指一个群体或者说一个小社会，类似侠盗罗宾汉。我想，江湖的存在是因为缺乏法律。当我医好了某个江湖中人，他不会提及医疗费用，而是神色凝重地抱拳行礼，连谢谢也不说，扭头就走。这意味着他们把我当作了家人，遇到麻烦可以向他们求援，他们会毫不迟疑地出手相助。"

"亲爱的母亲，中国的妇女饱受摧残。我向您提及的那位官太太，她介绍女性朋友前来就诊，她们来之前刻意打扮过。您难以想象，她们的脚都是畸形的，有的坏死。我无法做截肢手术，担心她们无法接受。中国文化认为身体发肤受之父母，如有毁弃属于干犯伦理。我建议她们不要裹足和服用止痛药物。"

礼拜日的下午，张李常陪艾礼士和玛利亚去城墙上散步。高近三十英尺的城墙由夯土筑成，外层包裹着青砖。城墙没有艾礼士想象的半英里宽，却足够两辆马车并行。

"这下面摞着五座城。"张李跺着地面对艾礼士说。

眺望内城，楼阁错落有致，檐角和屋脊构成的线条沉稳而灵动，云影在红瓦屋顶上一闪而过，近处的钟鼓楼和远处的铁塔遥遥相望。这是一个可以托付一生的城市，是的，托付一生。当落日的余晖洒在脸上，望着玛利亚蓝色的眼睛，艾礼士的内心像初酿的蜂蜜。

"祝福我们吧，母亲，玛利亚怀孕了。我给您写这封信时胎儿已经六周。玛利亚的胃口好极了，她吃遍了开封城内的风味食品。感谢上帝，恩典来得如此及时。"

"我们正在筹建教堂，张牧师凭着建造谷仓的经验画出了图纸，但被中国师傅否定了。我听从了中国师傅的建议，教堂设计成坐北朝南，为避免冲到正房，格局成南北长东西窄。房顶四角是中国风格，向上挑起。大堂挑高近六米，从外面看是两层，实则一层，可容纳近一百人听道。正门一个，侧门一个，便门一个，进出正门时经过诊所。讲坛高出地面一英尺，讲坛北侧是供休息的小房间。东西两面墙各开两扇窗户，西面紧邻民居，窗户较高。窗户究竟建成拱形还是长方形，大家起了纷争。最后按照中国人的习惯，建成了长方形。

"中国人相信风水，就是说你的房子高过你的邻居，那么邻居的福气就会减少。张李特意去找了西面的邻居商谈，还好，那位敦敦实实的中年男子通情达理。他说，教堂是为神盖的，我帮你们，神也会福佑我。真要谢谢他。后墙临着一条水沟，雨季时是小河，常让我想起家乡的小溪。

"青砖铺地，先铺四个角，再一块一块向中间铺。北方的民居通常只有一层，没有地板，也没有天花板。即便有，也是高粱秸或芦苇编成。起初进度缓慢，放置房梁和椽子后进度加快。竣工后，十字架悬挂在慈济医院四个大字的上方。我发现一个有趣的现象，施工的那些日子，每天都有人围观，袖手观望，一语不发，一站就是半天。"

"亲爱的母亲，今天上午举行了献堂仪式，教堂命名为沐恩堂，意为沐浴恩典。我们燃放爆竹，请了戏班子。河南戏剧唱腔婉转，只是调门太高，锣鼓等乐器过于嘈杂。客人们对教堂的结构啧啧不停，有人推开东侧门进入内院观看我们的居室，不厌其烦地拉开抽屉一探究竟。哦，对了，张李在河边的草丛里捉住一条长约三十五英寸的毒蛇，泡在日常饮用的白酒里。我认为不够卫生。'嗯，你不懂，'他连连摇头，'补。'"

献堂后，艾礼士第一次布道，大厅里坐了近七十位听众，门口站着一些，玛利亚招呼他们进来坐下。艾礼士拿起粉笔在黑板上写下"神爱世人"四个字，还未开口，热泪奔涌而下。人们微微张着嘴巴，热切地盯着他。艾礼士平复一下情绪，心说，播种的季节到了。

"我们收养了一个孤儿，名字发音为柱，七八岁吧，我给他起了新名字艾天赐，意为上天的礼物。他的父母病死了，他讲不清楚家在哪里，也不知道自己的姓氏和年纪。他白天流浪和乞讨，下午躺在诊所门前的日光里慢条斯理地捉虱子，晚上找个门洞将就一宿。我同玛利亚商量，玛利亚完全同意。玛利亚说：'我们应该建一个孤儿院。'张李持反对意见。'太多了，顾不过来。'他摇着头说。'我们总要救一些，救一个是一个。'玛利亚坚持道。张李摇摇头，没再反对。我托中国朋友向政府申请办理收养的具体事宜，被告知政府没有办理收养事务的机构。事情简单了。张李给柱洗澡，剪发，换上张李裁短的衣服，一起吃晚餐。玛利亚向柱谈了我们的想法，柱从宽大的袖子里伸出小手抓着烧饼，一边嚼一边问：'顿顿有烧饼吗？'

"我们收养了六名孤儿。玛利亚将杂物间收拾出来安置五名男童，六岁的女童则和教堂的女工同住。没有谋生的手段早晚得饿死。这是张李的意见，但是孩子们太小，最大的才十一岁，还无法掌握一门技能。"

"张李偶尔向我提及监狱的犯人，说他们生病后只能眼巴巴等死。我和张牧师商量了一下，昨天上午，我、张牧师和张李去拜见了位于开封城东南角的第一模范监狱的典狱长。典狱长是军人出身，身量中等，双目炯炯有神，黄呢子制服上的六个铜纽扣闪闪发亮。他问清原委，对我们无偿诊治囚犯深感不解。他打量我们俩（张李未被允许进入办公室）足足五分钟，吸一口凉气，淡淡地说：'他们是犯人。'我答道：'是人。其所犯之罪或至于死，但只应死于法而不应死于疾病。'典狱长再吸一口凉气，说：'待本职酌量。'我们告辞出来，张牧师和我都认为提议会被拒绝，我想下周再来拜访一次。"

"玛利亚的胃口好极了，一顿可以吃掉两条糖醋熘鱼。糖醋熘鱼据说是皇室御膳。玛利亚怀孕已经三十周。格雷牧师寄来几本《国家地理》杂志和一个奶嘴，他真是一位有心人。"

早上大约六点钟，玛利亚的呻吟声惊醒了艾礼士。

"我想，我要生了。"

"是吗，亲爱的？"

"是的，疼得厉害。"

艾礼士翻身起床，冲出房间，吭吭地砸张李的房门："玛利亚要生了，准备开水！"张牧师从最东面的寝室出来，招呼道："张李烧水吧，其他我来准备。"五分钟后，一切物品准备妥当。玛利亚腹痛加剧，不停地呻吟。

"我来接生。"艾礼士道，"这将是我在中国接生的第一个婴儿。"

张李和张牧师等在门外，忽然，他们听到艾礼士高声唱起赞美诗来。张李和张牧师不禁对视一下，张李慢条斯理地说："我活了五十年，头一次见边唱歌边接生的。"张牧师哈哈大笑，艾礼士也不禁笑起来。

半个钟头后，玛利亚顺利产下一个重约八磅、哭声响亮的女婴。

"感谢主，母子平安，小姑娘看起来非常健康！"艾礼士高声道。

"亲爱的母亲，我考虑再三才提起笔来。您和父亲不用担心，事情已经过去了。陶乐斯出生后两个月是元宵节，人们煮食一种糯米食品，叫元宵。入夜，人们提着灯笼游行和燃放焰火。我抱着陶乐斯，玛利亚提着张李做的灯笼，孩子们围在她身边，站在诊所门前观看熙熙攘攘的人群，议论哪个灯笼别出心裁。大约八点钟，张李急急忙忙跑来向我报告有人散布谣言，说外国人把小孩拐进教堂，剜取小孩的肝脏和眼睛熬制西药。我预感到了不祥，因为此前不管怎样的困境，张李从没有如此惊慌失措。不久，教堂门前的人越聚越多，他们的脸因为紧张而扭曲，喊着：'洋鬼子，滚！'我大声对他们说：'我们来这里，带给你们救赎的福音，没有害你们，是为你们好。'他们不理会，开始投掷砖块。我们退入诊所，关上门。窗户打破了，火把扔进来，燃着了窗帘和屏风。玛利亚抱着陶乐斯带领孩子们躲进厨房，我、张牧师还有张李退入教堂，站在最里面的讲坛上。眼看火势蔓延，张李说：'我从后门出去找警察。'我找一张纸写下我的中文名字递给他，张李从后门涉水逃了出去。大火蹿上房顶时警察赶到了，愤怒的人群四散开去。我们和邻居急忙救火，还好，屋顶的积雪延缓了火势，不然整个教堂将付之一炬。

"不眠之夜。这个一年救治五千多病人的诊所需要重新购置用具，还得拆除过火的结构。神既然允许这些发生，必有道理。我们在瓦砾堆中跪下祷告，只有凭借恒切的祷告，我们才能胜过一切试探。

"第二天早上，西墙的邻居过来慰问。他平素是和蔼的，却对我说，你的神没有保护你。我没有辩解。他走了之后，那位拔牙的官太太来了，她带着用人穿过焦黑的通道来到我面前，把一个手绢包解开摊在手上。'应该够了。'她说。是一根金条。我诧异地问她：'你为什么帮一个外国人呢？'她答道：'我没有看到外国人，我只看到一个好人。'她对怀抱女儿的玛利亚说：'你也是。'中午时分，警察局局长带领部下来察看现场，他问我：'你需要什么？'我回答：'秩序。'他说：'好的。'一周后他召集开封城内部分知名人士，告诉他们，第一，开封虽然不是通商口岸，但并不禁止外国人旅行和居住。第二，上级政府并未反对传教。第三，所传医院及教堂诱拐儿童，取肝脏和眼睛熬制西药一说，查无实据，纯属谣传。第四，凡纵火、盗抢及害人性命者，不论何人，皆按律法办。

"四周后慈济医院重新开业，病人和往常一样多，我们急需一些氯仿麻醉剂来应付简单的手术。教堂也恢复了礼拜，人们仍然按着男左女右的次序分坐两侧，所有人都绝口不提那个大火冲天的夜晚。亲爱的母亲，这国的人民是纯朴的、善良的，也是愚昧的、可怜的。正如主耶稣在十字架上所言：他们所做的，他们不晓得。"

春天到了，艾礼士患了流感，流了七天的清水鼻涕后又得了痢疾，降下的体温重新升了上去。艾礼士浑身无力，像一个熟透的柿子，多亏了格雷牧师寄来的奎宁，他才从床上爬起来。刚刚恢复体力，他就迫不及待去踏青。艾礼士冲玛利亚朗诵着《雅歌》中的句子："我的佳偶，我的美人，起来，与我同去。因为冬天已往，雨水止住过去了，地上百花开放，百鸟鸣叫的时候已经到来。"

大梁门外，小麦过膝，桃树正值花期，云霞间闪烁着粉色气息。

二人在河边一块青石板上坐下，马车停在不远处，枣红马不时打个响鼻。

"本来有很多计划，只好延至夏天了。"

"岂不是主的美意？"玛利亚安慰道。

"出诊愈来愈频繁，我们几乎走遍了开封附近的县。冬天时乘马车，牲口蹄子上裹着麦秸，车子在泥泞的土路上一歪一扭。独轮车令人印象深刻，我和张牧师坐在矮小的独轮车两侧，像极了堂吉诃德和桑丘。车子忽上忽下忽左忽右地摇摆，上下牙震得咯咯直响。车把式立起一张帆借助风力，纯属徒劳。有时实在受不了颠簸之苦，干脆步行。晴朗的天空下，昆虫飞来飞去，水禽在河汉里嬉戏，麦田绵延至视线的尽头。随便到哪个村子，都有民众围观，喊着洋鬼子洋鬼子，我猜他们是故意让我们听到的。他们直截了当地问，你们从哪里来啊？多大年纪了？成家了吗？衣服是买的还是请人做的？无论大人孩子总有很多问题。在杞县一户农家诊治女主人时，她八岁的小儿子问张牧师，耶稣吃大鬼小鬼吗？张牧师握住孩子的双手，单膝跪在地上，答道，耶稣不吃鬼，耶稣驱赶它们。张牧师的河南话比上海话还流利，他一开口，人们就会笑起来。张牧师像一个坚毅的战士，能在艰苦的环境中生存和执行任务。传教士必备的耐心和爱心这两样品质，他一样不少。除了一枚结婚戒指，他没有任何饰品。他对我说，虽然偶尔思乡，但是除了这里，他哪儿都不想去。天色已晚，我们会留宿病人家里。床铺也干净，鸡和猪旁若无人地进进出出。女主人病好之后，男主人送来一面锦旗，上写四个字：心悦诚服。中国人内心善良，正如纯良的羊，只见过狼而没有见过好牧人，更没有见过清水和青草肥美的牧场。

"每逢礼拜日，教堂几乎坐满，不断有人申请受洗归入主耶稣名下，我能从他们的眼神里看到觉醒的内心和真诚的热情。尤其是妇女，常在听道时失声痛哭。我想，那是主的爱临到了她们身上。她们遭受的苦难最重最深，她们对于主有着天然的热爱。感谢主，凡是神开启的，无人可以关上。"

　　"前天是7月4日，我已在中国度过五个独立日了。玛利亚总是忙里忙外，一会儿给病人取药换药，一会儿跑去后院照料女儿。我对她说，亲爱的，你不用这么累。您猜怎么着？玛利亚说，我担心你太累。

　　"亲爱的母亲，在您健康允许的情况下，请多写一些内容，您可以口述而由妹妹代笔。我太想知道你们每天每小时每分钟是如何度过的。收到家信多么幸福，你们的信件是我和祖国唯一的联系。我每次都把您的来信和玛利亚分享，她也同我一样，反复读着她姐姐从英国寄来的信件，只不过她等待的时间更长。"

　　"亲爱的母亲，前天我们举行了圣餐礼，依旧邀请一些未受洗的慕道友见证，每一年的受洗和就诊人数都上升。我们决定成立教会管理委员会，一个管理神职人员、日常事务和负责《圣经》短期培训班的机构，权限包括管理资金、按立牧师和日常教务。在聘任委员的问题上大家意见一致，认为必须以中国人为主，本地牧师由于具备文化和环境优势，应该成为教会的中坚力量。我们要与中国人合一，要自处最低的地位。"

委员会的运作效率超出了艾礼士的预期，传教点普及周边的乡镇。

通许县城关镇有个恶霸名叫李本刚，幼时丧父，常受人欺凌，长成后顽劣不化，屡屡因斗殴被人告到官府。谁知李本刚和官府勾结起来，越发嚣张，但是李本刚至孝。李本刚做羊肉汤生意，每天第一碗汤必端给母亲，出炉的第一个烧饼也必先给母亲。李本刚的生意渐渐做大，在羊肉汤馆旁开了一家赌场。当传教点的人员向李本刚发放福音单页时，李本刚说，你们治好俺娘喘不上气的毛病，俺就信。

时届严冬，雪深没胫，艾礼士、张牧师和传教点人员赶到了李本刚家。李本刚的母亲坐在被窝里，喉咙里发出呼呼和咝咝的响声，像陷阱里绝望的母兽。艾礼士对李本刚说："这是哮喘，无法根治，只能缓解。"李本刚摇头道："只要俺娘不受罪。"

不久，格雷牧师寄来了胆茶碱。艾礼士详细列出用量及次数，托人带给了李本刚。

春天，李本刚主动找到传教点，说："俺娘能说能笑了，我李某人说话算数，你们说叫我弄啥吧。"传教点报给教会，教会答复：希望把赌场关掉改为福音堂。传教点将教会的意思转告李本刚，李本刚说了一个字："中。"不出一个月，福音堂改建完毕。献堂那天，张牧师到场祈福，第一眼就注意到福音堂门口蹲着的两个石狮子。

"这是偶像，咱们不拜偶像。"张牧师指着石狮子。

"这一对石狮子是给主站岗放哨的。"

"咱们就是主的精兵。"张牧师道。

"反正它俩蹲这儿可美。"李本刚梗着脖子道。

回到开封后，张牧师向艾礼士谈起此事。

"我的朋友，中国的神灵都骑神兽，文殊菩萨骑大象，老子骑青牛。"艾礼士笑道，"石狮子暂且摆在那里吧，总不能咱俩去站岗吧？"

巧的是，石狮子之后又出了一件大事。

自耕农海富贵是杞县七里铺人，三十岁出头，膝下一儿一女，家有十多亩地。传教点人员发单页时，海富贵接了一张，他不识字，请人读给自己听。别人说："这是洋教，听它弄啥？"海富贵道："洋不洋且不说，听听在不在理。"别人给他读了，他不说好歹，只将单页收好。不久，海富贵趁农闲时到传教点请教问题。传教点见他热心，另送了单页和一本《圣经》。第二年收麦前，海富贵到传教点要求受洗。受洗之前先盘道，就是谈谈心得。盘道那天，海富贵赶着牛车来了。从九点钟开始，海富贵侃侃而谈，一口气讲到天近正午。传教点说："中，你比俺懂得还多。俺几个不是牧师，回头城里的牧师来给你施洗。"传教点将海富贵的情况报给了教会，教会定了日子，张牧师和张李赶到杞县。海富贵仍是赶着牛车来的，媳妇和一双儿女也跟了来。张牧师同海富贵谈了几句，海富贵提出媳妇和孩子要一并受洗，张牧师当即答应。

海富贵一家跪在十字架前，张牧师洒了圣水，手按海富贵的头顶问道："你信耶稣基督是神的儿子，死而复活，必再降临审判世人吗？"海富贵哽咽道："我信。"张牧师道："我以圣父圣子圣灵的名义宣告，海富贵一家因信称义，归在耶稣基督名下。神赦免其一切罪过，并赐下平安福气。阿门。"

受洗后，海富贵到开封参加了为期一个月的《圣经》培训班。不过半年，海富贵在本村和两三个海姓居多的村子发展了十几户信众。起初，众人聚在海富贵家礼拜，随着人员增加，场所日显狭小。海富贵到传教点反映此事，传教点也向委员会汇报了，无奈筹建教堂并非一朝一夕之事，只能暂时搁置。

村里有间海姓宗祠，年久失修也无人管理。海富贵向长辈提出在祠堂聚会的请求，长辈未置可否。海富贵他们清扫祠堂，院子里摆了讲桌，礼拜天时在此聚会讲经。

第二年，一开春大旱。村民聚集在祠堂内外，指责海富贵霸占祠堂，惹怒祖宗，要族里长辈主持公道。长辈只好请海富贵来商议此事，海富贵到时，村民指着他骂："你这二鬼子，跟着洋鬼子迷惑百姓！"

海富贵站上台阶，高声道："我要是叫你们信佛算不算迷惑？"

村民道："逢白事和清明，你们在教的为啥不磕头不跪拜？"

海富贵道："在教的哪个不是孝子？指出来咱不要他。"

村民道："你们把洋神摆在祠堂，就是忘了祖宗。"

海富贵道："你能说出五代往上祖宗的名讳不？说不出来是不是忘了祖宗？"

村民道："你想把祠堂卖给洋人！"

海富贵道："我想把咱村咱乡都卖喽，你找买主吧。"

村民道："反正都是你们在教的害得大旱。"

海富贵道："我说你们不信神，神才怪罪不降雨，你们认不？"

村民见话头上拿不住海富贵，喊道："听家长说。"长辈也不知如何判断，有人教唆道："把二鬼子绑到衙门，下雨就放他，不下雨就搁衙门里押着。"海富贵并不反抗，众人七手八脚将海富贵绑了，推推搡搡往乡里去。

早有信众将情况报告传教点，传教点报给了教会。艾礼士和张牧师分成两路，艾礼士和张李奔杞县县政府，张牧师带人去解救海富贵。

艾礼士和张李赶到杞县县政府时，天已擦黑，县政府空无一人，只有门房值班。艾礼士对门房说："我是开封来的美国人，有要紧公务，快去请你们县长过来。"

门房是个老头儿，正端着碗给小孙子喂饭，他把碗放到桌上，凑近了打量艾礼士和张李，问："恁是哪儿嘞？"张李正待细说，艾礼士心下焦急，一拍桌子："美国的！"老人的小孙子本来坐在板凳上仰脸盯着艾礼士的大鼻子，忽听啪一声响，惊得仰面倒地，哇哇哭起来。老人将小孙子抱到床上，双手揪住艾礼士的前襟，吼道："美国的是爷吗？我也是爷，我也是爷。"张李上前劝解，艾礼士冷静下来，向老人连赔不是。无奈老人听不进去，双手揪着不放，只顾嚷嚷着："我也是爷。"

张牧师带人赶到乡公所时，只见海富贵双手被绑吊在树上，脚尖离地一寸，旁边闹哄哄地围了三十来口举火把的村民。张牧师走到海富贵跟前还未开口，海富贵的眼泪哗哗地流下来。张牧师借着火光细看，见海富贵额头上新烙了一个银圆大小的十字。张牧师护着海富贵对众人高声道："这人要是干了坏事，该由官府惩办，你们这是动用私刑。"

众人嚷嚷道："就是他害得不下雨，啥时下雨啥时放他。"

张牧师见劝说无用，又不敢给海富贵松绑，正在僵持，张李和艾礼士快步走进院子。张牧师举手招呼，张李不看他，手指众人厉声道："动用私刑的一个也不准走！"村民闻声迟疑，四下张望。张牧师招呼传教点的人员："官差正在路上，快关大门，一个也不准放跑！"说罢疾步朝院门奔去。众人见状，将火把朝地上一扔，撒腿就跑。张牧师解开吊着海富贵的绳子，道："海弟兄——"海富贵两臂僵硬，靠着树，流着泪笑道："再不担心了。"张牧师问道："啥？"话音未落，海富贵的妻子领着一双儿女冲进院子，两个孩子喊着爹上前抱住了海富贵。艾礼士和张李走近，张牧师用英语问艾礼士："县里来人没有？"艾礼士摆摆手："回头说。"海富贵冲张牧师道："原来我担心死了之后，遍地孤魂野鬼，神要是找不见我，我咋得永生啊？眼下再不担心了，就算下在十八层地狱，凭着脑门上的'十'字，神也能在一群小鬼中找见我。"

"海弟兄，"张牧师哽咽道，"你必得福报。"

"如果一年内浸礼会征募不到派往中国的传教士，"张牧师坐上马车，对艾礼士说，"我想，我们会再见面的。"

"我期待这一天。"艾礼士道。

艾礼士认定张牧师是因为海富贵一事才坚持回国的，实际上张牧师已来华五年，快要记不起家中两个孩子的模样了。张李将张牧师护送到上海后随即返回，陪同艾礼士前往山东登州考察。

一个月后，艾礼士和张李返回开封。艾礼士向浸礼会描述了北美长老会在登州的成绩，他以羡慕的口吻写道："他们在500名学生的主日学校基础上成立了登州文会馆，进而办成广文大学。学校有发电机，架设了照明用的电线，还有水泵和水箱，解决了学生和教师的供水问题。"

艾礼士向浸礼会提出开办学校的建议，并列出详细计划。

当他放下笔想同张牧师商量时，才想起张牧师已经回到了太平洋彼岸温暖的家中。

那本厚厚的《出诊记》事无巨细地记录着出诊时的线路和天气、患者的症状，甚至包括参观过的座座寺庙：龙王庙、药王庙、魁星阁、白马寺、娘娘庙、三官庙和老君观。"它们不是基督的敌人。"张牧师手执折扇，唰地打开唰地合上，对艾礼士道，"它们将促使中国人寻找最上等的信仰。"

多么周全的同工。多么贴心的朋友。

张牧师或许回不来了，浸礼会将派来一位怎样的同工呢？

富尔顿牧师九月底抵达上海，补习了半年的汉语之后，他和两百美元的汇款同时到达开封。富尔顿毕业于慕迪神学院，应征之前就职于底特律的一家汽车制造厂。富尔顿的先祖从威尔士移民加拿大，再从加拿大到了美国。在艾礼士看来，富尔顿热情且有控制力，富于想象且笃于执行。

"是的，我来中国来自上帝的召唤。"富尔顿的神情好似上帝触摸过他的灵魂，"我坚信，中国人是耶稣最小的弟兄。"

"不过，"富尔顿强调，"学习汉语真是世界上最难的差事，非得有使徒般的信心不可。"

艾礼士买下了教堂东侧不足两英亩的一片空地，临着北边院墙建了三间校舍，两大一小，小的一间用作祷告室。校园的大门冲西，正对一条小巷，学生进出校园不必经过诊所。

学校定名为"华美小学堂"，艾礼士、富尔顿和张李为学校拟定了若干原则：

一、从基督教的教义出发，中西方知识全面施教。

二、使用汉语授课。课程包括算术、国文和地理。

三、聘请本地教员。

四、礼拜天放假，学生主日崇拜。

1919年夏天，艾礼士偕妻女启程回国，张李陪同他们到上海。艾礼士见到了阔别八年的格雷牧师，格雷牧师刚从美国回来，依然幽默和健谈。7月下旬，艾礼士一家三口登上了驶向美洲大陆的客轮。客轮停靠横滨一天，两周后抵达波特兰。

新铺的松木地板散发着淡淡的香气。客厅仍然兼作餐厅，壁炉还在，只是不见了多多。父亲没有丝毫的老态，同艾礼士拥抱时臂膀依然有力。母亲脸色红润，看上去略显发福，像是大病初愈。

回家后的第一个礼拜日，艾礼士应邀演讲。站在父亲曾经站立的讲坛，巡视众人，他开口道："有人说我是一个梦想家。的确，每位传教士都必须是一个梦想家。我有着虔敬的双亲，他们始终教育我忠诚事主。宗教担负着将世界从罪恶中拯救出来的使命。我们必须传播福音，叫世人知道救赎是唯一切实的保障，直至末日也有指望。但是，我们同样需要忏悔。中国是一个伟大的国度，正处于过渡时期，她将迈向无比美好的未来。福音之门已经开启，四万万人民准备聆听教诲。他们强大的生命力、坚忍不拔的品格和聪明才智将会改变世界。尽管她还懵懵懂懂，无法摆脱陈腐的习俗和观念，但是，她毕竟醒了。中国人用不了多久就会成立本土教会。他们将修订教义和培养自己的神职人员。我很庆幸能为她做一些事情。我在祖国度过了二十年，也会在中国度过同样长的时光。"

演讲完毕，众人同声赞美，唱诗班高唱《奇异恩典》。

傍晚，乌云从旷野袭来，雷声骤起，雨如瓢泼。不久，云开雨散，一家人闲坐门廊，眺望着田野上残留的橙色霞光，轻声谈笑，直到夜色四合。

1920年5月10日，艾礼士特地挑选这个日子返回中国。行程圆满，艾礼士唯一的遗憾是没见到张牧师。陶乐斯留了下来，她已经晚入学了一年。

回到开封仅一周，艾礼士便遭遇了人生中最大的试探。

长途旅行降低了玛利亚的免疫力，短短两天时间，因为创口的感染，玛利亚的双臂和双腿肿了起来。

"就是它。"玛利亚将右手食指伸给艾礼士看，不起眼的创口像苹果上的掐痕。

"亲爱的，"艾礼士握着妻子的手安慰道，"我来处理。"

玛利亚面色凝重地摇了摇头。

第三天，情况急转直下，药物不起任何作用。玛利亚脸色发乌，牙龈发紫，不停地呕吐，神智不时陷于模糊。

"我内心忧愁。"玛利亚预感到了什么。

"亲爱的，你需要休息。"艾礼士清楚感染的后果。

"不，不是。事务如此繁重，孩子还小，我担心你们俩。"

"亲爱的，别说话。"

"我知道，我要离开你们了。"

艾礼士搂紧怀中的妻子，却感觉她像沉入冥河般越来越远。

黎明时分，玛利亚停止了呼吸。这位神的婢女，是一块始终不熄不灭的炭。

刻意剪短的头发束着淡蓝色的发带，俏丽而大方；灰色薄纱的上装绣着大花纹的玫瑰，简单而雅致；收短的裙摆稍微蓬起，腰部一圈雪纺绸的装饰。还有一件白色的，两件衣服替换着，粗心人还以为她一年就穿一套衣服呢。

她睡了。那幅《炽热的六月》里的睡美人儿永远不会醒来了。

失去双亲，离别姊妹、朋友和祖国，生活在异国他乡，做着使别人快乐和幸福的工作。无论护理病人还是授课，玛利亚都像母亲般尽职。玛利亚负责女信众，她的感召力强大而细腻。她向她们展示两张卡片，一张上面画着一颗白色的心，另一张是一颗黑色的心。"白色的心代表我们表面的罪，黑色的心是我们内心的罪。"玛利亚停顿一下，"我们要认别人看见的罪，更要认只有主才能看见的罪。不然的话，罪就像狗趴在门口一样瞅机会纠缠我们。"这时，妇女们往往流露出恐惧的神情。

"亲爱的，"艾礼士跟玛利亚开玩笑道，"你认为恐惧是福音的元素吗？"

"没有恐惧就没有喜悦。"玛利亚答道。

翠玲十七岁的身板像俄罗斯套娃里最小的那个。她的生日是农历七月十五，传说中的鬼节，婆婆因此嫌弃她，大烟鬼丈夫用滚烫的烟枪烫她身体的任意部位。翠玲的母亲向玛利亚哭诉，玛利亚毅然将翠玲留在了教堂。

"天堂收留女人吗？"翠玲小心翼翼地问。

"天堂是苦命人的天堂。"玛利亚肯定地回答。

翠玲的丈夫几次三番来要人，他颤巍巍站在诊所门口，像蒙着衣服的一具骷髅。

"丈夫不可以虐待妻子，妻子也不可以虐待丈夫。"玛利亚的声调足以击倒那具骷髅，"要么你戒烟，要么签订一份协议，要不翠玲决不能跟你走。"骷髅不知协议为何物，最终玛利亚替他写下了一份保证书，骷髅哆哆嗦嗦地摁下了手印。

"如果有人打你的左脸，你就打他的左脸。"玛利亚对拎着小包袱、依依不舍的翠玲说，"记住，上帝站在反抗者一边。"

艾天赐的音乐天分随着他唱出的第一个音符流露出来。这个玛利亚用硫黄一点一点擦洗满头疥疮的孤儿，这个忘记了父母和自己名字的唱诗少年，每个音符都唱在调上。艾天赐曾问过一个困惑许多人的问题："信耶稣得永生，是在西天极乐世界永生啊还是一直活在开封啊？"这问题逗乐了众人，也促使艾礼士编撰了一本《教理问答》的小册子，专门应付各种刁钻古怪的问题。

艾天赐最大的愿望是变成一个礼物，随便什么礼物。

"我从未收到过礼物。"他羞涩地承认。

"你就是礼物。"玛利亚安慰道。

陶乐斯被遗忘了。直到两岁，陶乐斯还不会走路，她整天躺在床上，小鸡、小狗冒冒失失闯进卧室时，她发出嘘嘘的声音往外撵它们。终于有一天，她尝试着下床，光脚扶着墙摸到了诊所。"上帝啊。"玛利亚看到女儿歪歪斜斜走进来时，止不住流下泪来。

玛利亚发现陶乐斯更喜欢黑头发黑眼睛的布娃娃，甚至给娃娃起了河南味儿十足的名字——"乖乖"。陶乐斯愿意跟乖乖分享一切，哪怕是一颗山楂也要掰一半儿给乖乖。因为陶乐斯的玩伴儿全是华美小学堂的学生，她说出的每个词都带着浓重的河南味儿。"叨"，陶乐斯指着盘子里的菜说。"叨"是河南话夹菜的意思。

"告诉陶乐斯，"玛利亚临终前说道，"妈妈永远爱她。"

玛利亚埋在教堂后面，临着那条像她一样恬淡而自足的小溪。棺材里陪伴她的是她喜欢的法兰绒睡衣，还有一副眼镜。

一人高的黑色墓碑上刻着：1893—1921　玛利亚·布里兹·雷昂　在中国的传教士。

注视墓碑，艾礼士仿佛看到玛利亚侍立在圣母身边，天使环绕，齐声赞颂："美哉，美哉。"

1927年春天，富尔顿牧师回国不久，面颊红润、乌黑的卷发扎着常春藤色发带的简妮和五名传教士来到了开封。二十五岁的简妮来自印第安纳州，她坦率地承认自己小时候是个野丫头。她毕业于教会的预备学校，在女子医学院进修了四年。当简妮向浸礼会妇女传道部应征到中国传教时，父亲明确要求她不能嫁给中国人。

"火车启动时，"简妮对艾礼士描述道，"我听到母亲自言自语说，上帝啊，她肯定不会活着回来了。"在上海学习汉语期间，简妮每天练习书法，也是在这期间，简妮爱上了中国的丝织品。"我打算在苏州开一家刺绣厂，用赚取的利润办一所女校。"她对艾礼士谈及自己的愿望。可惜，直到她十四年后离开中国时这一计划也没能实现。

5月，艾礼士出席了在上海召开的十六个教区的联合大会，大会宣告成立"中华基督教会"。艾礼士向大会致辞道："远在我们沐浴福音之前，中国人就积淀了丰富的历史资源，形成了独特且流传至今的文化体系。我们仅仅是盗火者，只需培养一批受过良好训练的神职人员，他们理解、坚持和捍卫基督教教义，将教义实践于中国特定的社会土壤之中，独立地向前发展和抵御任何危害。我们万不可培养外国传教士的单纯追随者，而要培养他们自主地工作，否则基督教无法在中国立足。"

10月，除简妮留在开封外，其他五名传教士都被派往了周边的县。

"我喜欢这里，"简妮对艾礼士说，"除了雨声和婴儿的啼哭声，这里的所有都和印第安纳不一样。"不久，她将以严厉在学生中为自己赢得"老虎圣母"的绰号，她认为这绰号褒多于贬。真正困扰她的是和艾礼士的感情，她在家信中写道："整个周二我瘫软在床，无心上课也无心祷告，接下来的两天里也是这样。我想，我爱上了艾瑞克·雷昂先生。他丧偶，有一个女儿，是差会的负责人。他关心我，为我诊病和写诗。婚姻是上帝最初的恩典，上帝好像格外钟情于我，不是吗？"两个月后，简妮收到了母亲的回信。母亲在信中说："亲爱的，关于你的婚事，你父亲说只要不嫁给异教徒就好。"

这一年的圣诞节，艾礼士和简妮在沐恩堂举行了简朴的婚礼。其他传教士也结出了果实，派往濮阳县的两名传教士在县城南关开办了华美学校。

1930年，蒋、阎、冯三路军阀混战中原。开封城外的士兵肆意劫掠百姓，盗贼蜂起，难民纷纷拥进城里。枪声大作时，张李就偷偷溜出学校。枪声平息，他毫发无损地溜回来，用嘲讽的口气向艾礼士描述战斗场面："城上的兵向城外的兵喊话说，有种的上来！城外的兵就答，有种的出来！两厢胡乱放枪，子弹嗖嗖地朝天上飞，打了一天，没死几个。"

"这不是小饭馆之间的倾轧，而是人民的灾难。"艾礼士正色道，"请不要冒着枪林弹雨去观察战况了，我不想失去您这位老朋友。"

1937年7月7日，日本发动全面侵华战争。十一个月后，开封沦陷。

"夜色冰块般沉重，开封城像压碎的蛋壳。没有电，偶有枪声打破岑寂。彻夜灯火的夜市没了人影，难民们横七竖八地睡在街道上。我们把单身女青年藏在教堂里，如果她们被日本兵抓去，会被轮奸而后被刺刀捅死，赤身裸体地扔在荒野。一个池塘中堆满了近40具焦黑的尸体，平民的服装，平民的鞋子。街上东一具西一具满是发臭的尸体，野狗因为饱食人肉，撑得跑不动。到处是丢弃的衣物、鞋子和家具，汽车和马车侧翻在道旁，冒着烟，沿街商店被日本兵洗劫一空。

"我们在门上悬挂了美国国旗，日本兵经过时常盯着国旗叽里呱啦。有两个端枪的日本兵跑来，要进入医院搜查。我指着国旗对他们说：'不，不可以。'他们指着门里，磕磕巴巴地说：'支那兵，支那兵。'我摆手说：'没有，没有。'其中一个用刺刀顶在我的胸口，我指着鼻子和眼睛给他看，说：'美国人、美国人。'他们对视一下，骂骂咧咧地走开了。

"我们在门前搭了三个大棚，支了五口大锅，勉强供应老人和妇孺一碗粥。绅士李夫雅捐献了小麦和玉米，他站在大锅后面施粥。张李指挥着挤来挤去的灾民排队。一位蓬头垢面的老妇拉着简妮的手连声道：'菩萨呀菩萨。'简妮说：'我不是菩萨，我是耶稣的仆人。'老妇改口道：'耶稣菩萨，耶稣菩萨。'"

秋天到了，风在毫无遮拦的平原上肆虐。天黑得更早，战争丝毫没有结束的迹象。

夜晚，艾礼士吹熄蜡烛，靠在被子上，给简妮背诵他喜爱的诗篇：

> 智慧的奥德修斯举起宝弓，细细察看。
> 犹如擅长琴艺和歌唱的行家，轻易地
> 给一个新制的琴柱安上琴弦，从两头
> 把精心揉搓过的羊肠线紧紧地拉满。
> 奥德修斯这般轻松地给宝弓装上弦，
> 而后伸出强壮的右手，试了试弯弓，
> 弓弦发出了美妙的颤音，有如燕鸣。
> 众求婚者脸色骤变，内心一阵剧痛。

1940年8月3日，艾礼士五十岁。

"孔子说五十而知天命，"艾礼士对简妮说，"我二十岁时就知天命了。"

艾礼士梦见自己奔跑在神学院的操场上，笑声爽朗，双腿有力。校长喊道："你这头桀骜不驯的驯鹿，跑去哪里呢？"

艾礼士站住，驯鹿般呼呼地喷着热气，回味着校长的问话。是啊，我跑去哪里呢？追赶自己吗？他脑中萦绕着神学院的青灯黄卷，披衣而起，来到院中。满天星斗之下，他像一束暗烛的幽光。五十岁了，不该再无故缅怀韶华，可为什么总想起二十岁的春天呢？抬头望见猎户座，屹立亿万年的猎手昂首挺胸，脚旁的两只猎犬跃跃欲试，缠绕在腰间佩剑的星云闪烁着半青半白的朦胧光芒。青春不是轮回的四季，而是去而不返的风。我们的姓氏，我们的悲喜，不过昙花一现，终将湮灭无闻。

永恒面前，除了敬畏还能怎样呢？

日军偷袭珍珠港的第二天，艾礼士接到了上海美领馆要求他们撤离至济南的电报。

"我不知道，上帝为什么唯独钟情中国？"艾礼士站在篷车前，双手揉搓着，沉浸在思绪中，"我在中国度过了最美好的三十年，可这三十年间中国人所受的一切并不美好，上帝还不断地加增砝码，他将怎样释放你们呢？"

李夫雅没有回答，他的担忧比艾礼士更甚。

"再见吧，我的朋友。"艾礼士同李夫雅握一下手，望着诊所门头上的十字架，"日本人征服不了中国。"

通往济南方向的道路全被封锁，艾天赐带领艾礼士、简妮、陶乐斯和另两位传教士于次日返回开封转赴郑州，绕道赶往上海。

劳累和严寒击倒了艾礼士，他不停地咳嗽，意识一度模糊。他叫着"母亲，母亲"，好像去世五年的母亲就在身边。神志清醒时，他挣扎着在日记本上写道："我不顾惜这条性命，我深信主有最好的安排。"

1941年12月下旬，艾礼士一行辗转到达上海。咸咸的海风让艾礼士清醒了一些，他喃喃自语着："啊，海洋。啊，母亲。"

一行人躲进一个名叫艾萨克的犹太人家中，稍稍安顿后，艾天赐向艾礼士告辞。这位年近四十的汉子流着泪拥抱艾礼士："父亲，保重。"

一周后，好消息传来，一艘巴西籍的邮轮愿意接纳艾礼士一行。艾萨克开着他那辆奥斯汀牌小轿车，凌晨四点从亚细亚洋行出发。雾气弥漫，有轨电车蜿蜒前行，五光十色的霓虹灯让人怀疑置身残酷的战争。日出之前，艾礼士他们绕过三道日军的哨卡，逃出了上海。

邮轮驶离码头，一行五人瞭望着这片远去的土地，默然无语。

第二天，艾礼士他们遭遇了第一场风暴。邮轮两侧的救生艇被海浪卷走了十之八九，部分客舱进水，旅客们呕吐不止，呕吐物混着行李一起一伏。

第三天，艾礼士写下了最后一篇日记：

"我是如此软弱。论到神学，我仅仅在神学院学习了两年而已。论到医术，我仅仅能够应付常见的疾病。论什么我都不如别人，上帝偏偏拣选了我，用我这软弱的人来成就他的事业。三十年，整整三十年，我为中国做了什么吗？什么也没有。每年诊治六千多名病人吗？施洗了两千多名信徒吗？办了一所学校吗？培养了二十名牧师吗？谦虚乃炫耀之术，我确实没做什么。

"我爱他们。朴素而算计的，懦弱而勇敢的，愤怒而冷漠的，自私而慷慨的，温顺而刁蛮的，伟大而猥琐的中国人民，我爱他们。"

写到这里，艾礼士不禁想起张李，这位语气仿佛先知一样的老朋友已在十年前死于中风。

没准儿上帝更爱中国人。艾礼士想起红潮号船长的抱怨。何尝不是呢？

艾礼士在意识模糊的状态下度过了生命的最后一晚。他躺在潮湿的床铺上，像潮湿的被褥般无力。当他永远闭上眼睛时，脸上的神情神秘而自得。

陶乐斯松开父亲的手，站起身，对简妮轻声道："谁也看不出他和神之间的秘密。"

翌日，金色的太阳缓缓西沉。艾礼士白布包裹的遗体从船舷滑落，像一条重生的大鱼，一跃而入酒色的海浪之中。

二十天后，船到巴西。陶乐斯一行几经辗转，于1942年复活节前回到了波特兰。

陶乐斯将撤离的详细经过报告给浸礼会，在信件的结尾写道："父亲曾透露，如果要离开这寄居的世界，最好是一下子。没有疾病的痛苦，没有亲人的劳烦，就一下子。上帝答应了他。"

不久，陶乐斯收到浸礼会的回复。浸礼会在信函中对艾礼士评价道："艾瑞克·雷昂牧师是一位有着无比信心和超强人格魅力的传教士、教育家和管理者。全体委员怀着对上帝的感恩之心向您及雷昂夫人致意。我们坚信，艾瑞克·雷昂牧师的名字会和与他同样出色的同工们一样，永远铭刻在中国传教事业的丰碑之上。"

秋天，陶乐斯和简妮在日落纪念公墓为艾礼士建了一座空墓，墓碑上刻着：

1890—1942　艾瑞克·雷昂　在中国的传教士。

陶乐斯坐在门廊下的摇椅里，陷入无尽的遐想。

对于喜欢沉思的人来说，再没有比城墙更好的所在了。她恍惚站在开封城铁灰色的城墙上，飞燕草寂寞地绽放，穿过夕阳的钟声像母亲的呼吸般亲切。麦浪起伏，古城像一艘出神的大船。天地交汇处，天蓝和麦黄融成轻柔的波纹。大地仿佛看不见机杼的织布机，四季轮换着为古城编织华服。身披华服的古城如一头盘踞的神兽，是这方土地唯一的首领。雀鸟云集，各自归位，众声喁啾，这群古城的精灵仿佛为首领加冕并且宣谕四方。沿城墙北行至安远门，即可眺望高高的黄河。被诗人怀疑来自天上的黄河恰似不服调教的牲口，一次次撒泼。当它离去时，落下一道道沙梁。沙梁甚至掩埋城墙，仅仅露出几处木然呆立的雉堞，使得古城看上去更像沙滩上的城堡。这两千年的古都，何尝不是全无出路的围城？何尝不是这个国家的寓言？不停地掩埋不停地新生，古城之下一座座更古老的城市，何尝不是历史的断码？

开封，魂牵梦萦的母亲之城。1935年夏天，陶乐斯跟随父亲和继母重返开封时，发现自己变成了一个无人启封的漂流瓶。口气严厉双手温暖的母亲永远埋在了这座城市，灰蒙蒙的记忆布景上隐约显露出的只有母亲那双深蓝色的眼睛。

一年不过四季，开封却有五个季节。春的翠绿和夏的深绿相互交织，拼命抵抗着朔方的金风，无奈第五个季节依然气势汹汹地杀将过来。飞扬的黄沙像无数匹狂舞的幛子，每一粒沙子都通晓冒险的路数，赋格般步步逼近，跋扈于通衢和胡同。年复一年，这场凌虐不厌其烦地重演。万丈红尘说的就是风沙中的开封吧？

早晨，人们在低矮、肮脏、潮湿、阴暗的土坯屋里小口喝着滚烫的羊肉汤，人手一个硕大的烧饼，咔嚓咔嚓嚼糖块般嚼着大蒜。街道上除了学童和车夫，没有什么行色匆匆之人。相遇的两人相向而立，一个挑衅似的朝地上吐一口浓痰，另一个马上回应，也响亮地大口吐痰，面色平静地拱手道别，踱着方步各自走开，优雅与粗俗就这么奇妙地伴生。陶乐斯不禁想起面向太平洋的横滨，这个比照上海而建的丘陵环抱的城市，像十七八岁的青年，走着跳着，见风就长。开封则像乳房垂到肚脐的老妪，躺卧在夕阳里追忆春宵。真奇怪，我依然爱它，依然一次次梦到它，依然一次次想拥抱它。

李夫雅，这位开封城里唯一不随地吐痰的绅士，脊背笔挺，下肢修长，上海裁缝订制的西服长在了身上。步态沉稳，眼神坚强而冷静，好似风浪中熟练地爬上桅杆解开帆索的水手。陶乐斯有一段时间抑制不住地想嫁给他，嫁给这个像极了詹姆斯·斯图尔特的画家。李夫雅摸出烟盒来——他平素并不怎么抽烟——点燃，深深地吸一口，缓缓吐出，烟草的香气环绕着他俩。李夫雅凝望远处，夹着香烟的修长的手指在堞墙上一点一点，轻声哼起《报花名》：

> 正月梅花傲雪霜，二月兰花开满窗。三月里桃花红胜火，四月的蔷薇爬上墙。五月牡丹真国色，六月荷花映池塘。七月茉莉鬓间戴，八月桂花袭人香。九月菊花霜后开，十月芙蓉正上妆……

陶乐斯坐在门廊下的摇椅里，陷入无尽的遐想。

1945年秋天，陶乐斯嫁给了一位退役军官。第二年，儿子爱德华降生。

只要想起爱德华，她就好似站在画布前，举着饱蘸颜料的画笔，面对空落落的画布，无从下手。这位沉溺毒品的青年，使陶乐斯不止一次怀疑自己是否真的出生在牧师家庭。我们自以为踏上了一条解放之路，自信满满地要去救赎别人。其实，我们何尝比别人圣洁呢？

当迷幻药酸剂风靡大学校园时，爱德华正在读大学一年级，他毫不犹豫地成为蓄须留发、项戴饰品的酸派。爱德华是诗人艾伦·金斯伯格的追随者，而艾伦·金斯伯格暴君般的影响力比毒品更致命。1967年夏天，爱德华和全国各地的青少年飞蛾扑火般飞向金斯伯格，到旧金山的桦树岭去寻求"爱情之夏"。他们自由地交换情人，乐此不疲地体验着同性恋、双性恋和滥交，轮番尝试大麻、安非他命和称为"来得快"的迈瑟德林。他们面对太平洋的落日，在金斯伯格不着调的羊角号声中号叫着题目为《嚎叫》的诗句。爱德华斜倚在情人的怀中，双眼乜斜，听觉位移成了视觉，每个细微的躁动都幻化成了诡异的图像，整个世界变成了一具被鬣狗撕碎的瞪羚的尸体。

爱德华的嬉皮士之旅在儿子小艾礼士诞生后戛然而止，他一声不响地回归家庭和事业，早上出门前结的蓝条纹领带直到晚上筋疲力尽爬上床时才会解下。这位木材公司的工程师关注花旗松和冷杉在不同温度和压力下的纤维变化，正如他热衷烹饪，他做的蔬菜沙拉和煎牛排受到了大家的交口称赞。他令人瞠目地转身，使得对他失望的人不好意思提起往事。

小艾礼士出生于1972年。柏林墙倒塌时，他在距波特兰90英里的俄勒冈州立大学的艺术学院读一年级。毕业后，小艾礼士供职于波特兰一家制作电影特效的电脑公司。十几年下来，从二维的到3D（三维）的，从蠕虫类到穿越虫洞的高智商厌氧生物，小艾礼士见惯了虚拟的外星生命。小艾礼士对《圣经》的质疑是从电影和肥皂剧里学来的，他嬉笑着反问劝他去教堂的祖母："该隐的妻子是谁？"或"挪亚方舟里的狮子以什么为食？"得意扬扬走开之前，他若有所思地撂下一个问题："请问，地狱里的不灭之火由化石燃料改成核能了吗？"

就这样。小艾礼士认为信仰就是信仰，你信就好了，何苦去烦别人呢？别人有不信的自由，不是吗？

"人类都进入火星时代了，你们还信上帝？"小艾礼士对祖母的絮絮叨叨回击道，"那个水上行走的耶稣不是神而是魔术师，除非他在我面前上演神迹，不然……哈！"

祖母去世前，小艾礼士结婚了。妻子玛利亚和他恰恰相反，是每个礼拜日都要去教堂的虔诚的基督徒。小艾礼士和妻子育有一子一女，儿子读大学，女儿读九年级。除了缺少一条狗，这个四口之家就是中产家庭的样板。

雪花飘落的平安夜，妻子和女儿去了教堂，壁炉里燃烧的果木散发着若有若无的香气，偶尔噼啪一响。小艾礼士窝在壁炉旁的沙发里，翻着一本杂志。一篇牧师写的文章吸引了他，这则一千来字的小故事说，作者没有成为牧师以前根本不信上帝，而且认定上帝变成耶稣的模样来拯救世人简直就是天方夜谭。一个平安夜，家人都去教堂了，作者窝在壁炉前的沙发里读书。忽然，窗户玻璃噼啪作响，好像被什么东西胡乱敲打。他走到窗边。椋鸟。一只椋鸟。灰色的背，颈上黑黑的一圈像领结。小小的椋鸟在风雪中扑扇着翅膀，尖喙拼命敲打着窗户，圆圆的眼睛明亮而惊慌。他本想放这只可怜的小鸟进来，可窗户是钉死的。于是，他走到门口打开门，站在风雪中对小鸟喊道："嘿，你，到这里来，从门进来。"可是小鸟根本不理会他，仍然扑打着玻璃。作者喊道："你听不懂吗，你这个傻鸟？非要我变成一只鸟领你进来吗？"话出口的一刹那，小鸟不见了。作者豁然开朗，明白了耶稣道成肉身来到人间拯救世人的道理。

小艾礼士心说，瞧，这些牧师总爱编造各种故事哄人们去教堂。他将杂志扔向一旁，想起身找点喝的。就在这时，他听见窗户玻璃噼啪作响，好像被什么东西胡乱敲打。他走到窗边。椋鸟。一只椋鸟。灰色的背，颈上黑黑的一圈像领结。小小的椋鸟在风雪中扑扇着翅膀，尖喙拼命敲打着窗户，圆圆的眼睛明亮而惊慌。

"见鬼。"小艾礼士想起窗户是钉死的，他快步走到门边打开门，一步跨进风雪中，右手拉着门把手，左手指着那只椋鸟叫道："嘿，你！你是一个神迹吗？"话出口的一刹那，椋鸟消失了。

"这不可能！"小艾礼士喊道。此时，教堂的钟声响起。穿过雪花扑面而来的钟声格外纯净，这钟声穿透他的身体，紧紧裹住了他的心。

"这不可能。"小艾礼士望着漫天雪花，无力地说道。

妻子和女儿从教堂回来时，小艾礼士窝在沙发里，一动不动。

"只有犹太人才会在平安夜待在家里。"女儿上楼时丢下一句话。

"这笑话一点儿也不可笑。"玛利亚冲女儿的背影说。她在小艾礼士旁边坐下，摸一下左手无名指的戒指："你还好吗，亲爱的？"

"我想，"小艾礼士撇一下嘴，盯着炉火，将支着下巴的右手随意那么一甩，"上帝呼召了我。"

"哈！"玛利亚起身，拍了一下小艾礼士的肩膀，"但愿如此。"

小艾礼士呆坐了一会儿，来到书房，在书架的角落里找到了祖母留给他的那本《圣经》。随手翻开，一张发黄的便签无声地滑落。他弯腰拾起，便签上写着五个方块字：開封李夫雅。他认识这五个汉字，祖母絮叨了无数遍的五个汉字。他把便签夹回去，看见书页上红笔画线的一句话："我可以差遣谁呢？谁愿为我们去呢？"他放下《圣经》，双手搓脸发了一阵呆，想起书架顶上的那个鞋盒。他向书架上望去，鞋盒还在。他踮脚将鞋盒取下，席地而坐，轻轻打开盒子，以免扬起盒盖上细细的灰尘。一沓一沓黄丝带捆扎的信函，全是曾祖父的家信。他抽出一封，展开信纸，信的头一句话随即洞穿了他四十五年的人生。

"没有上帝，我们就是别人的玩物。"他停下来，使劲儿品了品这句话，接着读下去，"大试探与大恩典时时与我们同在，万不可做一个让神警惕和厌倦的人。那漫长的黑暗，看不见效果的日子并不是拒绝，而是完美的计划。上帝自会将一切阻力变成动力，会把更多的信心加给我们，叫我们相信所见的比肉眼所见的更真实。"

小艾礼士发了一阵呆，收好信函，坐在书桌前打开电脑，

太岁志

搜索到了祖母常常念叨的开封。密密麻麻的建筑群中，哪一个是祖母口中的沐恩堂呢？

小艾礼士在网上贴出"開封李夫雅"的字条，并且将曾祖父的传教生涯做了一个两千多字的简单描述。

第二天一整天他都魂不守舍，晚饭后打开电脑，他惊讶地发现阅读量竟然达到三万多人次，还有超过一百人留言。

一个名叫时间侍者的留言道："承平日久，多少人变成了福尔马林浸泡的尸体？他们根本分不清马丁·路德和马丁·路德·金，他们只会在酒吧和咖啡馆里等待艳遇，他们只关心一己之私，从不在意有多少人需要救赎，有多少人渴望自由。即便廉价的同情他们都没勇气说出口，遑论重燃信仰的狂热？十九世纪末二十世纪初传教士的责任感成了稀缺资源，今天还在谈论信仰的只有好莱坞和恐怖分子了，人们必得经历灾难才会认识到最宝贵的是什么。请向你的祖母问好，如果她已经去了天堂，我想，她配得上。"

一个名叫雅歌的留言道："'9·11'之后美国人竟然急着结婚去了，真愚蠢。为什么不去参军呢？为什么不去传道呢？要么夺走那些恐怖分子的小命，要么就用自己的生命去重生那些异教徒的灵魂，结哪门子婚啊？"

一个名为朝觐者的留言道："今天的世界，像一根扯紧的橡皮筋。一端是丧失信仰，一端是极端信仰。它越扯越紧，早晚有一天，啪——两端都会受伤，那中间呢？"

一个名叫深时的留言道："为什么不去一趟中国呢？碰巧你有一枚针的运气，可以找到李夫雅或者他的后人。你能做的也只有这么多。哦，对了，'開'已简化为'开'。"

小艾礼士再次打开地图搜索软件，先找到鼓楼街，然后一点点拖拽鼠标，一幢尖顶建筑出现了。他不认识建筑物上"沐恩堂"三个汉字，但他看到了房顶上矗立的红色十字架。

临睡前，小艾礼士破天荒地在床角跪下，脸埋在双手中，一语不发。玛利亚从床上欠起身饶有兴致地注视着他。两三分钟后，小艾礼士神情严肃地站起来，玛利亚微笑着问道："你跟他说了什么？"

"我跟他立约。"

"他应允了吗？"

"你猜。"

"我决定了。"早餐时，小艾礼士郑重地宣布，"我要去中国。"

"还有两个月我才放暑假。"女儿道。

"你需要先跟我商量一下，亲爱的，制订一个计划，想好目的、行程和花销，你说呢？"

"我不知道，"小艾礼士撇一下嘴，"我只知道，我该动身了。"

"起码得有一个目的。"

"寻找李夫雅？"小艾礼士耸一下肩，"要么，寻找我自己？"

"寻找李夫雅？"玛利亚道，"和你祖母同时代的那个中国绅士吗？他肯定不在人世了，寻找他的后人吗？"

"你知道吗？世上有两种勇士，一种是坚持做完一张小板凳的，哪怕是最丑的小板凳。另一种是坚守自己的信仰，哪怕这信仰无人相信。"女儿一本正经地说，"老爸，祝贺你，你将成为双料的勇士……"

太岁志

"这听上去更像讽刺。"玛利亚打断女儿。

小艾礼士双手揉搓着脸庞，心说，就这样，我决定了，我要到中国去。

小艾礼士将行程定在5月10日。

这天，他将从波特兰国际机场直飞上海，转机飞赴河南新郑，再乘车前往开封。

他将穿过半英里长的门洞，犹如穿过一个世纪。

他将穿过半英里长的上个世纪，从大梁门入城。

后记

日头将沉，辛丑乏了，喊道，奶奶，吃杏。奶奶在树下纳凉，说，等来个人吧。祖孙俩就等着。一会儿从南边悠悠来了个人，个子高高的，戴着泛白的草帽，掮着农具，脚后跟着地一步一步地过来。奶奶站起来冲那人说，大兄弟，俺小孙子想吃杏哩，恁给俺踩一脚吧。那人并不搭腔，嗯一声，放下农具，粗糙的手指捏着草帽沿儿，仰脸，绕着杏树转一圈儿，看准某处一脚踩上去，杏扑簌簌地落下。嫌少，那人再转，再踩一脚，杏又扑簌簌地落下。奶奶说，中啦中啦，恁拾点儿吃吧。那人并不拾，戴上草帽，掮上农具，悠悠地走了。

这就是我的童年断章。

记忆向后，韶华向前，留恋与挣脱，谁也等不到谁。

我自认首创了"糖葫芦"叙事手法：主人公辛丑的经历仿佛一根穿过糖葫芦的竹签子，这根签子走到哪里，应当出现的角色好似糖葫芦，就穿在合适的位置。另外，整部小说中的叙事变换了两回视角，即第三人称之外，启用了两个章节内两个角色的第一人称视角。这样的叙事是否会让读者的阅读体验更亲近一些？第三个值得一提的就是《复活》这一章，完全采用了诗歌的表现手法，这样算不算冒险？只有交给热心而公正的读者来评判了。

《格萨尔》让我靠近浪漫主义，《渥巴锡》再贴英雄主义的标签，《太岁志》则让我更接近现实主义。

2023年立春